"中国现当代名家散文典藏"编辑委员会

主　任：阎晶明
副主任：丁　帆
委　员（以姓氏笔画为序）：
　　　　止　庵　孔令燕　何　平　何向阳
　　　　李红强　张　莉　周立民　施战军
　　　　贺绍俊　臧永清

沈从文散文

人民文学出版社

图书在版编目（CIP）数据

沈从文散文/沈从文著. —2版. —北京：人民文学出版社，2022（2024.5重印）
（中国现当代名家散文典藏）
ISBN 978-7-02-016501-8

Ⅰ.①沈… Ⅱ.①沈… Ⅲ.①散文集—中国—现代 Ⅳ.①I266

中国版本图书馆 CIP 数据核字（2022）第 044213 号

责任编辑　杜　丽
装帧设计　陶　雷
责任印制　张　娜

出版发行　人民文学出版社
社　　址　北京市朝内大街 166 号
邮政编码　100705

印　　刷　河北环京美印刷有限公司
经　　销　全国新华书店等

字　　数　263 千字
开　　本　880 毫米×1230 毫米　1/32
印　　张　12.375　插页 4
印　　数　9001—12000
版　　次　2007 年 3 月北京第 1 版
　　　　　2022 年 5 月北京第 2 版
印　　次　2024 年 5 月第 4 次印刷

书　　号　978-7-02-016501-8
定　　价　42.00 元

如有印装质量问题，请与本社图书销售中心调换。电话：010-65233595

作者像

我的写作与水的关系

在我十几岁的传记里,我曾经提到水的各种形态,汪洋万顷的大海,莫不兴奋地用水的脑子去思索一切,金鹜冰一般,也曾经浮是水。

"孤独一辈在你缺少一切的时节,自己吧"这是一句真话。我去我自己的经验得来的,我的教育,也是从孤独水不能分开。

年轻小学七年时节,私塾在我看来我不能忍受那个偏窄的天地,奇论到的日光下去生活,六、七月里赤一些刚街比,手作下了二十记号,挪在本街土地堂的到城外去,站、钻入草乔及月的禾林裹,捕日再烤炙,地竟不在意。再票中只听倒水里只颂去远远那种绿色黄色跳来的东西已悟能一板笔墨了,方到河边

作者手迹

一九三五年夏与张兆和在苏州

《边城》早期版本

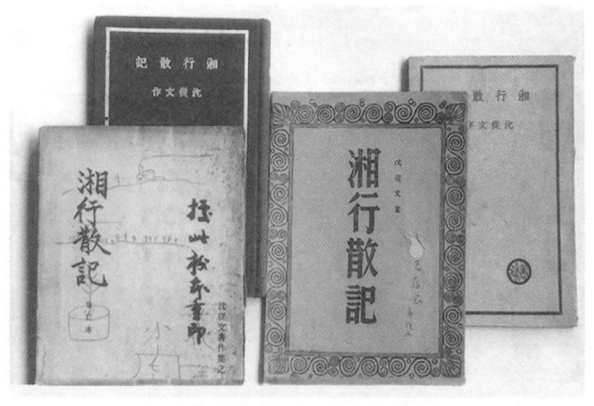

《湘行散记》早期版本

出版缘起

中国现代文学开启自一百多年前的一场文学革命。从此,与社会现实密切相关,普通大众可以接受、可以欣赏、可以从中得到思想启蒙和艺术享受的新文学,就如雨后春笋般生长,涌现出一篇又一篇、一部又一部影响当时、传之久远的经典作品。自"五四"新文学以来的中国现当代文学发展进程中,散文无疑是耀人眼目的明星。

散文既能直抒胸臆,又能描摹万物,因此被视为自由多样的文体;散文语言贴近日常,最易触动人们的情感,可以直接地陶冶人们的心灵。这也是经典散文被誉为美文、拥有广泛读者、历经岁月更迭仍让人捧读的原因。百余年来的中国现当代散文创作云蒸霞蔚,已莽莽如浩瀚的文学森林,人们若贸然闯入这片森林之中,时有乱花迷眼、茫然难辨之困扰。为了让广大喜爱散文的读者能够更迅捷地读到中国现当代散文的经典性作品,我们精心编选了这套"中国现当代名家散文典藏"丛书。本丛书编选过程中,我们邀请了文学界的专家学者组成编委会,在认真商讨的基础上,汇集、编选了20世纪以来中国现当代散文史上的名家、名作。目的就是方便广大读者感受散文经典的艺术魅力,有利于集中欣赏、比较阅读、收藏,以及进行相关研究。

在研究、讨论过程中,编委会形成了经典性的编选宗旨。卷帙浩繁的现当代散文作品中,以经典作家、经典作品的筛选为编选原则,是为读者提供阅读便利的需要,也是为百余年散文创作所做的某种回顾和总结。我们深知,任何一部文学经典都并非一蹴而就,也非任由某个权威命名而成,文学经典是经过时间的淘洗,经受了社会和读者等各个方面的考验,自然形成的。这个淘洗和考验的过程就是一部文学作品被经典化的过程。经典,是经典化过程的结晶。中国现代文学是中国当代文学的前身,当代文学是活在我们身边的文学,这是一件非常有趣的事,因为这样一来,我们也许就能亲眼看到一部文学作品是如何诞生的,又是如何引起社会的热议、得到不断深入阐释的,我们对一部当代散文的喜爱,往往也是在这一过程中不断地得以强化。经典便是在这样不断被阅读、被热议、被阐释的过程中得到人们的广泛肯定从而成为大家公认的经典。当我们要编选一套现当代散文经典的丛书时,就应该考虑到当代文学的这一特点,要意识到当代文学的经典并不是凝固不变的,它仍处在不断丰富和不断成熟的经典化过程之中。这就确定了我们的基本编辑思路,即我们自觉地将"中国现当代名家散文典藏"的编选和出版,视为参与到现当代散文的经典化过程的一次积极行动。经典化,为我们的编选打通了一条通往经典性的最佳通道。我们从经典化的角度来审视现当代散文,就要更强调发展和辩证的眼光,更需要发现和辨析那些正在茁壮生长中的新现象和新作品;这也提醒我们,在经典标准的确认上不能墨守成规。我们既要关注作为文学史的经典,同时又要更看重历经岁月变幻始终在广大读者中拥有良好口碑的作品。我们认为,读者是经典化过程中不可忽视的参与者,因此也希望这次"中国现当代名家散文典藏"的编选和出版,能够为广大读者参与到现当代散文经典化进程中来提供一次良好的机会。

经典化的编选思路,自然决定了这套丛书有另一特征:开放性。中国现当代文学作为活在我们身边的文学,这就意味着它是一种具有旺盛生命力的,仍在茁壮生长的文学。回望过去的一百余年,现当代散文已经产生了不少的经典性作品;凝视当下的现实,仍有许多正行走在经典化道路上的优秀作品;放眼未来,我们相信,将会有更多的经典脱颖而出。我们这套散文典藏丛书不光要"回望",而且还要有"凝视"和"放眼",也就是说,我们不光要推出已有定论的经典性作品,而且还要把那些正行走在经典化道路上的,以及刚刚萌芽即将脱颖而出的优秀作品也纳入丛书的视野,因此我们必须采取开放性的编选方针。我们不是一次性地编选数十本书就宣布大功告成了,我们还要在此基础上继续延伸下去,把在经典化进程中逐渐成熟了的作家和作品吸纳进来,作为系列丛书、长期工作、"长河"计划而接连不断地出版下去。

本丛书编辑过程中,坚持优中选优原则,同时也充分尊重作家意愿和相关版权要求。在编辑"中国现当代名家散文典藏"过程中,由于版权限制等因素,使得一些名家名作还没有如期纳入丛书当中,我们也将努力创造条件,争取将更多的优秀散文佳作奉献给读者,以呈现中国现当代散文创作的整体成就和总体风貌。

感谢广大作家的支持,感谢广大读者的厚爱。

人民文学出版社
"中国现当代名家散文典藏"编辑委员会

目 录

1 导读

第一辑 从文自传

3 我所生长的地方

7 我读一本小书同时又读一本大书

20 女难

28 常德

33 船上

37 一个大王

第二辑 湘行散记

51 一个戴水獭皮帽子的朋友

59 桃源与沅州

66 鸭窠围的夜

74 一个多情水手与一个多情妇人

85 辰河小船上的水手

94	箱子岩
101	虎雏再遇记
109	一个爱惜鼻子的朋友

第三辑　湘西

121	常德的船
130	沅陵的人
142	白河流域几个码头
149	辰谿的煤
154	凤凰

第四辑　其他

171	市集
175	街
179	致张兆和·夜泊鸭窠围
182	致张兆和·泸溪黄昏
184	边城·题记
187	我的写作与水的关系
190	习作选集代序
197	云南看云
203	潜渊
209	水云

——我怎么创造故事,故事怎么创造我

243　绿魇

266　白魇

273　黑魇

284　忆北平

289　怀昆明

294　北平的印象和感想

301　在昆明的时候

306　一个传奇的本事

331　抽象的抒情

340　过节和观灯

导 读

照我思索，能理解"我"。

照我思索，可认识"人"。

——沈从文：《抽象的抒情》

在中国现代作家中，沈从文的经历颇具传奇性——小学毕业后，他一头闯入了无从毕业的"社会学校"，通过自己卓绝的努力，最终成为现代中国影响深远的著名作家、西南联合大学教授、物质文化史专家，在他所涉猎的每个领域，都取得了无可替代的成就。在同时代中国作家中，他曾经离诺贝尔文学奖很近，瑞典文学院院士、诺贝尔文学奖评委马悦然说："他的名字被选入了1987年的候选人终审名单，1988年他再度进入当年的终审名单。学院中有强大力量支持他的候选人资格。我个人确信，1988年如果他不离世，他将在10月获得这项奖。"（《中国的"诺贝尔文学奖"候选人》）

小说与散文是沈从文文学大厦的双璧。相对于小说的丰盛，他的散文创作也毫不逊色。他以诗意的笔触为我们呈现了一个神奇的湘西世界，书写着现实人生的喜乐哀愁。《人间世》杂志在征集"一九三四年我所爱读的书籍"时，周作人、老舍不约而同地把《从文自传》作为自己爱读的作品，沈从文散文的艺术魅力由此可见一斑。

纵观沈从文的散文创作,大概可以分为以下几个阶段:一,1938年以前的创作,以《从文自传》《湘行散记》《湘西》为代表,这是作为湘西歌者的沈从文。二,昆明生活时期(1939—1946),是沈从文散文创作的第二个时期,体现着作家深沉的家国情怀和对生命意义的思索。这方面的作品有《潜渊》《黑魇》《白魇》《绿魇》等。三,1946年随北大复员以后,沈从文更多地关注社会现实问题,无论是批判还是赞美,无一不是表现着作家对现实问题的关切,《北平的印象和感想》《忆北平》《怀昆明》是这方面的代表性作品。浓笔重彩的湘西书写,是沈从文散文最具特色和魅力的部分,因此,我们从《从文自传》《湘行散记》《湘西》中各选择了几篇最具代表性的作品,这是本选集的主体部分。同时,为全面反映作家不同时期的散文创作,又从其他时期的散文中选择了几篇不同风格的作品。为使读者更好地理解沈从文的创作,我们选择了几篇最能反映作家写作理念的创作谈,如《边城·题记》《习作选集代序》《抽象的抒情》等。

沈从文成长在湘西,这片大地滋养着他,孕育了他的精魂。作家也没有辜负这片大地,他饱含深情地书写着这片神奇的土地,为读者创造了一个充满诗意的湘西世界。在他的散文中,自然有对赶尸、放蛊、落洞等湘西巫楚文化的描写(如《凤凰》《一个传奇的本事》),但更多的是对湘西山光水色的描绘,如诗如画,宛若人间仙境。沈从文笔下的白河，是这样的："夹河高山，壁立拔峰，竹木青翠，岩石黛黑。水深而清，鱼大如人。河岸两旁黛色庞大石头上，在晴朗冬天里，尚有野莺画眉鸟，从山谷中竹篁里飞出来，休息在石头上晒太阳，悠然自得啭唱悦耳的曲子。"（《白河流域的几个码头》）而沅陵，又别具风味："由沅陵南岸看北岸山城，房屋接瓦连椽，较高处露出雉堞，沿山围绕；丛树点缀其间，风物入眼，实不俗气。由北岸向南望，则河边小山间，竹园、树木、庙宇、高塔、民居，仿佛各个都位置在最适当处。山后较远处群峰罗列，如屏如障，烟云变幻，颜色积翠堆蓝。早晚相对，令人想象其中必有帝子天神，驾螭乘蜺，驰聚其间。"（《沅陵的人》）刚柔兼济，秀美中又不乏挺拔，自有一番清丽脱俗的气质，没有任何违和之感。

  作家就长养在这样的环境中，自然人性成为他的生命信仰，表现湘西地方人民率真而又顽强的抗争是他的宿命，这使他的作品充满了对人性和原始力量的赞美。在沈从文心目中，他的作品的读者，应是"生于斯，长于斯，将来与这个地方荣枯永远不可分的同乡。"（《湘西·题记》）作家也确实不辱使命，他近乎以一己之力延续着湘西文化的血脉传承。阅读《边城》时，我们曾讶然于作家对湘西妓女的态度："由于边地的风俗淳朴，便是作妓女，也永远那么浑厚，……既重义轻利，又能守信自约，即便是娼妓，也常常较之知羞耻的城市中人还更可信任。"觉得作家似乎是爱屋及乌过了头。但读过《一个大王》《一个多情水手与一个多情妇人》《辰河小船上的水手》等散文后，才发现这在湘西是自然天成的事。在作家看来，这种最本真的生命冲动，再正常不过，无须用那么多清规戒律来限制它。

作家对底层人民这种态度绝不是情感泛滥的结果，而是源自于他生命深处的悲悯情怀。他一直与自己笔下的人物同呼吸共患难，既亲眼见过他们顽强的生，"看看沿路山坡桐茶树木那么多，桐茶山整理得那么完美，我们且会明白这个地方的人民，即或无人领导，关于求生技术，各凭经验在不断努力中，也可望把地面征服，使生产增加。只要在上的不过分苛索他们鱼肉他们，这种勤俭耐劳的人民，就不至于铤而走险发生问题。"（《沅陵的人》）自然也能由衷地理解他们的哀乐："看他们在那里把每个日子打发下去，也是眼泪也是笑，离我虽那么远，同时又与我那么相近。这正同读一篇描写西伯利亚的农人生活动人作品一样，使人掩卷引起无言的哀戚。我如今只用想象去领味这些人生活的表面姿态，却用过去一分经验，接触着了这种人的灵魂。"（《湘行散记·鸭窠围的夜》）作家似乎与他笔下的人物、山水，水乳交融，休戚与共。有这样一位作家为自己代言，既是中国文学之幸，也是中华民族之幸。

但不要以为沈从文只是一个人性的歌者，他也有着批判现实的一面。中国社会的一切变化，举凡民族的忧患、政治的动荡，他从未置身事外，既为国家的未来前途忧心如焚，又设身处地地开出自己的诊疗药方。这在他的后期散文创作中表现得尤为明显，《怀昆明》《忆北平》《北平的印象和感想》《一个传奇的本事》等作品无一不表现着作家对民族、国家命运的深切忧虑，体现着一个知识分子应有的使命担当。在这个意义上讲，沈从文不但是一个社会病的治疗者，同时也是一个与人民共患难的爱国者。

当越来越多的现代作品让当代读者感到恍若隔世的时候，沈从文的作品却越来越深入人心。这是他的文学理想使然。在沈从文创作力最为旺盛的20世纪30年代，文学思潮五彩纷呈，既有阵容强大的中国左翼作家联盟，又有民国政府加持的民族主义文学、三民主义文学，同时还有各式各样的现代主义思潮，但他从未被裹胁，而是选择了一条和他们不一样的、全然不同的文学道路：他要建造一座供奉人性的小庙。这种意识在《边城·题记》《习作选集代序》《抽象的抒情》等作品中都有精彩的表现。"这世界上或有想在沙基或水面上建造崇楼杰阁的人，那可不是我。我只想造希腊小庙。选山地作基础，用坚硬石头堆砌它。精致，结实，匀称，形体虽小而不纤巧，是我理想的建筑。这神庙供奉的是'人性'。""我要表现的本是一种'人生的形式'，一种'优美，健康，自然，而又不悖乎人性的人生形式'。"（《习作选集代序》）

熟悉20世纪中国近现代史的读者，自然知道坚守这种信仰该有多么艰难。但沈从文似乎不为所动，特立独行地走着自己的路。他知道，如果一个作家一味追求

"某种少数特权人物或多数人'能懂爱听'的阿谀效果。他乐意这么做。他完了。他不乐意,也完了。前者他实在不容易写出有独创性独创艺术风格的作品,后者他写不下去,同样,他消失了,或把生命消失于一般化,或什么也写不出。他即或不是个懒人,还是作成一个懒人的结局。"(《抽象的抒情》)他相信,时间和读者才是最公平的,他选择了坚守。毋庸讳言,作家这种对自己写作理想的坚守,在造就他辉煌的文学世界的同时,必然也会给他的人生道路制造重重障碍,但他最终却凭着自己做任何事情都秉持着的"耐烦"态度,为当代读者构建了一个别样色彩的文学大厦。

这种写作姿态本身,就是很多中国作家难以企及的一个存在。

李 扬

2022年1月17日,南开大学文学院

第一辑　从文自传

我所生长的地方

拿起我这支笔来,想写点我在这地面上二十年所过的日子,所见的人物,所听的声音,所嗅的气味,也就是说我真真实实所受的人生教育,首先提到一个我从那儿生长的边疆僻地小城时,实在不知道怎样来着手就较方便些。我应当照城市中人的口吻来说,这真是一个古怪地方!只由于两百年前满人治理中国土地时,为镇抚与虐杀残余苗族,派遣了一队戍卒屯丁驻扎,方有了城堡与居民。这古怪地方的成立与一切过去,有一部《苗防备览》记载了些官方文件,但那只是一部枯燥无味的官书。我想把我一篇作品里所简单描绘过的那个小城,介绍到这里来。这虽然只是一个轮廓,但那地方一切情景,却浮凸起来,仿佛可用手去摸触。

一个好事人,若从一百年前某种较旧一点的地图上去寻找,当可在黔北、川东、湘西一处极偏僻的角隅上,发现了一个名为"镇筸"的小点。那里同别的小点一样,事实上应当有一个城市,在那城市中,安顿下三五千人口。不过一切城市的存在,大部分皆在交通、物产、经济活动情形下面,成为那个城市枯荣的因缘,这一个地方,却以另外一种意义无所依附而独立存在。试将那个用粗糙而坚实巨大石头砌成的圆城作为中心,向四方展开,围绕了这边疆僻地的孤城,约有七千多座碉堡,二百左右的营汛。碉堡各用大石块堆成,位置在山顶头,随了山岭脉络蜿蜒各处走去;营汛各位置在驿路上,布置得极有秩序。这些东西在一百八十年前,是按照一种精密的计划,各保持相当距离,在周围数百里内,平均分配下来，解决了退守一隅常作"蠢动"的边苗"叛变"的。两世纪来满清的暴政，以及因这暴政而引起的反抗，血染红了每一条官路同每一个碉堡。到如今，一切完事了，碉堡多数业已毁掉了，营汛多数成为民房了，人民已大半同化了。落日黄昏时节，站到那个巍然独在万山环绕的孤城高处，眺望那些远近残毁碉堡，还可依稀想见当时角鼓火炬传警告急的光景。这地方到今日，已因为变成另外一种军事重心，一切皆用一种迅速的姿势在改变，在进步，同时这种进步，也就正消灭到过去一切。

凡有机会追随了屈原溯江而行那条长年澄清的沅水，向上游去的旅客和商人，若打量由陆路入黔入川，不经古夜郎国，不经永顺、龙山，都应当明白"镇筸"是个可以安顿他的行李最可靠也最舒服的地方。那里土匪的名称不习惯于一般人的耳朵。兵卒纯善如平民，与人无侮无扰。农民勇敢而安分，且莫不敬神守法。商人各负担了花纱同货物，洒脱单独向深山中村庄走去，与平民作有无交易，谋取什一之利。地方统治者分数种：最上为天神，其次为官，又其次才为村长同执行巫术的神的侍奉者。人人洁身信神，守法爱官。每家俱有兵役，可按月各自到营上领取一点银子，一份米粮，且可从官家领取二百年前被政府所没收的公田耕耨播种。城中人每年各按照家中有无，到天王庙去杀猪，宰羊，磔狗，献鸡，献鱼，求神保佑五谷的繁殖，六畜的兴旺，儿女的长成，以及作疾病婚丧的禳解。人人皆依本分担负官府所分派的捐款，又自动的捐钱与庙祝或单独执行巫术者。一切事保持一种淳朴习惯，遵从古礼；春秋二季农事起始与结束时，照例有年老人向各处人家敛钱，给社稷神唱木傀儡戏。早暵祈雨，便有小孩子共同抬了活狗，带上柳条，或扎成草龙，各处走去。春天常有春官，穿黄衣各处念农事歌词。岁暮年末，居民便装饰红衣傩神于家中正屋，搥大鼓如雷鸣，苗巫穿鲜红如血衣服，吹镂银牛角，拿铜刀，踊跃歌舞娱神。城中的住民，多当时派遣移来的戍卒屯丁，此外则有江西人在此卖布，福建人在此卖烟，广东人在此卖药。地方由少数读书人与多数军官，在政治上与婚姻上两面的结合，产生一个上层阶级，这阶级一方面用一种保守稳健的政策，长时期管理政治，一方面支配了大部分属于私有的土地；而这阶级的来源，却又仍然出于当年的戍卒屯丁。地方城外山坡上产桐树杉树，矿坑中有朱砂水银，松林里生菌子，山洞中多硝。城乡全不缺少勇敢忠诚适于理想的兵士，与温柔耐劳适于家庭的妇人。在军校阶级厨房中，出异常可口的菜饭，在伐树砍柴人口中，出热情优美的歌声。

地方东南四十里接近大河，一道河流肥沃了平衍的两岸，多米，多橘柚。西北二十里后，即已渐入高原，近抵苗乡，万山重叠，大小重叠的山中，大杉树以长年深绿逼人的颜色，蔓延各处。一道小河从高山绝涧中流出，汇集了万山细流，沿了两岸有杉树林的河沟奔驶而过，农民各就河边编缚竹子作成水车，引河中流水，灌溉高处的山田。河水长年清澈，其中多鳜鱼，鲫鱼，鲤鱼，大的比人脚板还大。河岸上那些人家里，常常可以见到白脸长身见人善作媚笑的女子。水河水流环绕"镇筸"北城下驶，到一百七十里后方汇入辰河，直抵洞庭。

这地方又名凤凰厅，到民国后便改成了县治，名凤凰县。辛亥革命后，湘西镇守使与辰沅道皆驻节在此地。地方居民不过五六千，驻防各处的正规兵士却有七千。由于环境的不同，直到现在其地绿营兵役制度尚保存不废，为中国绿营军制唯一残留之物。

我就生长到这样一个小城里，将近十五岁时方离开。出门两年半回过那小城一次以后,直到现在为止,那城门我不曾再进去过。但那地方我是熟习的。现在还有许多人生活在那个城市里,我却常常生活在那个小城过去给我的印象里。

我读一本小书同时又读一本大书

我能正确记忆到我小时的一切,大约在两岁左右。我从小到四岁左右,始终健全肥壮如一只小豚。四岁时母亲一面告给我认方字,外祖母一面便给我糖吃,到认完六百生字时,腹中生了蛔虫,弄得黄瘦异常,只得经常用草药蒸鸡肝当饭。那时节我就已跟随了两个姐姐,到一个女先生处上学。那人既是我的亲戚,我年龄又那么小,过那边去念书,坐在书桌边读书的时节较少,坐在她膝上玩的时间或者较多。

到六岁时,我的弟弟方两岁,两人同时出了疹子。时正六月,日夜总在吓人高热中受苦。又不能躺下睡觉,一躺下就咳嗽发喘。又不要人抱,抱时全身难受。我还记得我同我那弟弟两人当时皆用竹簟卷好,同春卷一样,竖立在屋中阴凉处。家中人当时业已为我们预备了两具小小棺木,搁在廊下。十分幸运,两人到后居然全好了。我的弟弟病后家中特别为他请了一个壮实高大的苗妇人照料,照料得法,他便壮大异常。我因此一病,却完全改了样子,从此不再与肥胖为缘,成了个小猴儿精了。

六岁时我已单独上了私塾。如一般风气,凡是老塾师在私塾中给予小孩子的虐待,我照样也得到了一份。但初上学时,我因为在家中业已认字不少,记忆力从小又似乎特别好,故比较其余小孩,可谓十分幸运。第二年后换了一个私塾,在这私塾中我跟从了几个较大的学生学会了顽劣孩子抵抗顽固塾师的方法,逃避那些书本枯燥文句去同一切自然相亲近。这一年的生活,形成了我一生性格与感情的基础。我间或逃学,且一再说谎,掩饰我逃学应受的处罚。我的爸爸因这件事十分愤怒,有一次竟说若再逃学说谎,便当砍去我一个手指。我仍然不为这一严厉警诫所恐吓,机会一来时总不把逃学的机会轻轻放过。当我学会了用自己眼睛看世界一切,到不同社会中去生活时,学校对于我便已毫无兴味可言了。

我爸爸平时本极爱我,我曾经有一时还作过我那一家的中心人物。稍稍害点病时,一家人便光着眼睛不睡眠,在床边服侍我,当我要谁抱时谁就伸出手来。家中那时经济情形还好,我在物质方面所享受到的,比起一般亲戚小孩似乎皆好得多。我的爸爸既一面只作将军的好梦,一面对于我却怀了更大的希望。他仿佛早就看出我不是个军人,不希望我作将军,却告给我祖父的许多勇敢光荣的故事,以及他庚子年间所得的一份经验。他因为欢喜京戏,只想我学戏,作谭鑫培。他以为我不拘作什么事,总之应比作个将军高些。第一个赞美我明慧的就是我的爸爸。可是当他发现了我成天从塾中逃出到太阳底下同一群小流氓游荡,任何方法都不能拘束这颗小小的心,且不能禁止我狡猾的说谎时,我的行为实在伤了这个军人的心。同时那小我四岁的弟弟,因为看护他的苗妇人照料十分得法,身体养育得强壮异常,年龄虽小,便显得气派宏大,凝静结实,且极自重自爱,故家中人对我感到失望时,对他便异常关切起来。这小孩子到后来也并不辜负家中人的期望,二十二岁时便作了步兵上校。至于我那个爸爸,却在蒙古、东北、西藏各处军队中混过,民国二十年时还只是一个上校,在本地土著军队里作军医(后改中医院长),把将军希望留在弟弟身上,在家乡从一种极轻微的疾病中便瞑目了。

我有了外面的自由,对于家中的爱护反觉处处受了牵制,因此家中人疏忽了我的生活时，反而似乎使我方便了好些。领导我逃出学塾，尽我到日光下去认识这大千世界微妙的光，希奇的色，以及万汇百物的动静，这人是我一个张姓表哥。他开始带我到他家中橘柚园中去玩，到城外山上去玩，到各种野孩子堆里去玩，到水边去玩。他教我说谎，用一种谎话对付家中，又用另一种谎话对付学塾，引诱我跟他各处跑去。即或不逃学，学塾为了担心学童下河洗澡，每到中午散学时，照例必在每人左手心中用朱笔写一大字，我们还依然能够一手高举，把身体泡到河水中玩个半天，这方法也亏那表哥想得出来。我感情流动而不凝固，一派清波给予我的影响实在不小。我幼小时较美丽的生活，大部分都与水不能分离。我的学校可以说是在水边的。我认识美，学会思索，水对我有极大的关系。我最初与水接近，便是那荒唐表哥领带的。

现在说来，我在作孩子的时代，原本也不是个全不知自重的小孩子。我并不愚蠢。当时在一班表兄弟中和弟兄中，似乎只有我那个哥哥比我聪明，我却比其他一切孩子解事。但自从那表哥教会我逃学后，我便成为毫不自重的人了。在各样教训各样方法管束下，我不欢喜读书的性情，从塾师方面，从家庭方面，从亲戚方面，莫不对于我感觉得无多希望。我的长处到那时只是种种的说谎。我非从学塾逃到外面空气下不可，逃学过后又得逃避处罚。我最先所学，同时拿来致用的，也就是根据各种经验来制作各种谎话。我的心总得为一种新鲜声音，新鲜颜色，新鲜气味而跳。我得认识本人生活以外的生活。我的智慧应当从直接生活上吸收消化，却不须从一本好书一句好话上学来。似乎就只这样一个原因，我在学塾中，逃学纪录点数，在当时便比任何一人都高。

离开私塾转入新式小学时，我学的总是学校以外的。到我出外自食其力时，又不曾在职务上学好过什么。二十岁后我"不安于当前事务，却倾心于现世光色，对于一切成例与观念皆十分怀疑，却常常为人生远景而凝眸"，这份性格的形成，便应当溯源于小时在私塾中的逃学习惯。

自从逃学成习惯后，我除了想方设法逃学，什么也不再关心。

有时天气坏一点，不便出城上山里去玩，逃了学没有什么去处，我就一个人走到城外庙里去。本地大建筑在城外计三十来处，除了庙宇就是会馆和祠堂。空地广阔，因此均为小手工业工人所利用。那些庙里总常常有人在殿前廊下绞绳子，织竹簟，做香，我就看他们做事。有人下棋，我看下棋。有人打拳，我看打拳。甚至于相骂，我也看着，看他们如何骂来骂去，如何结。因为自己既逃学，走到的地方必不能有熟人，所到的必是较远的庙里。到了那里，既无一个熟人，因此什么事皆只好用耳朵去听，眼睛去看，直到看无可看听无可听时，我便应当设计打量我怎么回家去的方法了。

来去学校我得拿一个书篮。内中有十多本破书，由《包句杂志》、《幼学琼林》，到《论语》、《诗经》、《尚书》，通常得背诵，分量相当沉重。逃学时还把书篮挂到手肘上，这就未免太蠢了一点。凡这么办的可以说是不聪明的孩子。许多这种小孩子，因为逃学到各处去，人家一见就认得出，上年纪一点的人见到时就会说："逃学的，赶快跑回家挨打去，不要在这里玩。"若无书篮可不必受这种教训。因此我们就想出了一个方法，把书篮寄存到一个土地庙里去，那地方无一个人看管，但谁也用不着担心他的书篮。小孩子对于土地神全不缺少必需的敬畏，都信托这木偶，把书篮好好的藏到神座龛子里去，常常同时有五个或八个，到时却各人把各人的拿走,谁也不会乱动旁人的东西。我把书篮放到那地方去,次数是不能记忆了的,照我想来,搁的最多的必定是我。

逃学失败被家中学校任何一方面发觉时,两方面总得各挨一顿打。在学校得自己把板凳搬到孔夫子牌位前,伏在上面受笞。处罚过后还要对孔夫子牌位作一揖,表示忏悔。有时又常常罚跪至一根香时间。我一面被处罚跪在房中的一隅,一面便记着各种事情,想象恰如生了一对翅膀,凭经验飞到各样动人事物上去。按照天气寒暖,想到河中的鳜鱼被钓起离水以后拨剌的情形,想到天上飞满风筝的情形,想到空山中歌呼的黄鹂,想到树木上累累的果实。由于最容易神往到种种屋外东西上去,反而常把处罚的痛苦忘掉,处罚的时间忘掉,直到被唤起以后为止,我就从不曾在被处罚中感觉过小小冤屈。那不是冤屈。我应感谢那种处罚,使我无法同自然接近时,给我一个练习想象的机会。

家中对这件事自然照例不大明白情形,以为只是教师方面太宽的过失,因此又为我换一个教师。我当然不能在这些变动上有什么异议。这事对我说来,倒又得感谢我的家中,因为先前那个学校比较近些,虽常常绕道上学,终不是个办法,且因绕道过远,把时间耽误太久时,无可托词。现在的学校可真很远很远了,不必包绕偏街,我便应当经过许多有趣味的地方了。从我家中到那个新的学塾里去时,路上我可看到针铺门前永远必有一个老人戴了极大的眼镜,低下头来在那里磨针。又可看到一个伞铺,大门敞开,作伞时十几个学徒一起工作,尽人欣赏。又有皮靴店,大胖子皮匠,天热时总腆出有一个大而黑的肚皮(上面有一撮毛!)用夹板绱鞋。又有个剃头铺,任何时节总有人手托一个小小木盘,呆呆的在那里尽剃头师傅刮脸。又可看到一家染坊,有强壮多力的苗人,踹在凹形石碾上面，站得高高的，手扶着墙上横木，偏左偏右的摇荡。又有三家苗人打豆腐的作坊，小腰白齿头包花帕的苗妇人，时时刻刻口上都轻声唱歌，一面引逗缚在身背后包单里的小苗人，一面用放光的红铜勺舀取豆浆。我还必须经过一个豆粉作坊，远远的就可听到骡子推磨隆隆的声音，屋顶棚架上晾满白粉条。我还得经过一些屠户肉案桌，可看到那些新鲜猪肉砍碎时尚在跳动不止。我还得经过一家扎冥器出租花轿的铺子，有白面无常鬼，蓝面阎罗王，鱼龙轿子，金童玉女。每天且可以从他那里看出有多少人接亲，有多少冥器，那些定做的作品又成就了多少，换了些什么式样。并且还常常停顿下来，看他们贴金，敷粉，涂色，一站许久。

我就欢喜看那些东西，一面看一面明白了许多事情。

每天上学时，我照例手肘上挂了那个竹书篮，里面放十多本破书。在家中虽不敢不穿鞋，可是一出了大门，即刻就把鞋脱下拿到手上，赤脚向学校走去。不管如何，时间照例是有多余的，因此我总得绕一节路玩玩。若从西城走去，在那边就可看到牢狱，大清早若干犯人从那方面戴了脚镣从牢中出来，派过衙门去挖土。若从杀人处走过，昨天杀的人还没有收尸，一定已被野狗把尸首咋碎或拖到小溪中去了，就走过去看看那个糜碎了的尸体，或拾起一块小小石头，在那个污秽的头颅上敲打一下，或用一木棍去戳戳，看看会动不动。若还有野狗在那里争夺，就预先拾了许多石头放在书篮里，随手一一向野狗抛掷，不再过去，只远远的看看，就走开了。

既然到了溪边，有时候溪中涨了小小的水，就把裤管高卷，书篮顶在头上，一只手扶着，一只手照料裤子，在沿了城根流去的溪水中走去，直到水深齐膝处为止。学校在北门，我出的是西门，又进南门，再绕城里大街一直走去。在南门河滩方面我还可以看一阵

12

沈从文散文

杀牛，机会好时恰好正看到那老实可怜畜生放倒的情形。因为每天可以看一点点，杀牛的手续同牛内脏的位置不久也就被我完全弄清楚了。再过去一点就是边街，有织簟子的铺子，每天任何时节，皆有几个老人坐在门前小凳子上，用厚背的钢刀破篾，有两个小孩子蹲在地上织簟子。（我对于这一行手艺所明白的种种，现在说来似乎比写字还在行。）又有铁匠铺，制铁炉同风箱皆占据屋中，大门永远敞开着，时间即或再早一些，也可以看到一个小孩子两只手拉风箱横柄，把整个身子的分量前倾后倒，风箱于是就连续发出一种吼声，火炉上便放出一股臭烟同红光。待到把赤红的热铁拉出搁放到铁砧上时，这个小东西，赶忙舞动细柄铁锤，把铁锤从身背后扬起，在身面前落下，火花四溅的一下一下打着。有时打的是一把刀，有时打的是一件农具。有时看到的又是这个小学徒跨在一条大板凳上，用一把凿子在未淬水的刀上起去铁皮，有时又把一条薄薄的钢片嵌进熟铁里去。日子一多，关于任何一件铁器的制造程序，我也不会弄错了。边街又有小饭铺，门前有个大竹筒，插满了用竹子削成的筷子。有干鱼同酸菜，用钵头装满放在门前柜台上，引诱主顾上门，意思好像是说，"吃我，随便吃我，好吃！"每次我总仔细看看，真所谓"过屠门而大嚼"，也过了瘾。

我最欢喜天上落雨，一落了小雨，若脚下穿的是布鞋，即或天气正当十冬腊月，我也可以用恐怕湿却鞋袜为辞，有理由即刻脱下鞋袜赤脚在街上走路。但最使人开心事，还是落过大雨以后，街上许多地方已被水所浸没，许多地方阴沟中涌出水来，在这些地方照例常常有人不能过身，我却赤着两脚故意向深水中走去。若河中涨了大水，照例上游会漂流得有木头、家具、南瓜同其他东西，就赶快到横跨大河的桥上去看热闹。桥上必已经有人用长绳系了自己的腰身，在桥头上呆着，注目水中，有所等待。看到有一段大木或一件值得下水的东西浮来时，就踊身一跃，骑到那树上，或傍近物边，把绳子缚定，自己便快快的向下游岸边泅去，另外几个在岸边的人把水中人援助上岸后，就把绳子拉着，或缠绕到大石上大树上去，于是第二次又有第二人来在桥头上等候。我欢喜看人在洄水里扳罾，巴掌大的活鲫鱼在网中蹦跳。一涨了水，照例也就可以看这种有趣味的事情。照家中规矩，一落雨就得穿上钉鞋，我可真不愿意穿那种笨重钉鞋。虽然在半夜时有人从街巷里过身，钉鞋声音实在好听，大白天对于钉鞋我依然毫无兴味。

若在四月落了点小雨，山地里田塍上各处全是蟋蟀声音，真使人心花怒放。在这些时节，我便觉得学校真没有意思，简直坐不住，总得想方设法逃学上山去捉蟋蟀。有时没有什么东西安置这小东西，就走到那里去，把第一只捉到手后又捉第二只，两只手各有一只后，就听第三只。本地蟋蟀原分春秋二季，春季的多在田间泥里草里，秋季的多在人家附近石罅里瓦砾中，如今既然这东西只在泥层里，故即或两只手心各有一匹小东西后，我总还可以想方设法把第三只从泥土中赶出，看看若比较手中的大些，即开释了手中所有，捕捉新的，如此轮流换去，一整天仅捉回两只小虫。城头上有白色炊烟，街巷里有摇铃铛卖煤油的声音，约当下午三点左右时，赶忙走到一个刻花板的花木匠那里去，很兴奋的同那木匠说：

"师傅师傅，今天可捉了大王来了！"

那木匠便故意装成无动于衷的神气，仍然坐在高凳上玩他的车盘，正眼也不看我的说："不成，不成，要打打得赌点输赢！"

我说："输了替你磨刀成不成？"

"嗨，够了，我不要你磨刀，你哪会磨刀？上次磨凿子还磨坏

摄于湖南保靖军队中(1922年2月)

一九二九年初夏摄于上海

了我的家伙!"

这不是冤枉我,我上次的确磨坏了他一把凿子。不好意思再说磨刀了,我说:

"师傅,那这样办法,你借给我一个瓦盆子,让我自己来试试这两只谁能干些好不好?"我说这话时真怪和气,为的是他以逸待劳,不允许我,还是无办法。

那木匠想了想,好像莫可奈何才让步的样子,"借盆子得把战败的一只给我,算作租钱。"

我满口答应,"那成那成。"

于是他方离开车盘,很慷慨的借给我一个泥罐子,顷刻之间我就只剩下一只蟋蟀了。这木匠看看我捉来的虫还不坏,必向我提议:"我们来比比。你赢了我借你这泥罐一天;你输了,你把这蟋蟀给我。办法公平不公平?"我正需要那么一个办法,连说"公平公平",于是这木匠进去了一会儿,拿出一只蟋蟀来同我的斗,不消说,三五回合我的自然又败了。他的蟋蟀照例却常常是我前一天输给他的。那木匠看看我有点颓丧,明白我认识那匹小东西,担心我生气时一摔,一面赶忙收拾盆罐,一面带着鼓励我的神气笑笑说:

"老弟,老弟,明天再来,明天再来!你应当捉好的来,走远一点。明天来,明天来!"

我什么话也不说,微笑着,出了木匠的大门,回家了。

这样一整天在为雨水泡软的田塍上乱跑,回家时常常全身是泥,家中当然一望而知,于是不必多说,沿老例跪一根香,罚关在空房子里,不许哭,不许吃饭。等一会儿我自然可以从姐姐方面得到充饥的东西。悄悄的把东西吃下以后,我也疲倦了,因此空房中即或再冷一点,老鼠来去很多,一会儿就睡着,再也不知道如何上床的事了。

即或在家中那么受折磨,到学校去时又免不了补挨一顿板子,我还是在想逃学时就逃学,决不为处罚所恐吓。

有时逃学又只是到山上去偷人家园地里的李子枇杷,主人拿着长长的竹竿子大骂着追来时,就飞奔而逃,逃到远处一面吃那个赃物,一面还唱山歌气那主人。总而言之,人虽小小的,两只脚跑得很快,什么茨棚里钻去也不在乎,要捉我可捉不到,就认为这种事比学校里游戏还有趣味。

可是只要我不逃学,在学校里我是不至于像其他那些人受处罚的。我从不用心念书,但我从不在应当背诵时节无法对付。许多书总是临时来读十遍八遍,背诵时节却居然琅琅上口,一字不遗。也似乎就由于这份小小聪明,学校把我同一般同学一样待遇,更使我轻视学校。家中不了解我为什么不想上进,不好好的利用自己聪明用功,我不了解家中为什么只要我读书,不让我玩。我自己总以为读书太容易了点,把认得的字记记那不算什么希奇。最希奇处,应当是另外那些人,在他那份习惯下所做的一切事情。为什么骡子推磨时得把眼睛遮上?为什么刀得烧红时在盐水里一淬方能坚硬?为什么雕佛像的会把木头雕成人形,所贴的金那么薄又用什么方法作成?为什么小铜匠会在一块铜板上钻那么一个圆眼,刻花时刻得整整齐齐?这些古怪事情实在太多了。

我生活中充满了疑问,都得我自己去找寻解答。我要知道的太多,所知道的又太少,有时便有点发愁。就为的是白日里太野,各处去看,各处去听,还各处去嗅闻,死蛇的气味,腐草的气味,屠户身上的气味,烧碗处土窑被雨以后放出的气味,要我说来虽当时无法用言语去形容，要我辨别却十分容易。蝙蝠的声音，一只黄牛当屠户把刀剚进它喉中时叹息的声音，藏在田塍土穴中大黄喉蛇的鸣声，黑暗中鱼在水面拨剌的微声，全因到耳边时分量不同，我也记得那么清清楚楚。因此回到家里时，夜间我便做出无数希奇古怪的梦。经常是梦向天上飞去，一直到金光闪烁中，终于大叫而醒。这些梦直到将近二十年后的如今，还常常使我在半夜里无法安眠，既把我带回到那个"过去"的空虚里去，也把我带往空幻的宇宙里去。

在我面前的世界已够宽广了，但我似乎就还得一个更宽广的世界。我得用这方面得到的知识证明那方面的疑问。我得从比较中知道谁好谁坏。我得看许多业已由于好询问别人，以及好自己幻想所感觉到的世界上的新鲜事情新鲜东西。结果能逃学时我逃学，不能逃学我就只好做梦。

照地方风气说来，一个小孩子野一点的，照例也必须强悍一点，才能各处跑去。因为一出城外，随时都会有一样东西突然扑到你身边来，或是一只凶恶的狗，或是一个顽劣的人。无法抵抗这点袭击，就不容易各处自由放荡。一个野一点的孩子，即或身边不必时时刻刻带一把小刀，也总得带一削光的竹块，好好的插到裤带上；遇机会到时，就取出来当作武器。尤其是到一个离家较远的地方看木傀儡戏，不准备厮杀一场简直不成。你能干点，单身往各处去，有人挑战时，还只是一人近你身边来恶斗，若包围到你身边的顽童人数极多，你还可挑选同你精力不大相差的一人。你不妨指定其中一个说：

"要打吗？你来。我同你来。"

照规矩，到时也只那一个人拢来。被他打倒，你活该，只好伏在地上尽他压着痛打一顿。你打倒了他,他活该。把他揍够后,你可以自由走去,谁也不会追你,只不过说句"下次再来"罢了。

可是你根本上若就十分怯弱,即或结伴同行,到什么地方去时,也会有人特意挑出你来殴斗,应战你得吃亏,不答应你得被仇人与同伴两方奚落,顶不经济。

感谢我那爸爸给了我一分勇气,人虽小,到什么地方去我总不害怕。到被人围上必须打架时,我能挑出那些同我不差多少的人来,我的敏捷同机智,总常常占点上风。有时气运不佳,不小心被人摔倒,我还会有方法翻身过来压到别人身上去。在这件事上,我只吃过一次亏,不是一个小孩,却是一只恶狗,把我攻倒后,咬伤了我一只手。我走到任何地方去都不怕谁。同时因换了好些私塾,各处皆有些同学,大家既都逃过学,便有无数朋友,因此也不会同人打架了。可是自从被那只恶狗攻倒过一次以后,到如今,我却依然十分怕狗。

至于我那地方的大人,用单刀扁担在大街上决斗本不算回事。事情发生时,那些有小孩子在街上玩的母亲,只不过说:"小杂种,站远一点,不要太近!"嘱咐小孩子稍稍站开点儿罢了。本地军人互相砍杀虽不出奇,但行刺暗算却不作兴。这类善于殴斗的人物,有军营中人,有哥老会中老幺,有好打不平的闲汉,在当地另成一帮,豁达大度,谦卑接物,为友报仇,爱义好施,且多非常孝顺。但这类人物为时代所陶冶,到民五以后也就渐渐消灭了。虽有些青年军官还保存那点风格,风格中最重要的一点洒脱处,却为了军纪一类影响,大不如前辈了。

我有三个堂叔叔、两个姑姑都住在城南乡下,离城四十里左右。那地方名黄罗寨,出强悍的人同猛鸷的兽。我爸爸三岁时,在那里差一点险被老虎咬去。我四岁左右,到那里第一天,就看见四个乡下人抬了一只死虎进城,给我留下极深刻的印象。

我还有一个表哥,住在城北十里地名长宁哨的乡下,从那里再过去十来里便是苗乡。表哥是一个紫色脸膛的人,一个守碉堡的战兵。我四岁时被他带到乡下去过了三天,二十年后还记得那个小小城堡黄昏来时鼓角的声音。

这战兵在苗乡有点威信,很能喊叫一些苗人。每次来城时,必为我带一只小斗鸡或一点别的东西。一来为我说苗人故事,临走时我总不让他走。我喜欢他,觉得他比乡下叔父能干有趣。

女　难

　　我欢喜辰州那个河滩，不管水落水涨，每天总有个时节在那河滩上散步。那地方上水船下水船虽那么多，由一个内行眼中看来，就不会有两只相同的船。我尤其欢喜那些从辰溪一带载运货物下来的高腹昂头"广舶子"，一来总斜斜的孤独的搁在河滩黄泥里，小水手从那上面搬取南瓜，茄子，成束的生麻，黑色放光的圆瓮。那船在暗褐色的尾梢上，常常晾得有朱红裤褂，背景是黄色或浅碧色一派清波，一切皆那么和谐，那么愁人。

　　美丽总是愁人的。我或者很快乐，却用的是发愁字样。但事实上每每见到这种光景，我总默默的注视许久。我要人同我说一句话，我要一个最熟的人，来同我讨论这些光景。可是这一次来到这地方，部队既完全开拔了，事情也无可作的，玩时也不能如前一次那么高兴了。虽依旧常常到城门边去吃汤圆，同那老人谈谈天，看看街，可是能在一堆玩，一处过日子，一块儿说话的，已无一个人。

　　我感觉到我是寂寞的。记得大白天太阳很好时，我就常常爬到墙头上去看驻扎在考棚的卫队上操。有时又跑到井边去，看人家轮流接水，看人家洗衣，看他们作豆芽菜的如何浇水进高桶里去。我坐在那井栏一看就是半天。有时来了一个挑水的老妇人，就帮着这妇人做做事，把桶递过去，把瓢递过去。我有时又到那靠近学校的城墙上去，看那些教会中学生玩球，或互相用小小绿色柚子抛掷，或在那坪里追赶扭打。我就独自坐在城墙上看热闹。间或他们无意中把球踢上城时，学生们懒得上城捡取，总装成怪和气的样子：

"小副爷，小副爷，帮个忙，把我们皮球抛下来。"

我便赶快把球拾起，且仿照他们脚尖那么一踢，于是那皮球便高高的向空中蹿去，且很快的落到那些年轻学生身边了。那些人把赞许与感谢安置在一个微笑里，有的还轻轻的呀了一声，看我一眼，即刻又争夺皮球去了。我便微笑着，照旧坐下来看别人的游戏，心中充满了不可名言的快乐。我虽作了司书，身上穿的还是灰布袄子，因此走到什么地方去，别人总是称呼我作"小副爷"。我就在这些情形中，以为人家全不知道我身分，感到一点秘密的快乐。且在这种情形中，仿佛同别一世界里的人也接近了一点。我需要的就是这种接近。事实上却是十分孤独的。

可是不到一会儿，那学校响了上堂铃，大家一窝蜂散了，只剩下一个圆圆的皮球在草坪角隅。墙边不知名的繁花正在谢落，天空静静的。我望到日头下自己的扁扁影子，有说不出的无聊。我得离开这个地方，得沿了城墙走去。有时在城墙上见一群穿了花衣的女人从对面走来，小一点的女孩子远远的一看到我，就"三姐二姐"的乱喊，且说"有兵有兵"，意思便想回头走去。我那时总十分害羞，赶忙把脸对雉堞缺口向外望去。好让这些人从我身后走过，心里却又对于身上的灰布军衣有点抱歉。我以为我是读书人，不应当被别人厌恶。可是我有什么方法使不认识我的人也给我一分应有尊敬？我想起那两册厚厚的《辞源》，想起三个人共同订的那一份《申报》，还想起《秋水轩尺牍》。

就在这一类隐隐约约的刺激下，我有时回到部中，坐在用公文纸裱糊的桌面上，发愤去写小楷字，一写便是半天。

时间过去了，春天夏天过去了，且重新又过年了。川东鄂西的消息来得够坏。只听说我们军队在川边已同当地神兵接了火，接着就说得退回湖南。第三次消息来时，却说我们军队在湖北来凤全部都覆灭了。一个早上，闪不知被神兵和民兵一道扑营，营长，团长，旅长，军法长，秘书长，参谋长完全被杀了。这件事最初不能完全相信。作留守的老副官长就亲自跑过二军留守部去问信，到时那边正接到一封详细电报，把我们总司令部如何被人袭击，如何占领，如何残杀的事一一说明。拍发电报的就正是我的上司。他幸运先带一团人过湘境龙山布防，因此方不遇难。

好，这一下可好，熟人全杀尽了，兵队全打散了，这留守处还有什么用处？自从得到了详细报告后，五天之中，我们便各自领了遣散费，各人带了护照，各自回家。

回到家中约在八月左右。一到十二月，我又离开家中过沅州。家中实在呆不住，军队中不成，还得另想生路，沅州地方应当有机会。那时正值大雪，既出了几次门，有了出门的经验，把生棕衣毛松松的包裹两只脚，背了个小小包袱，跟着我一个教中学的舅母的轿后走去，脚倒全不怕冻。雪实在大了点，山路又窄，有时跌到了雪坑里去，便大声呼喊，必得那脚夫把扁担来援引方能出险。可是天保佑，跌了许多次数我却不曾受伤。走了四天到地以后，我暂住在一个卸任县长舅父家中。不久舅父作了警察所长，我就作了那小小警察所的办事员。办事处在旧县衙门，我的职务只是每天抄写违警处罚的条子。隔壁是个典狱署，每夜皆可听到监狱里犯人受狱中老犯拷掠的呼喊。警察所也常常捉来些偷鸡摸狗的小窃，一时不即发落，便寄存到牢狱里去。因此每天黄昏将近牢狱里应当收封点名时，我也照例得同一个巡官，拿一本点名册，提了个马灯，跟着进牢狱里去，点我们这边寄押人犯的名。点完名后，看着他们那方面的人把重要犯人一一加上手铐，必需套枷的还戴好方枷，必需固定的还把他们系在横梁铁环上，几个人方走出牢狱。

警察所不久从地方财产保管处接收了本地的屠宰税，这个县城因为是沅水上游一个大码头，上下船只多，又当官道，每天常杀二十头猪一两头黄牛，我这办事员因此每天又多了一份职务。每只猪抽收六百四十文的税捐，牛收两千文，我便每天填写税单。另外派了人去查验。恐怕那查验的舞弊不实，我自己也得常常出来到全城每个屠案桌边看看。这份职务有趣味处倒不是查出多少漏税的行为，却是我可以因此见识许多事情。我每天得把全城跑到，还得过一个长约四分之三里在湘西方面说来十分著名的长桥，往对河黄家街去看看。各个店铺里的人都认识我，同时我也认识他们。成衣铺，银匠铺，南纸店，丝烟店，不拘走到什么地方，便有人向我打招呼，我随处也照例谈谈玩玩。这些商店主人照例就是本地小绅士，常常同我舅父喝酒，也知道许多事情皆得警察所帮忙，因此款待我很不坏。

另外还有个亲戚，我的姨父，在本地算是一个大拇指人物，有钱，有势，从知事起任何人物任何军队都对他十分尊敬，从不敢稍稍得罪他。这个亲戚对于我的能力，也异常称赞。

那时我的薪水每月只有十二千文，一切事倒做得有条不紊。

大约正因为舅父同另外那个亲戚每天作诗的原因，我虽不会做诗，却学会了看诗。我成天看他们作诗，替他们抄诗，工作得很有兴致。因为盼望所抄的诗被人嘉奖，我开始来写小楷字帖。因为空暇的时间仍然很多，恰恰那亲戚家中客厅楼上有两大箱商务印行的《说部丛书》，这些书便轮流作了我最好的朋友。我记得迭更司的《冰雪因缘》、《滑稽外史》、《贼史》这三部书，反复约占去了我两个月的时间。我欢喜这种书,因为他告给我的正是我所要明白的。他不像别的书尽说道理,他只记下一些生活现象。即或书中包含的还是一种很陈腐的道理,但作者却有本领把道理包含在现象中。我就是个不想明白道理却永远为现象所倾心的人。我看一切,却并不把那个社会价值掹加进去,估定我的爱憎。我不愿问价钱上的多少来为百物作一个好坏批评,却愿意考查他在我官觉上使我愉快不愉快的分量。我永远不厌倦的是"看"一切。宇宙万汇在运动中,在静止中,在我印象里,我都能抓定它的最美丽与最调和的风度,但我的爱好显然却不能同一般目的相合。我不明白一切同人类生活相联结时的美恶,另外一句话说来,就是我不大能领会伦理的美。接近人生时,我永远是个艺术家的感情,却绝不是所谓道德君子的感情。可是,由于社会人与人的关系产生的各种无固定性的流动的美,德性的愉快,责任的愉快,在当时从别人看来,我也是毫无瑕疵的。我玩得厉害,职分上的事仍然做得极好。

那时节我的母亲同姊妹,已把家中房屋售去,剩下约三千块钱。既把老屋售去,不大好意思在本城租人房子住下,且因为我事情做得很好,芷江的亲戚又多,便坐了轿子来到芷江,我们一同住下。本地人只知道我家中是旧家,且以为我们还能够把钱拿来存放钱铺里,我又那么懂事明理有作有为,那在当地有势力的亲戚太太,且恰恰是我母亲的妹妹,因此无人不同我十分要好。母亲也以为一家的转机快到了。

假若命运不给我一些折磨,允许我那么把岁月送走,我想象这时节我应当在那地方做了一个小绅士,我的太太一定是个有财产商人的女儿,我一定做了两任县知事,还一定做了四个以上孩子的父亲;而且必然还学会了吸鸦片烟。照情形看来,我的生活是应当在那么一个公式里发展的。这点打算不是现在的想象，当时那亲戚就说到了。因为照他意思看来，我最好便是作他的女婿，所以别的人请他向我母亲询问对于我的婚事意见时，他总说不妨慢一点。

不意事业刚好有些头绪，那作警察所长的舅父，却害肺病死掉了。

因他一死，本地捐税抽收保管改归一个新的团防局，我得到职务上"不疏忽"的考语，仍然把工作接续下去，改到了新的地方，作了新机关的收税员。改变以后情形稍稍不同的是，我得每天早上一面把票填好，一面还得在十点后各处去查查。不久在那商会性质团防局里，我认识了十来个绅士，同时还认识一个白脸长身的小孩子。由于这小孩子同我十分要好，半年后便有一个脸儿白白的身材高的女孩印象，把我生活完全弄乱了。

我是个乡下人，我的月薪已从十二千增加到十六千，我已从那些本地乡绅方面学会了刻图章，写草字，做点半通不通的五律七律，我年龄也已经到了十七岁。在这样情形下，一个样子诚实聪明懂事的年轻人，和和气气邀我到他家中去看他的姐姐，请想想，结果我怎么样？

乡下人有什么办法，可以抵抗这命运所摊派的一份？

当那在本地翘大拇指的亲戚，隐隐约约明白了这件事情时，当一些乡绅知道了这件事情时，每个人都劝告我不要这么傻。有些本来看中了我，同我常常作诗的绅士，就向我那有势力的亲戚示意，愿意得到这样一个女婿。那亲戚于是把我叫去，当着我的母亲，把四个女孩子提出来问我看谁好就定谁。四个女孩子中就有我一个表妹。老实说来，我当时也还明白四个女孩子生得皆很体面，比另外那一个强得多，全是在平时不敢希望得到的女孩子。可是上帝的意思与魔鬼的意思两者必居其一,我以为我爱了另外那个白脸女孩子,且相信那白脸男孩子的谎话,以为那白脸女孩子也正爱我。一分离奇的命运,行将把我从这种庸俗生活中攫去,再安置到此后各样变故里,因此我当时同我那亲戚说:"那不成,我不作你的女婿,也不作店老板的女婿。我有计划,我得照我自己的计划作去。"什么计划?真只有天知道。

我母亲什么也不说,似乎早知道我应分还得受多少折磨,家中人也免不了受许多磨难的样子,只是微笑。那亲戚便说:"好,那我们看,一切有命,莫勉强。"

那时节正是三月,四月中起了战事,八百土匪把一个大城团团围住,在城外各处放火。四百左右驻军同一百左右团丁站在城墙上对抗。到夜来流弹满天交织,如无数紫色小鸟振翅,各处皆喊杀连天,三点钟内城外即烧去了七百栋房屋。小城被围困共计四天,外县援军赶到方解了围。这四天中城外的枪炮声我一点儿也不关心,那白脸孩子的谎话使我只知道一件事情,就是我已经被一个女孩子十分关切,我行将成为他的亲戚。我为他姐姐无日无夜作旧诗,把诗作成他一来时便为我捎去。我以为我这些诗必成为不朽作品,他说过,他姐姐便最欢喜看我的诗。

我家中那点余款本来归我保管存放的。直到如今,我还不明白为什么那白脸孩子今天向我把钱借去,明天即刻还我,后天借去,大后天又还给我,结果算去算来却有一千块钱左右的数目,任何方法也算不出用它到什么方面去。这钱竟然无着落了。但还有更坏的事。

到这时节一切全变了,他再不来为我把每天送他姐姐的情诗捎去了,那件事情不消说也到了结束时节了。

我有点明白，我这乡下人吃了亏。我为那一笔巨大数目着了骇，每天不拘做任何事都无心情。每天想办法处置，却想不出比逃走更好的办法。

因此有一天，我就离开那一本账簿，同那两个白脸姊弟，四个一见我就问我"诗作得怎么样"的理想岳丈，四双眼睛漆黑身长苗条发辫极大的女孩印象，以及我那个可怜的母亲同姊妹走了。为这件事情我母亲哭了半年。这老年人不是不原谅我的荒唐，因我不可靠用去了这笔钱而流泪；却只为的是我这种乡下人的气质，到任何时任何一处总免不了吃城里聪敏人的亏，而想来十分伤心。

常 德

我本预备到北京的，但去不成。我本想走得越远越好，正以为我必得走到一个使人忘却了我的存在种种过失，也使自己忘却了自己种种痴处蠢处的地方，才能够再活下去。可是一到常德后，便有个亲戚把我留下了。

到常德后一时什么事也不能做，只住在每天连伙食共需三毛六分钱的小客栈里打发日子。因此最多的去处还依然同上年在辰州军队里一样，一条河街占去了我大部分生活。辰州河街不过一二里路长，几家作船上人买卖的小茶馆，同几家与船上人作交易的杂货铺。常德的河街可不同多了，这是一条长约三五里的河街，有客栈，有花纱行，有油行，有卖船上铁锚铁链的大铺子，有税局，有各种会馆与行庄。这河街既那么长又那么复杂，长年且因为有城中人担水把地面弄得透湿的，我每天来回走个一回两回，又在任何一处随意呆下欣赏当时那些眼前发生的新事，以及照例存在的一切，日子很快的也就又夜下来了。

那河街既那么长，我最中意的是名为麻阳街的一段。那里一面是城墙，一面是临河而起的一排陋隘逼窄的小屋。有烟馆同面馆，有卖绳缆的铺子，有杂货字号，有屠户，有狗肉铺，门前挂满了熏干的狗肉，有铸铁锚与琢硬木活车以及贩卖小船上应用器具的小铺子。又有小小理发馆，走路的人从街上过身时，总常常可见到一些大而圆的脑袋，带了三分呆气在那里让剃头师傅用刀刮头，或偏了头搁在一条大腿上，在那里向阳取耳。有几家专门供船上划船人开心的妓院，常常可以见到三五个大脚女人，身穿蓝色印花洋布衣服，红花洋布裤子，粉脸油头，鼻梁根扯得通红，坐在门前长凳上剥朝阳花子，见有人过路时就迷笑迷笑，且轻轻的用麻阳人腔调唱歌。这一条街上龌浊不过，一年总是湿漉漉的不好走路，且一年四季总不免有种古怪气味。河中还泊满了住家的小船，以及从辰河上游洪江一带装运桐油牛皮的大船。上游某一帮船只拢岸时，这河街上各处都是水手。只看到这些水手手里提了干鱼，或扛了大南瓜，到处走动，各人皆忙匆匆把从上游本乡带来的礼物送给亲戚朋友。这街上又有些从河街上屋子里与河船上长大的小孩子，大白天三三五五捧了红冠大公鸡，身前身后跟了一只肥狗，街头街尾各处找寻别的公鸡打架。一见了什么人家的公鸡时，就把怀里的鸡远远抛去，各占据着那堆积在城墙脚下的木料堆上观战。自己公鸡战败时，就走拢去踢别人的公鸡一脚出气。或者因点别的什么事，两人互骂了一句娘，看看谁也不能输那一口气，就在街中很勇敢的揪打起来，缠成一团揉到烂泥里去。

那街上卖糕的必敲竹梆，卖糖的必打小铜锣，这些人在引起别人的注意方法上，都知道在过街时口中唱出一种放荡的调子，同女人身体某一些部分相关，逗人发笑。街上又常常有妇女坐在门前矮凳上大哭乱骂，或者用一把菜刀，在一块木板上一面砍一面骂那把鸡偷去宰吃了的人。那街上且常常可以看到穿了青羽缎马褂，新浆洗过蓝布长衫的船老板，带了很多礼物来送熟人。街头中又常常有唱木头人戏的，当街靠墙架了场面，在一种奇妙处置下"当当当当蓬蓬当"的响起锣鼓来，许多闲汉便张大了嘴看那个傀儡戏，到收钱时却一哄而散。

那街上许多茶馆，一面临街，一面临河，旁边甬道下去就是河码头。从各小船上岸的人多从这甬道上下，因此来去的人也极多。船上到夜来各处全是灯，河中心有许多小船各处摇去，弄船人拖出长长的声音卖烧酒同猪蹄子粉条。我想象那个粉条一定不坏，很愿意有一个机会到那小船上去吃点什么喝点什么，但当然办不到。

我到这街上来来去去，看这些人如何生活，如何快乐又如何忧愁，我也就仿佛同样得到了一点生活意义。

我又间或跑向轮船码头去看那些从长沙从汉口来的小轮船，在趸船一角怯怯的站住，看那些学生模样的青年和体面女人上下船，看那些人的样子，也看那些人的行李。间或发现了一个人的皮箱上贴了许多上海北京各地旅馆的标志，我总悄悄的走过去好好的研究一番，估计这人究竟从哪儿来。内河小轮船刚一抵岸，在我这乡巴佬的眼下实在是一种奇观。

我间或又爬上城去，在那石头城上兜一个圈子，一面散步，一面且居高临下的欣赏那些傍了城墙脚边住家的院子里一切情形。在近北门一方面，地邻小河，每天照例有不少染坊工人，担了青布白布出城过空场上去晒晾，又有军队中人放马，又可看到埋人，又可看鸭子同白鹅。一个人既然无事可做，因此到城头看过了城外的一切，还觉得有点不足时，就出城到那些大场坪里找染坊工人与马夫谈话，情形也就十分平常。我虽然已经好像一个读书人了，可是事实上一切精神却更近于一个兵士，到他们身边时，我们谈到的问题，实在比我到一个学生身边时可谈的更多。就现在说来，我同任何一个下等人就似乎有很多方面的话可谈，他们那点感想，那点希望，也大多数同我一样，皆从实生活取证来的。可是若同一个大学教授谈话，他除了说说书本上学来的那一套心得以外，就是说从报纸上得来的他那一分感想，对于一个人生命的构成，总似乎缺少一点什么似的。可交换的意见,也就很少很少了。

我有时还跟随一队埋人的行列,走到葬地去,看他们下葬的手续与我那地方的习俗如何不同。

另外那件使我离开原来环境逃亡的事,我当然没有忘记,我写了些充满忏悔与自责的书信回去,请求母亲的原恕。母亲知道我并不自杀,于是来信说:"已经做过了的错事,没有不可原恕的道理。你自己好好的做事,我们就放心了。"接到这些信时,我便悄悄到城墙上去哭。因为我想象得出,这些信由母亲口说姐姐写到纸上时,两人的眼泪一定是挂在脸上的。

我那时也同时听到了一个消息,就是那白脸孩子的姐姐,下行读书,在船上却被土匪抢入山中做押寨夫人去了。得到这消息后,我便在那小客店的墙壁上,写下两句唐人传奇小说上别人的诗,抒写自己的感慨:"佳人已属沙咤利,义士今无古押衙。"义士虽无古押衙,其实过不久这女孩就从土匪中花了一笔很可观的数目赎了出来,随即同一个驻防洪江的黔军团长结了婚。但团长不久又被枪毙,这女人便进到沅州本地的天主堂作洋尼姑去了。

我当然书也不读,字也不写,诗也无心再作了。

那时我所以留在常德不动,就因为上游九十里的桃源县,有一个清乡指挥部,属于我本地军队。这军队也就是当年的靖国联军第一军的一部分。那指挥官节制了三个支队,本人虽是个贵州人,所有高级官佐却大半是我的同乡。朋友介绍我到那边去,以为做事当然很容易。那时节何键正作骑兵团长,归省政府直辖,贺龙作支队司令,归清乡指挥统辖,部队全驻防桃源县。我得到了个向姓同乡介绍信之后,就拿了去会贺龙,我得了个拿九元干薪的差遣,只一月便不干了。又去晋谒别的熟人,向清乡指挥部谋差事。可是两处虽有熟人，却毫无结果。书记差遣一类事情既不能做，我愿意当兵，大家又总以为我不能当兵。不过事情虽无结果，熟人在桃源的既很多，我却可以常常不打票坐小轮船过桃源来玩了。那时有个表弟正从上面总部委派下来作译电，我一到桃源时，就住在他那里。两人一出外还仍然是到河边看来往船只。或上去一点到桃源女子师范河边，看看河中心那个大鱼梁。水发时，这鱼梁堪称一种奇观，因为是斜斜的横在河中心，照水流趋势，即有大量鱼群，蹦跳到竹架上，有人用长钩钩取入小船，毫不费事！我离开那个清乡军队已两年，再看看这个清乡军队，一切可完全变了。枪械，纪律，完全不像过去那么马虎，每个兵士都仿佛十分自重，每个军官皆服装整齐凸着胸脯在街上走路。平时无事兵士全不能外出，职员们办公休息各有定时；军队印象使我十分感动。

那指挥官虽自行伍出身，一派文雅的风度，却使人看不出他的本来面目，笔下既异常敏捷，做事又富有经验，好些日子听别人说到他时就使我十分倾心。因此我那时就只想，若能够在他那儿当一名差弁，也许比做别的事更有意思。可是我尽这样在心中打算了很久，却终不能得到一个方便机会。

一九三二年在青岛

作者画白马山(徐志摩坠机处)

船　上

住在那小旅馆实在不是个办法,每天虽只三毛六分钱,四个月来欠下的钱很像个大数目了。欠账太多了,非常怕见内老板,每天又必得同她在一桌吃饭。她说的话我可以装作不懂,可是仍然留在心上,挪移不开。桃源方面差事既没有结果,那么,不想个办法,我难道就作旅馆的伙计吗?恰好那时有一只押运军服的帆船,正预备上行,押运人就是我哥哥一个老朋友,我也同他在一堆吃过喝过。一个作小学教员的亲戚,答应替我向店中办个交涉,欠账暂时不说,将来发财再看。在桃源的那个表弟,恰好也正想回返本队,因此三人就一同坐了这小船上驶。我的行李既只是一个用面粉口袋改作的小小包袱,所以上船时实在洒脱方便。

船上装满了崭新棉布军服,把军服摊开,就躺到那上面去,听押船上行的曾姓朋友,说过去生活中种种故事,我们一直在船上过了四十天。

这曾姓朋友读书不多,办事却十分在行,军人风味的勇敢,爽直,正如一般镇筸人的通性,因此说到任何故事时,也一例能使人神往意移。他那时年纪不会过二十五岁,却已赏玩了四十名左右的年轻黄花女。他说到这点经验时,从不显出一分自负的神气,不骄傲,不矜持。他说这是他的命运,是机缘的凑巧。从他口中说出的每个女子,都仿佛各有一份不同的个性,他却只用几句最得体最风趣的言语描出。我到后来写过许多小说,描写到某种不为人所齿及的年轻女子的轮廓,不至于失去她当然的点线,说得对,说得准确，就多数得力于这朋友的叙述。一切粗俗的话语，在一个直爽的人口中说来，却常常是妩媚的。这朋友最爱说的就是粗野话。在我作品中，关于丰富的俗语与双关比譬言语的应用，从他口中学来的也不少。（这人就是《湘行散记》中那个戴水獭皮帽子大老板。）

我临动身时有一块七毛钱，那豪放不羁的表弟却有二十块钱，但七百里航程还只走过八分之一时，我们所有的钱却已完全花光了。把钱花光后我们仍然有说有笑，各人躺在温暖软和的棉军服上面，说粗野的故事，喝寒冷的北风，让船儿慢慢拉去，到应吃饭时，便用极厉害的辣椒在火中烧焦蘸盐下饭。

船只因为得随同一批有兵队护送的货船同时上行，一百来只大小不等的货船，每天必同时拔锚，同时抛锚，因此景象十分动人。但辰河滩水既太多，行程也就慢得极可以。任何一只船出事时皆得加以援助，一出事总就得停顿半天。天气又冷，河水业已下落，每到上滩河槽容船处都十分窄，船夫在这样天气下，还时时刻刻得下水中拉纤，故每天即或毫无阻碍也只能走三十里。送船兵士到了晚上有一部分人得上岸去放哨，大白天则全部上岸跟着船行，所以也十分劳苦。这些兵士经过上司的命令，送一次船一个钱也不能要，就只领下每天二毛二分钱的开差费，但人人却十分高兴。一遇船上出事时，就去帮助船夫，做他们应做的事情。

我们为了减轻小船的重量，也常常上岸走去，不管如何风雪，如何冷，在河滩上跟着船夫的脚迹走去，遇他们落水，我们便从河岸高山上绕道走去。

常德到辰州四百四十里，我们一行便走了十八天，抵岸那天恰恰是正月一日。船傍城下时已黄昏，三人空手上岸，走到市街去看了一阵春联。从一个屠户铺子经过，我正为他们说及四年前见到这退伍兵士屠户同人殴打,如《水浒》上的镇关西,谁也不是他的对手。恰恰这时节我们前面一点就抛下了一个大爆竹,訇的一声,吓了我们一跳。那时各处虽有爆竹的响声,但曾姓朋友却以为这个来得古怪。看看前面不远又有人走过来,就拖我们稍稍走过了屠户门前几步,停顿了一下。那两个商人走过身时,只见那屠户家楼口小门里,很迅速的又抛了一个爆竹下来,又是訇的一声,那两个商人望望,仿佛知道这件事,赶快走开了。那曾姓朋友说:"这狗杂种故意吓人,让我们去拜年吧。"还来不及阻止,他就到那边拍门去了。一面拍门一面和气异常的说:"老板,老板,拜年,拜年!"一会儿有个人来开门,门拉开时,曾姓朋友一望,就知道这人是镇关西,便同他把手拱拱,冷不防在那高个子眼鼻之间就是结结实实一拳,那家伙大约多喝了杯酒,一拳打去就倒到烛光辉煌的门里去了。只听到哼哼乱骂,但一时却爬不起来,且有人在楼上问什么什么,那曾姓朋友便说:"狗肏的,把爆竹从我头上丢来,你认错了人。老子打了你,有什么话说,到中南门河边送军服船上来找我,我名曾祖宗。"一面说,一面便取出一个名片向门里抛去,拉着我们两人的膀子,哈哈大笑迈步走了。

我们还以为那个镇关西会赶来的,因此各人随手拾了些石头,预备来一场恶斗,谁知身后并无人赶来。上船后,还以为当时虽不赶来,过不久定有人在泥滩上喊曾芹轩,叫他上岸比武。这朋友腹部临时还缚了一个软牛皮大抱肚,选了一块很合手的湿柴,表弟同我却各人拿了好些石块,预备这屠户来说理。也许一拳打去那家伙已把鼻子打塌了,也许听到寻事的声音是镇筸人,知道不大好惹,且自己先输了理,故不敢来第二次讨亏吃了,因此我们竟白等了一个上半夜。这个年也就在这样可笑情形中过了。第二天一早,船又离开辰州河岸,开进辰河支流的白河了。

从辰州上行,我们仍然沿途耽搁,走了十四天,在离目的地七十里的一个滩上,轮到我们的船出险了。船触大石后断了缆。右半舷业已全碎,五分钟后就满了水。幸好船只装的是棉军服,一时不会沉没,我们便随了这破船,急水中漂浮了约三里。同时船上除了我们三人,就只一个拦头工人一个舵手。水既激急,所以任何方法总不能使船安全泊岸。然而天保佑,到后居然傍近浅处了。慢慢的十几个拉纤的船夫赶来了,兵士赶来了,大家什么话也不说,只互相对望干笑。于是我们便爬到岸边高崖上去,让船中人把搁在浅处的碎船篷板拆下,在河滩上做起一个临时棚子,预备过夜。其余船只因为两天后已可到地,就不再等我们,全部开走了。本地虽无土匪,却担心荒山中有野兽,船夫们烧了两大堆火,我们便在那个河滩上听了一夜滩声,过了一个元宵。

一个大王

那时节参谋处有个满姓同乡问我："军队开过四川去，要一个文件收发员，你去不去？"他且告给我若愿意去，能得九块钱一月。答应去时，他可同参谋长商量作为调用，将来要回湘时就回来，全不费事。

听说可以过四川去，我自然十分高兴。我心想上次若跟他们部队去了，现在早腐了烂了。上次碰巧不死，一条命好像是捡来的，这次应为子弹打死也不碍事。当时带军队过川东的司令姓张，也就正是我二年前在桃源时想跟他当兵不成那个指挥官。贺龙作了我们部队的警卫团长，另外有一顾营长，曾营长，杨营长。有些人同去的也许都以为入川可以捞几个横财，讨一个媳妇。我所想的还不是钱不是女人。我那时自然是很穷的，六块钱的薪水，扣去伙食两块，每个月我手中就只四块钱，但假若有了更多的钱，我还是不会用他。得了钱除了充大爷邀请朋友上街去吃面，实在就无别的用处。至于女人呢，仿《疑雨集》写艳体诗情形已成过去了，我再不觉得女人有什么意思。我那时所需要的似乎只是上司方面认识我的长处，我总以为我有分长处，待培养，待开发，待成熟。另外还有一个秘密理由，就是我很想看看巫峡。我有两个朋友为了从书上知道了"巫峡"的名字后，便亲自徒步从宜昌沿江上重庆走过一次。我听他们说起巫峡的大处，高处和险处，有趣味处，实在神往倾心。乡下人所想的，就正是把自己全个生命押到极危险的注上去，玩一个尽兴！我们当时的防地同川军长官汤子模石青阳事先约好了的，是酉阳，龙潭，彭水，龚滩，统由篡军接防，前卫则到涪州为止。我以为既然到了那边，再过巫峡，当然很方便了。

我既答应了那同乡，不管多少钱，不拘什么位置，都愿意去。三天以后，于是就随了一行人马上路了。我的职务便是机要文件收发员。临动身时每人照例可向军需处支领薪水一月。得到九块钱后，我什么也不做，只买了一双值一块二毛钱的丝袜子，买了半斤冰糖，把余钱放在板带里。那时天气既很热，晚上还用不着棉被，为求洒脱起见，因此把自己唯一的两条旧棉絮也送给了人，自己背了个小小包袱就上路了。我那包袱中的产业计旧棉袄一件，旧夹袄一件，手巾一条，夹裤一条，值一块二毛钱的丝袜子一双，青毛细呢的响皮底鞋子一双，白大布单衣裤一套。另外还有一本值六块钱的《云麾碑》，值五块钱褚遂良的《圣教序》，值两块钱的《兰亭序》，值五块钱的虞世南《夫子庙堂碑》。还有一部《李义山诗集》。包袱外边则插了一双自由天竺筷子，一把牙刷，且挂了一个碗底边钻有小小圆眼用细铁丝链子扣好的搪磁碗儿。这就是我的全部产业。这份产业现在说来，依然是很动人的。

这次旅行与任何一次旅行一样，我当然得随同伴走路。我们先从湖南边境的茶峒到贵州边境的松桃，又到四川边境的秀山，一共走了六天。六天之内，我们走过三个省份的接壤处，到第七天在龙潭驻了防。

这次路上增加了我新鲜经验不少，过了些用木头编成的渡筏，那些渡筏的印象，十年后还在我的记忆里，极其鲜明占据了一个位置(《边城》即由此写成)。晚上落店时，因为人太多了一点，前站总无法分配众人的住处，各人便各自找寻住处，我却三次占据一条窄窄长凳睡觉。在长凳上睡觉，是差不多每个兵士都得养成习惯的一件事情，谁也不会半夜掉下地来。我们不止在凳上睡，还在方桌上睡。第三天住在一个乡下绅士家里，便与一个同事两人共据了一张漆得极光的方桌，极安适的睡了一夜。有两次连一张板凳也找寻不出时，我同四个人就睡在屋外稻草积上，半夜里还可看流星在蓝空中飞！一切生活当时看来都并不使人难堪，这类情形直到如今还不会使我难堪。我最烦厌的就是每天睡在同样一张床上，这份平凡处真不容易忍受。到现在，我不能不躺在同一样床上睡觉了，但做梦却常常睡到各种新奇地方去，或回复到许多年以前曾经住过的地方去。

通过黔湘边境时，我们上了一个高坡，名"棉花岭"，上三十二里，下三十五里。那个坡折磨了我们一整天。可是爬上了这样一个高坡，在岭头废堡垒边向下望去，一群小山，一片云雾，那壮丽自然的画图，真是一个动人的奇观。这山峰形势同堡垒形势，十余年来还使我神往。在四川边境上时，我记得还必须经过一个大场，每次场集据说有五千牛马交易。又经过一个古寺院，有六人不能合抱的松树，寺中南边一白骨塔，穹形的塔顶，全用刻满佛像的石头砌成，径约四丈。锅井似的圆坑里，人骨零乱，有些腕骨上还套着麻花纹银镯子，也无谁人取它动它。听寺僧说，是上年闹神兵，一个城子的人都死尽了，半年后把骨头收来，隔三年再焚化。

我们的军队到川东时，虽仍向前方开去，司令部却不能不在川东边上"龙潭"暂且住下。

我们在市中心一个庙里扎了营，办事处仍然是戏楼，比较好些便是新到的地方墙壁上没有多少膏药，市面情形也不如数年前在怀化清乡那么糟了。商会欢迎客军，早为我们预备一切，各人有个木板床，上面安置一条席子。院中且预先搭好了一个大凉棚，既遮阳又通风，因此住在楼上也不很热。市面粗粗看来，一切都还像个样子。地方虽不十分大，但正当川盐入湘的孔道，且是桐油集中处，又有一条小河，从洞庭湖来的小船还可由湘西北河上行直达市镇，出口的桐油与入口的花纱杂物交易都很可观。因此地方有邮局，有布置得干净舒适的客商安宿处，还有"私门头"，供过往客商及当地小公务员寻欢取乐。

地方有大油坊和染坊，有酿酒糟坊，有官药店，有当铺。还有一个远近百里著名的龙洞，深处透光处约半里，高约十丈，长年从洞中流出一股寒流，冷如冰水。时正六月，水的寒冷竟使任何兵士也不敢洗手洗脚，手一入水，骨节就疼痛麻木，失去知觉。那水灌溉了千顷平田，本地禾苗便从无旱灾。本部上自司令下至马夫，到这洞中次数最多的，恐怕便是我。我差不多每天必来一回，在洞中大石板上一坐半天，听水吹风够了时，方用一个大葫芦贮满了凉水回去，款待那些同事朋友。

那地方既有小河，我当然也欢喜到那河边去，独自坐在河岸高崖上，看船只上滩。那些船夫背了纤绳，身体贴在河滩石头下，那点颜色，那种声音，那派神气，总使我心跳。那光景实在美丽动人，永远使人同时得到快乐和忧愁。当那些船夫把船拉上滩后，各人伏身到河边去喝一口长流水，站起来再坐到一块石头上，把手拭去肩背各处的汗水时，照例总很厉害的感动我。

我的职务并不多，只是从外来的文件递到时，照例在簿籍上照款式写着某年某月某日某时收到某处来文，所说某事。发去的也同样记上一笔。文件中既分平常、次要、急要三种，我便应当保管七本册子，一本作为来往总账，六本作分别记录。这些册子到晚上九点钟，必把它送给参谋长房里去，好转呈司令官检察一次，画一个阅字再退回来。我的职务虽比司书稍高，薪饷却并不比一个弁目为高。可是我也有了些好处，一到了这里，不必再出伙食，虽名为自办伙食，所有费用统归副官处报账。我每月可净得九块钱，在当时，可不是一个小数目！得了钱时不知如何花费，就邀朋友上街到面馆吃面，每次得花两块钱。那时可以算为我的好朋友的，是那司令官几个差弁，几个副官，和一个青年传令兵。

我们的住处各用木板隔开，我的职务在当时虽十分平常，所保管的文件却似乎不能尽人知道，因此住处便在戏楼最后一角，隔壁是司令官的十二个差弁，再过去是参谋长同秘书长，再过去是司令官，再过去是军法。对面楼上分军法处、军需处、军械处三部分，楼下有副官处和庶务处。戏台上住卫队一连。正殿则用竹席布幕编成一客厅和起居公事房，接见当地绅士和团总时，就在这大客厅中，同时又常常用来审案。各地方皆贴上白纸的条子，写明所属某部，用虞世南体，端端正正写明，纸条便出自我的手笔。差弁房中墙上挂满了大枪小枪，我房间中却贴满了自写的字。每个视线所及的角隅，我还贴了些小小字条，上面这样写着："胜过锺王，压倒曾李。"因为那时节我知道写字出名的，死了的有锺王两人，活着却有曾农髯和李梅庵。我以为只要赶过了他们，一定就可"独霸一世"了。

我出去玩时，若只一人我常到龙洞或河边，两人以上就常常过对河去。因为那时节防地虽由川军让出，川军却有一个旅司令部与小部分军队驻在河对面一庙里。上级虽相互要好，兵士不免常有争持，打点小架。我一人过去时怕吃人的亏，有了两人则不拘何处走去不必担心了。

到这地方每月虽可以得九块钱，不是吃面花光，就是被别的朋友用了，我却从不缝衣，身上就只一件衣。一次因为天气很好，把自己身上那件汗衣洗洗，一会儿天却落了雨。衣既不干，另一件又为一个朋友穿去了，差弁全已下楼吃饭，我又不便赤膊从司令官房边走过，就老老实实饿了一顿。

我不是说过我同那些差弁全认识吗？其中共十二个人，大半比我年龄还小些，我以为最有趣的是那个弁目，这是一个土匪，一个大王，一个真真实实的男子。这人自己用两支枪毙过两百个左右的敌人，却曾经有过十七位押寨夫人。这大王身个儿小小的，脸庞黑黑的，除了一双放光的眼睛外，外表任你怎么看也估不出他有多少精力同勇气。年前在辰州河边时，大冬天有人说："谁现在敢下水，谁不要命！"他什么话也不说，脱光了身子，即刻扑通一声下水给人看看。且随即在宽约一里的河面游了将近一点钟，上岸来时，走到那人身边去，"一个男子的命就为这点水要去吗？"或者有人述说谁赌扑克被谁欺骗把荷包掏光了，他当时一句话也不说，一会儿走到那边去，替被欺骗的把钱要回来，将钱一下捵到身边，一句话不说就又走开了。这大王被司令官救过他一次，于是不再作山上的大王，到这行伍出身的司令官身边做一个亲信，用上尉名义支薪，侍候这司令官却如同奴仆一样的忠实。

我住处既同这样一个大王比邻，两人不出门，他必走过我房中来和我谈话。凡是我问他的，他无事不回答得使我十分满意。我从他那里学习了一课古怪的学程。从他口上知道烧房子，杀人……种种犯罪的纪录，且从他那种爽直说明中了解那些行为背后所隐伏的生命意识。我从他那儿明白所谓罪恶，且知道这些罪恶如何为社会所不容，却也如何培养着这个坚实强悍的灵魂。我从他坦白的陈述中，才明白用人生为题材的各样变故里，所发生的景象，如何离奇，如何眩目。这人当做作土匪以前，本是一个良民，为人又怕事又怕官，被外来军人把他当成一个土匪胡乱枪决过一次，到时他居然逃脱了，后来且居然就作大王了！

他会唱点旧戏，写写字，画两笔兰草，每到我房中把话说倦时，就一面口中唱着一面跳上我的桌子，演唱《夺三关》与《杀四门》。

有一天，七个人在副官处吃饭，不知谁人开口说到听说本市什么庙里，川军还押得有一个古怪的犯人，一个出名的美姣姣。十八岁时作了匪首，被捉后，年轻军官全为她发疯，互相杀死两个小军官。解到旅部后，部里大小军官全想得到她，可是谁也不能占到便宜。听过这个消息后，我就想去看看这女土匪。我由于好奇，似乎时时刻刻要用这些新鲜景色喂养我的灵魂，因此说笑话，以为谁能带我去看看，我便请谁喝酒。几天以后，对那件事自然也就忘掉了。一天黄昏将近时分，吃过晚饭，正在自己擦拭灯罩，那大王忽然走来喊我：

"兄弟，兄弟，同我去个好地方，你就可以看你要看的东西。"

我还来不及询问到什么地方去看什么东西，就被他拉下楼梯走出营门了。

我们过河去到一个庙里，那里驻扎得有一排川军，他同他们似乎都已非常熟习，打招呼行了个军礼，进庙后我们就一直向后殿走去，不一会儿转入另一个院落，就在栅栏边看到一个年轻妇人了。

那妇人坐在屋角一条朱红毯子上，正将脸向墙另一面，背了我们凭借壁间灯光做针线。那大王走近栅栏边时就说：

"夭妹，夭妹，我带了个小兄弟来看你！"

妇人回过身来，因为灯光黯淡，只见着一张白白的脸儿，一对大大的眼睛。她见着我后,才站起身走过我们这边来。逼近身时,隔了栅栏望去,那妇人身材才真使我大吃一惊!妇人不算得是怎样稀罕的美人,但那副眉眼,那副身段,那么停匀合度,可真不是常见的家伙!她还上了脚镣,但似乎已用布片包好,走动时并无声音。我们隔了栅栏说过几句话后,就听她问那弁目:

"刘大哥,刘大哥,你是怎么的?你不是说那个办法吗?今天十六。"

那大王低低的说:

"我知道,今天已经十六。"

"知道就好。"

"我着急,卜了个课,说月分不利,动不得。"

那妇人便骨都着嘴吐了一个"呸",不再开口说话,神气中似有三分幽怨。这时节我虽把脸侧向一边去欣赏那灯光下的一切,但却留心到那弁目的行为。我看他对妇人把嘴向我努努,我明白在这地方太久不是事,便说我想先回去。那女人要我明天再来玩,我答应后,那弁目就把我送出庙门,在庙门口捏捏我的手,好像有许多神秘处,为时不久全可以让我明白,于是又进去了。

我当时只希奇这妇人不像个土匪,还以为别是受了冤枉捉到这里来的。我并不忘掉另一时在怀化剿匪所经过的种种,军队里照例有多少胡涂事作。一夜过去后,第二天吃早饭时,一桌子人都说要我请他们喝酒。因为那女匪王天妹已被杀,我要想看,等等到桥头去就可看见了。有人亲眼见到的,还说这妇人被杀时一句话不说,神色自若的坐在自己那条朱红毛毯上,头掉下地时尸身还并不倒下。消息吓了我一跳。我以为昨晚上还看到她,她还约我今天去玩,今早怎么就会被杀?吃完饭我就跑到桥头上去,那死尸却已有人用白木棺材装殓，停搁在路旁，只地下剩一摊腥血以及一堆纸钱白灰了。我望着那个地面上凝结的血块，我还不大相信，心里乱乱的，忙匆匆的走回衙门去找寻那个弁目。只见他躺在床上，一句话不说。我不敢问他什么，便回到自己房中办事来了。可是过不多久，我却从另一差弁口中知道这件事情的原委了。

原来这女匪早就应当杀头的，虽然长得体面标致，可是为人著名毒辣，爱慕她的军官虽多，谁也不敢接近她，谁也不敢保释她。只因为她还有七十支枪埋到地下，谁也不知道这些军械埋藏处。照当时市价这一批武器将近值一万块钱，不是一个小数目。因此，尽想设法把她所有的枪诱骗出来，于是把她拘留起来，且待她和任何犯人也不同。这弁目知道了这件事，又同川军排长相熟，就常过那边去。与女人熟识后，却告给女人，他也还有六十支枪埋在湖南边境上，要想法保她出来，一同把枪支掘出上山落草，就可以天不怕地不怕在山上做大王活个下半世。女人信托了他，夜里在狱中两人便亲近过了一次。这事被军官发现后，向上级打了个报告，因此这女人第二天一早，便为川军牵出去砍了。

当两个人夜里在狱中所作的事情，被庙中驻兵发觉时，触犯了作兵士的最大忌讳，十分不平，以为别的军官不能弄到手的，到头来却为一个外来人占先得了好处，俗话说"肥水不落外人田"，因此一排人把步枪上了刺刀，守在门边，预备给这弁目过不去。可是当有人叫他名姓时，这弁目明白自己的地位，不慌不忙的，结束了一下他那皮带，一面把两支小九响手枪取出拿在手中，一面便说："兄弟，兄弟，多不得三心二意，天上野鸡各处飞，谁捉到手是谁的运气。今天小小冒犯，万望海涵。若一定要牛身上捉虱，钉尖儿挑眼，不高抬个膀子，那不要见怪，灯笼子认人枪子儿可不认人!"那一排兵士知道这不是个傻子,若不放他过身,就得要几条命。且明白这地方川军只驻扎一连人,算军却有四营,出了事不会有好处。因此让出一条路,尽这弁目两只手握着枪从身旁走去了。人一走,这王夭妹第二天一早便被砍了。

女人既已死去,这弁目躺在床上约一礼拜左右,一句空话不说,一点东西不吃,大家都怕他也不敢去撩他。到后忽然起了床,又和往常一样活泼豪放了。他走到我房中来看我,一见我就说:

"兄弟,我运气真不好!夭妹为我死的,我哭了七天,现在好了。"

当时看他样子实在好笑又可怜。我什么话也不好说,只同他捏着手,微笑了一会儿,表示同情和惋惜。

在龙潭我住了将近半年。

当时军队既因故不能开过涪州,我要看巫峡一时还没有机会。我到这里来熟人虽多,却除了写点字以外毫无长进处。每天生活依然是吃喝,依然是看杀人,这份生活对我似乎不大能够满足。不久有一个机会转湖南,我便预备领了护照搭坐小货船回去。打量从水道走,一面我可以经过几个著名的险滩,一面还可以看见几个新地方。其时那弁目正又同一个洗衣妇要好,想把洗衣妇讨作姨太太。司令官出门时,有人拦舆递状纸,知道其中有了些纠纷。告他这事不行,说是我们在这里作客,这种事对军誉很不好。那弁目便向其他人说:"这是文明自由的事情,司令官不许我这样作,我就请长假回家,拖队伍干我老把戏去。"他既不能娶那洗衣妇人,当真就去请假。司令官也即刻准了他的假。那大王想与我一道上船,在同一护照上便填了我与他两人的姓名。把船看好,准备当天下午动身。吃过早饭,他正在我房中说到那个王夭妹被杀前的种种事情,忽然军需处有人来请他下去算饷,他十分快乐的跑下楼去。不到一分钟,楼下就吹集合哨子,且听到有值日副官喊"备马"。我心中正纳闷,以为照情形看来好像要杀人似的。但杀谁呢?难道枪决逃兵吗?难道又要办一个土棍吗?随即听人大声嘶嚷。推开窗子看看,原来那弁目上衣业已脱去,已被绑好,正站在院子中。卫队已集了合,成排报数,准备出发。值日官正在请令。看情形,大王一会儿就要推出去了。

被绑好了的大王,反背着手,耸起一副瘦瘦的肩膊,向两旁楼上人大声说话:

"参谋长,副官长,秘书长,军法长,请说句公道话,求求司令官的恩典,不要杀我吧。我跟了他多年,不做错一件事。我太太还在公馆里侍候司令太太。大家做点好事说句好话吧。"

大家互相望着,一句话不说。那司令官手执一支象牙烟管,从大堂客厅从从容容走出来,温文尔雅的站在滴水檐前,向两楼的高级官佐微笑着打招呼。

"司令官,来一份恩典,不要杀我吧。"

那司令官说:

"刘云亭,不要再说什么话丢你的丑。做男子的作错了事,应当死时就正正经经的死去,这是我们军队中的规矩。我们在这里作客,凡事必十分谨慎,才对得起地方人。你黑夜里到监牢里去奸淫女犯,我念你跟我几年来做人的好处,为你记下一笔账,暂且不提。如今又想为非作歹,预备把良家妇女拐走,且想回家去拖队伍。我想想,放你回乡去做坏事,作孽一生,尽人怨恨你,不如杀了你,为地方除一害。现在不要再说空话,你女人和小孩子我会照料,自己勇敢一点做个男子吧。"

那大王听司令官说过一番话后，便不再喊公道了，就向两楼的人送了一个微笑，忽然显得从从容容了，"好好，司令官，谢谢你几年来照顾，兄弟们再见，兄弟们再见。"一会儿又说："司令官你真做梦，别人花六千块钱运动我刺你，我还不干！"司令官仿佛不听到，把头掉向一边，嘱咐副官买副好点的棺木。

于是这大王就被拥簇出了大门，从此不再见了。

我当天下午依然上了船。我那护照上原有两个人的姓名，大王那一个临时用朱笔涂去，这护照一直随同我经过了无数恶滩，五天后到了保靖，方送到副官处去缴销。至于那帮会出身、温文尔雅才智不凡的张司令官，同另外几个差弁，则三年后在湘西辰州地方，被一个姓田的部属客客气气请去吃酒，进到辰州考棚二门里，连同四个轿夫，当欢迎喇叭还未吹毕时，一起被机关枪打死，所有尸身随即被浸渍在阴沟里，直到两月事平后，方清出尸骸葬埋。刺他的部属田旅长，也很凑巧，一年后又依然在那地方，被湖南主席叶开鑫，派另一个部队长官，同样用请客方法，在文庙前面夹道中刺死。

第二辑　湘行散记

一个戴水獭皮帽子的朋友

我由武陵(常德)过桃源时,坐在一辆新式黄色公共汽车上。车从很平坦的沿河大堤公路上奔驰而去,我身边还坐定了一个懂人情有趣味的老朋友,这老友正特意从武陵县伴我过桃源县。他也可以说是一个"渔人",因为他的头上,戴的是一顶价值四十八元的水獭皮帽子,这顶帽子经过沿路地方时,却很能引起一些年轻娘儿们注意的。这老友是武陵地域中心春申君墓旁杰云旅馆的主人。常德、河洑、周溪、桃源,沿河近百里路以内"吃四方饭"的标致娘儿们,他无一不特别熟习;许多娘儿们也就特别熟习他那顶水獭皮帽子。但照他自己说,使他迷路的那点年龄业已过去了,如今一切已满不在乎,白脸长眉毛的女孩子再不使他心跳,水獭皮帽子,也并不需要娘儿们眼睛放光了。他今年还只三十五岁。十年前,在这一带地方凡有他撒野机会时,他从不放过那点机会。现在既已规规矩矩作了一个大旅馆的大老板,童心业已失去,就再也不胡闹了。当他二十五岁左右时,大约就有四十左右女人净白的胸膛被他亲近过。我坐在这样一个朋友的身边,想起国内无数中学生,在国文班上很认真的读陶靖节《桃花源记》情形,真觉得十分好笑。同这样一个朋友坐了汽车到桃源去,似乎太幽默了。

朋友还是个爱玩字画也爱说野话的人。从汽车眺望平堤远处,薄雾里错落有致的平田、房子、树木,全如敷了一层蓝灰,一切极爽心悦目。汽车在大堤上跑去,又极平稳舒服。朋友口中糅合了雅兴与俗趣,带点儿惊讶嚷道:

"这野杂种的景致，简直是画！"

"自然是画！可是是谁的画？"我说，"牯子①大哥，你以为是谁的画？"我意思正想考问一下，看看我那朋友对于中国画一方面的知识。

他笑了。"沈石田这狗养的，强盗一样好大胆的手笔！"说时还用手比划着，这里一笔，那边一扫，再来磨磨蹭蹭，十来下，成了。

我自然不能同意这种赞美，因为朋友家中正收藏了一个沈周手卷，姓名真，画笔并不佳，出处是极可怀疑的。说句老实话，当前从窗口入目的一切，潇洒秀丽中带点雄浑苍莽气概，还得另外找寻一句恰当的比拟，方能相称啊。我在沉默中的意见，似乎被他看明白了，他就说：

"看，牯子老弟你看，这点山头，这点树，那一片林梢，那一抹轻雾，真只有王麓台那野狗干的画得出。因为他自己活到八九十岁，就真像只老狗。"

这一下可被他"猜"中了。我说：

"这一下可被你说中了。我正以为目前远远近近风物极和王麓台卷子相近；你有他的扇面，一定看得出。因为它很巧妙的混合了秀气与沉郁，又典雅，又恬静，又不做作。不过有时笔不免脏脏的。"

"好，有的是你这文章魁首形容！人老了，不大肯洗脸洗手，怎么不脏……"接着他就使用了一大串野蛮字眼儿，把我喊作小公牛，且把他自己水獭皮帽子向上翻起的封耳，拉下来遮盖了那两只冻得通红的耳朵，于是大笑起来了。仿佛第一次听说的话，本不

---

① 牯子——即公牛。

一九三四年与张兆和在达园

湘行速写（作者自绘）

过是为了引起我对于窗外景致注意而说,如今见我业已注意,充满兴趣的看车窗外离奇景色,他便很快乐的笑了。

他掣着我的肩膊很猛烈的摇了两下,我明白那是他极高兴的表示。我说:

"牯子大哥,你怎么不学画呢?你一动手,就会弄得很高明的!"

"我讲,牯子老弟,别丢我吧。我也像是一个仇十洲,但是只会画妇人的肚皮,真像你说,'弄得很高明'的!你难道不知道我是个甚么人吗?鼻子一抹灰,能冒充绣衣哥吗?"

"你是个妙人。绝顶的妙人。"

"绣衣哥,得了,甚么庙人,寺人,谁来割我的××?我还预备割掉许多男人的××,省得他们装模作样,在妇人面前露脸!我讨厌他们那种样子!"

"你不讨厌的。"

"牯子老弟,有的是你这绣衣哥说的。不看你面上,我一定要……"

这个朋友言语行为皆粗中有细,且带点儿妩媚,可算得是个妙人!

这个人脸上不疤不麻,身个儿比平常人略长一点,肩膊宽宽的,且有两只体面干净的大手,初初一看,可以知道他是个军队中吃粮子上饭跑四方人物,但也可以说他是一个准绅士。从五岁起就欢喜同人打架,为一点儿小事,不管对面的一个大过他多少,也一面辱骂一面挥拳打去。不是打得人鼻青脸肿,就是被人打得满脸血污。但人长大到二十岁后,虽在男子面前还常常挥拳比武,在女人面前,却变得异常温柔起来，样子显得很懂事怕事。到了三十岁，处世便更谦和了，生平书读得虽不多，却善于用书，在一种近于奇迹的情形中，这人无师自通，写信办公事时，笔下都很可观。为人性情又随和又不马虎，一切看人来，在他认为是好朋友的，掏出心子不算回事；可是遇着另外一种老想占他一点儿便宜的人呢，就完全不同了。——也就因此在一般人中他的毁誉是平分的；有人称他为豪杰，也有人叫他做坏蛋。但不妨事，把两种性格两个人格拼合拢来，这人才真是一个活鲜鲜的人！

十三年前我同他在一只装军服的船上，向沅水上游开去，船当天从常德开头，泊到周溪时，天气已快要夜了。那时空中正落着雪子，天气很冷，船顶船舷都结了冰。他为的是惦念到岸上一个长眉毛白脸庞小女人，便穿了崭新绛色缎子的猞猁皮马褂，从那为冰雪冻结了的大小木筏上慢慢的爬过去，一不小心便落了水。一面大声嚷"牯子老弟，这下我可完了"，一面还是笑着挣扎。待到努力从水中挣扎上船时，全身早已为冰冷的水弄湿了。但他换了一件新棉军服外套后，却依然很高兴的从木筏上爬拢岸边。到他心中惦念那个女人身边睡觉去了。三年前，我因送一个朋友的孤雏转回湘西时，就在他旅馆中，看了他的藏画一整天。他告我，有幅文徵明的山水，好得很，终于被一个小婊子婆娘攫走，十分可惜。到后一问，才知道原来他把那画卖了三百块钱，为一个小娼妇点蜡烛挂了一次衣。现在我又让那个接客的把行李搬到这旅馆中来了。

见面时我喊他：

"牯子大哥，我又来了，不认识了我吧。"

他正站在旅馆天井中分派用人抹玻璃，自己却用手抹着那顶绒头极厚的水獭皮帽子，一见到我就赶过来用两只手同我握手，握得我手指酸痛,大声说道:"咳,咳,你这个小骚牯子又来了,甚么风吹来的?妙极了,使人正想死你!"

"甚么话,近来心里闲得想到北京城老朋友头上来了吗?"

"甚么画,壁上挂,——当天赌咒,天知道,我正如何念你!"

这自然是一句真话,粮子上出身的人物,对好朋友说谎,原看成为一种罪恶。他想念我,只因为他新近花了四十块钱,买得一本倪元璐所摹写的《武侯前后出师表》。他既不知道这东西是从岳飞石刻出师表临来的,末尾那两颗巴掌大的朱红印记,把他更弄糊涂了。照外行人说来,字既然写得极其"飞舞",四百也不觉得太贵,他可不明白那个东西应有的价值,又不明出处。花了那一笔钱,从一个川军退伍军官处把它弄到手,因此想着我来了。于是我们一面说点十年前的有趣野话,一面就到他的房中欣赏宝物去了。

这朋友年轻时,是个绿营中正标守兵名分的巡防军,派过中营衙门办事,在花园中栽花养金鱼。后来改作了军营里的庶务,又作过两次军需,又作过一次参谋。时间使一些英雄美人成尘成土,把一些傻瓜坏蛋变得又富又阔;同样的,到这样一个地方,我这个朋友,在一堆倏然而来悠然而逝的日子中,也就做了武陵县一家最清洁安静的旅馆主人,且同时成为爱好古玩字画的"风雅"人了。他既收买了数量可观的字画,还有好些铜器与瓷器,收藏的物件泥沙杂下,并不如何稀罕,但在那么一个小小地方,在他那种经济情形下,能力却可以说尽够人敬服了。若有甚么风雅人由北方或由福建广东,想过桃源去看看,从武陵过身时,能泰然坦然把行李搬进他那个旅馆去。到了那个地方,看看过厅上的芦雁屏条,同长案上一切陈设,便会明白宾主之间实有同好,这一来,凡事皆好说了。

还有那向湘西上行过川黔考察方言歌谣的先生们,到武陵时最好就是到这个旅馆来下榻。我还不曾遇见过什么学者,比这个朋友更能明白中国格言谚语的用处。他说话全是活的,即便是诨话野话,也莫不各有出处,言之成章。而且妙趣百出,庄谐杂陈。他那言语比喻丰富处,真像是大河流水,永无穷尽。在那旅馆中住下,一面听他骂詈用人,一面使我就想起在北京城圈里编《国语大辞典》的诸先生,为一句话一个字的用处,把《水浒》,《金瓶梅》,《红楼梦》……以及其他所有元明清杂剧小说翻来翻去,剪破了多少书籍!若果他们能够来到这旅馆里,故意在天井中撒一泡尿,或装作无心的样子,把些瓜果皮壳脏东西从窗口照习惯随意抛出去,或索性当着这旅馆老板面前,作点不守规矩缺少理性的行为。好,等着你就听听那作老板的骂出希奇古怪字眼儿,你会觉得原来这里还搁下了一本活生生大辞典!倘若有个经济社会调查团,想从湘西弄到点材料,这旅馆也是最好下榻的处所。因为辰河沿岸码头的税收,烟价,妓女,以及桐油,朱砂的出处行价,各个码头上管事的头目姓名脾气,他知道的也似乎比别的县衙门里"包打听"还更清楚。——他事情懂得多哩,只要想想,人还只在二十五岁左右,就有四十个青年妇人在他面前裸露过胸膛同心子,从一个普通读书人看来,这是一种如何丰富吓人的经验!

只因我已十多年不再到这条河上,一切皆极生疏了,他便特别热心答应伴送我过桃源,为我租雇小船,照料一切。

十二点钟我们从武陵动身,一点半钟左右,汽车就到了桃源县停车站。我们下了车,预备去看船时,几件行李成为极麻烦的问题了。老朋友说,若把行李带去,到码头边叫小划子时,那些吃水上饭的人,会"以逸待劳",把价钱放在一个高点上,使我们无法对付的。若把行李寄放到另外一个地方，空手去看船，我们便又"以逸待劳"了。我信任了老朋友的主张，照他的意思，一到桃源站后，我们就把行李送到一个卖酒曲的人家去。到了那酒曲铺子，拿烟的是个四十岁左右的中年胖妇人，他的干亲家。倒茶的是个十五六岁的白脸长身头发黑亮亮的女孩子，腰身小，嘴唇小，眼目清明如两粒水晶球儿，见人只是转个不停。论辈数，说是干女儿呢。坐了一阵，两人方离开那人家洒着手下河边去。在河街上一个旧书铺，一帧无名氏的山水小景牵引了他的眼睛，二十块钱把画买定了。再到河边去看船，船上人知道我是那个大老板的熟人，价钱倒很容易说妥了。来回去让船总写保单，取行李，一切安排就绪，时间已快到半夜了。我那小船明天一早方能开头，我就邀他在船上住一夜。他却说酒曲铺子那个十五年前老伴的女儿，正炖了一只母鸡等着他去消夜。点了一段废缆子，很快乐的跳上岸摇着晃着匆匆走去了。

他上岸从一些吊脚楼柱下转入河街时，我还听到河街一哨兵喊口号，他大声答着"百姓"，表明他的身份。第二天天刚发白，我还没醒，小船就已向上游开动了。大约已经走了三里路，却听得岸上有个人喊我的名字，沿岸追来，原来是他从热被里脱出赶来送我的行的。船傍了岸。天落着雪，他站在船头一面抖去肩上雪片，一面质问弄船人，为甚么船开得那么早。

我说："牯子大哥，你怎么的，天气冷得很，大清早还赶来送我！"

他钻进舱里笑着轻轻的向我说："牯子老弟，我们看好了的那幅画，我不想买了。我昨晚上还看过更好的一本册页！"

"甚么人画的?"

"当然仇十洲。我怕仇十洲那杂种也画不出。牯子老弟,好得很……"话不说完他就大笑起来。我明白他话中所指了。

"你又迷路了吗?你不是说自己年已老了吗?"

"到了桃源还不迷路吗?自己虽老别人可年轻!牯子老弟,你好好的上船吧,不要胡思乱想我的事情,回来时仍住到我的旅馆里,让我再照料你上车吧。"

"一路复兴,一路复兴,"那么嚷着,于是他同豹子一样,一纵又上了岸,船就开了。

作于 1934 年

(原载 1934 年 4 月 18 日天津《大公报·文艺副刊》)

桃源与沅州

全中国的读书人，大概从唐朝以来，命运中注定了应读一篇《桃花源记》，因此把桃源当成一个洞天福地。人人都知道那地方是武陵渔人发现的，有桃花夹岸，芳草鲜美。远客来到，乡下人就杀鸡温酒，表示欢迎。乡下人皆避秦隐居的遗民，不知有汉朝，更无论魏晋了。千余年来读书人对于桃源的印象，既不怎么改变，所以每当国体衰弱发生变乱时，想做遗民的必多，这文章也就增加了许多人的幻想，增加了许多人的酒量。至于住在那儿的人呢，却无人自以为是遗民或神仙，也从不会有人遇着遗民或神仙。

桃源洞离桃源县二十五里。从桃源乡坐小船沿沅水上行，船到白马渡时，上南岸走去，忘路之远近乱走一阵，桃花源就在眼前了。那地方桃花虽不如何动人，竹林却很有意思。如椽如柱的大竹子，随处皆可发现前人用小刀刻划留下的诗歌。新派学生不甘自弃，也多刻下英文字母的题名。竹林里间或潜伏一二剪径壮士，待机会霍的从路旁跃出，仿照《水浒传》上英雄好汉行为，向游客发个利市，使人来个凑手不及，不免吃点小惊。事实上是偶尔出现的。桃源县城则与长江中部各小县城差不多，一入城门最触目的是推行印花税与某种公债的布告。城中有棺材铺官药铺，有茶馆酒馆，有米行脚行，有和尚道士，有经纪媒婆。庙宇祠堂多数为军队驻防，门外必有个武装同志站岗。土栈烟馆既照章纳税，就受当地军警保护。代表本地的出产，边街上有几十家玉器作坊，用珉石染红着绿，琢成酒杯笔架等物，货物品质平平常常，价钱却不轻贱。

另外还有个名为"后江"的地方，住下无数公私不分的妓女，很认真经营她们的职业。有些人家在一个菜园平房里，有些却又住在空船上，地方虽脏一点倒富有诗意。这些妇女使用她们的下体，安慰军政各界，且征服了往还沅水流域的烟贩，木商，船主，以及种种因公出差过路人。挖空了每个顾客的钱包，维持许多人生活，促进地方的繁荣。一县之长照例是个读书人，从史籍上早知道这是人类一种最古的职业，没有郡县以前就有了它们，取缔既与"风俗"不合，且影响到若干人生活，因此就很正当的定下一些规章制度，向这些人来抽收一种捐税（并采取了个美丽名词叫作"花捐"），把这笔款项用来补充地方行政，保安，或城乡教育经费。

桃源既是个有名地方，每年自然就有许多"风雅"人，心慕古桃源之名，二三月里携了《陶靖节集》与《诗韵集成》等参考资料和文房四宝，来到桃源县访幽探胜。这些人往桃源洞赋诗前后，必尚有机会过后江走走。由朋友或专家引导，这家那家坐坐，烧匣烟，喝杯茶。看中意某一个女人时，问问行市，花个三元五元，便在那万人用过的花板床上，压着那可怜妇人胸膛放荡一夜。于是纪游诗上多了几首无题艳遇诗，把"巫峡神女""汉皋解珮""刘阮天台"等等典故，一律被引用到诗上去。看过了桃源洞，这人平常若是很谨慎的，自会觉得应当即早过医生处走走，于是匆匆的回家了。至于接待过这种外路"风雅"人的神女呢，前一夜也许陆续接待过了三个麻阳船水手，后一夜又得陪伴两个贵州省牛皮商人。这些妇人照例说不定还被一个散兵游勇，一个县公署执达吏，一个公安局书记，或一个当地小流氓，长时期包定占有，客来时那人往烟馆过夜，客去时再回到妇人身边来烧烟。

妓女的数目占城中人口比例数不小。因此仿佛有各种原因，她们的年龄都比其他大都市更无限制。有些人年在五十以上，还不甘自弃，同孙女辈行来参加这种生活斗争，每日轮流接待水手同军营中火伙。也有年纪不过十四五岁，乳臭尚未脱尽，便在那儿服侍客人过夜的。

她们的技艺是烧烧鸦片烟，唱点流行小曲，若来客是粮子上跑四方人物，还得唱唱军歌党歌，和时下电影明星的新歌，应酬应酬，增加兴趣。她们的收入有些一次可得洋钱二十三十，有些一整夜又只得一块八毛。这些人有病本不算一回事。实在病重了，不能作生意挣饭吃，间或就上街走到西药房去打针，六零六三零三扎那么几下，或请走方郎中配付药，朱砂茯苓乱吃一阵，只要支持得下去，总不会坐下来吃白饭。直到病倒了，毫无希望可言了，就叫毛伙用门板抬到那类住在空船中孤身过日子的老妇人身边去，尽她咽最后那一口气。死去时亲人呼天抢地哭一阵，罄所有请和尚安魂念经，再托人赊购副四合头棺木，或借"大加一"买副薄薄板片，土里一埋也就完事了。

桃源地方已有公路，直达号称湘西咽喉的武陵（常德），每日都有八辆十辆新式载客汽车，按照一定时刻在公路上奔驰，距常德约九十里，车票价钱一元零。这公路从常德且直达湖南省会的长沙，汽车路程约四小时，车票价约六元。公路通车时，有人说这条公路在湘省经济上具有极大意义，意思是对于黔省出口特货运输可方便不少。这人似乎不知道特货过境每次必三百担五百担，公路上一天不过十几辆汽车来回，若非特货再加以精制，每天能运输特货多少？关于特货的精制，在各省严厉禁烟宣传中，平民谁还有胆量来作这种非法勾当。假若在桃源县某种铺子里，居然有人能够设法购买一点黄色粉末药物，作为谈天口气，随便问问，就会弄明白那货物的来源是有来头的。信不信由你，大股东中大头脑有甚么"龄"字辈"子"字辈，还有沿江之督办，上海之闻人。且明白出产地并不是桃源县城，沿江上行六十里，有二十部机器日夜加工，运输出口时或用轮船直往汉口，却不需借公路汽车转运长沙。

真可称为桃源名产值得引人注意却照例不及注意的，是家鸡同鸡卵，街头巷尾无处不可以发现这种冠赤如火庞大庄严的生物，经常有重达一二十斤的。凡过路人初见这地方鸡卵，必以为鸭卵或鹅卵。其次，桃源有一种小划子，轻捷，稳当，干净，在沅河中可称首屈一指。一个外省旅行者，若想到湘西的永绥，乾城，凤凰研究湘边苗族的分布状况。或想到湘西往四川的酉阳，秀山调查桐油的生产，往贵州的铜仁，调查朱砂水银的生产，往玉屏调查竹料种类，注意造箪制纸的手工业生产情况，皆可在桃源县魁星阁下边，雇妥那么一只小船，沿沅河溯流而上，直达目的地，到地时取行李上岸落店，毫无何等困难。

一只桃源小划子上只能装载一二客人。照例要个舵手，管理后梢，调动船只左右。张挂风帆，松紧帆索，捕捉河面山谷中的微风。放缆拉船，量渡河面宽窄与河流水势，伸缩竹缆。另外还要个拦头工人，上滩下滩时看水认容口，出事前提醒舵手躲避石头、恶浪与洑流，出事后点篙子需要准确，稳重。这种人还要有胆量，有气力，有经验。张帆落帆都得很敏捷的即时拉桅下绳索。走风船行如箭时，便蹲坐在船头上叫喝呼啸，嘲笑同行落后的船只。自己船只落后被人嘲笑时，还要回骂；人家唱歌也得用歌声作答。两船相碰说理时，不让别人占便宜。动手打架时，先把篙子抽出拿在手上。船只逼入急流乱石中，不问冬夏，都得敏捷而勇敢的脱光衣裤，向急流中跳去，在水里尽肩背之力使船只离开险境。掌舵的因事故不能尽职，就从船顶爬过船尾去，作个临时舵手。船上若有小水手，还应事事照料小水手，指点小水手。更有一份不可推却的职务，便是在一切过失上，应与掌舵的各据小船一头，相互辱宗骂祖，继续使船前进。小船除此两人以外，尚需要个小水手居于杂务地位，淘米，烧饭，切菜，洗碗，无事不作。行船时应荡桨就帮同荡桨，应点篙就帮同持篙。这种小水手大都在学习期间，应处处留心，取得经验同本领。除了学习看水，看风，记石头，使用篙桨以外，也学习挨打挨骂。尽各种古怪希奇字眼儿成天在耳边反复响着，好好的保留在记忆里，将来长大时再用它来辱骂旁人。上行无风吹，一个人还负了纤板，曳着一段竹缆，在荒凉河岸小路上拉船前进。小船停泊码头边时，又得规规矩矩守船。关于他们经济情势，舵手多为船家长年雇工，平均算来合八分到一角钱一天。拦头工有长年雇定的，人若年富力强多经验，待遇同掌舵的差不多。若只是短期包来回，上行平均每天可得一毛或一毛五分钱，下行则尽义务吃白饭而已。至于小水手，学习期限看年龄同本事来，有些人每天可得两分钱作零用，有些人在船上三年五载吃白饭。上滩时一个不小心，闪不知被自己手中竹篙弹入乱石激流中，泅水技术又不在行，在水中淹死了，船主方面写得有字据，生死家长不能过问。掌舵的把死者剩余的一点衣服交给亲长说明白落水情形后，烧几百钱纸，手续便清楚了。

一只桃源划子，有了这样三个水手，再加上一个需要赶路，有耐心，不嫌孤独，能花个二十三十的乘客，这船便在一条清明透澈的沅水上下游移动起来了。在这条河里在这种小船上作乘客，最先见于记载的一人，应当是那疯疯癫癫的楚逐臣屈原。在他自己的文章里，他就说道："朝发枉渚兮，夕宿辰阳。"若果他那文章还值得称引，我们尚可以就"沅有芷兮澧有兰"与"乘舲上沅"这些话，估想他当年或许就坐了这种小船，溯流而上，到过出产香草香花的沅州。沅州上游不远有个白燕溪，小溪谷里生长芷草，到如今还随处可见。这种兰科植物生根在悬崖罅隙间，或蔓延到松树枝桠上，长叶飘拂，花朵下垂成一长串，风致楚楚。花叶形体较建兰柔和，香味较建兰淡远。游白燕溪的可坐小船去，船上人若伸手可及，多随意伸手摘花，顷刻就成一束。若崖石过高，还可以用竹篙将花打下，尽它堕入清溪洄流里，再用手去溪里把花捞起。除了兰芷以外，还有不少香草香花，在溪边崖下繁殖。那种黛色无际的崖石，那种一丛丛幽香眩目的奇葩，那种小小回旋的溪流，合成一个如何不可言说迷人心目的圣境！若没有这种地方，屈原便再疯一点，据我想来他文章未必就能写得那么美丽。

甚么人看了我这个记载，若神往于香草香花的沅州，居然从桃源包了小船，过沅州去，希望实地研究解决《楚辞》上几个草木问题。到了沅州南门城边，也许无意中会一眼瞥见城门上有一片触目黑色。因好奇想明白它，一时可无从向谁去询问。他所见到的只是一片新的血迹，并非甚么古迹。大约在清党前后，有个晃州姓唐的青年，北京农科大学毕业生，在沅州晃州两县，用党务特派员资格，率领了两万以上四乡农民和一些青年学生，肩持各种农具，上城请愿。守城兵先已得到长官命令，不许请愿群众进城。于是双方自然而然发生了冲突。一面是旗帜，木棒，呼喊与愤怒，一面是居高临下，一尊机关枪同十支步枪。街道既那么窄，结果站在最前线上的特派员同四十多个青年学生与农民，便全在城门边牺牲了。其余农民一看情形不对，抛下农具四散跑了。那个特派员的身体，于是被兵士用剃刀钉在城门木板上示众三天，三天过后，便连同其他牺牲者，一齐抛入屈原所称赞的清流里喂鱼吃了。几年来本地人在内战反复中被派捐拉伕，应付差役中把日子混过去，大致把这件事也慢慢的忘掉了。

桃源小船载到沅州府，舵手把客人行李扛上岸，讨得酒钱回船时，这些水手必乘兴过南门外皮匠街走走。那地方同桃源的后江差不多，住下不少经营最古职业的人物，地方既非商埠，价钱可公道一些。花五角钱关一次门，上船时还可以得一包黄油油的上净丝烟，那是十年前的规矩。照目前百物昂贵情形想来，一切当然已不同了，出钱的花费也许得多一点，收钱的待客也许早已改用"美丽牌"代替"上净丝"了。

或有人在皮匠街蓦然间遇见水手，对水手发问："弄船的，'肥水不落外人田'，家里有的你让别人用，用别人的你还得花钱，这上算吗？"

那水手一定会拍着腰间麂皮抱兜，笑眯眯的回答说："大爷，'羊毛出在羊身上'，这钱不是我桃源人的钱，上算的。"

他回答的只是后半截，前半截却不必提。本人正在沅州，离桃源远过六七百里，桃源那一个他管不着。

便因为这点哲学，水手们的生活，比起"风雅人"来似乎也洒脱多了。若说话不犯忌讳，无人疑心我"袒护无产阶级"，我还想说，他们的行为，比起那些读了些"子曰"，带了五百家香艳诗去桃源寻幽访胜，过后江讨经验的"风雅人"来，也实在还道德得多。

1935年3月北平大城中

（原载1935年3月《国闻周报》第12卷第11期）

鸭窠围的夜

　　天快黄昏时落了一阵雪子，不久就停了。天气真冷，在寒气中一切都仿佛结了冰。便是空气，也像快要冻结的样子。我包定的那一只小船，在天空大把撒着雪子时已泊了岸。从桃源县沿河而上这已是第五个夜晚。看情形晚上还会有风有雪，故船泊岸边时便从各处挑选好地方。沿岸除了某一处有片沙岨宜于泊船以外，其余地方全是黛色如屋的大岩石。石头既然那么大，船又那么小，我们都希望寻觅得到一个能作小船风雪屏障，同时要上岸又还方便的处所。凡是可以泊船的地方早已被当地渔船占去了。小船上的水手，把船上下各处撑去，钢钻头敲打着沿岸大石头，发出好听的声音，结果这只小船，还是不能不同许多大小船只一样，在正当泊船处插了篙子，把当作锚头用的石碇抛到沙上去，尽那行将来到的风雪，摊派到这只船上。

　　这地方是个长潭的转折处，两岸是高大壁立千丈的山，山头上长着小小竹子，长年翠色逼人。这时节两山只剩余一抹深黑，赖天空微明为画出一个轮廓。但在黄昏里看来如一种奇迹的，却是两岸高处去水已三十丈上下的吊脚楼。这些房子莫不俨然悬挂在半空中，借着黄昏的余光，还可以把这些希奇的楼房形体看得出个大略。这些房子同沿河一切房子有个共通相似处，便是从结构上说来，处处显出对于木材的浪费。房屋既在半山上，不用那么多木料，便不能成为房子吗？半山上也用吊脚楼形式，这形式是必须的吗？然而这条河水的大宗出口是木料，木材比石块还不值价。因此，即或是河水永远长不到处，吊脚楼房子依然存在，似乎也不应当有何惹眼惊奇了。但沿河因为有了这些楼房，长年与流水斗争的水手，寄身船中枯闷成疾的旅行者，以及其他过路人，却有了落脚处了。这些人的疲劳与寂寞是从这些房子中可以一律解除的。地方既好看，也好玩。

河面大小船只泊定后，莫不点了小小的油灯，拉了篷。各个船上皆在后舱烧了火，用铁鼎罐煮饭，饭焖熟后，又换锅子熬油，哗的把菜蔬倒进热锅里去。一切齐全了，各人蹲在舱板上三碗五碗把腹中填满后，天已夜了。水手们怕冷怕动的，收拾碗盏后，就莫不在舱板上摊开了被盖，把身体钻进那个预先卷成一筒又冷又湿的硬棉被里去休息。至于那些想喝一杯的，发了烟瘾得靠靠灯，船上烟灰又翻尽了的，或一无所为，只是不甘寂寞，好事好玩想到岸上去烤烤火谈谈天的，便莫不提了桅灯，或燃一段废缆子，摇晃着从船头跳上了岸，从一堆石头间的小路径，爬到半山上吊脚楼房子那边去，找寻自己的熟人，找寻自己的熟地。陌生人自然也有来到这条河中来到这种吊脚楼房子里的时节，但一到地，在火堆旁小板凳上一坐，便是陌生人，即刻也就可以称为熟人乡亲了。

这河边两岸除了停泊有上下行的大小船只三十左右以外，还有无数在日前趁融雪涨水放下形体大小不一的木筏。较小的木筏，上面供给人住宿过夜的棚子也不见，一到了码头，便各自上岸找住处去了。大一些的木筏呢，则有房屋，有船只，有小小菜园与养猪养鸡栅栏，还有女眷和小孩子。

黑夜占领了全个河面时，还可以看到木筏上的火光，吊脚楼窗口的灯光，以及上岸下船在河岸大石间飘忽动人的火炬红光。这时节岸上船上都有人说话，吊脚楼上且有妇人在黯淡灯光下唱小曲的声音，每次唱完一支小曲时，就有人笑嚷。甚么人家吊脚楼下有匹小羊叫，固执而且柔和的声音，使人听来觉得忧郁。我心中想着："这一定是从别一处牵来的，另外一个地方，那小畜生的母亲，一定也那么固执的鸣着吧。"算算日子，再过十一天便过年了。"小畜生明不明白只能在这个世界上活过十天八天？"明白也罢，不明白也罢，这小畜生是为了过年而赶来，应在这个地方死去的。此后固执而又柔和的声音，将在我耳边永远不会消失。我觉得忧郁起来了。我仿佛触着了这世界上一点东西，看明白了这世界上一点东西，心里软和得很。

但我不能这样子打发这个长夜。我把我的想象，追随了一个唱曲时清中夹沙的妇女声音到她的身边去了。于是仿佛看到了一个床铺，下面是草荐，上面摊了一床用旧帆布或别的旧货做成脏而又硬的棉被，搁在床正中被单上面的是一个长方木托盘，盘中有一把小茶盏，一个小烟匣，一支烟枪，一块小石头，一盏灯。盘边躺着一个人在烧烟。唱曲子的妇人，或是袖了手捏着自己的膀子站在吃烟者的面前，或是靠在男子对面的床头，为客人烧烟。房子分两进，前面临街，地是土地，后面临河，便是所谓吊脚楼了。这些人房子窗口既一面临河，可以凭了窗口呼喊河下船中人，当船上人过了瘾，胡闹已够，下船时，或者尚有些事情嘱托，或有其他原因，一个晃着火炬停顿在大石间，一个便凭立在窗口，"大佬你记着，船下行时又来。""好，我来的，我记着的。""你见了顺顺就说，会呢，完了；孩子大牛呢，脚膝骨好了，细粉带三斤，冰糖或片糖带三斤。""记得到，记得到，大娘你放心，我见了顺顺大爷就说：'会呢，完了。大牛呢，好了。细粉来三斤，冰糖来三斤。'""杨氏，杨氏，一共四吊七，莫错账！""是的，放心呵，你说四吊七就四吊七，年三十夜莫会要你多的！你自己记着就是了！"这样那样的说着，我一一都可听到，而且一面还可以听着在黑暗中某一处咩咩的羊鸣。我明白这些回船的人是上岸吃过"荤烟"了的。

我还估计得出，这些人不吃"荤烟"，上岸时只去烤烤火的，到了那些屋子里时，便多数只在临街那一面铺子里。这时节天气太冷，大门必已上好了，屋里一隅或点了小小油灯，屋中必就地掘了个浅凹，烧了些树根柴块。火光煜煜，且时时刻刻爆炸着一种难于形容的声音。火旁矮板凳上坐有船上人，木筏上人，有对河住家的熟人。且有虽为天所厌弃还不自弃年过七十的老妇人，闭着眼睛蜷成一团蹲在火边，悄悄的从大袖筒里取出一片薯干或一枚红枣，塞到嘴里去咀嚼。有穿着肮脏身体瘦弱的孩子，手擦着眼睛傍着火旁的母亲打盹。屋主人有为退伍的老军人，有翻船背运的老水手，有单身寡妇。借着火光灯光，可以看得出这屋中的大略情形，三堵木板壁上，一面必有个供奉祖宗的神龛，神龛下空处或另一面，必贴了一些大小不一的红白名片。这些名片倘若有那些好事者加以注意，用小油灯照着，去仔细检查检查，便可以发现许多动人的名衔。军队上的连副，上士，一等兵，商号中的管事，当地的团总，保正，催租吏，以及照例姓滕的船主，洪江的木簰商人，与其他各行各业人物，无所不有。这是近一二十年来经过此地若干人中一小部分的题名录。这些人各用一种不同的生活，来到这个地方，且同样的来到这些屋子里，坐在火边或靠近床上，逗留过若干时间。这些人离开了此地后，在另一世界里还是继续活下去，但除了同自己的生活圈子中人发生关系以外，与一同在这个世界上其他的人，却仿佛便毫无关系可言了。他们如今也许早已死掉了；水淹死的，枪打死的，被外妻用砒霜谋杀的，然而这些名片却依然将好好的保留下去。也许有些人已成了富人名人，成了当地的小军阀，这些名片却仍然写着催租人、上士等等的衔头。……除了这些名片，那屋子里是不是还有比它更引人注意的东西呢？锯子，小捞兜，香烟大画片，装干栗子的口袋……

提起这些问题时使人心中很激动。我到船头上去眺望了一阵。河面静静的，木筏上火光小了，船上的灯光已很少了，远近一切只能借着水面微光看出个大略情形。另外一处的吊脚楼上，又有了妇人唱小曲的声音，灯光摇摇不定，且有猜拳声音。我估计那些灯光同声音所在处，不是木筏上的簰头在取乐，就是水手们小商人在喝酒。妇人手指上说不定还戴了水手特别为从常德府捎带来的镀金戒指，一面唱曲一面把那只手理着鬓角，多动人的一幅画图！我认识他们的哀乐，这一切我也有份。看他们在那里把每个日子打发下去，也是眼泪也是笑，离我虽那么远，同时又与我那么相近。这正同读一篇描写西伯利亚的农人生活动人作品一样，使人掩卷引起无言的哀戚。我如今只用想象去领味这些人生活的表面姿态，却用过去一分经验，接触着了这种人的灵魂。

羊还固执的鸣着。远处不知甚么地方有锣鼓声音，那一定是某个人家禳土酬神还愿巫师的锣鼓。声音所在处必有火燎与九品蜡，照耀争辉。眩目火光下必有头包红布的老巫独立作旋风舞，门上架上有黄钱，平地有装满了谷米的平斗。有新宰的猪羊伏在木架上，头上插着小小五色纸旗。有行将为巫师用口把头咬下的活公鸡，缚了双脚与翼翅，在土坛边无可奈何的躺卧。主人锅灶边则热了满锅猪血稀粥，灶中正火光熊熊。

邻近一只大船上，水手们已静静的睡下了，只剩余一个人吸着烟，且时时刻刻把烟管敲着船舷。也像听着吊脚楼的声音，为那点声音所激动，引起种种联想。忽然按捺自己不住了，只听到他轻轻的骂着野话，擦了支自来火，点上一段废缆，跳上岸往吊脚楼那里去了。他在岸上大石间走动时，火光便从船篷空处漏进我的船中。也是同样的情形吧，在一只装载棉军服向上行驶的船上，泊到同样的岸边，躺在成束成捆的军服上面，夜既太长，水手们爱玩牌的各蹲坐在舱板上小油灯光下玩天九，睡既不成，便胡乱穿了两套棉军服，空手上岸，借着石块间还未融尽残雪返照的微光，一直向高岸上有灯光处走去。到了街上，除了从人家门罅里露出的灯光成一条长线横卧着，此外一无所有。在计算中以为应可见到的小摊上成堆的花生，用"哈德门"长烟匣装着干瘪瘪的小橘子，切成小方块的片糖，以及在灯光下看守摊子把眉毛扯得极细的妇人（这些妇人无事可做时还会在灯光下做点针线的），如今什么也没有。既不敢冒昧闯进一个人家里面去，便只好又回转河边船上了。但上山时向灯光凝聚处走去，方向不会错误。下河时可糟了。糊糊涂涂在大石小石间走了许久，且大声喊着，才走近自己所坐的一只船。上船时，两脚全是泥，刚攀上船舷还不及脱鞋落舱，就有人在棉被中大喊："伙计哥子们，脱鞋呀！"把鞋脱了还不即睡，便镶到水手身旁去看牌，一直看到半夜。——十五年前自己的事，在这样地方温习起来，使人对于命运感到十分惊异。我懂得那个忽然独自跑上岸去的人，为甚么上去的理由！

等了一会儿，邻船上那人还不回到他自己的船上来，我明白他所得的必比我多了一些。我想听听他回来时，是不是也像别的船上人，有一个妇人在吊脚楼窗口喊叫他。许多人都陆续回到船上了，这人却没有下船。我记起水手柏子。但是，同样是水上人，一个那么快乐的赶到岸上去，一个却是那么寂寞的跟着别人后面走上岸去，到了那些地方，情形不会同柏子一样，也是很显然的事了。

　　为了我想听听那个人上船时那点推篷声音，我打算着，在一切声音全已安静时，我仍然不能睡觉。我等待那点声音，大约到午夜十二点，水面上却起了另外一种声音。仿佛鼓声，也仿佛汽油船马达转动声，声音慢慢的近了，可是慢慢的又远了。像是一个有魔力的歌唱，单纯到不可比方，也便是那种固执的单调，以及单调的延长，使一个身临其境的人，想用一组文字去捕捉那点声音，以及捕捉在那长潭深夜一个人为那声音所迷惑时节的心情，实近于一种徒劳无功的努力。那点声音使我不得不再从那个业已用被单塞好空罅的舱门，到船头去搜索它的来源。河面一片红光，古怪声音也就从红光一面掠水而来。原来日里隐藏在大岩下的一些小渔船，在半夜前早已静悄悄的下了拦江网。到了半夜，把一个从船头伸在水面的铁兜，盛上燃着熊熊烈火的油柴，一面用木棒槌有节奏的敲着船舷各处漂去。身在水中见了火光而来与受了柝声吃惊四窜的鱼类，便在这种情形中触了网，成为渔人的俘虏。

　　一切光，一切声音，到这时节已为黑夜所抚慰而安静了，只有水面上那一分红光与那一派声音。那种声音与光明，正为着水中的鱼和水面的渔人生存的搏战，已在这河面上存在了若干年，且将在接连而来的每个夜晚依然继续存在。我弄明白了，回到舱中以后，依然默听着那个单调的声音。我所看到的仿佛是一种原始人与自然战争的情景。那声音，那火光，都近于原始人类的战争，把我带回到四五千年那个"过去"时间里去。

　　不知在甚么时候开始落了很大的雪，听船上人细语着，我心想，第二天我一定可以看到邻船上那个人上船时节，在岸边雪地上留下那一行足迹。那寂寞的足迹,事实上我却不曾见到,因为第二天到我醒来时,小船已离开那个泊船处很远了。

作于 1934 年

(原载 1934 年 4 月《文学》第 2 卷第 4 号)

一个多情水手与一个多情妇人

我的小表到了七点四十分时,天光还不很亮。停船地方两山过高,故住在河上的人,睡眠仿佛也就可以多些了。小船上水手昨晚上吃了我五斤河鱼,鱼虽吃过,大约还记得着那吃鱼的原因,不好意思再睡,这时节业已起身,卷了铺盖,在烧水扫雪了。两个水手一面工作一面用野话编成韵语骂着玩着,对于恶劣天气与那些昨晚上能晃着火炬到有吊脚楼人家去同宽脸大奶子妇人纠缠的水手,含着无可奈何的妒忌。

大木筏都得天明时漂滩,正预备开头,寄宿在岸上的人已陆续下了河,与宿在筏上的水手们,共同开始从各处移动木料,筏上有斧斤声与大摇槌彭彭的敲打木桩声音。许多在吊脚楼寄宿的人,从妇人热被里脱身,皆在河滩大石间跟跄走着,回归船上。妇人们恩情所结,也多和衣靠着窗边,与河下人遥遥传述那种种"后会有期各自珍重"的话语。很显然的事,便是这些人从昨夜那点露水恩情上,已经各在那里支付分上一把眼泪与一把埋怨。想到这些眼泪与埋怨,如何糅进这些人的生命中,成为生活之一部分时,使人心中柔和得很!

第一个大木筏开始移动时,约在八点左右。木筏四隅数十支大桡,泼水而前,筏上且起了有节奏的"唉"声。接着又移动了第二个。……木筏上的桡手,各在微明中画出一个黑色的轮廓。木筏上某一处必扬着一片红红的火光,火堆旁必有人正蹲下用钢罐煮水。

我的小船到这时节一切业已安排就绪,也行将离岸,向长潭上游溯江而上了。

只听到河下小船邻近不远某一只船上,有个水手哑着嗓子喊人:

"牛保,牛保,不早了,开船了呀!"

许久没有回答,于是又听那个人喊道:

"牛保,牛保,你不来当真船开动了!"

再过一阵,催促的转而成为辱骂,不好听的话已上口了。

"牛保,牛保,狗×的,你个狗就见不得河街女人的×!"

吊脚楼上那一个,到此方仿佛初从好梦中惊醒,从热被里妇人手臂中逃出,光身爬到窗边来答着:

"宋宋,宋宋,你喊甚么?天气还早咧。"

"早你的娘,人家木簰全开了,你玩了一夜还尽不够!"

"好兄弟,忙甚么?今天到白鹿潭好好的喝一杯!天气早得很!"

"天气早得很,哼,早你的娘!"

"就算是早我的娘吧。"

最后一句话,不过是我的想象。因为河岸水面那一个,虽尚呶呶不已,楼上那一个却业已沉默了。大约这时节那个妇人还卧在床上,也开了口,"牛保,牛保,你别理他,冷得很!"因此即刻又回到床上热被里去了。

只听到河边那个水手喃喃的骂着各种野话,且有意识把船上家伙撞磕得很响。我心想:这是个甚么样子的人,我倒应该看看他。且很希望认识岸上那一个。我知道他们那只船也正预备上行,就告给我小船上水手,不忙开头,等等同那只船一块儿开。

不多久，许多木筏离岸了，许多下行船也拔了锚，推开篷，着手荡桨摇橹了。我卧在船舱中，就只听到水面人语声，以及橹桨激水声，与橹桨本身被扳动时咿咿哑哑声。河岸吊脚楼上妇人在晓气迷蒙中锐声的喊人，正如同音乐中的笙管一样，超越众声而上。河面杂声的综合，交织了庄严与流动，一切真是一个圣境。

我出到舱外去站了一会儿，天已亮了，雪已止了，河面寒气逼人。眼看这些船筏各戴上白雪浮江而下，这里那里扬着红红的火焰同白烟，两岸高山则直矗而上，如对立巨魔，颜色淡白，无雪处皆作一片墨绿。奇景当前，有不可形容的瑰丽。

一会儿，河面安静了。只剩下几只小船同两片小木筏，还无开头意思。

河岸上有个蓝布短衣青年水手，正从半山高处人家下来，到一只小船上去。因为必须从我小船边过身，我把这人看得清清楚楚。大眼，宽脸，鼻子短，宽阔肩膊下挂着两只大手（手上还提了一个棕衣口袋，里面填得满满的），走路时肩背微微向前弯曲，看来处处皆证明这个人是一个能干得力的水手！我就冒昧的喊他，同他说话：

"牛保，牛保，你玩得好！"

谁知那水手当真就是牛保。

那家伙回过头来看看是我叫他，就笑了。我们的小船好几天以来，皆一同停泊，一同启碇，我虽不认识他，他原来早就认识了我的。经我一问，他有点害羞起来了。他把那口袋举起带笑说道：

"先生，冷呀！你不怕冷吗？我这里有核桃，你要不要吃核桃？"

我以为他想卖给我些核桃，不愿意扫他的兴，就说我要，等等我一定向他买些。

他刚走到他自己那只小船边,就快乐的唱起来了。忽然税关复查处比邻吊脚楼人家窗口,露出一个年轻妇人鬓发散乱的头颅,向河下人锐声叫将起来:

"牛保,牛保,我同你说的话,你记着吗?"

年轻水手向吊脚楼一方把手挥动着。

"唉,唉,我记得到!……冷!你是怎么的啊!快上床去!"大约他知道妇人起身到窗边时,是还不穿衣服的。

妇人似乎因为一番好意不能使水手领会,有点不高兴的神气。

"我等你十天,你有良心,你就来——"说着,彭的一声把格子窗放下了。这时节眼睛一定已红了。

那一个还向吊脚楼喃喃说着甚么,随即也上了船。我看看,那是一只深棕色的小货船。

我的小船行将开头时,那个青年水手牛保却跑来送了一包核桃。我以为他是拿来卖给我的,赶快取了一张值五角的票子递给他。这人见了钱只是笑。他把钱交还,把那包核桃从我手中抢了回去。

"先生,先生,你买我的核桃,我不卖!我不是做生意人。(他把手向吊脚楼指了一下,话说得轻了些。)那婊子同我要好,她送我的。送了我那么多,还有栗子,干鱼。还说了许多痴话,等我回来过年咧。……"

慷慨原是辰河水手一种通常的性格,既不要我的钱,皮箱上正搁了一包烟台苹果,我随手取了四个大苹果送给他,且问他:

"你回不回来过年?"

他只笑嘻嘻的把头点点,就带了那四个苹果飞奔而去。我要水

手开了船。小船已开到长潭中心时,忽然又听到河边那个哑嗓子在喊嚷:

"牛保,牛保,你是怎么的?我×你的妈,还不下河,我翻你的三代,还……"

一会儿,一切皆沉静了,就只听到我小船船头分水的声音。

听到水手的辱骂,我方明白那个快乐多情的水手,原来得了苹果后,并不即返船,仍然又到吊脚楼人家去了。他一定把苹果献给那个妇人,且告给妇人这苹果的来源,说来说去,到后自然又轮着来听妇人说的痴话,所以把下河的时间完全忘掉了。

小船已到了辰河多滩的一段路程,长潭尽后就是无数大滩小滩。河水半月来已落下六尺,雪后又照例无风,较小船只即或可以不从大漕上行,沿着河边浅水处走去也仍然十分费事。水太干了,天气又实在太冷了点。我伏在舱口看水手们一面骂野话,一面把长篙向急流乱石间掷去,心中却念及那个多情水手。船上滩时浪头俨然只想把船上人攫走。水流太急,故常常眼看业已到了滩头,过了最紧要处,但在抽篙换篙之际,忽然又会为急流冲下。海水又大又深,大浪头拍岸时常如一个小山,但它总使人觉得十分温和。河水可同一股火,太热情了一点,时时刻刻皆想把人攫走,且仿佛完全只凭自己意见作去。但古怪的是这些弄船人,他们逃避急流同漩水的方法十分巧妙。他们得靠水为生,明白水,比一般人更明白水的可怕处;但他们为了求生,却在每个日子里每一时间皆有向水中跳去的准备。小船一上滩时,就不能不向白浪里钻去,可是他们却又必有方法从白浪里找到出路。

在一个小滩上,因为河面太宽,小漕河水过浅,小船缆绳不够长不能拉纤,必须尽手足之力用篙撑上,我的小船一连上了五次皆被急流冲下。船头全是水。到后想把船从对河另一处大漕走去,漂流过河时,从白浪中钻出钻进,篷上也沾了水。在大漕中又上了两次,还花钱加了个临时水手,方把这只小船弄上滩。上过滩后问水手是甚么滩,方知道这滩名"骂娘滩"。(说野话的滩!)即或是父子弄船,一面弄船也一面得互骂各种野话,方可以把船弄上滩口。

一整天小船尽是上滩,我一面欣赏那些从船舷驶过急于奔马的白浪,一面便用船上的小斧头,剥那个风流水手见赠的核桃吃。我估想这些硬壳果,说不定每一颗还都是那吊脚楼妇人亲手从树上摘下,用鞋底揉去一层苦皮,再一一加以选择,放到棕衣口袋里去的。望着那些棕色碎壳,那妇人说的"你有良心你就赶快来"一句话,也就尽在我耳边响着。那水手虽然这时节或许正在急水滩头趴伏到石头上拉船,或正脱了裤子涉水过溪,一定却记忆着吊脚楼妇人的一切,心中感觉十分温暖。每一个日子的过去,便使他与那妇人接近一点点。十天完了,过年了,那吊脚楼上,照例门楣上全贴了红喜钱,被捉的雄鸡啊呵呵呵的叫着,雄鸡宰杀后,把它向门角落抛去,只听到翅膀扑地的声音。锅中蒸了一笼糯米饭倒下,两人就开始在一个石臼里捣将起来。一切事皆两个人共力合作,一切工作中皆掺合有笑谑与善意的诅骂。于是当真过年了。又是叮咛与眼泪,在一分长长的日子里有所期待,留在船上另一个放声的辱骂催促着,方下了船,又是胡桃与栗子,干鲤鱼与……

到了午后,天气太冷,无从赶路。时间还只三点左右,我的小船便停泊了。停泊地方名为杨家岨。依然有吊脚楼,飞楼高阁悬在半山中,结构美丽悦目。小船傍在大石边,只须一跳就可以上岸。岸上吊脚楼前枯树边,正有两个妇人,穿了毛蓝布衣裳,不知商量些甚么,幽幽的说着话。这里雪已极少,山头皆裸露作深棕色,远山则为深紫色。地方静得很，河边无一只船，无一个人，无一堆柴。不知河边哪一个大石后面，有人正在捶捣衣服，一下一下的捣。对河也有人说话，却看不清楚人在何处。

小船停泊到这些小地方，我真有点担心。船上那个壮年水手，是一个在军营中开过小差作过种种非凡事业的人物，成天在船上只唱着"过了一天又一天，心中好似滚油煎"，若误会了我箱中那些带回湘西送人的信笺信封，以为是值钱东西，在唱过了埋怨生活的戏文以后，转念头来玩个新花样，说不定我还来不及被询问"吃板刀面或吃馄饨"以前，就被他解决了。这些事我倒不怎么害怕，凡是蠢人做出的事我不知道甚么叫吓怕的。只是有点儿担心。因为若果这个人做出了这种蠢事，我完了，他跑了，这地方可糟了。地方既属于我那些同乡军官大老管辖，就会把他们忙坏了。

我盼望牛保那只小船赶来，也停泊到这个地方，一面可以不用担心，一面还可以同这个有人性的多情水手谈谈。

直等到黄昏，方来了一只邮船，靠着小船下了锚。过不久，邮船那一面有个年轻水手嚷着要支点钱上岸去吃"荤烟"，另一个管事的却不允许，两人便争吵起来了。只听到年轻的那一个呶呶絮语，声音神气简直同大清早上那个牛保一个样子。到后来，这个水手负气，似乎空着个荷包，也仍然上岸过吊脚楼人家去了。过了一会儿还不见他回船，我很想知道一下他到了那里做些什么事情，就要一个水手为我点上一段废缆，晃着那小小火把，引导我离了船，爬了一段小小山路，到了所谓河街。

五分钟后，我与这个穿绿衣的邮船水手，一同坐到一个人家正屋里火堆旁，默默的在烤火了。一个大油松树根株，正伴同一饼油渣，熊熊的燃着快乐的火焰。间或有人用脚或树枝拨了那么一下，便有好看的火星四散惊起。主人是一个中年妇人,另外还有两个老妇人,虽然水手提出种种问题,且把关于下河的油价,木价,米价,盐价,一件一件来询问他,他却很散漫的回答,只低下头望着火堆。从那个颈项同肩膊,我认得这个人性格同灵魂,竟完全同早上那个牛保水手一样。我明白他沉默的理由,一定是船上管事的不给他钱,到岸上来赊烟不到手。他那闷闷不乐的神气,可以说是很妩媚。我心想请他一次客。又不便说出口。到后机会却来了。门开处进来了一个年事极轻的妇人,头上裹着大格子花布首巾,身穿绿色土布袄子,挂着一条蓝色围裙,胸前还绣了一朵小小白花。那年轻妇人把两只手插在围裙里,轻脚轻手进了屋,就站在中年妇人身后。说真话,这个女人真使我有点儿"惊讶"。我似乎在甚么地方另一时节见着这样一个人,眼目鼻子皆仿佛十分熟习。若不是当真在某一处见过,那就必定是在梦里了。公道一点说来,这妇人是个美丽得很的生物!

最先我以为这小妇人是无意中撞来玩玩,听听从下河来的客人谈谈下面事情,安慰安慰自己寂寞的。可是一瞬间,我却明白她是为另一件事而来的了。屋主人要她坐下,她却不肯坐下,只把一双放光的眼睛尽瞅着我,待到我抬起头去望她时,那眼睛却又赶快逃避了。她在一个水手面前一定没有这种羞怯,为这点羞怯我心中有点儿惆怅,引起了点儿怜悯。这怜悯一半给了这个小妇人,却留下一半给我自己。

那邮船水手眼睛为小妇人放了光,很快乐的说:

"夭夭,夭夭,你打扮得真像个观音!"

那女人抿嘴笑着不理会,表示这点阿谀并不希罕,一会儿方轻轻的说:

"我问你,白师傅的大船到了桃源不到?"

邮船水手回答了,妇人又轻轻的问:

"杨金保的船?"

邮船水手又回答了,妇人又继续问着这个那个。我一面向火一面听他们说话,却在心中计算一件事情。小妇人虽同邮船水手谈到岁暮年末水面上的情形,但一颗心却一定在另外一件事情上驰骋。我几乎本能的就感到了这个小妇人是正在对我怀着一点痴想头的。不用惊奇,这不是希奇事情。我们若稍懂人情,就会明白一张为都市所折磨而成的白脸,同一件称身软料细毛衣服,在一个小家碧玉心中所能引起的是一种如何幻想,对目前的事也便不用多提了。

对于身边这个小妇人,也正如先前一时对于身边那个邮船水手一样,我想不出用个甚么方法,就可以使这个有了点儿野心与幻想的人,得到她所要得到的东西。其实我在两件事上皆不能再吝啬了,因为我对于他们皆十分同情。但试想想看,倘若这个小妇人所希望的是我本身,我这点同情,会不会引起五千里外另一个人的苦痛?我笑了。

……假若我给这水手一点钱,让这小妇人同他谈一个整夜?

我正那么计算着,且安排如何来给那个邮船水手的钱,使他不至于感觉难于为情。忽然听那年轻妇人问道:

"牛保那只船?"

那邮船水手吐了一口气,"牛保的船吗,我们一同上骂娘滩,溜了四次。末后船已上了滩,那拦头的伙计还同他在互骂,且不知为甚么互相用篙子乱打乱剸起来,船又溜下滩去了。看那样子不是有一个人落水,就得两个人同时落水。"

有谁发问:"为甚么?"

邮船水手感慨似的说:"还不是为那一张×!"

几人听着这件事,皆大笑不已。那年轻小妇人,却长长的吁了一口气。

忽然河街上有个老年人嘶声的喊人:

"夭夭小婊子,小婊子婆,卖×的,你是怎么的,夹着那两片小×,一眨眼又跑到哪里去了!你来!……"

小妇人听门外街口有人叫她,把小嘴收敛做出一个爱娇的姿势,带着不高兴的神气自言自语说:"叫骡子又叫了。夭夭小婊子偷人去了!投河吊颈去了!"咬着下唇很有情致的盯了我一眼,拉开门,放进了一阵寒风,人却冲出去,消失到黑暗中不见了。

那邮船水手望了望小妇人去处那扇大门,自言自语的说:"小婊子偏偏嫁老烟鬼,天晓得!"

于是大家便来谈说刚才走去那个小妇人的一切。屋主中年妇人,告给我那小妇人年纪还只十九岁,却为一个年过五十的老兵所占有。老兵原是一个烟鬼,虽占有了她,只要谁有土有财就让床让位。至于小妇人呢,人太年轻了点,对于钱毫无用处,却似乎常常想得很远很远。屋主人且为我解释很远很远那句话的意思,给我证明了先前一时我所感觉到的一件事情的真实。原来这小妇人虽生在不能爱好的环境里,却天生有种爱好的性格。老烟鬼用名分缚着了她的身体,然而那颗心却无从拘束。一只船无意中在码头边停靠了,这只船又恰恰有那么一个年轻男子,一切派头都和水手不同,夭夭那颗心,将如何为这偶然而来的人跳跃!屋主人所说的话增加了我对于这个年轻妇人的关心。我还想多知道一点,请求她告给我,我居然又知道了些不应当写在纸上的事情。到后来,谈起命运,那屋主人沉默了,众人也沉默了。各人眼望着熊熊的柴火,心中玩味着"命运"两个字的意义，而且皆俨然有一点儿痛苦。

我呢，在沉默中体会到一点"人生"的苦味。我不能给那个小妇人甚么，也再不作给那水手一点点钱的打算了，我觉得他们的欲望同悲哀都十分神圣，我不配用钱或别的方法渗进他们命运里去，扰乱他们生活上那一份应有的哀乐。

下船时，在河边我听到一个人唱《十想郎》小曲，曲调卑陋声音却清圆悦耳。我知道那是由谁口中唱出且为谁唱的。我站在河边寒风中痴了许久。

作于1934年

（原载1934年7月7日天津《大公报·文艺副刊》第82期）

辰河小船上的水手

我自从离开了那个水獭皮帽子的朋友以后，独自坐到这只小船上，已闷闷的过了十天。小船前后舱面既十分窄狭，三个水手白日皆各有所事：或者正在吵骂，或者是正在荡桨撑篙，使用手臂之力，使这只小船在结了冰的寒气中前进。有时两个年轻水手即或上岸拉船去了，船前船后又有湿淋淋的缆索牵牵绊绊。打量出去站站，也无时不显得碍手碍脚，很不方便。因此我就只有蜷伏在船舱里，静听水声与船上水手辱骂声，打发了每个日子。

照原定计划，这次旅行来回二十八天的路程，就应当安排二十二个日子到这只小船上。如半途中这小船发生了甚么意外障碍，或者就多得四天五天。起先我尽记着水獭皮帽子的朋友"行船莫算，打架莫看"的格言，对于这只小船每日应走多少路，已走多少路，还需要走多少路，从不发言过问。他们说"应当开头了"，船就开了，他们说"这鬼天气不成，得歇憩烤火"，我自然又听他们歇憩烤火。天气也实在太冷了一点，篙上桨上莫不结了一层薄冰。我的衣袋中，虽还收藏了一张桃源县管理小划子的船总亲手所写"十日包到"的保单，但天气既那么坏，还好意思把这张保单拿出来向掌舵水手说话吗？

我口中虽不说甚么，心里却计算到所剩余的日子，真有点儿着急。

可是三个水手中的一人，已看准了我的弱点，且在另外一件事情上，又看准了我另外一项弱点，想出了个两得其利的办法来了。

那水手向我说道:

"先生,你着急,是不是?不必为天气发愁。如今落的是雪子,不是刀子。我们弄船人,命里派定了划船,天上纵落刀子也得做事!"

我的坐位正对着船尾,掌舵水手这时正分张两腿,两手握定舵把,一个人字形的姿势对我站定。想起昨天这只小船搁入石罅里,尽三人手足之力还无可奈何时,这人一面对天气咒骂各种野话,一面卸下了裤子向水中跳去的情形,我不由得微喟了一下。我说:"天气真坏!"

他见我眉毛聚着便笑了。"天气坏不碍事,只看你先生是不是要我们赶路,想赶快一些,我同伙计们有的是办法!"

我带了点埋怨神气说:"不赶路,谁愿意在这个日子里来在河上受活罪?你说有办法,告我看是甚么办法!"

"天气冷,我们手脚也硬了。你请我们晚上喝点酒,活活血脉,这船就可以在水面上飞!"

我觉得这个提议很正当,便不追问先划船后喝酒,如何活动血脉的理由,即刻就答应了。我说:"好得很,让我们的船飞去吧,欢喜吃甚么买甚么。"

于是这小船在三个划船人手上,当真俨然一直向辰河上游飞去。经过钓船时就喊买鱼,一拢码头时就用长柄大葫芦满满的装上一葫芦烧酒。沿河两岸连山皆深碧一色,山头常戴了点白雪,河水则清明如玉。在这样一条河水里旅行,望着水光山色,体会水手们在工作上与饮食上的勇敢处,使我在寂寞里不由得不常作微笑!

船停时,真静。一切声音皆为大雪以前的寒气凝结了。只有船底的水声,轻轻的轻轻的流过去,——使人感觉到它的声音,几乎

一九三五年与夫人张兆和、长子龙朱及九妹岳萌在北平

抗战前摄于北平

不是耳朵却只是想象。三个水手把晚饭吃过后,围在后舱钢灶边烤火烘衣。

时间还只五点二十五分,先前一时在长潭中摇橹唱歌的一只大货船,这时也赶到快要靠岸停泊了。只听到许多篙子钉在浅水石头上的声音,且有人大嚷大骂。他们并不是吵架,不过在那里"说话"罢了。这些人说话照例永远得使用个粗野字眼儿,也正同我们使用标点符号一样,倘若忘了加上去,意思也就很容易模糊不清楚了。这样粗野字眼儿的使用,即在父子兄弟间也少不了。可是这些粗人野人,在那吃酸菜臭牛肉说野话的口中,高兴唱起歌来时,所唱的又正是如何美丽动人的歌!

大船靠定岸边后,只听到有一个人在船上大声喊叫:

"金贵,金贵,上岸××去!"

那个名为金贵的水手,似乎正在那只货船舱里鱿鱼海带间,嘶着个嗓子回答说:

"你××去我不来。你娘××××正等着你!"

我那小船上三个默默的烤火烘衣的水手,听到这个对白,便一同笑将起来了。其中之一学着邻船人语气说:

"××去,×你娘的×。大白天像狗一样在滩上爬,晚上好快乐!"

另一个水手就说:

"七老,你要上岸去,你向先生借两角钱也可以上岸去!"

几个人把话继续说下去,便讨论到各个小码头上吃四方饭娘儿们的人材与轶事来了。说及其中一些野妇人悲喜的场面时,真使我十分感动。我再也不能孤独的在舱中坐下了,就爬到那个钢灶边去,同他们坐在一处去烤火。

我搀入那个团体时，询问那个年纪较大的水手：

"掌舵的，我十五块钱包你这只船，一次你可以捞多少！"

"我可以捞多少，先生！我不是这只船的主人，我是个每年二百四十吊钱雇定的舵手，算起来一个月我有两块三角钱，你看看这一次我捞多少！"

我说："那么，大伙计，你拦头有多少！全船都亏得你，难道也是二百四十吊一年吗？"

那一个名为七老的说："我弄船上行，两块六角钱一次，下行吃白饭！"

"那么，小伙计，你呢。我看你手脚还生疏得很！你昨天差点儿淹坏了，得多吃多喝，把骨头长结实一点点！"

小子听我批评到他的能力就只干笑。掌舵的代他说话：

"先生要你多吃多喝，你不听到吗？这小子看他虽长得同一块发糕一样，其实就只能吃能喝，撒篙子拉纤全不在行！"

"多少钱一月！"我说，"一块钱一月，是不是？"

那个小水手自己笑着开了口，"多少钱一月？十个铜子一天，——×他的娘。天气多坏！"

我在心中打了一下算盘，掌舵的八分钱一天；拦头的一角三分一天，小伙计一分二厘一天。在这个数目下，不问天气如何，这些人莫不皆得从天明起始到天黑为止，做他应分做的事情。遇应当下水时，便即刻跳下水中去。遇应当到滩石上爬行时，也毫不推辞即刻前去。在能用气力时，这些人就毫不吝惜气力打发了每个日子。人老了，或大六月发痧下痢，躺在空船里或太阳下死掉了，一生也就算完事了。这条河中至少有十万个这样过日子的人。想起了这件事情，我轻轻的吁了一口气。

"掌舵的，你在这条河里划了几年船？"

"我今年五十三，十六岁就到了船上。"

三十七年的经验，七百里路的河道，水涨水落河道的变迁，多少滩，多少潭，多少码头，多少石头——是的，凡是那些较大的知名的石头，这个人就无一不能够很清楚的举出它们的名称和故事！划了三十七年的船，还只是孤身一人，把经验与气力每天作八分钱出卖，来在这水上漂泊，这个古怪的人！

"拦头的大伙计，你呢？你划了几年船？"

"我照老法子算今年三十一岁，在船上五年，在军队里也五年。我是个逃兵，七月里才从贵州开小差回来的！"

这水手结实硬朗处，倒真配作一个兵。那分粗野爽朗处也很像个兵。掌舵的水手人老了，眼睛发花，已不能如年轻人那么手脚灵便，小水手年龄又太小了一点，一切事皆不在行，全船最重要的人物就是他。昨天小船上滩，小水手换篙较慢，被篙子弹入急流里去时，他却一手支持篙子，还能一手把那个小水手捞住，援助上船。上了船后那小子又惊又气，全身湿淋淋的，抱定桅子荷荷大哭。他一面笑骂着种种野话，一面却赶快脱了棉衣单裤给小水手替换。在这小船上他一个人脾气似乎特别大，但可爱处也就似乎特别多。

想起小水手掉到水中被援起以后的样子，以及那个年纪大一点的脱下了裤子给他掉换，光着个下身在空气里弄船的神气，我心中充满了不可言说的感情。我向小水手带笑说："小伙计，你呢？"

那个拦头的水手就笑着说："他吗？只会吃只会哭，做错了事骂两句，还会说点蠢话：'你欺侮我，我用刀子同你拼命！'拿你刀子来切我的××，老子还不见过刀子，怕你！"

小水手说："老子哭你也管不着！"

拦头的水手说:"不管你你还会有命!落了水爬起来,有甚么可哭?我不脱下衣来,先生不把你毯子,不冷死你!十五六岁了的人,命好早×出了孩子,动不动就哭,不害羞!"

正说着,邻船上有水手很快乐的用女人窄嗓子唱起曲子,晃着一个火把,上了岸,往半山吊脚楼取乐去了。

我说:"大伙计,你是不是也想上岸去玩玩?要去就去,我这里有的是零钱。要几角钱?你太累了,我请客!"

掌舵的老水手听说我请客,赶忙在旁打边鼓儿说:"七老,你去,先生请客你就去,两吊钱先生出得起!"

他妩媚的咕咕笑着。我知道那是甚么意思。就取了值四吊钱的五角钞票递给他,小水手笑乐着为他把作火炬的废绳燃好。于是推开了篷,这个人就被两个水手推上了岸,也摇晃着个火把,爬上高坎到吊脚楼取乐去了。

人走去后,掌舵的水手方把这个人的身世为我详细说出来。原来这个人的履历上,还有十一个月土匪的经验应当添注上去。这个人大白天一面弄船一面吼着说:"老子要死了,老子要做土匪去了!"种种独白的理由,我方完全明白了。

我心中以为这个人既到了河街吊脚楼,若不是同那些宽脸大奶子女人在床上去胡闹,必又坐到火炉边,夹杂在一群划船人中间向火,嚼花生或剥酸柚子吃。那河街照例有屠户,有油盐店,有烟馆,有小客店,还有许多妇人提起竹篾织就的圆烘笼烤手,一见到年轻水手就做眉做眼。还有妇女年纪大些的,鼻梁根扯得通红,太阳穴贴上了膏药,做丑事毫不以为可羞。看中了某一个结实年轻的水手时,只要那水手不讨厌她,还会提了家养母鸡送给水手!那些水手胡闹到半夜里回到船上,把缚着脚的母鸡,向舱里同伴热被上抛去，一些在睡梦里被惊醒的同伴，就会喃喃的骂着，"溜子，溜子，你一条××换一只母鸡，老子明早天一亮用刀割了你！"于是各个臭被一角皆起了咕咕的笑声。……

我还正在那个拦头水手行为上，思索到一个可笑的问题，不知道他那么上岸去，由他说来，究竟得到了些甚么好处。可是他却出我意料以外，上岸不久又下了河，回到小船上来了。小船上掌舵水手正点了个小油灯，薄薄灯光照着那水手的快乐脸孔。掌舵的向他说：

"七老，怎么的，你就回来了不同婊子过夜！"

小水手也向他说了一句野话，那小子只把头摇着且微笑着，赶忙解下了他那根腰带。原来他棉袄里藏了一大堆橘子，腰带一解，橘子便在舱板上各处滚去。问他为甚么得了那么多橘子，方知道他虽上了岸，却并不胡闹，只到河街上打了个转，在一个小铺子里坐了一会儿，见有橘子卖，知道我欢喜吃橘子，就把钱全买了橘子带回来了。

我见着他那很有意思的微笑，我知道他这时所作的事，对于他自己感觉如何愉快，我便笑将起来，不说甚么了。四个人剥橘子吃时，我要他告给我十一个月作土匪的生活，有些甚么可说的事情，让我听听。他就一直把他的故事说到十二点钟。我真像读了一本内容十分新奇的教科书。

天气如所希望的终于放晴了，我同这几个水手在这只小船上已经过了十二个日子。

天既放晴后，小船快要到目的地时，坐在船舱中一角，瞻望澄碧无尽的长流，使我发生无限感慨。十六年以前，河岸两旁黛色庞大石头上，依然是在这样晴朗冬天里，有野莺与画眉鸟从山谷中竹篁里飞出来，在石头上晒太阳，悠然自得的啭唱悦耳的曲子，直到有船近身时，又方始一齐向竹林中飞去。十六年来竹林里的鸟雀，那份从容处，犹如往日一个样子，水面划船人愚蠢朴质勇敢耐劳处，也还相去不远。但这个民族，在这一堆长长日子里，为内战，毒物，饥馑，水灾，如何向堕落与灭亡大路走去。一切人生活习惯，又如何在巨大压力下失去了它原来的纯朴型范，形成一种难于设想的模式！

小船到达我水行的终点浦市地方时，约在下午四点钟左右。这个经过昔日的繁荣而衰败了多年的码头，三十年前是这个地方繁荣达到顶点的时代。十六年前地方业已大大衰落，那时节沿河长街的油坊，尚常有三两千新油篓晒在太阳下，沿河七个用青石作成的码头，有一半还停泊了结实高大四橹五舱运油船。此外船只多从下游运来淮盐，布匹，花纱，以及川黔边区所需的洋广杂货。川黔边境由旱路运来的朱砂，水银，苎麻，五倍子，莫不在此交货转载。木材浮江而下时，常常半个河面皆是那种大木筏。本地市面则出炮仗，出印花布，出肥人，出肥猪。河面既异常宽平，码头又特别干净整齐，虽从那些大商号里，寺庙里，都可见出这个商埠在日趋于衰颓，然而一个旅行者来到此地时，一切规模总仍然可得到一个极其动人的印象！街市尽头河下游为一长潭，河上游为一小滩，每当黄昏薄暮，落日沉入大地，天上暮云为落日余晖所烘炙，剩余一片深紫时，大帮货船从上而下，摇船人泊船近岸，在充满了薄雾的河面，浮荡的催橹歌声，又正是一种如何壮丽稀有的歌声！

如今小船到了这个地方后，看看沿河各码头，早已破烂不堪。小船泊定的一个码头，一共有十二只船，除了有一只船载运了方柱形毛铁，一只船载辰谿烟煤，正在那里发签起货外，其他船只似乎已停泊了多日，无货可载。有七只船还在小桅上或竹篙上，悬了一个用竹缆编成的圆圈，作为"此船出卖"的标志。

小船上掌艄水手同拦头水手全上岸去了，只留下小水手守船，我想乘天气还不会断黑，到长街上去看看这一切衰败了的地方，是不是商店中还能有个把肥胖子。一到街口却碰着了那两个水手，正同个骨瘦如柴的长人在一个商店门前相骂。问问旁人是什么事情，才知道这长子原来是个屠户，争吵的原因只是对于所买的货物分量轻重有所争持。看到他们那么气急败坏大声吵骂无个了结，我就不再走过去了。

下船时，我一个人坐在那小小船只空舱里让黄昏来临，心中只想着一件古怪事情：

"浦市地方屠户也那么瘦了，是谁的责任？希望到这个地面上，还有一群精悍结实的青年，来驾驭钢铁征服自然，这责任应当归谁？"一时自然不会得到任何结论。

作于1934年

（原载1934年7月《文学》月刊第3卷第1号）

箱 子 岩

十五年以前，我有机会独坐一只小篷船，沿辰河上行，停船在箱子岩脚下。一列青黛崭削的石壁，夹江高矗，被夕阳烘炙成为一个五彩屏障。石壁半腰约百米高的石缝中，有古代巢居者的遗迹，石罅隙间横横的悬撑起无数巨大横梁，暗红色长方形大木柜尚依然好好的搁在木梁上。岩壁断折缺口处，看得见人家茅棚同水码头，上岸喝酒下船过渡人也得从这缺口通过。那一天正是五月十五，河中人过大端阳节。箱子岩洞窟中最美丽的三只龙船，早被乡下人拖出浮在水面上。船只狭而长，船舷描绘有朱红线条，全船坐满了青年桨手，头腰各缠红布。鼓声起处，船便如一支没羽箭，在平静无波的长潭中来去如飞。河身大约一里路宽，两岸皆有人看船，大声呐喊助兴。且有好事者，从后山爬到悬岩顶上去，把"铺地锦"百子鞭炮从高岩上抛下，尽鞭炮在半空中爆裂，形成一团团五彩碎纸云尘。彭彭彭彭的鞭炮声与水面船中锣鼓声相应和，引起人对于历史回溯发生一种幻想，一点感慨。

当时我心想：多古怪的一切！两千年前那个楚国逐臣屈原，若本身不被放逐，疯疯癫癫来到这种充满了奇异光彩的地方，目击身经这些惊心动魄的景物，两千年来的读书人，或许就没有福分读《九歌》那类文章，中国文学史也就不会如现在的样子了。在这一段长长岁月中，世界上多少民族皆堕落了，衰老了，灭亡了。即如号称东亚大国的一片土地，也已经有过多少次被从西北方远来沙漠中的蛮族，骑了膘壮的马匹，手持强弓硬弩，长枪大戟，到处践踏蹂躏！（辛亥革命前夕，在这苗蛮杂处的一个边镇上，向土民最后一次大规模施行杀戮的统治者，就是一个北方清朝的宗室！辛亥以后，老袁梦想做皇帝时，又有两师北佬在这里和滇军作战了大半年。）然而这地方的一切，虽在历史中照样发生不断的杀戮，争夺，以及一到改朝换代时，派人民担负种种不幸命运，死的因此死去，活的被逼迫留发，剪发，在生活上受新朝代种种限制与支配。然而细细一想，这些人根本上又似乎与历史毫无关系。从他们应付生存的方法与排泄感情的娱乐看上来，竟好像今古相同，不分彼此。这时节我所眼见的光景，或许就和两千年前屈原所见的完全一样。

那次我的小船停泊在箱子岩石壁下，附近还有十来只小渔船，大致打渔人也有玩龙船竞渡的，所以渔船上妇女小孩们，精神无不十分兴奋，各站在尾梢上或船篷上锐声呼喊。其中有几个小孩子，我只担心他们太快乐兴奋了些，会把住家的小船跳沉。

日头落尽云影无光时，两岸渐渐消失在温柔暮色里。两岸看船人呼喝声越来越少，河面被一片紫雾笼罩，除了从锣鼓声中还能辨别那些龙船方向，此外已别无所见。然而岩壁缺口处却人声嘈杂，且闻有小孩子哭声，有妇女们尖锐叫唤声，综合给人一种悠然不尽的感觉。天气已经夜了，吃饭是正经事。我原先还以为再等一会儿，那龙船一定就会傍近岩边来休息，被人拖进石窟里，在快乐呼喊中结束这个节日了。谁知过了许久，那种锣鼓声尚在河面飘扬着，表示一班人还不愿意离开小船，回转家中。待到我把晚饭吃过后，爬出舱外一望，呀，天上好一轮圆月。月光下石壁同河面，一切如镀了银，已完全变换了一种调子。岩壁缺口处水码头边，正有人用废竹缆或油柴燃着火燎，火光下只见许多穿白衣人的影子移动。问问船上水手，方知道那些人正把酒食搬移上船，预备分派给龙船上人。原来这些青年人白日里划了一整天船，看船的已慢慢散尽了，划船的还不尽兴，并且谁也不愿意扫兴示弱，先行上岸，因此三只长船还得在月光下玩个上半夜。

提起这件事，使我重新感到人类文字语言的贫俭。那一派声音，那一种情调，真不是用文字语言可以形容的事情。要一个长年身在城市里住下，以读读《楚辞》就"神往意移"的人，来描绘那月下竞舟的一切，更近于徒然的努力。我可以说的，只是自从我把这次水上所领略的印象保留到心上后，一切书本上的动人记载，全看得平平常常，不至于发生任何惊讶了。这正像我另外一时，看过人类许多不同花样的愚蠢杀戮，对于其余书上叙述到这件事情时，同样不能再给我如何感动。

十五年后我又有了机会乘坐小船沿辰河上行，应当经过箱子岩。我想温习温习那地方给我的印象，就要管船的不问迟早，把小船在箱子岩下停泊。这一天是十二月七号，快要过年的光景。没有太阳的阴沉酿雪天，气候异常寒冷。停船时还只下午三点钟左右，岩壁上藤萝草木叶子多已萎落，显得那一带斑驳岩壁十分瘦削。悬岩高处红木柜，只剩下三四具，其余早不知到哪里去了。小船最先泊在岩壁下洞窟边，冬天水落得太多，洞口已离水面两三丈以上，我从石壁裂罅爬上洞口，到搁龙船处看了一下，旧船已不知坏了还是早被水冲去了，只见有四只新船搁在石梁上，船头还贴有鸡血同鸡毛，一望就明白是今年方下水的。出得洞口时，见岩下左边泊定五只渔船，有几个老渔婆缩颈敛手在船头寒风中修补鱼网。上船后觉得这样子太冷落了，可不是个办法，就又要船上水手为我把小船撑到岩壁断折处有人家地方去，就便上岸，看看乡下人过年以前是甚么光景。

四点钟左右，黄昏已逐渐腐蚀了山峦与树石轮廓，占领了屋角隅。我独自坐在一家小饭铺柴火边烤火。我默默的望着那个火光煜煜的枯树根，在我脚边很快乐的燃着，爆炸出轻微的声音。铺子里人来来往往，有些说两句话又走了，有些就来镶在我身边长凳上，坐下吸他的旱烟。有些来烘烘脚，把穿着湿草鞋的脚去热灰里乱搅。看看每一个人的脸子，我都发生一种奇异的乡情。这里是一群会寻快乐的正直善良乡下人，有捕鱼的，打猎的，有船上水手和编制竹缆工人。若我的估计不错，那个坐在我身旁，伸出两只手向火，中指节有个放光顶针的，肯定还是一位乡村里的成衣人。这些人每到大端阳时节，都得下河去玩一整天的龙船。平常日子特别是隆冬严寒天气，却在这个地方，按照一种分定，很简单的把日子过下去。每日看过往船只摇橹扬帆来去，看落日同水鸟。虽然也同样有人事上的得失，到恩怨纠纷成一团时，就陆续发生庆贺或仇杀。然而从整个说来，这些人生活却仿佛同"自然"已相融合，很从容的各在那里尽其性命之理，与其他无生命物质一样，惟在日月升降寒暑交替中放射，分解。而且在这种过程中，人是如何渺小的东西，这些人比起世界上任何哲人，也似乎还更知道的多一些。

听他们谈了许久，我心中有点忧郁起来了。这些不辜负自然的人，与自然妥协，对历史毫无担负，活在这无人知道的地方。另外尚有一批人，与自然毫不妥协，想出种种方法来支配自然，违反自然的习惯，同样也那么尽寒暑交替，看日月升降。然而后者却在慢慢改变历史，创造历史。一份新的日月，行将消灭旧的一切。我们用甚么方法，就可以使这些人心中感觉一种对"明天"的"惶恐"，且放弃过去对自然和平的态度，重新来一股劲儿，用划龙船的精神活下去？这些人在娱乐上的狂热，就证明这种狂热能换个方向，就可使他们还配在世界上占据一片土地，活得更愉快更长久一些。不过有甚么方法，可以改造这些人的狂热到一件新的竞争方面去，可是个费思索的问题。

一个跛脚青年人，手中提了一个老虎牌新桅灯，灯罩光光的，洒着摇着从外面走进了屋子。许多人见了他都同声叫唤起来："什长，你发财回来了！好个灯！"

那跛子年纪虽很轻，脸上却刻划了一种兵油子的油气与骄气，在乡下人中仿佛身份特高一层。把灯搁在木桌上，大洋洋的坐近火边来，拉开两腿摊出两只大手烘火，满不高兴的说："碰鬼，运气坏，甚么都完了。"

"船上老八说你发了财，瞒我们。怕我们开借。"

"发了财，哼。用得着瞒你们？本钱去七角，桃源行市只一块零，除了上下开销，二百两货有甚么捞头，我问你。"

这个人接着且连骂带唱的说起桃源后江娘儿们种种有趣的情形，使得一班人活泼兴奋起来，话说得正有兴味时，一个人来找他，说"什长，猪蹄髈炖好了，酒已热好了，"他搓搓手，说声有偏各位，提起那个新桅灯就走了。

原来这个青年汉子，是个打鱼人的独生子。三年前被省城里募兵委员看中了招去，训练了三个月，新开到江西边境去同共产党打仗。打了半年仗，一班兄弟中只剩下他一个人好好的活着，奉令调回后防招募新军补充时，他因此升了班长。第二次又训练三个月，再开到前线去打仗。于是碎了一只腿，抬回省中军医院诊治，照规矩这只腿得用锯子锯去。一群同乡都以为从辰州地方出来的家乡人，"辰州符"比截割高明得多了，信他个洋办法像话吗？就把他从医院中抢出，在外边用老办法找人敷水药治疗。说也古怪，不到三个月，那只腿居然不必截割全好了。战争是个甚么东西他也明白了。取得了本营证明，领得了些伤兵抚恤费后，于是回到家乡来，用什长名义受同乡恭维，又用伤兵名义作点特别生意。这生意也就正是有人可以赚钱，有人可以犯法，政府也设局收税，也制定法律禁止，又可以杀头，又可以发财，那种从各方面说来都似乎极有出息的生意。我想弄明白那什长的年龄，从那个当地唯一成衣人口中，方知道这什长今年还只二十一岁。那成衣人还说：

"这小子看事有眼睛，做事有魄力，蹶了一只脚，还会一月一个来回下常德府，吃喝玩乐发财走好运。若两只腿全弄坏，那就更好了。"

有个水手插口说："这是甚么话。"

"什么画，壁上挂。穷人打光棍，一只腿打坏了不顶事。如两只腿全打坏了，他就不会卖烟土走私赚了钱，再到桃源县后江玩花姑娘了！"

成衣人末后一句打趣话，把大家都弄笑了。

回船时，我一个人坐在灌满冷气的小小船舱中，屈指计算那什长年龄，二十一岁减十五，得到个数目是六。我记起十五年前那个夜里一切光景，那落日返照，那狭长而描绘朱红线条的船只，那锣鼓与热情兴奋的呼喊，……尤其是临近几只小渔船上欢乐跳掷的小孩子，其中一定就有一个今晚我所见到的跛脚什长。唉，历史是多么古怪的事物。生硬性痛疽的人，照旧式治疗方法，可用一星一点毒药敷上，尽它溃烂，到溃烂净尽时，再用药物使新的肌肉生长，人也就恢复健康了。这跛脚什长，我对他的印象虽异常恶劣，想起他就是一个可以溃烂这乡村居民灵魂的人物，不由人不寄托一种幻想……

二十年前澧州镇守使王正雅一个平常马夫，姓贺名龙，兵乱时，一菜刀切下了一个散兵的头颅，二十年后就得惊动三省集中二十万军队来解决这马夫。谁个人会注意这小小节目，谁个人想象得到人类历史是用什么写成的！

作于 1934 年
（原载 1935 年 4 月《水星》第 2 卷第 1 期）

虎雏再遇记

四年前我在上海时，曾经做过一次荒唐的打算，想把一个年龄只十四岁，生长在边陬僻壤小豹子一般的乡下孩子，用最文明的方法试来造就他。虽事在当日，就经那小子的上司预言，以为我一切设计将等于白费。所有美好的设想，到头必不免一切落空。我却仍然不可动摇的按照计划作去。我把那小子放在身边，勒迫他读书，打量改造他的身体改造他的心，希望他在我教育下将来成个知识界伟人。谁知不到一个月，就出了意外事情，那理想中的伟人，在上海滩生事打坏了一个人，从此便失踪了。一切水得归到海里，小豹子也只宜于深山大泽方能发展他的生命。我明白闹出了乱子以后，他必有他的生路。对于这个人此后的消息，老实说，数年来我就不大再关心了。但每当我想及自己所作那件傻事时，总不免为自己的傻处发笑。

这次湘行到达辰州地方后，我第一个见到的就是那只小豹子。除了手脚身个子长大了一些，眉眼还是那么有精神，有野性。见他时，我真是又惊又喜。当他把我从一间放满了兰草与茉莉的花房里引过，走进我哥哥住的一间大房里去，安置我在火盆边大柚木椅上坐下时，我一开口就说：

"祖送，祖送，你还活在这儿，我以为你在上海早被人打死了！"

他有点害羞似的微笑了，一面为我倒茶一面却轻轻的说："打不死的，日晒雨淋吃小米包谷长大的人，哪会轻易给人打死啊！"

我说:"我早知道你打不死,而且你还一定打死了人。我一切都知道。(说到这里时,我装成一切清清楚楚的神气。)你逃了,我明白你是甚么诡计。你为的是不愿意跟在我身边好好读书,只想落草为王,故意生事逃走。可是你害得我们多难受!那教你算学的长胡子先生,自从你失踪后,他在上海各处托人打听你,奔跑了三天,为你差点儿不累倒!"

"那山羊胡子先生找我吗?"

"甚么,'山羊胡子先生!'"这字眼儿真用得不雅相,不斯文。被他那么一说,我预备要说的话也接不下去了。

可是我看看他那双大手以及右手腕上那个夹金表,就明白我如今正是同一个大兵说话,并不是同四年前那个"虎雏"说话了。我错了。得纠正自己,于是我模仿粗暴笑了一下,且学作军官们气魄向他说:

"我问你,你为甚么打死人,怎么又逃了回来?不许瞒我一字,全为我好好说出来!"

他仍然很害羞似的微笑着,告给我那件事情的一切经过。旧事重提,显然在他这种人并不甚么习惯,因此不多久,他就把话改到目前一切来了。他告我上一个月在铜仁方面的战事,本军死了多少人。且告我乡下种种情形,家中种种情形。谈了大约一点钟,我那哥哥穿了他新作的宝蓝缎面银狐长袍,夹了一大卷京沪报纸,口中嘘嘘吹着奇异调门,从军官朋友家里谈论政治回来了,我们的谈话方始中断。

到我生长那个石头城苗乡里去,我的路程尚应当还有四个日子,两天坐原来那只小船,两天还坐了小而简陋的山轿,走一段长长的山路。在船上虽一切陌生,我还可以用点钱使划船的人同我亲热起来。而且各个码头吊脚楼的风味,永远又使我感觉十分新鲜。至于这样严冬腊月,坐两整天的轿子,路上过关越卡,且得经过几处出过杀人流血案子的地方,第一个晚上,又必须在一个最坏的站头上歇脚,若没有熟人,可真有点儿麻烦了。吃晚饭时,我向我那个哥哥提议,借这个副爷送我一趟。因此第二天上路时,这小豹子就同我一起上了路。临行时哥哥别的不说,只嘱咐他"不许同人打架"。看那样子,就可知道"打架"还是这个年轻人的快乐行径。

在船上我得了同他对面谈话的方便,方知道他原来八岁里就用石头从高处掷坏了一个比他大过五岁的敌人,上海那件事发生时,在他面前倒下的,算算已是第三个了。近四年来因为跟随我那上校弟弟驻防水浦,派归特务连服务,于是在正当决斗情形中,倒在他面前的敌人数目比从前又增加了一倍。他年纪到如今只十八岁,就亲手放翻了六个敌人,而且照他说来,敌人全超过了他一大把年龄。好一个漂亮战士!这小子大致因为还有点怕我,所以在我面前还装得怪斯文,一句野话不说,一点蛮气不露,单从那样子看来,我就不很相信他能同甚么人动手,而且一动手必占上风。

船上他一切在行,篙桨皆能使用,做事时灵便敏捷,似乎比那个小水手还得力。船搁了浅,弄船人无法可想,各跳入急水中去扛船时,他也就把上下衣服脱得光光的,跳到水中去帮忙。(我得提一句,这是阴历十二月!)

照风气,一个体面军官的随从,应有下列几样东西:一个奇异牌的手电灯,一枚金手表,一支匣子炮。且同上司一样,身上军服必异常整齐。手电灯用来照路,内地真少不了它。金手表则当军官发问:"护兵,甚么时候了?"就举起手看一看来回答。至于匣子炮，用处自然更多了。我那弟弟原是一个射击选手，每天出野外去，随时皆有目标拍的来那么一下。有时自己不动手，必命令勤务兵试试看。（他们每次出门至少得耗去半夹子弹。）但这小豹子既跟在我身边，带枪上路除了惹祸可以说毫无用处。我既不必防人刺杀，同时也无意打人一枪，故临行时我不让他佩枪，且要他把军服换上一套爱国呢中山服。解除了武装，看样子，他已完全不像个军人，只近于一个喜事好弄的中学生了。

我不曾经提到过，我这次回来，原是翻阅一本用人事组成的历史吗？当他跳下水去扛船时，我记起四年前他在上海与我同住的情形。当时我曾假想他过四年后能入大学一年级。现在呢，这个人却正同船上水手一样，为了帮水手忙扛船不动，又湿淋淋的攀着船舷爬上了船，捏定篙子向急水中乱打，且笑嘻嘻的大声喊嚷。我在船舱里静静的望着他，我心想：幸好我那荒唐打算有了岔儿，既不曾把他的身体用学校锢定，也不曾把他的性灵用书本锢定。这人一定要这样发展才像个人！他目前一切，比起住在城里大学校的大学生，开运动会时在场子中呐喊吆喝两声，饭后打打球，开学日集合好事同学通力合作折磨折磨新学生，派头可来得大多了。

等到船已挪动水手皆上了船时，我喊他：

"祖送，祖送，唉唉，你不冷吗？快穿起你的衣来！"

他一面舞动手中那支篙子，一面却说：

"冷呀，我们在辰州前些日子还邀人泅过大河！"

到应吃午饭时，水手无空闲，船上烧水煮饭的事皆完全由他作。

把饭吃过后，想起临行时哥哥嘱咐他的话，要他详详细细的来

抗战前摄于北平香山

一九三八年在昆明

告给我那一点把对手放翻时的"经验",以及事前事后的"感想"。"故事"上半天已说过了,我要明白的只是那些故事对于他本人的"意义"。我在他那种叙述上,我敢说我当真学了一门希奇的功课。

他的坦白,他的口才,皆帮助我认识一个人一颗心在特殊环境下所有的式样。他虽一再犯罪却不应受何种惩罚。他并不比他的敌人如何强悍,不过只是能忍耐,知等待机会,且稍稍敏捷准确一点儿罢了。当他一个人被欺侮时,他并不即刻发动,他显得很老实,沉默,且常常和气的微笑。"大爷,你老哥要这样,还有甚么话说?谁敢碰你老哥?请老哥海涵一点……"可是,一会儿,"小宝"飕的抽出来,或是一板凳一柴块打去,这"老哥"在措手不及情形中,哽了一声便被他弄翻了。完事后必需跑的自然就一跑,不管是税卡,是营上,或是修械厂,到一个新地方,住在棚里闲着,有甚么就吃甚么,不吃也饿得起,一见别人做事,就赶快帮忙去做,用勤快溜刷引起头目的注意。直到补了名字,因此把生活又放在一个新的境遇新的门路上当作赌注押去。这个人打去打来总不离开军队,一点生存勇气的来源却亏得他家祖父是个为国殉职的游击。"将门之子"的意识,使他到任何境遇里皆能支撑能忍受。他知道游击同团长名分差不多,他希望作团长。他记得一句格言:"万丈高楼平地起",他因此永远能用起码名分在军队里混。

对于这个人的性格我不希奇,因为这种性格从三厅屯垦军子弟中随处可以发现。我只希奇他的命运。

小船到辰河著名的"箱子岩"上游一点,河面起了风,小船拉起一面风帆,在长潭中溜去。我正同他谈及那老游击在台湾与日本人作战殉职的遗事,且劝他此后忍耐一点,应把生命押在将来对外战争上,不宜于仅为小小事情轻生决斗。想要他明白私斗一则不算脚色,二则妨碍事业。见他把头低下去,长长的叹了一口气,我以为所说的话有了点儿影响,心中觉得十分快乐。

经过一个江村时,有个跑差军人身穿军服斜背单刀正从一只方头渡船上过渡,一见我们的小船,装载极轻,走得很快,就喊我们停船,想搭便船上行。船上水手知道包船人的身分,就告给那军人,说不方便,不能停船。

赶差军人可不成,非要我们停船不可。说了些恐吓话,水手还是不理会。我正想告给水手要他收帆停船,让那个军人搭坐搭坐,谁知那军人性急火大,等不得停船,已大声辱骂起来了。小豹子原蹲在船舱里,这时方爬出去打招呼:

"弟兄,弟兄,对不起,请不要骂!我们船小,也得赶路。后面有船来,你搭后面那一只船吧。"

那一边看看船上是一个中学生样子人物,就说:

"甚么对不起,赶快停停!掌舵的,你不停船我×你的娘,到码头时我要用刀杀你这狗杂种!"

那个掌艄人正因为风紧帆饱,一面把帆绳拉着,一面就轻轻的回骂:"你杀我个鸡公,我怕你!"

小豹子却依然向那军人很和气的说:"弟兄,弟兄,你不要骂人!全是出门人,不要开口就骂人!"

"我要骂人怎么样,我骂你,我就骂你,你个小狗崽子,你到码头等我!"

我担心这口舌,便喊叫他,"祖送!"

小豹子被那军人折辱了,似乎记起我的劝告,一句话不说,摇摇头,默然钻进了船舱里。只自言自语的说:"开口就骂人,不停船就用刀吓人,真丢我们军人的丑。"

那时节跑差军人已从渡船上了岸，还沿河追着我们的小船大骂。

我说："祖送，你同他说明白一下好些，他有公事我们有私事，同是队伍里的人，请他莫骂我们，莫追我们。"

"不讲道理让他去，不管他。他疑心这小船上有女人，以为我们怕他！"

小船挂帆走风，到底比岸上人快一些，一会儿，转过山岨时，那个军人就落后了。

小船停到××时，水手全上岸买菜去了，小豹子也上岸买菜去了，各人去了许久方回来。把晚饭吃过后，三个水手又说得上岸有点事，想离开船，小豹子说：

"你们怕那个横蛮兵士找来，怕甚么？不要走，一切有我！这是大码头，有我们部队驻扎，凡事得讲个道理！"

几个船上人虽分辩，仍然一同匆匆上岸去了。

到了半夜水手们还不回来睡觉，我有点儿担心，小豹子只是笑。我说：

"几个人别叫那横蛮军人打了，祖送，你上去找找看！"

他好像很有把握笑着说："让他们去，莫理他们。他们上烟馆同大脚妇人吃荤烟去了，不会挨打。"

"我担心你同那兵士打架，惹了祸真麻烦我。"

他不说甚么，只把手电灯照他手上的金表，大约因为表停了，轻轻的骂了两句野话。待到三个水手回转船上时，已半夜过了。

第二天一早，天还未大明，船还不开头，小豹子就在被中咕喽咕喽笑。我问他笑些甚么，他说：

"我夜里做梦，居然被那横蛮军人打了一顿。"

我说:"梦由心造,明明白白是你昨天日里想打他,所以做梦就挨打。"

那小豹子睡眼迷朦的说:"不是日里想打他,只是昨天煞黑时当真打了那家伙一顿!"

"当真吗?你不听我话,又闹乱子打架了吗?"

"哪里哪里,我不说同谁打甚么架!"

"你自己承认的,我面前可说谎不得!你说谎我不要你跟我。"

他知道他露了口风,把话说走,就不再作声了,咕咕笑将起来。原来昨天上岸买菜时,他就在一个客店里找着了那军人,把那军人嘴巴打歪,并且差一点儿把那军人膀子也弄断了。我方明白他昨天上岸买菜去了许久的理由。

作于 1934 年

(原载 1934 年 10 月《水星》第 1 卷第 1 期)

一个爱惜鼻子的朋友

民国十年，湘西统治者陈渠珍，受了点"五四"余波的影响，并对于联省自治抱了幻想，在保靖地方办了个湘西十三县联合中学校，经费由各县分摊，学生由各县选送。那学校位置在城外一个小小山丘上，清澈透明的酉水，在西边绕山脚流去，滩声入耳，使人神气壮旺。对河有一带长岭，名野猪坡，高约七八里，局势雄强。（翻岭有条官路可通永顺。）岭上土地丛林与洞穴，为烧山种田人同野兽大蛇所割据。一到晚上，虎豹就傍近种山田的人家来吃小猪，从小猪锐声叫喊里，还可知道虎豹跑去的方向。（这大虫有时白天"昂"的一吼，夹河两岸山谷回声必响应许久。）种田人也常常拿了刀叉火器，以及种种家伙，往树林山洞中去寻觅，用绳网捕捉大蛇，用毒烟熏取野兽。岭上最多的是野猪，喜欢偷吃山田中的包谷和白薯，为山中人真正的仇敌。正因为对付这个无限制的损害农作物的仇敌，岭上打锣击鼓猎野猪的事，也就成为一种常有的工作，一种常有的游戏了。学校前面有个大操场，后边同左侧皆为荒坟同林莽，白日里野狗成群结队在林莽中游行，或各自蹲坐在荒坟头上眺望野景，见人不惊不惧。天阴月黑的夜里，这畜生就把鼻子贴着地面长嗥，招呼同伴，掘挖新坟，争夺死尸咀嚼。与学校小山丘遥遥相对，相去不到半里路另一山丘中凹地，是当地驻军的修械厂，机轮轧轧声音终日不息，试枪处每天可听到机关枪迫击炮响声。新校舍的建筑，因为由军人监工，所有课堂宿舍的形式与布置，同营房差不多。学生所过的日子，也就有些同军营相近。学校中当差的用两班徒手兵士,校门守卫的用一排武装兵士,管厨房宿舍的全由部中军佐调用。在这种环境中陶冶的青年学生,将来的命运,不能够如一般中学生那么平安平凡,一看也就显然明白了。

当时那些青年中学生,除了星期日例假,可以到城里城外一条正街和小街上买点东西,或爬山下水玩玩,此外就不许无故外出。不读书时他们就在大操场里踢踢球,这游戏新鲜而且活泼,倒很适宜于一群野性中学生。过不久,这游戏且成为一种有传染性的风气,使军部里一些青年官佐也受传染影响了。学生虽不能出门,青年官佐却随时可以来校中赛球。大家又不需要甚么规则,只是把一个球各处乱踢,因此参加的人也毫无限制。我那时节在营上并无固定职务,正寄食于一个表兄弟处,白日里常随同号兵过河边去吹号,晚上就蜷伏在军械处一堆旧棉军服上睡觉。有一次被人邀去学校踢球,跟着那些青年学生吼吼嚷嚷满场子奔跑,他们上课去了,我还一个人那么玩下去。学校初办,四周还无围墙只用有刺铁丝网拦住,甚么人把球踢出了界外时,得请野地里看牛牧羊人把球抛过来,不然就得出校门绕路去拾球。自从我一作了这个学校踢球的清客后,爬铁丝网拾球的事便派归给我。我很高兴当着他们面前来作这件事,事虽并不怎么困难,不过那些学生却怕处罚,不敢如此放肆,我的行为于是成为英雄行为了。我因此认识了许多朋友。

朋友中有三个小同乡,一个姓杨,凤凰高枧乡下地主的独生子。一个姓韩,我的旧上司的儿子(就是辰州府总爷巷第一支队司令部留守处那个派我每天钓蛤蟆下酒的老军官的儿子)。一个姓印,眼睛有点近视。他的父亲曾作过军部参谋长,因此在学校他俨然是个自由人。前两个人都很用心读书,姓印的可算得是个球迷。任何人邀他踢球,他必高兴奉陪,球离他不管多远,他总得赶去踢那么一脚。每到星期天，军营中有人往沿河下游四里的教练营大操场同学兵玩球时，这个人也必参加热闹。大操场里极多牛粪，有一次同人争球，见牛粪也拼命一脚踢去，弄得另一个人全身一塌胡涂。这朋友眼睛不能辨别面前的皮球同牛粪，心地可雪亮透明。体力身材皆不如人，倒有个很好的脑子。玩虽玩得厉害，应月考时各种功课皆有极好成绩。性情诙谐而快乐，并且富于应变之才，因此全校一切正当活动少不了他，大家得亲昵的称呼他为"印瞎子"，承认他的聪明，同时也断定他会"短命"。

每到有人说他寿命不永时，他便指定自己的鼻子："大爷，别损我。我有这条鼻子，活到八十八，也无灾无难！"

有一次，几个人在一株大树下言志，讨论到各人将来的事业。姓杨的想办团防，因为作了团总就可以不受人敲诈，倒真是个地主的好打算。姓韩的想作副官长，原因是他爸爸也作过副官长，所谓承先人之业是也。还有想管"常平仓"的，想作县公署第一科长的，想作苗守备官下苗乡去称王作霸的，以及想作徐良、黄天霸，身穿夜行衣，反手接飞镖，以便打富济贫的。

有人询问那个近视眼，想知道他将来准备作甚么。

他伸手出去对那个发问人打了个响榧子，"不要小看我印瞎子，我不像你他那么无出息。我要做个伟人！说大话不算数，你们等着瞧吧。看相的王半仙夸奖我这条鼻子是一条龙，赵匡胤黄袍加身，不儿戏！"他说了他的抱负后，转脸向我，用手指着他自己那条鼻子，有点众人不识英雄的神气，"大爷，你瞧，你说老实话，像我这样一条鼻子，送过当铺去，不是也可以当个一千八百吗？"

我忙笑着说："值得值得！"但因为想起另外一件事，不由得大笑起来了。

另一时他同我过渡，预备往野猪坡大岭上去看乡下人新捕获的大豹子，手中无钱，不能给撑渡船的钱。船快拢岸时他就那么说："划船的，伍子胥落难的故事你明白不明白？"

撑渡船的就说："我明白！"

"你明白很好。你认准我这条鼻子，将来有你的好处。"

那弄船的好像知道是甚么事了，却也指着自己鼻子说："少爷，不带钱不要紧，你也认清我这鼻子！"

"我认得，我认得，不会忘记。这是朱砂鼻子，按相书说主酒食，你一天能喝多少？我下次同你来喝个大醉吧。"

弄船的大约也很得意自己那条鼻子，听人提到它便很妩媚的微笑了。那鼻子，直透红得像条刚从饭锅里捞出的香肠！

…………

至于我当时的志向呢，因为就过去经验说来，我只能各处流转接受个人应得的一份命运，既无事业可作，还能希望甚么好生活。不过我很明白"时间"这个东西十分古怪。一切人一切事都会在时间下被改变。当前的安排也许不大对，有了小小错处，我很愿意尽一份时间来把世界同世界上的人改造一下看看。我并不计划作苗官，又不能从鼻子眼睛上甚么特点增加多少自信。我不看重鼻子，不相信命运，不承认目前形势，却尊敬时间。我不大在生活的得失上关心，却了然时间对这个世界同我个人的严重意义。我愿意好好的结结实实的来作一个人，可说不出将来我要作个甚么样的人。因此一来，我当时也就算不得是个有志气的人。

民国十三年川军熊克武率领二十万大军从湘西过境，保靖地方发生了一场混战，各种主要建设全受军事影响毁掉了，那个学校在我们撤退时也被一把火烧尽了。学生各自散走后，有的成了小学教员，有的从了军，有几个还干脆作了土匪，占山落草称大王，把家中童养媳接上山去圆亲充押寨夫人。我那时已到北京，从家信中得来一点点关于他们的消息，认为很自然也很有意思。时间正在改造一切，尽强健的爬起，尽懦怯的灭亡。我在这一分岁月中，变动得比那些小同乡还更厉害，他们作的事我毫不出奇，毫不惊讶。

到了民国十六年，革命军北伐攻下武汉后，两湖方面党的势力无处不被浸入。小县小城无不建立了党的组织，当地小学教员照例十分积极成为党的中坚分子。烧木偶，除迷信，领导小学生开会游行，对本地土豪劣绅刻薄商人主张严加惩罚，打庙里菩萨破除迷信，便是小县城党部重要工作。当地防军头目同县知事，处处事事受党的挟制，虽有实力却不敢随便说话。那个姓杨的同姓韩的朋友，适在本县作小学教员。两人在这个小小县城里，居然燃烧了自己的血液，在这一种莫名其妙的情形中，成了党的台柱。加上了个姓刘的特派员的支持，一切事都毫无顾忌，放手作去。工作的狂热，代为证明他们对这个问题认识得还如何天真。必然的变化来了，各处清党运动相继而起。军事领袖得到了惩罚活动分子的密令，十分客气把两个人从课室中请去县里开会，刚到会场就宣布省里指示，剥了他们的衣服，派一排兵士簇拥出西门城外砍了。

那个近视眼朋友，北伐军刚到湖南，就入长沙党务学校受训练，到北伐军奠定武汉，长江下游军事也渐渐得手时，他也成为某委员的小助手，身穿了一件破烂军服，每日跟随着委员各处跑去，日子过得充满了狂热与兴奋。他当真有意识在做候补"伟人"了。这朋友从卅×军政治部一个同乡处，知道我还困守在北京城，只是白日做梦，想用一支笔奋斗下去，打出个天下。就写了个信给我：

大爷，你真是条好汉！可是做好汉也有许多地方许多事业等着你，为甚么尽捏紧那支笔？你记不记得起老朋友那条鼻子？不要再在北京城写甚么小说，世界上已没有人再想看你那种小说了。到武汉来找老朋友，看看老朋友怎么过日子吧？你放心，想唱戏，一来就有你戏唱。从前我用脚踢牛屎，现在一切不同了，我可以踢许多许多东西了。……

他一定料想不到这一封信就差点儿把我踢入北京城的监狱里。收到这信后我被查公寓的宪警麻烦了四五次，询问了许多蠢话，抖气把那封信烧了。我当时信也不回他一个。我心想："你不妨依旧相信你那条鼻子，我也不妨仍然迷信我这一只手，等等看，过两年再说吧。"不久宁汉左右分裂，清党事起，万个青年人就从此失了踪，不知道往甚么地方去了。我在武汉一些好朋友，如顾千里、张采真……也从此在人间消失了。这个朋友的消息自然再也得不到了。

…………

我听许多人说及北伐时代两湖青年对革命的狂热。我对于政治缺少应有理解，也并无有兴味，然而对于这种民族的狂热感情却怀着敬重与惊奇。这究竟是怎么回事？我愿意多知道一点点。估计到这种狂热虽用人血洗过了，被时间漂过了，现在回去看看，大致已看不出甚么痕迹了。然而我还以为即或"人性善忘"，也许从一些人的欢乐或恐怖印象里，多多少少还可以发现一点对我说来还可说是极新的东西。回湖南时，因此抱了一种希望。

在长沙有五个同乡青年学生来找我，在常德时我又见着七个同乡青年学生，一谈话就知道这些人一面正被"杀人屠户"提倡的读经打拳政策所困惑，不知如何是好。一面且受几年来国内各种大报小报文坛消息所欺骗，都成了颓废不振萎琐庸俗的人物，一见我别的不说，就提出四十多个"文坛消息"要我代为证明真伪。都不打算到本身能为社会做甚么，愿为社会做甚么。对生存既毫无信仰，却对于三五稍稍知名或善于卖弄招摇的作家那么发生浓厚兴味。且皆想做"诗人"，随随便便写两首诗，以为就是一条出路。从这些人推测将来这个地方的命运，我俨然洞烛着这地方从人的心灵到每一件小事的糜烂与腐蚀。这些青年皆患精神上的营养不足，皆成了绵羊，皆怕鬼信神。一句话，全完了……

过辰州时几个青年军官燃起了我另外一种希望。从他们的个别谈话中，我得到许多可贵的见识。他们没有信仰，更没有幻想，最缺少的还是那个精神方面的快乐。当前严重的事实紧紧束缚他们，军费不足，地方经济枯竭，环境尤其恶劣。他们明白自己在腐烂，分解，于我面前就毫不掩饰个人的苦闷。他们明白一切，却无力解决一切。然而他们的身体都很康健，那种本身覆灭的忧虑，会迫得他们去振作。他们虽无幻想，也许会在无路可走时接受一个幻想的指导。他们因为已明白习惯的统治方式要不得，机会若许可他们向前，这些人界于生存与灭亡之间，必知有所选择！不过这些人平时也看报看杂志，因此到时他们也会自杀，以为一切毫无希望，用颓废身心的狂嫖滥赌而自杀！……

我的旅行到了离终点还有一天路程的塔伏，住在一家桥头小客店里。洗了脚，天还未黑。店主人正告给我当地有多少人家，多少烟馆。忽然听得桥东人声吵杂，小队人马过后，接着是一乘京式三顶拐轿了。一行人等停顿在另外一家客店门前。我知道大约是甚么委员，心中就希望这委员是个熟人，可以在这荒寒小地方谈谈。我正想派随从虎雏去问问委员是谁，料不到那个人一下轿，脸还不洗，就走来了。一个匣子炮护兵指定我说："您姓沈吗？局长来了！"我看到一个高个子瘦人，脸上精神饱满，戴了副玳瑁边近视眼镜，站在我面前，伸出两只瘦手来表示要握手的意思。我还不及开口，他就嚷着说：

"大爷，你不认识我，你一定不认识我，你看这个！"他指着鼻子哈哈大笑起来。

"你不是印瞎子？"

"大爷，印瞎子是我！"

我认识那条体面鼻子，原来真是他！我高兴极了。问起来我才明白他现在是乌宿地方的百货捐局长，这时节正押解捐款回城。未到这里以前，先已得到侦探报告，知道有个从北方来姓沈的人在前面，他就断定是我。一见当真是我，他的高兴可想而知。

我们一直谈到吃晚饭，饭后他说我们可以谈一个晚上，派护兵把他宝贵的烟具拿来。装置烟具的提篮异常精致，真可以说是件贵重美术品。烟具陈列妥当后，因为我对于烟具的赞美，他就告我这些东西的来源，那两支烟枪是贵州省主席李晓炎的，烟灯是川军将领汤子模的，烟匣是黔省军长王文华的，打火石是云南鸡足山……原来就是这些小东西，也各有历史或艺术价值，也是古董。至于提篮呢，还是贵州省一个烟帮首领特别定做送给局长的，试翻转篮底一看原来还很精巧的织得有几个字！问他为甚么会玩这个，他就老老实实的说明，北伐以后他对于鼻子的信仰已失去，因为吸这个，方不至于被人认为那个，胡乱捉去那个这个的。说时他把一只手比拟在他自己颈项上，做出个咔嚓一刀的姿势，且摇头否认这个解决方法。他说他不是阿Q，不欢喜这种

"热闹"。

我们于是在这一套名贵烟具旁谈了一整晚话。当真好像读了另外一本《天方夜谭》，一夜之间使我增长了许多知识，这些知识可谓稀有少见。

此后把话讨论到他身上那件玄狐袍子的价钱时，他甩起长袍一角，用手抚摸着那美丽皮毛说：

"大爷，这值三百六十块袁头，好得很！人家说：'瞎子，瞎子，你年纪还不到三十岁，穿这样厚狐皮会烧坏你那把骨头。'好吧，烧得坏就让他烧坏吧。我这性命横顺是捡来的，不穿不吃作甚么。能多活三十年，这三十年也算是我多赚的。"

我把这次旅行观察所得同他谈及，问他是不是也感觉到一种风雨欲来的预兆。而且问他既然明白当前的一切，对于那个明日必需如何安排？他就说军队里混不是个办法，占山落草也不是出路。他想写小说，想戒了烟，把这套有历史的宝贝烟具送给中央博物院，再跟我过上海混，同茅盾老舍抢一下命运。他说他对于脑子还有点把握。只是对于自己那只手，倒有点怀疑，因为六年来除了举起烟枪对准火口，小楷字也不写一张了。

天亮后大家预备一同动身，我约他到城里时邀两个朋友过姓杨姓韩的坟上看看。他仿佛吃了一惊，赶忙退后一步，"大爷，你以为我戒了烟吗？家中老婆不许我戒烟。你真是……从京里来的人，简直是个京派，甚么都不明白。入境问俗，你真是……"我明白他的意思。估计他到城里，也不敢独自来找我。我住在故乡三天，这个很可爱的朋友，果然不再同我见面。

…………

1940年1月21日校后二节。黄昏,天空淡白,山树如黛。微风摇尤加利树,如有所悟。

5月8日校正数处。脚甚肿痛,天闷热。

10月1日在昆明重校。时市区大轰炸,毁屋数百栋。

1980年1月兆和校毕。

作于1935年

(原载1935年5月《水星》第2卷第2期)

第三辑 湘西

常德的船

常德就是武陵，陶潜在《搜神后记》上《桃花源记》说的渔人老家，应当摆在这个地方。德山在对河下游，离城市二十余里，可说是当地唯一的山。汽车也许停德山站，也许停县城对河另一站。汽车不必过河，车上人却不妨过河，看看这个城市的一切。地理书上告给人说这里是湘西一个大码头，是交换出口货与入口货的地方。桐油、木料、牛皮、猪肠子和猪鬃毛，烟草和水银，五倍子和鸦片烟，由川东、黔东、湘西各地用各色各样的船只装载到来，这些东西全得由这里转口，再运往长沙武汉的。子盐、花纱、布匹、洋货、煤油、药品、面粉、白糖，以及各种轻工业日用消耗品和必需品，又由下江轮驳运到，也得从这里改装，再用那些大小不一的船只，分别运往沅水各支流上游大小码头去卸货的。市上多的是各种庄号。各种庄号上的坐庄人，便在这种情形下成天如一个磨盘，一种机械，为职务来回忙。邮政局的包裹处，这种人进出最多。长途电话的营业处，这种坐庄人是最大主顾。酒席馆和妓女的生意，靠这种坐庄人来维持。

除了这种繁荣市面的商人，此外便是一些寄生于湖田的小地主，作过知县的小绅士，各县来的男女中学生，以及外省来的参加这个市面繁荣的掌柜、伙计、乌龟、王八。全市人口过十万，街道延长近十里，一个过路人到了这个城市中时，便会明白这个湘西的咽喉，真如所传闻，地方并不小。可是却想不到这咽喉除吐纳货物和原料以外，还有些甚么东西。作这种吐纳工作，责任大，工作忙，性质杂，又是些甚么人。假若一旦没有了他们，这城市会不会忽然成为河边一个废墟？这种人照例触目可见，水上城里无一不可以碰头，却又最容易为旅行者所疏忽。我想说的是真正在控制这个咽喉，支配沅水流域的几万船户。

这个码头真正值得注意令人惊奇处，实也无过于船户和他所操纵的水上工具了。要认识湘西，不能不对他们先有一种认识。要欣赏湘西地方民族特殊性，船户是最有价值材料之一种。

一个旅行者理想中的武陵，渔船应当极多。到了这里一看，才知道水面各处是船只，可是却很不容易发现一只渔船。长河两岸浮泊的大小船只，外行人一眼看去，只觉得大同小异。事实上形制复杂不一，各有个性，代表了各个地方的个性。让我们从这方面来多知道一点点，对于我们也许有些便利处。

船只最触目的三桅大方头船，这是个外来客，由长江越湖来的，运盐是它主要的职务，它大多数只到此为止，不会向沅水上游走去。普通人叫它做"盐船"，名实相副。船家叫它做"大鳅鱼头"，《金陀粹编》上载岳飞在洞庭湖水擒杨幺故事，这名字就见于记载了，名字虽俗，来源却很古。这种船只大多数是用乌油漆过，所以颜色多是黑的。这种船按季候行驶，因为要大水大风方能行动。杜甫诗上描绘的"洋洋万斛船，影若扬白虹"，也许指的就是这种水上东西。

比这种盐船略小，有两桅或单桅，船身异常秀气，头尾突然收敛，令人人目起尖锐印象，全身是黑的，名叫"乌江子"。它的特长是不怕风浪，运粮食越湖。它是洞庭湖上的竞走选手。形体结构上的特点是桅高，帆大，深舱，锐头。盖舱篷比船身小，因为船舷外还有护舱板。弄船人同船只本身一样，一看很干净，秀气斯文。

行船既靠风，上下行都使帆，所以帆多整齐。船上用的水手不多，仅有的水手会拉篷，摇橹，撑篙，不会荡桨，——这种船上便不常用桨。放空船时妇女还可代劳掌舵。这种船间或也沿河上溯，数目极少，船身材料薄，似不宜于冒险。这种船在沅水流域也算是外来客。

在沅水流域行驶，表现得富丽堂皇，气象不凡，可称为巨无霸的船只，应当数"洪江油船"。这种船多方头高尾，颜色鲜明，间或且有一点金漆装饰。尾梢有舵楼，可以安置家眷。大船下行可载三四千桶桐油，上行可载两千件棉花，或一票食盐。用橹手二十六人到四十人，用纤手三十人到六七十人。必待春水发后方上下行驶，路线系往返常德和洪江。每年水大至多上下三五回，其余大多时节都在休息中，成排结队停泊河面，俨然是河上的主人。船主照例是麻阳人，且照例姓滕，善交际，礼数清楚。常与大商号中人拜把子，攀亲家。行船时站在船后檀木舵把边，庄严中带点从容不迫神气，口中含了个竹马鞭短烟管，一面看水，一面吸烟。遇有身份的客人搭船，喝了一杯酒后，便向客人一五一十叙述这只油船的历史，载过多少有势力的军人、阔佬，或名驰沅水流域的妓女。换言之，就是这只船与当地"历史"发生多少关系！这种船只上的一切东西，无一不巨大坚实。船主的装束在船上时看不出甚么特别处，上岸时却穿长袍(下脚过膝三四寸)，罩青羽绫马褂，戴呢帽或小缎帽，佩小牛皮抱肚，用粗大银链系定，内中塞满了银元。穿生牛皮靴子，走路时踏得很重。个子高高的，瘦瘦的。有一双大手，手上满是黄毛和青筋。会喝酒、打牌，且豪爽大方，吃花酒应酬时，大把银元钞票从抱肚掏出，毫不吝啬。水手多强壮勇敢，眉目精悍，善唱歌、泅水、打架、骂野话。下水时如一尾鱼，上岸接近妇人时像一只小公猪。白天弄船，晚上玩牌，同样做得极有兴致。船上人虽多，却各有所事，从不紊乱。舱面永远整洁如新。拔锚开头时，必擂鼓敲锣，在船头烧纸烧香，煮白肉祭神，燃放千子头鞭炮，表示人神和乐，共同帮忙，一路福星。在开船仪式与行船歌声中，使人想起两千年前《楚辞》发生的原因，现在还好好的保留下来，今古如一。

比洪江油船小些，形式仿佛也较笨拙些，（一般船只用木板作成，这种船竟像用木柱作成，）平头大尾，一望而知船身十分坚实，有斗拳师的神气，名叫"白河船"。白河即酉水的别名。这种船只即行驶于沅水由常德到沅陵一段，酉水由沅陵到保靖一段。酉水滩流极险，船只必经得起磕撞。船只必载重方能压浪，因此尾部如臀，大而圆。下行时在船头缚大木桡一两把。木桡的用处是船只下滩，转头时比舵切于实际。照水上人俗谚说："三桨不如一篙，三橹不如一桡。"桡读作招。酉水浅而急，不常用橹，篙桨用处多，因此篙多特别长大，桨较粗硕，肥而短。船篷用粽子叶编成，不涂油。船主多永顺、保靖人，姓向姓王姓彭占多数。酉水河床窄，滩流多，为应付自然，弄船人所需要的勇敢能耐也较多。行船时常用相互诅骂代替共同唱歌，为的是受自然限制较多，脾气比较坏一点。酉水是传说中古代藏书洞穴所在地，多的是高大宏敞，充满神秘的洞穴。由沅陵起到酉阳止，沿酉水流域的每个县份总有几个洞穴。可是如沅陵的大酉洞，二酉洞，保靖的狮子洞，酉阳的龙洞，这些洞穴纵有书籍也早已腐烂了。到如今这条河流最多的书应当是宝庆纸客贩卖的石印本历书，每一条船上照例都有一本"皇历"。船家禁忌多，历书是他们行动的宝贝。河水既容易出事情，个人想减轻责任，因此凡事都俨然有天作主，由天处理，照书行事，比较

一九四七年夏全家在颐和园霁青轩

张氏三姐妹夫妇摄于上海

心安，也少纠纷，船只出事时有所借口。酉水流域每个县份的船只，在形式上又各不相同，不过这些小船不出白河，在常德能看到的白河油船，形体差不多全是一样。

沅水中部的辰谿县，出白石灰和黑煤，运载这两种东西的本地船叫做"辰谿船"，又名"广舶子"。它的特点和上述两种船只比较起来，显得材料脆薄而缺少个性。船身多是浅黑色，形状如土布机上的梭子，款式都不怎么高明。下行多满载这些不值钱的货，上行因无回头货便时常放空。船身脏，所运货又少时间性，满载下驶，危险性多，搭客不欢迎，因之弄船人对于清洁时间就不甚关心。这种船上的席篷照例是不大完整的，布帆是破破碎碎的，给人印象如同一个破落户。弄船人因闲而懒，精神多显得萎靡不振。

洞河（即泸溪）发源于乾城苗乡大小龙洞和凤凰苗多乌巢河。两条小河在乾城县的所里相汇。向东流，到泸溪县，方和沅水同流，在这条河里的船就叫"洞河船"。河源主流由苗乡两个洞穴中流出，河床是乱石底子，所以水质特别清，水性特别猛。船身必须从撞磕中挣扎，河身既小，船身也较轻巧。船舷低而平，船头窄窄的。在这种船上水手中，我们可以发现苗人。不过见着他时我们不会对他有何惊奇，他也不会对我们有何惊奇。这种人一切和别的水上人都差不多，所不同处，不过是他那点老实、忠厚、纯朴、戆直性情——原人的性情，因为住在山中，比城市人保存得多点罢了。乾城人极聪明文雅，小手小脚小身材，唱山歌时嗓子非常好听，到码头边时，可特别沉默安静。船只太小了，不常有机会到这大码头边靠船。这种船停泊在河面时似乎很羞怯，正如水手们上街时一样羞怯。

乾城用所里作本县吐纳货物的水码头。地方虽不大，小小石头城却很整齐干净,且出了几个近三十年来历史上有名姓的人物。段祺瑞时代的陆军总长傅良佐将军,是生长在这个小县城里的。东北军宿将,国内当前军人中称战术权威的杨安铭将军,也是这地方人。

在河上显得极活动,极有生气,而且数量极多的,是普通的中型"麻阳船"。这种船头尾高举,秀拔而灵便。这种船只的出处是麻阳河(即辰谿)。每只船上都可见到妇人、孩子、童养媳。弄船人一面担负商人委托的事务,一面还担负上帝派定的工作,两方面都异常称职。沅水流域的转运事业,大多数由这地方人支配,人口繁荣的结果,且因此在常德城外多了一条麻阳街。"一切成功都必须争斗",这原则也可用作麻阳街的说明。据传说,这条街是个姓滕的水手滕老九双拳打出来的。我们若有兴趣特意到那条街上走走,可知道开小铺子的,做理发店生意的,卖船上家伙的,经营不用本钱最古职业的,全是麻阳乡亲,我们就会明白,原来参加这种争斗,每人都有一份。麻阳人的精力绝伦处,或者与地方出产有点关系。麻阳出各种橘子,糯米也极好,作甜酒特别相宜。人口加多,船只也越来越多,因此沅水水面的世界,一大半是麻阳人占有的。大凡船只停靠处,都有叫"乡亲"的麻阳人。乡亲所得的便利极多,平常外乡人,坐船时于是都叫麻阳人作"乡亲"。乡亲的特点是面目精悍而性情快乐,作水手的都能吃,能做,能喝,能打架。船主上岸时必装扮成为一个小乡绅,如驾洪江油船的大老板一样穿袍穿褂,着生牛皮盘云长统钉靴,戴有皮封耳的毡帽或博士帽,手指套上分量沉重的金戒指,皮抱肚里装上许多大洋钱,短烟管上悬个老虎爪子,一端还镶包一片镂花银皮。见人就请教仙乡何处,贵府贵姓。本人大多数姓滕,名字"代富""宜贵"。对三十年来的本省政治，比起任何地方船主都熟习，都关心。欢喜讲礼教，臧否人物，且善于称引经典格言和当地俗谚，作为谈天时章本。恭维客人时必从恭维上增多一点收入，被客人恭维时便称客人为"知己"，笑嘻嘻的请客人喝包谷子酒。妇女在船上不特对于行船毫无妨碍，且常常是一个好帮手。妇女多壮实能干，大脚大手，善于生男育女。

麻阳人中另外还有一双值得称赞的手，在湘西近百年实无匹敌，在国内也是一个少见的艺术家，是塑像师张秋潭那双手。小件艺术品多在烟盘边靠灯时用烟签完成的，无一不作得栩栩如生，至今还留下些在湘西私人手中。大件是各县庙宇天王观音等神像，辛亥以后破除迷信，毁去极多。

在常德水码头船只极小，飘浮水面如一片叶子，数量之多如淡干鱼，是专载客人用的"桃源划子"。木商与烟贩，上下办货的庄客，过路的公务员，放假的男女学生，同是这种小船的主顾。船身既轻小，上下行的速度较之其他船只快过一倍，下滩时可从边上小急流走，决不会出事。在平潭中且可日夜赶程，不会受关卡留难。因此在有公路以前，这种小小船只实为沅水流域交通利器。弄船人工作不需如何紧张，开销又少，收入却较多。装载客人且多阔老，同时桃源县人的性格又特别随和，（沅水一到桃源后就变成一片平潭，再无恶滩急流，自然影响到水上人性情很大。）所以弄船人脾气就马虎得多，很多是瘾君子，白天弄船，晚上便靠灯。有些家中人说不定还留在县里，经营一种不必要本钱的职业，分工合作，都不闲散。且能作客人向导，带访桃源洞的客人到所要到的新奇地方去。

在沅水流域上下行驶，停泊到常德码头应当称为"客人"的船只，共有好几种，有从芷江上游黔东玉屏来的，有从麻阳河上游黔东铜仁来的，有从白河上游川东龙潭来的。玉屏船多就洪江转口，下行不多。龙潭船多从沅陵换货，下行不多。铜仁船装油硷下行的，有些庄号在常德，所以常直放常德。船只最引人注意处是颜色黄明照眼，式样轻巧，如竞赛用船。船头船尾细狭而向上翘举，舱底平浅，材料脆薄，给人视觉上感到灵便与愉快，在形式上可谓秀雅绝伦。弄船人语言清婉，装束素朴，有些水手还穿齐膝的长衣，裹白头巾，风度整洁和船身极相称。船小而载重，故下行时船舷必缚茅束挡水。这种船停泊河中，仿佛极其谦虚，一种作客应有的谦虚。然而比同样大小的船只都整齐，一种作客不能不注意的整齐。

此外常德河面还有一种船只，数量极多，有的时候移动，有的又长久停泊。这些船的形式一律是方头，方尾，无桅，无舵。用木板作舱壁，开小小窗子，木板作顶。有些当作船主的金屋，有些又作逋逃者的窟穴。船上有招纳水手客人的本地土娼，有卖烟和糖食、小吃、猪蹄子粉面的生意人。此外算命卖卜的，圆光关亡的，无不可以从这种船上发现。船家做寿成亲，也多就方便借这种水上公馆举行，因此一遇黄道吉日，总是些张灯结彩，响器声，弦索声，大小炮仗声，划拳歌呼声，点缀水面热闹。

常德县城本身也就类乎一只旱船，女作家丁玲，法律家戴修瓒，国学家余嘉锡，是这只旱船上长大的。较上游的河堤比城中高得多，涨水时水就到了城边，决堤时城四围便是水了。常德沿河的长街，街市上大小各种商铺不下数千家，都与水手有直接关系。杂货店铺专卖船上用件及零用物，可说是它们全为水手而预备的。至如油盐、花纱、牛皮、烟草等等庄号，也可说水手是为它们而有的。此外如茶馆、酒馆和那经营最素朴职业的户口,水手没有它不成,它没水手更不成。

常德城内一条长街,铺子门面都很高大(与长沙铺子大同小异,近于夸张),木料不值钱,与当地建筑大有关系。地方滨湖,河堤另一面多平田泽地,产鱼虾、莲藕,因此鱼栈莲子栈延长了长街数里。多清真教门,因此牛肉特别肥鲜。

常德沿沅水上行九十里,才到桃源县,再上行二十五里,方到桃源洞。千年前武陵渔人如何沿溪走到桃花源,这路线尚无好事的考古家说起。现在想到桃源访古的"风雅人",大多数只好坐公共汽车去。到过了桃源,兴趣也许在彼而不在此,留下印象较深刻的东西,不是那个传说的洞穴,倒是另外一些传说所不载的较新洞穴。在桃源县想看到老幼黄发垂髫,怡然自乐的光景,并不容易。不过或者因为历史的传统,地方人倒很和气,保存一点古风。也知道欢迎客人,杀鸡作黍,留客住宿。虽然多少得花点钱,数目并不多。可是一个旅行者应当知道,这些人赠送游客的礼物,有时不知不觉太重了点,最好倒是别大意,莫好奇,更不要因为记起宋玉所赋的高唐神女,刘晨阮肇天台所遇的仙女,想从经验中去证实故事。换言之,不妨学个"老江湖",少生事!当地纵多神女仙女,可并不是为外来读书人游客预备的,沅水流域的木竹簰商人是唯一受欢迎者。好些极大的木竹簰,到桃源后不久就无影无踪不见了,照俚话所说,是"进了桃源的洞穴"的。

政治家宋教仁,老革命党覃振,同是桃源县人。桃源县有个省立第二女子师范学校,五四运动谈男女解放平等,最先要求男女同校,且实现它,就是这个学校的女学生。

沅陵的人

由常德到沅陵，一个旅行者在车上的感触，可以想象得到，第一是公路上并无苗人，第二是公路上很少听说发现土匪。

公路在山上与山谷中盘旋转折虽多，路面却修理得异常良好，不问晴雨都无妨车行。公路上的行车安全的设计，可看出负责者的最大努力。旅行的很容易忘了车行的危险，乐于赞叹自然风物的美秀。在自然景致中见出宋院画的神采奕奕处，是太平铺过河时入目的光景。溪流萦回，水清而浅，在大石细沙间漱流。群峰竞秀，积翠凝蓝，在细雨中或阳光下看来，颜色真无可形容。山脚下一带树林，一些俨如有意为之布局恰到好处的小小房子，绕河洲树林边一湾溪水，一道长桥，一片烟。香草山花，随手可以掇拾。《楚辞》中的山鬼、云中君，仿佛如在眼前。上官庄的长山头时，一个山接一个山，转折频繁处，神经质的妇女与懦弱无能的男子，会不免觉得头目晕眩。一个常态的男子，便必然对于自然的雄伟表示赞叹，对于数年前裹粮负水来在这高山峻岭修路的壮丁表示敬仰和感谢。这是一群默默无闻沉默不语真正的战士！每一寸路都是他们流汗作成的。他们有的从百里以外小乡村赶来，沉沉默默的在派定地方担土，打石头，三五十人躬着腰肩共同拉着个大石碌子碾压路面，淋雨，挨饿，忍受各式各样虐待，完成了分派到头上的工作。把路修好了，眼看许多的各色各样希奇古怪的物件吼着叫着走过了，许多这些可爱的乡下人，知道事情业已办完，笑笑的，各自又回转到那个想象不到的小乡村里过日子去了。中国几年来一点点建设基础，就是这种无名英雄作成的。他们什么都不知道，可是所完成的工作却十分伟大。

单从这条公路的坚实和危险工程看来，就可知道湘西的民众，是可以为国家完成任何伟大理想的。只要领导有人，交付他们更困难的工作，也可望办得很好。

看看沿路山坡桐茶树木那么多，桐茶山整理得那么完美，我们且会明白这个地方的人民，即或无人领导，关于求生技术，各凭经验在不断努力中，也可望把地面征服，使生产增加。

只要在上的不过分苛索他们鱼肉他们，这种勤俭耐劳的人民，就不至于铤而走险发生问题。可是若到任何一个停车处，试同附近乡民谈谈，我们就知道那个"过去"是种什么情形了。任何捐税，乡下人都有一份，保甲在糟蹋乡下人这方面的努力，"成绩"真极可观！然而促成他们努力的动机，却是照习惯把所得缴一半，留一半。然而负责的注意到这个问题时，就说"这是保甲的罪过"，从不认为是"当政的耻辱"。负责者既不知如何负责，因此使地方进步永远成为一种空洞的理想。

然而这一切都不妨说已经成为过去了。

车到了官庄交车处，一列等候过山的车辆，静静的停在那路旁空阔处，说明这公路行车秩序上的不苟。虽在军事状态中，军用车依然受公路规程辖制，不能占先通过，此来彼往，秩序井然。这条公路的修造与管理统由一个姓周的工程师负责。

车到了沅陵，引起我们注意处，是车站边挑的，抬的，负荷的，推挽的，全是女子。凡其他地方男子所能作的劳役，在这地方统由女子来作。公民劳动服务也还是这种女人。公路车站的修成，就有不少女子参加。工作既敏捷，又能干。女权运动者在中国二十年来的运动，到如今在社会上露面时，还是得用"夫人"名义来号召，并不以为可羞。而且大家都集中在大都市，过着一种腐败生活。比较起这种女劳动者把流汗和吃饭打成一片的情形，不由得我们不对这种人充满尊敬与同情。

这种人并不因为终日劳作就忘记自己是个妇女，女子爱美的天性依然还好好保存。胸口前的扣花装饰，裤脚边的扣花装饰，是劳动得闲在茶油灯光下做成的。（围裙扣花工作之精和设计之巧，外路人一见无有不交口称赞。）这种妇女日常工作虽不轻松，衣衫却整齐清洁。有的年纪已过了四十岁，还与同伴竞争兜揽生意。两角钱就为客人把行李背到河边渡船上，跟随过渡，到达彼岸，再为背到落脚处。外来人到河码头渡船边时，不免十分惊讶，好一片水！好一座小小山城！尤其是那一排渡船，船上的水手，一眼看去，几乎又全是女子。过了河，进得城门，向长街走走，就可见到卖菜的，卖米的，开铺子的，做银匠的，无一不是女子。再没有另一个地方女子对于参加各种事业各种生活，做得那么普遍那么自然了。看到这种情形时，真不免令人发生疑问：一切事几几乎都由女子来办，如《镜花缘》一书上的女儿国现象了。本地的男子，是出去打仗，还是在家纳福看孩子？

不过一个旅行者自觉已经来到辰州时，兴味或不在这些平常问题上。辰州地方是以辰州符驰名的，辰州符的传说奇迹中又以赶尸著闻。公路在沅水南岸，过北岸城里去，自然盼望有机会弄明白一下这种老玩意儿。

可是旅行者这点好奇心会受打击。多数当地人对于辰州符都莫名其妙，且毫无兴趣，也不怎么相信。或许无意中会碰着一个"大"人物，体魄大，声音大，气派也好像很大。他不是姓张，就是姓李，（他应当姓李！一个典型市侩，在商会任职，以善于吹拍混入行署任名誉参议。)会告你，辰州符的灵迹，就是用刀把一只鸡颈脖割断，把它重新接上，噀一口符水，向地下抛去，这只鸡即刻就会跑去，撒一把米到地上，这只鸡还居然赶回来吃米！你问他："这事曾亲眼见过吗？"他一定说："当真是眼见的事。"或许慢慢的想一想，你便也会觉得同样是在甚么地方亲眼见过这件事了。原来五十年前的甚么书上，就这么说过的。这个大人物是当地著名会说大话的。世界上事甚么都好像知道得清清楚楚，只不大知道自己说话是假的还是真的，是书上有的还是自己造作的。多数本地人对于"辰州符"是个甚么东西，照例都不大明白的。

对于赶尸传说呢，说来实在动人。凡受了点新教育，血里骨里还浸透原人迷信的外来新绅士，想满足自己的荒唐幻想，到这个地方来时，总有机会温习一下这种传说。绅士、学生、旅馆中人，俨然因为生在当地，便负了一种不可避免的义务，又如为一种天赋的幽默同情心所激发，总要把它的神奇处重述一番。或说朋友亲戚曾亲眼见过这种事情，或说曾有谁被赶回来。其实他依然和客人一样，并不明白，也不相信，客人不提起，他是从不注意这个问题的。客人想"研究"它(我们想象得出有许多人是乐于研究它的)，最好还是看《奇门遁甲》，这部书或者对他有一点帮助，本地人可不会给他多少帮助。本地人虽乐于答复这一类傻不可言的问题，却不能说明这事情的真实性。就中有个"有道之士"，姓阙，当地人统称之为阙五老，年纪将近六十岁，谈天时精神犹如一个小孩子。据说十五岁时就远走云贵，跟名师学习过这门法术。作法时口诀并不希奇，不过是念文天祥的《正气歌》罢了。死人能走动便受这种歌词的影响。辰州符主要的工具是一碗水；这个有道之士家中神主前便陈列了那么一碗水，据说已经有了三十五年，碗里水减少时就加添一点。一切病痛统由这一碗水解决。一个死尸的行动，也得用水迎面的一噀。这水且能由昏浊与沸腾表示预兆，有人需要帮忙或卜家事吉凶的预兆，登门造访者若是一个读书人，一个假洋人教授，他把这一碗水的妙用形容得将更惊心动魄。使他舌底翻莲的原因，或者是他自己十分寂寞，或者是对于客人具有天赋同情，所以常常把书上没有的也说到了。客人要老老实实发问："五老，那你看过这种事了？"他必装作很认真神气说："当然的。我还亲自赶过！那是我一个亲戚，在云南做官，死在任上。赶回湖南，每天为死者换新草鞋一双，到得湖南时，死人脚趾头全走脱了。只是功夫不练就不灵，早丢下了。"至于为甚么把它丢下，可不说明。客人目的在"表演"，主人用意在"故神其说"，末后自然不免使客人失望。不过知道了这玩意儿是读《正气歌》作口诀，同儒家居然大有关系时，也不无所得。关于赶尸的传说，这位有道之士可谓集其大成，所以值得找方便去拜访一次，他的住处在上西关，一问即可知道。可是一个读书人也许从那有道之士伏尔泰风格的微笑，伏尔泰风格的言谈，会看出另外一种无声音的调笑，"你外来的书呆子，世界上事你知道许多，可是书本不说，另外还有许多就不知道了。用《正气歌》赶走了死尸，你充满好奇的关心，你这个活人，是被甚么邪气歌赶到我这里来？"那时他也许正坐在他的杂货铺里面（他是隐于医与商的），忽然用手指着街上一个长头发的男子说："看，疯子！"那真是个疯子，沅陵地方唯一的疯子。可是他的语气也许指的是你拜访者。你自己试想想看，为了一种流行多年的荒唐传说，充满了好奇心来拜访一个透熟人生的人，问他死了的人用甚么方法赶上路，你用意说不定还想拜老师，学来好去外国赚钱出名,至少也弄得个哲学博士回国,再来用它骗中国学生,在他饱经世故的眼中,你和疯子的行径有多少不同!

这个人的言谈,倒真是一种杰作,三十年来当地的历史,在他记忆中保存得完完全全,说来时庄谐杂陈,实在值得一听。尤其是对于当地人事所下批评,尖锐透入,令人不由得不想起法国那个伏尔泰。

至于辰砂的出处,出产地离辰州还远得很,远在三百里外凤凰县的苗乡猴子坪。

凡到过沅陵的人,在好奇心失望后,依然可从自然风物的秀美上得到补偿。由沅陵南岸看北岸山城,房屋接瓦连檐,较高处露出雉堞,沿山围绕;丛树点缀其间,风光入眼,实不俗气。由北岸向南望,则河边小山间,竹园、树木、庙宇、高塔、民居,仿佛各个都位置在最适当处。山后较远处群峰罗列,如屏如障,烟云变幻,颜色积翠堆蓝。早晚相对,令人想象其中必有帝子天神,驾螭乘蜺,驰骤其间。绕城长河,每年三四月春水发后,洪江油船颜色鲜明,在摇橹歌呼中联翩下驶。长方形大木筏,数十精壮汉子,各据筏上一角,举桡激水,乘流而下。就中最令人感动处,是小船半渡,游目四瞩,俨然四围是山,山外重山,一切如画。水深流速,弄船女子,腰腿劲健,胆大心平,危立船头,视若无事。同一渡船,大多数都是妇人,划船的是妇女,过渡的也是妇女较多。有些卖柴卖炭的,来回跑五六十里路,上城卖一担柴,换两斤盐,或带回一点红绿纸张同竹篾作成的简陋船只,小小香烛。问她时,就会笑笑的回答:"拿回家去做土地会。"你或许不明白土地会的意义,事实上就是酬谢《楚辞》中提到的那种云中君——山鬼。这些女子一看都那么和善,那么朴素,年纪四十以下的,无一不在胸前土蓝布或葱绿布围裙上绣上一片花,且差不多每个人都是别出心裁,把它处置得十分美观,不拘写实或抽象的花朵,总那么妥帖而雅相。在轻烟细雨里,一个外来人眼见到这种情形,必不免在赞美中轻轻叹息。天时常常是那么把山和水和人都笼罩在一种似雨似雾使人微感凄凉的情调里,然而却无处不可以见出"生命"在这个地方有光辉的那一面。

外来客会自然有个疑问发生:这地方一切事业女人都有份,而且像只有"两截穿衣"的女子有份,男子到哪里去了呢?

在长街上我们固然时常可以见到一对少年夫妻,女的眉毛俊秀,鼻准完美,穿浅蓝布衣,用手指粗银链系扣花围裙,背小竹笼。男的身长而瘦,英武爽朗,肩上扛了各种野兽皮向商人兜卖。令人一见十分惊诧。可是这种男子是特殊的。是出了钱,得到免役的瑶族。

男子大部分都当兵去了。因兵役法的缺陷,和执行兵役法的中间层保甲制度人选不完善,逃避兵役的也多,这些壮丁抛下他的耕牛,向山中走,就去当匪。匪多的原因,外来官吏苛索实为主因。乡下人照例都愿意好好活下去,官吏的老式方法居多是不让他们那么好好活下去。乡下人照例一入兵营就成为一个好战士,可是办兵役的,却觉得如果人人都乐于应兵役,就毫无利益可图。土匪多时,当局另外派大部队伍来"维持治安",守在几个城区,别的不再过问。分布乡下土匪得了相当武器后,在报复情绪下就是对公务员特别不客气,凡搜刮过多的外来人,一落到他们手里时,必然是先将所有的得到,再来取那个"命"。许多人对于湘西民或匪都留下一个特别蛮悍嗜杀的印象,就由这种教训而来。许多人说湘西有匪,许多人在湘西虽遇匪,却从不曾遭遇过一次抢劫,就是这个原因。

　　一个旅行者若想起公路就是这种蛮悍不驯的山民或土匪，在烈日和风雪中努力作成的，乘了新式公共汽车由这条公路经过，既感觉公路工程的伟大结实，到得沅陵时，更随处可见妇人如何认真称职，用劳力讨生活，而对于自然所给的印象，又如此秀美，不免感慨系之。这地方神秘处原来在此而不在彼。人民如此可用，景物如此美好，三十年来牧民者来来去去，新陈代谢，不知多少，除认为"蛮悍"外，竟别无发现。外来为官作宦的，回籍时至多也只有把当地久已消灭无余的各种画符捉鬼荒唐不经的传说，在茶余酒后向陌生者一谈。地方真正好处不会欣赏，坏处不能明白。这岂不是湘西的另一种神秘？

　　沅陵算是个湘西受外来影响较久较大的地方，城区教会的势力，造成一批吃教饭的人物，蛮悍性情因之消失无余，代替而来的或许是一点青年会办事人的习气。沅陵又是沅水几个支流货物转口处，商人势力较大，以利为归的习惯，也自然很影响到一些人的打算行为。沅陵位置在沅水流域中部，就地形言，自为内战时代必争之地。因此麻阳县的水手，一部分登陆以后，便成为当地有势力的小贩。凤凰县屯垦子弟兵官佐，留下住家的，便成为当地有产业的客居者。慷慨好义，负气任侠，楚人中这类古典的热诚，若从当地人寻觅无着时，还可从这两个地方的男子中发现。一个外来人，在那山城中石板作成的一道长街上，会为一个矮小、瘦弱，眼睛又不明，听觉又不聪，走路时匆匆忙忙，说话时结结巴巴，那么一个平常人引起好奇心。说不定他那时正在大街头为人排难解纷，说不定他的行为正需要旁人排难解纷！他那样子就古怪，神气也古怪。一切像个乡下人，像个官能为嗜好与毒物所毁坏，心灵又十分平凡的人。可是应当找机会去同他熟一点，谈谈天。应当想办法更熟一点，跟他向家里走。（他的家在一个山上。那房子是沅陵住户地位最好，花木最多的。）如此一来，结果你会接触一点很新奇的东西，一种混合古典热诚与近代理性在一个特殊环境特殊生活里培养成的心灵。你自然会"同情"他，可是最好倒是"信托"他。他需要的不是同情，因为他成天在同情他人，为他人设想帮忙尽义务，来不及接受他人的同情。他需要人信托，因为他那种古典的作人的态度，值得信托。同时他的性情充满了一种天真的爱好，他需要信托，为的是他值得信托。他的视觉同听觉都毁坏了，心和脑可极健全。凤凰屯垦兵子弟中出壮士，体力胆气两方面都不弱于人。这个矮小瘦弱的人物，虽出身世代武人的家庭中，因无力量征服他人，失去了作军人的资格。可是那点有遗传性的军人气概，却征服了他自己，统制自己，改造自己，成为沅陵县一个顶可爱的人。他的名字叫做"大先生"，或"大大"，一个古怪到家的称呼。商人、妓女、屠户，教会中的牧师和医生，都这样称呼他。到沅陵去的人，应当认识认识这位大先生。

　　沅陵县沿河下游四里路远近，河中心有个洲岛，周围高山四合，名"合掌洲"，名目与情景相称。洲上有座庙宇，名"和尚洲"，也还说得去。但本地的传说却以为是"合涨洲"，因为水涨河面宽，淹不着，为的是洲随河水起落！合掌州有个白塔，由顶到根雷劈了一小片，本地人以为奇，并不足奇。河南岸村名黄草尾，人家多在橘柚林里，橘子树白华朱实，宜有小腰白齿出于其间。一个种菜园的周家，生了四个女儿，最小的一个四妹，人都呼为夭妹，年纪十七岁，许了个成衣店学徒，尚未圆亲。成衣店学徒积蓄了整年工钱，打了一副金耳环给夭妹，女孩子就戴了这副金耳环，每天挑菜进东门城卖菜,因为性格好繁华,人长得风流波俏,一个东门大街的人都知道卖菜的周家夭妹。

因此县里的机关中办事员,保安司令部的小军佐,和商店中小开,下黄草尾玩耍的就多起来了。但不成,肥水不落外人田,有了主子。可是"人怕出名猪怕壮",夭夭的名声传出去了,水上划船人全都知道周家夭夭。去年(一九三七年)冬天一个夜里,忽然来了四百武装喽啰攻打沅陵县城,在城边响了一夜枪,到天明以前,无从进城,这一伙人依然退走了。这些人本来目的也许就只是在城外打一夜枪。其中一个带队的称团长,却带了兄弟伙到夭妹家里去拍门。进屋后别的不要,只把这女孩子带走。

女孩子虽又惊又怕,还是从容的说:"你抢我,把我箱子也抢去,我才有衣服换!"

带到山里去时那团长问:"夭夭,你要死,要活?"

女孩子想了想,轻声的说:"要死。你不会让我死。"

团长笑了:"那你意思是要活了!要活就嫁我,跟我走。我把你当官太太,为你杀猪杀羊请客,我不负你。"

女孩子看看团长,人物实在英俊标致,比成衣店学徒强多了,就说:"人到甚么地方都是吃饭,我跟你走。"

于是当天就杀了两个猪,十二只羊,一百对鸡鸭,大吃大喝大热闹,团长和夭妹结婚。女孩子问她的衣箱在甚么地方,待把衣箱取来打开一看,原来全是预备陪嫁的!英雄美人,可谓美满姻缘。过三天后,那团长就派人送信给黄草尾种菜的周老夫妇,称岳父岳母,报告夭妹安好,不用挂念。信还是用红帖子写的,词句华而典,师爷的手笔。还同时送来一批礼物!老夫妇无话可说,只苦了成衣店那个学徒,坐在东门大街一家铺子里,一面裁布条子做纽绊，一面垂泪。

这也可说是沅陵县人物之一型。

至于住城中的几个年高有德的老绅士，那倒正像湘西许多县城里的正经绅士一样，在当地是很闻名的，庙宇里照例有这种名人写的屏条，名胜地方照例有他们题的诗词。儿女多受过良好教育，在外做事。家中种植花木，蓄养金鱼和雀鸟，门庭规矩也很好。与地方关系，却多如显克微支在他《炭画》那本书里所说的贵族，凡事取"不干涉主义"。因为名气大，许多不相干的捐款，不相干的公事，不相干的麻烦，不会上门。乐得在家纳福，不求闻达，所以也不用有甚么表现。对于生活劳苦认真，既不如车站边负重妇女，生命活跃，也不如卖菜的周家幺妹，然而日子还是过得很好，这就够了。

由沅水下行百十里到沅陵属边境地名柳林岔——就是湘西出产金子，风景又极美丽的柳林岔。那地方过去一时也有个人，很有意思。这个人据说母亲貌美而守寡，住在柳林岔镇上。对河高山上有个庙，庙中住下一个青年和尚，诚心苦修。寡妇因爱慕和尚，每天必借烧香为名去看看和尚，二十年如一日。和尚诚心苦修，不作理会，也同样二十年如一日。儿子长大后，慢慢的知道了这件事。儿子知道后，不敢规劝母亲，也不能责怪和尚，唯恐母亲年老眼花，一不小心，就会堕入深水中淹死。又见庙宇在一个圆形峰顶，攀援实在不容易。因此特意雇定一百石工，在临河悬崖上开辟一条小路，仅可容足。更找一百铁工，制就一条粗而长的铁链索，固定在上面，作为援手工具。又在两山间造一拱石头桥，上山顶庙里时就可省一大半路。这些工作进行时自己还参加，直到完成。各事完成以后，这男子就出远门走了，一去再也不回来了。

这座庙，这个桥，濒河的黛色悬崖上这条人工凿就的古怪道路，路旁的粗大铁链，都好好的保存在那里，可以为过路人见到。凡上行船的纤手，还必需从这条路把船拉上滩。船上人都知道这个故事。故事虽还有另一种说法，以为一切是寡妇所修的，为的是这寡妇……总之，这是一个平常人为满足他的某种心愿而完成的伟大工程。这个人早已死了，却活在所有水上人的记忆里。传说和当地景色极和谐，美丽而微带忧郁。

沅水由沅陵下行三十里后即滩水连接，白溶、九溪、横石、青浪……就中以青浪滩最长，石头最多，水流最猛。顺流而下时，四十里水路不过二十分钟可完事，上行船有时得一整天。

青浪滩滩脚有个大庙，名伏波宫，敬奉的是汉老将马援。行船人到此必在庙里烧纸献牲。庙宇无特点，不出奇。庙中屋角树梢栖息的红嘴红脚小小乌鸦，成千累万，遇下行船必飞往接船送船，船上人把饭食糕饼向空中抛去，这些小黑鸟就在空中接着，把它吃了。上行船可照例不光顾。虽上下船只极多，这小东西知道向甚么船可发利市，甚么船不打抽丰。船夫说这是马援的神兵，为迎接船只的神兵，照老规矩，凡伤害的必赔一大小相等银乌鸦，因此从不会有人敢伤害它。

几件事都是人的事情。与人生活不可分，却又杂糅神性和魔性。湘西的传说与神话，无不古艳动人。同这样差不多的还很多。湘西的神秘，和民族性的特殊大有关系。历史上"楚"人的幻想情绪，必然孕育在这种环境中，方能滋长成为动人的诗歌。想保存它，同样需要这种环境。

1940 年 11 月 10 日校

白河流域几个码头

　　白河便是历史上知名的酉水。白河到沅陵与沅水汇流后，便略显浑浊，有出山泉水的意思。若溯流而上，则三丈五丈的深潭清澈见底。深潭中为白日所映照，河底小小白石子，有花纹的玛瑙石子，全看得明明白白。水中游鱼来去，皆如浮在空气里。两岸多高山，山中多可以造纸的细竹，长年作深翠颜色，逼人眼目。近水人家多在桃杏花里，春天时只需注意，凡有桃花处必可沽酒。夏天则晒晾在日光下耀目的紫花布衣裤，可以作为人家所在的旗帜。秋冬来时，房屋在悬崖上的，滨水的，无不朗然入目，黄泥的墙，乌黑的瓦，位置却永远那么妥帖！且与四周环境极其调和，使人得到的印象非常愉快。（引自《边城》）

　　由沅陵沿白河上行三十里名"乌宿"，地方风景清奇秀美，古木丛竹，滨水极多。传说中的大酉洞即在附近。洞中高大宏敞，气象万千。但比起凤凰苗乡中的齐梁洞，内中平坦能容避难的人一万以上，就可知道大酉洞其所以著名，或系邻近开化较早的沅陵所致。白河中山水木石最美丽清奇的码头，应数王村，属永顺县管辖，且为永顺县货物出口地方。夹河高山，壁立拔峰，竹木青翠，岩石黛黑。水深而清，鱼大如人。河岸两旁黛色庞大石头上，在晴朗冬天里，尚有野莺画眉鸟，从山谷中竹篁里飞出来，休息在石头上晒太阳，悠然自得啭唱悦耳的曲子，直到有船近身时，方从从容容一齐向林中飞去。水边还有许多不知名水鸟，身小轻捷，活泼快乐，或颈脖极红，如缚上一条彩色带子，或尾如扇子，花纹奇丽，鸣声都异常清脆。白日无事，平潭静寂，但见小渔船船舷船顶站满了沉默黑色鱼鹰，缓缓向上游划去。傍山作屋，重重叠叠，如堆蒸糕，入目景象清而壮。一派清芬的影响，本县老诗人向伯翔的诗，因之也见得异常清壮。

白河多滩，凤滩、茨滩、绕鸡笼、三门、驼碑五个滩最著名。弄船人有两个口号："凤滩茨滩不为凶，上面还有绕鸡笼。"上行船到两大滩时，有时得用两条竹纤在两岸拉挽，船在河中小小容口破浪逆流上行。绕鸡笼因多曲折石坎，下行船较麻烦，一不小心撞触河床中的大石，即成碎片，船上人必借船板浮沉到下游三五里方能得救。三门附近山道名白鸡关，石壁插云，树身大如桌面，茅草高至二丈五尺以上。山中出虎豹，大白天可听到虎吼。

由三门水行七十里，到保靖县（过白鸡关陆行只有四十余里）。保靖是酉水流域过去土司之一所在地。酉水流域多洞穴，保靖濒河两个洞为最美丽知名。一在河南，离县城三里左右，名石楼洞。临长河，据悬崖，对河一山，山上老松数列，错落布置，十分自然。景物清疏，有渐江和尚画意。但洞穴内多人工铺排，并无可观。一在河北大山下面，和县城相对，名狮子洞。洞被庙宇掩着，庙宇又被老树大竹古藤掩着。洞口并不十分高大，进到里面去后，用火燎高照，既不见边，也不见顶，才看出这洞穴何等宏敞阔大，令人吃惊。四面石壁白润如玉，地下铺满白色细砂。洞中还另有一小小天然道路，可上升到一个石屋里去。道路踏脚处带朱砂红斑，颜色极鲜艳。石屋中有石床石桌，似为昔日方士修炼住处。蝙蝠展翅约一尺长大，不知从何处求食。洞中既宽阔，又黑暗，必用三五个火燎烛照，由庙中人引导，视火燎燃到三分之二后，即寻路外出，不然恐迷路不易走出。火燎用枯竹枝作成，由守庙道士出卖给游洞者，点燃时枯竹枝在洞中爆炸，声音如枪响，如大雷公边炮响。洞中夏天有一小小泉水，水味甘美。水中还有小小鱼虾，到冬天时仅一空穴，鱼虾亦不知去处。

近城大山名杀鸡坡，一眼看去，山并不如何高大，但山下人有人上山时杀一鸡，等待人到山顶，山下人的鸡在锅中已熟了。因此名叫杀鸡坡。对河亦有一大山，名野猪坡，出野猪。坡上土地丛林和洞穴，为烧山种田人同野兽大蛇所割据。一到晚上，虎豹就傍近种田开山人家来吃小猪，从被咬去的小猪锐声叫喊里，可以知道虎豹走去的方向。这大虫有时在大白天也昂头一吼，山谷响应许久。

种田人因此常常拿了刀矛火器种种家伙，往树林山洞中去寻觅，用绳网捕捉大蛇，用毒烟设陷阱猎捕野兽。岭上最多的还是集群结伙蹂躏农产物成癖的野猪，喜欢偷吃山田中包谷白薯，为山民真正仇敌。正因为这个损害庄稼的仇敌太多，岭上人打锣击鼓猎野猪的事，也就成为一种常有的仪式，常有的娱乐了。

本地出好梨，皮色淡赭，味道香而甜，名"洋冬梨"，皮较厚韧，因此极易保藏。产材质坚密的黄杨木，乡下人常常用绳索系身，悬空下垂到溪谷绝壁间，把黄杨木从高崖上砍下，每段锯成两尺长短，背负入城找求买主，同卖柴一样。碗口大的木料，在本地人眼中看来，十分平常。这种良好木材，照当地人习惯，多用来作筷子和天九牌。需要多，供给少，所以一部分就用柚子木充数。出大头菜，比龙山的略差。湘西大头菜应当数接近鄂西的边县龙山最好，颜色金黄，味道甜而香。出好茶叶，和邻近山城那个古丈县的茶叶比较，味道略淡。然而清醇之中，别有一种芬馥之气。陈家茶园在湘西实得风气之先，出品佳美，可惜数量不多，无从外运。

永绥县离保靖四十五里。保靖县苗人居住较少。永绥县却大部分是苗人。逢场时交易十分热闹，猪、牛、羊、油、盐、铁器和农具，以至于一段木头，一根竹子，一个石臼，一撮火绒，无不可买卖。大场坪中百物杂陈，五色缤纷，可谓奇观。石宏规是本县苗民中优秀分子之一，对苗民教育极热心，对苗民问题极熟习。一个大学毕业生，作了几次县长。

三个县份清中叶还由土司统治，土司既由世袭，永顺的姓向，保靖的姓彭，永绥的姓宋，到如今这三姓还为当地巨族。土司的统治已成过去，统治方法也不可考究了，除了许多大土堆通称土司坟，但留下一个传说尚能刺激人心。就是作土司的，除同宗外，对于此外任何人新婚都保有"初夜权"。新妇应当送到土司府留下三天，代为除邪气，方能发返。也许就是这种原因，三姓方成为本地巨族。土司坟多，与《三国演义》曹操七十二个疑冢不无关系，与初夜权执行也有关系。

白河上游商业较大水码头名"里耶"。川盐入湘，在这个地方上税。边地若干处桐油，都在这个码头集中。

站在里耶河边高处，可望川湘鄂三省接壤的八面山，山如一个桶形，周围数百里，四面陡削悬绝，只一条小路可以上下。上面一坦平阳，且有很好泉水，出产好米和杂粮，住了约一百户人家。若将两条山路塞断，即与一切隔绝，俨然别有天地。过去二十年常为落草大王盘据，不易攻打。唯上面无盐，所以不易久守。

白河上游分支数处，其一到龙山。龙山出好大头菜。山水清寒，鱼味甘美，六月不腐。水源出鄂西。其一河源在川东，湖南境到茶峒为止。因为这是湖南境最后一个水码头，小虽小，还有意思。这地方事实上虽与人十分陌生，可是说起来又好像十分熟习。下面是从我一个小说上摘引下来的，白河流域像这样的地方，似乎不止一处。

凭水倚山筑城，近山的一面，城墙如一条长蛇，缘山爬去。临水一面则在城外河边留出余地设码头，湾泊小小篷船。船下行时运桐油，青盐，染色用的五倍子。上行则运棉花、棉纱，以及布匹杂货同海味。贯串各个码头有一条河街，人家房子多一半着陆，一半在水，因为余地有限，那些房子莫不设吊脚楼。河中涨了春水，到水进街后，河街上人家，便各用长长的梯子，一端搭在屋檐口，一端搭在城墙上，人人皆骂着嚷着，带了包袱、铺盖、米缸，从梯子上爬进城里去，水退时方又从城门口出城。某一年水若来得特别猛一些，沿河吊脚楼，必有一处两处为大水冲去，大家只在城头上呆望，受损失的也同样呆望，对于所受损失仿佛无话可说，与在自然安排下眼见其他无可挽救的不幸来时相似。涨水时在城上还可望着骤然展宽的河面，流水浩浩荡荡，随同山水从上流浮沉而来的有房子、牛、羊、大树。于是在水势较缓处税关趸船前面，便常常有人驾了小舢板，一见河心浮沉而来的是一匹牲畜，一段小木，或一只空船，船上有一个妇人或小孩哭喊的声音，便急急的把船桨去。在下游一些迎着那个目的物，把它用长绳系定，再向岸边桨去。这些勇敢的人，也爱利，也好义，同一般当地人相似。不拘救人救物，却同样在一种愉快冒险行为中做得十分敏捷勇敢。

城外河街也有商人落脚的客店，坐镇不动的理发馆。此外饭店、杂货铺、油行、盐栈、花衣庄，莫不各有地位，装点了这条河街。还有卖船上檀木活车、竹缆与锅罐铺子，介绍水手职业吃码头饭的人家。小饭店门前，常有煎得焦黄的鲤鱼豆腐，身上装饰了红辣椒丝，卧在浅口钵头里，钵旁大竹筒中插着大把红筷子，不拘谁个愿意花点钱，这人就可以傍了门前长案坐下来，抽出一双筷子到手上，那边一个眉毛扯得极细脸上擦了白粉的妇人，就走来问："要甜酒？要烧酒？"男子火焰高一点的，谐趣的，对内掌柜有点意思的，必装成生气似的说："吃甜酒？又不是小孩，还问人吃甜酒！"那么，醇冽的烧酒，从大瓮里用木滤子舀出，倒进土碗里，即刻就来到身边案桌上了。

大都市随了商务发达而产生的某种寄食者，因为商人同水手的需要，这小小边城河街，也居然有那么一群人，聚集在一些有吊脚楼的人家。这种妇人穿了假洋绸的衣服，印花布的裤子，把眉毛扯成一条细线，大大的发髻上敷了香味极浓俗的油类，白日里无事，就坐在门口做鞋子，在鞋尖上用红绿丝线挑绣双凤，或靠在临河窗口看水手起货，听水手爬桅子唱歌。到了晚间，却轮流接待商人同水手，切切实实尽一个妓女应尽的义务。

由于边地的风俗淳朴，便是作妓女，也永远那么浑厚，遇不相熟的主顾，做生意时得先交钱，再关门撒野；人既相熟后，钱便在可有可无之间了。妓女多靠商人维持生活，但恩情所结，却多在水手方面。感情好的，互相咬着嘴唇咬着颈脖发了誓，约好了"分手后各人不许胡闹"。四十天或五十天，在船上浮着的那一个，同在岸上蹲着的这一个，便同样呆着打发这一堆日子,尽把自己的心紧紧的缚定远远的一个人。尤其是妇人,情感真挚,痴到无可形容,男子过了约定时间不回来,做梦时,就常常梦船拢了岸,那一个人摇摇荡荡的从船跳板到了岸上,直向身边跑来。或日中有了疑心,则梦里必见男子在桅上向另一方向唱歌,却不理会自己。性格弱一点儿的,接着就在梦里投河吞鸦片烟,强一点的便手执菜刀,直向那水手奔去。他们生活虽那么同一般社会疏远,但是眼泪与欢乐,在一种爱憎得失间粽进了这些人生活里时,也便同另外一片土地另外一些人相似,全个身心为那点爱憎所浸透,见寒作热,忘了一切。(引自《边城》)

1941年1月7日在昆明野外校改

辰谿的煤

湘西有名的煤田在辰谿。一个旅行者若由公路坐车走,早上从沅陵动身,必在这个地方吃早饭。公路汽车须由此过河,再沿麻阳河南岸前进。旅行者一瞥的印象,在车站旁所能看到的仅仅是无数煤堆,以及远处煤堆间几个黑色烟筒。过河时看到的是码头上人分子杂,船夫多,矿工多,游闲人也多。半渡之际看到的是山川风物,秀气而不流于纤巧。水清且急,两丈下可见石子如樗蒲在水底滚动。过渡后必想到,地方虽不俗,人好像很呆,地下虽富足,一般人却极穷相。以为古怪,实不古怪。过路人虽关心当地荣枯和居民生活,但一瞥而过,对地方问题照例是无从明白的。

辰河弄船人有两句口号,旅行者无不熟习,那口号是:"走尽天下路,难过辰谿渡。"事实上辰谿渡也并不怎样难过,不过弄船人所见不广,用纵横千里一条辰河与七个支流小河作准,说说罢了。……

辰谿县的位置恰在两条河流的交汇处,小小石头城临水倚山,建立在河口滩脚崖壁上。河水清而急,深到三丈还透明见底。河面长年来往湘黔边境各种形体美丽的船只。山头是石灰岩,无论晴雨,都可见到烧石灰的窑上飘颭青烟和白烟。房屋多黑瓦白墙,接瓦连椽紧密如精巧图案。对河与小山城成犄角,上游为一个三角形小阜,小阜上有修船造船的宽坪。位置略下,为一个山坦,濒河拔峰,山脚一面接受了沅水激流的冲刷，一面被麻阳河长流淘洗，近水岩石多玲珑透空。山半有个壮丽辉煌的庙宇，庙宇外岩石间且有成千大小不一的石佛。在那个悬岩半空的庙里，可以眺望上行船的白帆，听下行船摇橹人唱歌。小船挹流而渡，艰难处与美丽处实在可以平分。

地方为产煤区，似乎无处无煤，故山前山后都可见到用土法开掘的煤洞煤井。沿河两岸常有百十只运煤船停泊，上下洪江与常德码头间。无时不有若干黑脸黑手脚汉子，把大块黑煤运送到船上，向船舱中抛去。若到一个取煤的斜井边去，就可见到无数同样黑脸黑手脚人物，全身光裸，腰前围一片破布，头上戴一盏小灯，向那个俨若地狱的黑井爬进爬出。矿坑随时可以坍陷或被水灌入，坍了，淹了，这些到地狱讨生活的人，自然也就完事了。（引自《湘行散记》）

战事发生后，国内许多地方的煤田都丢送给日本人了，东三省热河的早已完事。绥远河北山东安徽的全得不着了。可是辰谿县的煤，直到二十七年二月里，在当地交货，两块钱一吨还无买主。运到距离一百四十里的沅陵去，两毛钱一百斤很少人用它。山上沿河两岸遍山是杂木杂草，乡下人无事可作，无生可谋，挑柴担草上城换油盐的太多，上好栎木炭到年底时也不过卖一分钱一斤，除作坊糟坊和较大庄号用得着煤，人人都因习惯便利用柴草和木炭。这种热力大质量纯的燃料，于是同过去一时当地的青年优秀分子一样，在湘西竟成为一种肮脏累赘毫无用处的废物。地方负责的虽知道这两样东西都极有用，可不知怎样来用它。到末了，年轻人不是听其飘流四方，就是听他腐化堕落。廉价的燃料，只好用本地民船运往五百里外的常德，每吨一块半钱到二块六毛钱。同时却用二百五十块钱左右一吨的价值，运回美孚行的煤油，作为湘西各县城市点灯用油。

富源虽在本地，到处都是穷人，不特下井挖煤的十分穷困，每天只能靠一点点收入，一家人挤塞在一个破烂逼窄又湿又脏的小房子里住，无望无助的混下去。孩子一到十岁左右，就得来参加这种生活竞争。许多开矿的小主人，也因为无知识，捐项多，耗费大，运输不便利，煤又太不值钱，弄得毫无办法，停业破产。

这应当是谁的责任？瞻望河边的风景，以及那一群肮脏瘦弱的负煤人，两相对照，总令人不免想得很远很远。过去的，已成为过去了。来在这地面上，驾驭钢铁，征服自然，使人人精力不完全浪费到这种简陋可怜生活上，使多数人活得稍像活人一点，这责任应当归谁？是不是到明日就有一群结实精悍的青年，心怀雄心与大愿，来担当这个艰苦伟大的工作？是不是到明日，还不免一切依然如旧？答复这个问题，应在青年本身。

这是一个神圣矿工的家庭故事——

向大成，四十四岁，每天到后坡××公司第三号井里去工作，坐箩筐下降四十三丈，到工作处。每天作工十二点，收入一毛八分钱。妇人李氏，四十岁，到河码头去给船户补衣裳裤子，每天可得三两百钱。无事作或往相熟处，给人用碎瓷片放放血，用铜钱蘸清油刮刮痧。男女共生养了七个，死去五个，只剩下两个女儿，大的十六岁，十三岁时就被驻防军排长看中后，出了两块钱引诱破了身。父亲知道这事情时，就痛打女孩一顿，又为这两块钱，两夫妇大吵大闹一阵，妇人揪着自己髻发在泥地里滚哭。可是这事情自然同别的事一样，很快的就成为过去了。到十五岁这女孩子已知道从新生活上取乐，且得点小钱花，买甘蔗糍粑吃。于是常常让水手带到空船上去玩耍，不怕丑也不怕别的。可是母亲从熟人处听到她甚么时候得了钱，在码头上花了，不拿回来，就用各种野话痛骂泄气。到十六岁父亲却出主张，把她押给一个"老怪物"，押二十六块钱。这女孩子于是换了崭新印花标布衣裳，把头梳得光油油的，脸上擦了脂粉，很高兴的来在河边一个小房子里接待当地军、警、商、政各界，照当地规矩，五毛钱关门一回。不久就学会了唱小曲子、军歌、党歌、爱国歌、摇船人催橹歌。母亲来时就偷偷的塞十个当一百铜子或一些角子票到母亲手中，不让老怪物看见。阅世多，经验多，应酬主顾自然十分周到。且身体给生活蹂躏也给营养，臀部长阔了，奶子也圆大了，生意更好了一点，已成为本地"观音"。船上人无不知道河码头的观音。有一次，县衙门一个传达，同船上人吃醋，便用个搥衣木杵把这个活观音痛殴一顿，末了，且把小妇人裤子也扒脱抛到河水中去。又气又苦，哭了半天，心里结了个大疙瘩，总想不开，抓起烟匣子向口里倒，咽了三钱烟膏，到第二天便死掉了。父母得到消息，来哭了一阵，拿了点"烧埋钱"走了。死了的人过不久也就装在白木匣子里抬走埋了。小女儿十一岁，每天到河滩上修船处去捡劈柴，带回家烧火煮饭，有一天造船匠故意扬起斧头来恐吓她，她不怕。造船匠于是更当着这孩子撒尿，想用另外一个方法来恐吓她。这女孩子受了辱，就坐在河边堆积的木料上，把一切耳朵中听来的丑话骂那个老造船匠，骂厌后方跑回家里去。回到家里，见母亲却在灶边大哭，原来老的在煤井里被煤块砸死了。……到半夜，那个母亲心想公司有十二块钱安埋费。孩子今年十二岁，再过四年，就可挣钱了。命虽苦，还有一点希望。……

这就是我们所称赞的劳工神圣，一个劳工家庭的真实故事。旅行者的好奇心，若需要证实它，在那里实在顶方便不过，正因为这种家庭是很普遍的，故事是随处可以掇拾的。

读书人的同情，专家的调查，对这种人有甚么用？若不能在调查和同情以外有一个"办法"，这种人总永远用血和泪在同样情形中打发日子。地狱俨然就是为他们而设的。他们的生活，正说明"生命"在无知与穷困包围中必然的种种。读书人面对这种人生时，不配说"同情"，实应当"自愧"。正因为这些人生命的庄严，读书人是毫不明白的。

大家都知道辰谿县"有煤"，此外还有什么，就毫无所知了。在湘西各县裱画店，常有个署名髯翁米子和的口书字幅，用笔极浓重，引人注意。这个米先生就是辰谿县人。

凤 凰

这是从我一个作品里摘录出关于凤凰的轮廓：

　　一个好事的人，若从百年前某种较旧一点的地图上寻找，一定可在黔北、川东、湘西一处极偏僻的角隅上，发现了一个名为"镇筸"的小点。那里同别的小点一样，事实上应有一个小小城市，在那城市中，安顿下三五千人口的。不过一切城市的存在，大部分皆在交通、物产、经济的情形下面，成为那个城市荣枯的因缘。这一个地方，却以另外意义无所依附而独立存在。将那个用粗糙而坚实巨大石头砌成的圆城作为中心，向四方展开，围绕了这边疆僻地的孤城，约有五百余苗寨，各有千总守备镇守其间。有数十屯仓，每年屯数万石粮食为公家所有。七百多座碉堡，二百左右的营汛。碉堡各用大石作成，位置在山顶头，随了山岭脉络蜿蜒各处；营汛各位置在驿路上，布置得极有秩序。这些东西是在一百八十年前，按照一种精密的计划，各保持到相当距离，在周围附近三县数百里内，平均分配下来，解决了退守一隅常作暴动的边地苗族叛变的。两世纪来，满清的暴政，以及因这暴政而引起的反抗，血染赤了每一条官道同每一个碉堡。到如今，一切不同了。碉堡多数业已残毁了，营汛多数成为民房了，人民已大半同化了。落日黄昏时节，站到那个巍然独在万山环绕的孤城高处，眺望那些远近残毁碉堡，还可依稀想见当时角鼓火炬传警告急的光景。

这地方到今日此时，因为另一军事重心，一切均以一种迅速的情形在改变，在进步，同时这种进步，也就正消灭到过去一切隔阂和仇恨。……

地方统治者分数种，最上为天神，其次为官，又其次才为村长同执行巫术的神的侍奉者，人人洁身信神，守法怕官。城中居民每家俱有兵役，可按月各到营上领取一点银子，一份米粮，且可从官家领取二百年前被政府所没收的公田耕耨播种。

这地方本名镇筸城，后改凤凰厅，入民国后，改名凤凰县。清时辰沅永靖兵备道、镇筸镇均驻节此地。辛亥革命后，湘西镇守使、辰沅道仍在此办公。除屯谷外，国家每月约用银八万两经营此小小山城。地方居民不过五六千，驻防所属各处的正规兵士却有七千。由于环境不同，直到现在其地绿营兵役制度尚保存不废，为中国绿营军制唯一残留之物。（引自《凤子》）

苗人放蛊的传说，由这个地方出发。辰州符的实验者，以这个地方为集中地。三楚子弟的游侠气概，这个地方因屯丁子弟兵制度，所以保留得特别多。在宗教仪式上，这个地方有很多特别处，宗教情绪（好鬼信巫的情绪），因社会环境特殊，热烈专诚到不可想象。小小县城里外大型建筑不是庙宇就是祠堂，江西人经营的绸布业会馆，建筑特别壮丽华美。湘西之所以成为问题，这个地方人应当负较多责任。湘西的将来，不拘好或坏，这个地方人的关系都特别大。湘西的神秘，只有这一个区域不易了解，值得了解。

它的地域已深入苗区，文化比沅水流域任何一县都差得多，然而民国以来湖南的第一流政治家熊希龄先生，却出生在那个小小县城里。地方可说充满了迷信，然而那点迷信却被历史很巧妙的糅合在军人的情感里，因此反而增加了军人的勇敢性与团结性。去年在嘉善守兴登堡国防线抗敌时，作战之沉着，牺牲之壮烈，就见出迷信实无碍于它的军人职务。县城一个完全小学也办不好，可是许多青年却在部队中当过一阵兵后，辗转努力，得入正式大学或陆军大学，成绩都很好。一些由行伍出身的军人，常识且异常丰富；个人的浪漫情绪与历史的宗教情绪结合为一，便成游侠者精神，领导得人，就可成为卫国守土的模范军人。这种游侠精神若用不得其当，自然也可以见出种种短处。或一与领导者离开，即不免在许多事上精力浪费。甚焉者即糜烂地方，尚不自知。总之，这个地方的人格与道德，应当归入另一型范。由于历史环境不同，它的发展也就大大不同。

凤凰军校阶级不独支配了凤凰，且支配了湘西沅水流域二十县。它的弱点与二十年来中国一般军人弱点相似，即知道管理群众，不大知道教育群众。知道管理群众，因此在统治下社会秩序尚无问题。不大知道教育群众，因此一切进步的理想都难实现。地方边僻，且易受人控制，如数年前领导者陈渠珍被何键压迫离职，外来贪污与本地土劣即打成一片，地方受剥削宰割，毫无办法。民性既刚直，团结性又强，领导者如能将这种优点成为一个教育原则，使湘西群众普遍化，人人各有一种自尊和自信心，认为湘西人可以把湘西弄好，这工作人人有份，是每人责任也是每人权利，能够这样，湘西之明日，就大不相同了。

典籍上关于云贵放蛊的记载，放蛊必与仇怨有关，仇怨又与男女事有关。换言之，就是新欢旧爱得失之际，蛊可以应用作争夺工具或报复工具。中蛊者非狂必死，唯系铃人可以解铃。这倒是蛊字

一九四八年夏沈从文夫妇与友人在颐和园(前排左起:梁思成、林徽因夫妇,张奚若夫人,杨振声)

一九四九年巴金(左二)等人来访问沈从文夫妇

古典的说明，与本意相去不远。看看贵州小乡镇上任何小摊子上都可以公开的买红砒，就可知道蛊并无如何神秘可言了。但蛊在湘西却有另外一种意义，与巫，与此外少女的落洞致死，三者同源而异流，都源于人神错综，一种情绪被压抑后变态的发展。因年龄、社会地位和其他分别，穷而年老的，易成为蛊婆，三十岁左右的，易成为巫，十六岁到二十二三岁，美丽爱好而婚姻不遂的，易落洞致死。三者都以神为对象，产生一种变质女性神经病。年老而穷，怨愤郁结，取报复形式方能排泄感情，故蛊婆所作所为，即近于报复。三十岁左右，对神力极端敬信，民间传说如"七仙姐下凡"之类故事又多，结合宗教情绪与浪漫情绪而为一，因此总觉得神对她特别关心，发狂，呓语，天上地下，无往不至，必须作巫，执行人神传递愿望与意见工作，经众人承认其为神之子后，中和其情绪，狂病方不再发。年轻貌美的女子，一面为戏文才子佳人故事所启发，一面由于美貌而有才情，婚姻不谐，当地武人出身中产者规矩又严，由压抑转而成为人神错综，以为被神所爱，因此死去。

　　善蛊的通称"草蛊婆"，蛊人称"放蛊"。放蛊的方法是用蛊类放果物中，毒蛊不外蚂蚁、蜈蚣、长蛇，就本地所有且常见的。中蛊的多小孩子，现象和通常害疳疾腹中生蛔虫差不多，腹胀人瘦，或梦见虫蛇，终于死去。病中若家人疑心是同街某妇人放的，就走去见见她，只作为随便闲话方式，客客气气的说："伯娘，我孩子害了点小病，总治不好，你知道甚么小丹方，告我一个吧。小孩子怪可怜！"那妇人知道人疑心到她了，必说："那不要紧，吃点猪肝（或别的）就好了。"回家照方子一吃，果然就好了。病好的原因是"收蛊"。蛊婆的家中必异常干净，本人眼睛发红。蛊婆放蛊出于被蛊所逼迫，到相当时日必来一次。通常放一小孩子可以经过一年，放一树木（本地凡树木起瘤有蚁穴因而枯死的，多认为被放蛊死去）只抵两月，放自己孩子却可抵三年。蛊婆所住的街上，街邻照例对她都敬而远之的客气，她也就从不会对本街孩子过不去（甚至于不会对全城孩子过不去）。但某一时若迫不得已使同街孩子致死，或城中孩子因受蛊死去，好事者激起公愤，必把这个妇人捉去，放在大六月天酷日下晒太阳，名为"晒草蛊"。或用别的更残忍方法惩治。这事官方从不过问。即或这妇人在私刑中死去，也不过问。受处分的妇人，有些极口呼冤，有些又似乎以为罪有应得，默然无语。然情绪相同，即这种妇人必相信自己真有致人于死的魔力。还有些居然招供出有多少魔力，施行过多少次，某时在某处蛊死谁，某地方某大树枯树自焚也是她做的。在招供中且俨然得到一种满足的快乐。这样一来，照习惯必在毒日下晒三天，有些妇人被晒过后，病就好了，以为蛊被太阳晒过就离开了，成为一个常态的妇人。有些因此就死掉了，死后众人还以为替地方除了一害。其实呢，这种妇人与其说是罪人，不如说是疯婆子。她根本上就并无如此特别能力蛊人致命。这种妇人是一个悲剧的主角，因为她有点隐性的疯狂，致疯的原因又是穷苦而寂寞。

行巫者其所以行巫，加以分析，也有相似情形。中国其他地方巫术的执行者，同僧道相差不多，已成为一种游民懒妇谋生的职业。视个人的诈伪聪明程度，见出职业成功的多少。他的作为重在引人迷信，自己却清清楚楚。这种行巫，已完全失去了他本来性质，不会当真发疯发狂了。但凤凰情形不同。行巫术多非自愿的职业，近于"迫不得已"的差使。大多数本人平时为人必极老实忠厚，沉默寡言。常忽然发病卧床不起，如有神附体，语音神气完全变过，或胡唱胡闹，天上地下，无所不谈。且哭笑无常，殴打自己。长日不吃，不喝，不睡觉。过三两天后，仿佛生命中有种东西把它稳住了，因极度疲乏，要休息了，长长的睡上一天，人就清醒了。醒后对病中事竟毫无所知，别的人谈起她病中情形时，反觉十分羞愧。

可是这种狂病是有周期性的(也许还同经期有关系)，约两三个月一次。每次总弄得本人十分疲乏，欲罢不能。按照习惯只有一个方法可以治疗，就是行巫。行巫不必学习，无从传授，只设一神坛，放一平斗，斗内装满谷子，插上一把剪刀。有的甚么也不用，就可正式营业。执行巫术的方式，是在神前设一座位，行巫者坐定，用青丝绸巾覆盖脸上。重在关亡，托亡魂说话，用半哼半唱方式，谈别人家事长短，儿女疾病，远行人情形。谈到伤心处，谈者涕泗横溢，听者自然更嘘泣不止。执行巫术后，已成为众人承认的神之子，女人的潜意识因中和作用，得到解除，因此就不会再发狂病。初初执行巫术时，且照例很灵，至少有些想不到的古怪情形，说来十分巧合。因为有事前狂态作宣传，本城人知道的多，行巫近于不得已，光顾的老妇人必甚多，生意甚好。行巫虽可发财，本人通常倒不以所得多少关心，受神指定为代理人，不作巫即受惩罚，设坛近于不得已。行巫既久，自然就渐渐变成职业，使术时多做作处。世人的好奇心这时又转移到新近设坛的别一妇人方面去。这巫婆若为人老实，便因此撤了坛，依然恢复她原有的职业，或作奶妈，或做小生意，或带孩子。为人世故，就成为三姑六婆之一，利用身份，串当地有身份人家的门子，陪老太太念经，或如《红楼梦》中与赵姨娘合作同谋马道婆之流妇女，行使点小法术，埋在地下，放在枕边，使"仇人"吃亏。或更作媒作中，弄一点酬劳脚步钱。小孩子多病，命大，就拜寄她作干儿子。小孩子夜惊，就为

"收黑",用个鸡蛋,咒过一番后,黄昏时拿到街上去,一路喊小孩名字,"八宝回来了吗?"另一个就答,"八宝回来了,"一直喊到家。到家后抱着孩子手蘸唾沫抹抹孩子头部,事情就算办好了。行巫的本地人称为"仙娘"。她的职务是"人鬼之间的媒介",她的群众是妇人和孩子,她的工作真正意义是她得到社会承认是神的代理人后,狂病即不再发,当地妇女实为生活所困苦,感情无所归宿,将希望与梦想寄在她的法术上,靠她得到安慰。这种人自然间或也会点小丹方,可以治小儿夜惊,膈食。用通常眼光看来,殊不可解,用现代心理学来分析,它的产生同它在社会上的意义,都有它必然的原因。一知半解的读书人,想破除迷信,要打倒它,否认这种"先知",正说明另一种人的"无知"。

至于落洞,实在是一种人神错综的悲剧,比上述两种妇女病更多悲剧性。地方习惯是女子在性行为方面的极端压制,成为最高的道德。这种道德观念的形成,由于军人成为地方整个的统治者。军人因职务关系,必时常离开家庭外出,在外面取得对于妇女的经验,必使这种道德观增强,方能维持他的性的独占情绪与事实。因此本地认为最丑的事无过于女子不贞,男子听妇女有外遇。妇女若无家庭任何拘束,自愿解放,毫无关系的旁人亦可把女子捉来光身游街,表示与众共弃。下面故事是另外一个最好的例。

旅长刘俊卿,夫人是一个女子学校毕业生,平时感情极好。有同学某女士,因同学时要好,在通信中不免常有些女孩子的感情的话。信被这位军官见到后,便引起疑心。后因信中有句话语近于男子说的:"嫁了人你就把我忘了",这位军官疑心转增。独自驻防某地,有一天,忽然要马弁去接太太,并告马弁:"你把太太接来,到离这里十里,一枪给我把她打死,我要死的不要活的。我要看看她还有一点热气，不同她说话。你事办得好，一切有我；事办不好，不必回来见我。"马弁当然一切照办。当真把旅长太太接来防地，到要下手时，太太一看情形不对，问马弁是甚么意思。马弁就告她这是旅长的意思。太太说："我不能这样冤枉死去，你让我见他去说个明白！"马弁说："旅长命令要这么办，不然我就得死。"末了两人都哭了。太太让马弁把枪口按在心子上一枪打死了，（打心子好让血往腔子里流！）轿夫快快的把这位太太抬到旅部去见旅长，旅长看看后，摸摸脸和手，看看气已绝了，不由自主淌了两滴英雄泪，要马弁看一副五百块钱的棺木，把死者装殓埋了。人一埋，事情也就完结了。

这悲剧多数人就只觉得死者可怜，因误会得到这样结果，可不觉得军官行为成为问题。倘若女的当真过去一时还有一个情人，那这种处置，在当地人看来，简直是英雄行为了。

女子在性行为所受的压制既如此严酷，一个结过婚的妇人，因家事儿女勤劳，终日织布，绩麻，作酶菜，家境好的还玩骨牌，尚可转移她的情绪，不至于成为精神病。一个未出嫁的女子，尤其是一个爱美好洁，知书识字，富于情感的聪明女子，或因早熟，或因晚婚，这方面情绪上所受的压抑自然更大，容易转成病态。地方既在边区苗乡，苗族半原人的神怪观影响到一切人，形成一种绝大力量。大树、洞穴、岩石，无处无神。狐、虎、蛇、龟，无物不怪。神或怪在传说中美丑善恶不一，无不赋以人性。因人与人相互爱悦，和当前道德观念极端冲突，便产生人和神怪爱悦的传说，女性在性方面的压抑情绪，方借此得到一条出路。落洞即人神错综之一种形式。背面所隐藏的悲惨，正与表面所见出的美丽相等。

凡属落洞的女子，必眼睛光亮，性情纯和，聪明而美丽。必未婚，必爱好，善修饰。平时贞静自处，情感热烈不外露，转多幻想。间或出门，即自以为某一时无意中从某处洞穴旁经过，为洞神一瞥见到，欢喜了她。因此更加爱独处，爱静坐，爱清洁，有时且会自言自语，常以为那个洞神已驾云乘虹前来看她。这个抽象的神或为传说中的像貌，或为记忆中庙宇里的偶像样子，或为常见的又为女子所畏惧的蛇虎形状。总之这个抽象对手到女人心中时，虽引起女子一点羞怯和恐惧，却必然也感到热烈而兴奋。事实上也就是一种变形的自渎。等待到家中人注意这件事情深为忧虑时，或正是病人在变态情绪中恋爱最满足时。

通常男巫的职务重在和天地，悦人神，对落洞事即付之于职权以外，不能过问。辰州符重在治大伤，对这件事也无可如何。女巫虽可请本家亡灵对于这件事表示意见，或阴魂入洞探询消息，然而结末总似乎凡属爱情，即无罪过。洞神所欲，一切人力都近于白费。虽天王佛菩萨，权力广大，人鬼同尊，亦无从为力（迷信与实际社会互相映照，可谓相反相成）。事到末了，即是听其慢慢死去。死的迟早，都认为一切由洞神作主。事实上有一半近于女子自己作主。死时女子必觉得洞神已派人前来迎接她，或觉得洞神亲自换了新衣骑了白马来接她，耳中有箫鼓竞奏，眼睛发光，脸色发红，间或在肉体上放散一种奇异香味，含笑死去。死时且显得神气清明，美艳照人。真如诗人所说："她在恋爱之中，含笑死去。"家中人多泪眼莹然相向，无可奈何。只以为女儿被神所眷爱致死。料不到女儿因在人间无可爱悦，却爱上了神，在人神恋与自我恋情形中消耗其如花生命，终于衰弱死去。

凡女子落洞致死的年龄，迟早不等，大致在十六到二十四五左右。病的久暂也不一，大致由两年到五年。落洞女子最正当的治疗是结婚，一种正常美满的婚姻，必然可以把女子从这种可怜的生活中救出。可是照习惯这种为神眷顾的女子，是无人愿意接回家中作媳妇的。家中人更想不到结婚是一种最好的法术和药物。因此末了终是一死。

湘西女性在三种阶段的年龄中，产生蛊婆女巫和落洞女子。三种女性的歇斯底里亚，就形成湘西的神秘之一部。这神秘背后隐藏了动人的悲剧，同时也隐藏了动人的诗。至如辰州符，在伤科方面用催眠术和当地效力强不知名草药相辅为治，男巫用广大的戏剧场面，在一年将尽的十冬腊月，杀猪宰羊，击鼓鸣锣，来作人神和乐的工作，集收人民的宗教情绪和浪漫情绪，比较起来，就见得事很平常，不足为异了。

浪漫情绪和宗教情绪两者混而为一，在女子方面，它的排泄方式，有如上所述说的种种。在男子方面，则自然而然成为游侠者精神。这从游侠者的道德规律所表现的宗教性和戏剧性也可看出。妇女道德的形成，与游侠者的规律大有关系。游侠者对同性同道称哥唤弟，彼此不分。故对于同道眷属亦视为家中人，呼为嫂子。子弟儿郎们照规矩与嫂子一床同宿，亦无所忌。但条款必遵守，即"只许开弓，不许放箭"。条款意思就是同住无妨，然不能发生关系。若发生关系，即为犯条款，必受严重处分。这种处分仪式，实充满宗教性和戏剧性。下面一件记载，是一个好例。这故事是一个参加过这种仪式的朋友说的。

在野地排三十六张方桌(象征梁山三十六天罡)，用八张方桌重叠为一个高台，桌前掘一见方一丈八尺的土坑，用三十六把尖刀竖立坑中，刀锋向上，疏密不一。预先用浮土掩着，刀尖不外露。所有弟兄哥子都全副戎装到场，当时流行的装束是：青绉绸巾裹头，视耳边下垂巾角长短表示身份。穿纸甲，用绵纸捶炼而成，中夹头发，作成背心式样，轻而柔韧，可以避刀刃。外穿密钮打衣，袖小而紧。佩平时所长武器，多单刀双刀，小牛皮刀鞘上绘有绿云红云，刀环上系彩绸，作为装饰。着青裤，裹腿，腿部必插两把黄鳝尾小尖刀。赤脚，穿麻练鞋。桌上排定酒盏，燃好香烛，发言的必先吃血酒盟心（或咬一公鸡头，将鸡血滴入酒中，或咬破手指，将本人血滴入酒中）。"管事"将事由说明，请众议处。事情是一个作大哥的嫂子有被某"老幺"调戏嫌疑，老幺犯了某条某款。女子年轻而貌美，长眉弱肩，身材窈窕，眼光如星子流转。男的不过二十岁左右，黑脸长身，眉目英悍。管事把事由说完后，女子继即陈述经过，那青年男子在旁沉默不语。此后轮到青年开口时，就说一切都出于诬蔑。至于为甚么诬蔑，他不便说，嫂子应当清清楚楚。那意思就是说嫂子对他有心，他无意。既经否认，各执一说，"执法"无从执行处分，因此照规矩决之于神。青年男子把麻鞋脱去，把衣甲脱去，光身赤脚爬上那八张方桌顶上去。毫无惧容，理直气壮，奋身向土坑跃下。出坑时，全身丝毫无伤。照规矩即已证实心地光明，一切出于受诬。其时女子头已低下，脸色惨白，知道自己命运不佳，业已失败，不能逃脱。那大哥揪着女的发髻，跪到神桌边去，问她："还有甚么话说？"女的说："没有甚么说的。冤有头，债有主。凡事天知道。"引颈受戮，不求饶也不狡辩。一切沉默。这大哥看看四面八方，无一个人有所表示，于是拔出背上单刀，一刀结果了这个因爱那小兄弟不遂心，反诬他调戏的女子。头放在神桌前，眉目下垂如熟睡。一伙哥子弟兄见事已完，把尸身拖到原来那个土坑里去，用刀掘土，把尸身掩埋了。那个大哥和那个幺兄弟，在情绪上一定都需要流一点眼泪，但身份上的习惯，却不许一个男子为妇人显出弱点,都默然无言,各自走开。

类乎这种事情还很多。都是浪漫与严肃,美丽与残忍,爱与怨交缚不可分。

游侠者行径在当地也另成一种风格,与国内近代化的青红帮稍稍不同。重在为友报仇,扶弱锄强,挥金如土,有诺必践。尊重读书人,敬事同乡长老。换言之,就是还能保存一点古风。有些人虽能在川黔湘鄂数省边境号召数千人集会,在本乡却谦虚纯良,犹如一乡巴佬。有兵役的且依然按时入衙署当值,听候差遣作小事情,凡事照常。赌博时用小铜钱三枚跌地,名为"板三",看反覆、数目,决定胜负,一反手间即输黄牛一头,银元一百两百,输后不以为意,扬长而去,从无反悔放赖情事。决斗时两人用分量相等武器,一人对付一人,虽亲兄弟只能袖手旁观,不许帮忙。仇敌受伤倒下后,即不继续填刀,否则就被人笑话,失去英雄本色,虽胜不武。犯条款时自己处罚自己,割手截脚,脸不变色,口不出声。总之,游侠观念纯是古典的,行为是与太史公所述相去不远的。二十年闻名于川黔鄂湘各边区凤凰人田三怒,可为这种游侠者一个典型。年纪不到十岁,看木傀儡戏时,就携一血梻木短棒,在戏场中向屯垦军子弟不端重的横蛮的挑衅,或把人痛殴一顿,或反而被人打得头破血流,不以为意。十二岁就身怀黄鳝尾小刀,称"小老幺",三江四海口诀背诵如流。家中老父开米粉馆,凡小朋友照顾的,一例招待,从不接钱。十五岁就为友报仇,走七百里路到常德府去杀一木客镖手,因听人说这个镖手在沅州有意调戏一个妇人,曾用手触过妇人的乳部,这少年就把镖手的双手砍下,带到沅州去送给那朋友。年纪二十岁,已称"龙头大哥",名闻边境各处,然在本地每日抱大公鸡往米场斗鸡时,一见长辈或教学先生,必侧身在墙边让路，见女人必低头而过，见作小生意老妇人，必叫伯母，见人相争相吵，必心平气和劝解，且用笑话使大事化为小事。周济逢丧事的孤寡，从不出名露面。各庙宇和尚尼姑行为有不正常的，恐败坏当地风俗，必在短期中想方法把这种不守清规的法门弟子逐出境外。作龙头后身边子弟甚多，龙蛇不一，凡有调戏良家妇女，或赌博撒赖，或倚势强夺，经人告诉的，必招来把事情问明白，照条款处办。执法老幺，被派往六百里外杀人，随时动员，如期带回证据。结怨甚多，积德亦多。身体瘦黑而小，秀弱如一小学教员，不相识的绝不会相信这是湘西一霸。

光棍服软不服硬，白羊岭有一张姓汉子，出门远走云贵二十年，回家时与人谈天，问："本地近来谁有名？"或人说："田三怒。"姓张的稍露出轻视神气："田三怒不是正街卖粉的田家小儿子？"当夜就有人去叫张家的门，在门外招呼说："姓张的，你明天天亮以前走路，不要在这个地方住。不走路后天我们送你回老家。"姓张的不以为意，可是到后天大清早，有人发现他在一个桥头上斜坐着。走近身看看，原来两把刀插在心窝上，人已经死了。另外有个姓王的，卖牛肉讨生活，过节喝了点酒，酒后忘形，当街大骂田三怒不是东西，若有勇气，可以当街和他比比。正闹着，田三怒却从街上过身，一切听得清清楚楚。事后有人赶去告给那醉汉的母亲，老妇人听说吓慌了，赶忙去找他，哭哭啼啼，求他不要见怪。并说只有这个儿子，儿子一死，自己老命也完了。田三怒只是笑，说："伯母，这是小事情，他喝了酒，乱说玩的。我不会生他的气。谁也不敢捱他，你放心。"事后果然不再追究。还送了老妇人一笔钱，要那儿子开个面馆。

田三怒四十岁后，已豪气稍衰，厌倦了风云，把兄弟遣散，洗了手，在家里养马种花过日子。间或骑了马下乡去赶场，买几只斗鸡，或携细尾狗，带长网去草泽地打野鸡，逐鹌鹑，猎猎野猪，人料不到这就是十年前在川黔边境增加了凤凰人光荣的英雄田三怒。本人也似乎忘记自己作了些甚么事。一天下午，牵了他那两匹骏健白马出城下河去洗马。城头上有两个懦夫居高临下，用两支匣子炮由他身背后打了约十三发子弹，有两粒子弹打在后颈上，五粒打在腰背上。两匹白马受惊，脱了缰沿城根狂奔而去。老英雄受暗算后，伏在水边石头上，勉强翻过身来，从怀中掏出小勃朗宁拿在手上，默默无声。他知道等等就会有人出城来的。不一会儿，懦夫之一果然提着匣子炮出城来了，到离身三丈左右时，老英雄手一扬起，枪声响处那懦夫倒下，子弹从左眼进去，即刻死了。城头上那个懦夫在隐蔽处重新打了五枪。田三怒教训他："狗杂种，你做的事丢了镇筸人的丑。在暗中射冷箭，不像个男子。你怎不下来？"懦夫不作声。原来城上来了另外的人，这行刺的就跑了。田三怒知道自己不济事了，在自己太阳穴上打了一枪，便如此完结了自己，也完结了当地最后一个游侠者。

派人作这件事情的，到后才知道是一个姓唐的。这个人也可称为苗乡一霸，辛亥革命领率苗民万人攻城，牺牲苗民将近六千人，北伐时随军下长江，曾任徐海警备司令。卸职还乡后称"司令官"，在离城十里长宁哨新房子中居家纳福。事有凑巧，作了这件事后，过后数年，这人居然被一个驻军团长，不知天高地厚，把他捉来放在牢里，到知道这事不妥时，人已病死狱中了。

田三怒子弟极多，十年来或因年事渐长，血气已衰，改业为正经规矩商人。或带剑从军，参加各种内战，牺牲死去。或因犯案离乡，漂流无踪。在日月交替中，地方人物新陈代谢，风俗习惯日有不同。因此到近年来，游侠者精神虽未绝，所有方式已大大有了变化。在那万山环绕的小小石头城中，田三怒的姓名，已逐渐为人忘却，少年子弟中有从图书杂志上知道"飞将军"、"小黑炭"、"美人鱼"等人的事业，却不知道田三怒是谁。

当年田三怒得力助手之一，到如今还好好存在，为人依然豪侠好客，待友以义，在苗民中称领袖，这人就是去年使湘西发生问题，迫何键去职，使湖南政治得一转机的龙云飞。二十年前眼目精悍，手脚麻利，勇敢如豹子，轻捷如猿猴，身体由城墙头倒掷而下，落地时尚能作矮马桩姿势。在街头与人决斗，杀人后下河边去洗手时，从从容容如毫不在意。现在虽尚精神矍铄，面目光润，但已白发临头，谦和宽厚如一长者。回首昔日，不免有英雄老去之慨！

这种游侠者精神既浸透了三厅子弟的脑子，所以在本地读书人观念上也发生影响。军人政治家，当前负责收拾湘西的陈老先生，年近六十，体气精神，犹如三十许青年壮健，平时律己之严，驭下之宽，以及处世接物，带兵从政，就大有游侠者风度。少壮军官中，如师长顾家齐、戴季韬辈，虽受近代化训练，面目文弱和易如大学生，精神上多因游侠者的遗风，勇鸷慓悍，好客喜弄，如太史公传记中人。诗人田星六，诗中就充满游侠者霸气。山高水急，地苦雾多，为本地人性格形成之另一面。游侠者精神的浸润，产生过去，且将形成未来。

第四辑 其他

市　集

廉纤的毛毛细雨，在天气还没有大变以前欲雪未能的时节，还是霏霏微微落将下来。一个小小乡场，位置在又高又大陡斜的山脚下，前面濒着觩觩儿①的河，被如烟如雾雨丝织成的帘幕，一起把它蒙罩着了。

照例的三八市集②，还是照例的有好多好多乡下人，小田主，买鸡到城里去卖的小贩子，花蝶头大耳环丰姿隽逸的苗姑娘，以及一些穿灰色号褂子口上说是来察场讨人烦腻的副爷们，与穿高筒子老牛皮靴的团总，各从附近的乡村来做买卖。他们的草鞋底半路上带了无数黄泥浆到集上来，又从场上大坪坝内带了不少的灰色浊泥归去。去去来来，人也数不清多少。

集上的骚动，吵吵闹闹，凡是到过南方（湖湘以西）乡下的人，是都会知道的。

倘若你是由远远的另一处地方听着，那种喧嚣的起伏，你会疑心到是滩水流动的声音了！

这种洪壮的潮声，还只是一般做生意人在讨论价钱时很和平的每个论调而起。就中虽也有遇到卖牛的场上几个人像唱戏黑花脸出台时那么大喊大嚷找经纪人，也有因秤上不公允而起口角——你骂我一句娘，我又骂你一句娘，你又骂我一句娘……然而究竟还是因

---

① 觩觩儿：凤凰方言，小小儿的意思。
② 三八市集：湘西赶集，凡邻近的墟场，将赶集的日子岔开，一处为每月的逢一、六，另一处则逢二、七，余类推。三八市集，即每月的逢三、逢八日为赶集日子。

为人太多，一两桩事，实在是万万不能做到的！

卖猪的场上，他们把小猪崽的耳朵提起来给买主看时，那种尖锐的嘶喊声，使人听来不愉快至于牙齿根也发酸。

卖羊的场上，许多美丽驯服的小羊儿咩咩地喊着。一些不大守规矩的大羊，无聊似的，两个把前蹄举起来，作势用前额相碰。大概相碰是可以驱逐无聊的，所以第一次訇的碰后，却又作势立起来为第二次预备。牛场却单独占据在场左边一个大坪坝，因为牛的生意在这里占了全部交易四分之一以上。那里四面搭起无数小茅棚（棚内卖酒卖面），为一些成交后的田主们喝茶喝酒的地方。那里有大锅大锅煮得"稀糊之烂"的牛脏类下酒物，有大锅大锅香喷喷的肥狗肉，有从总兵营一带担来卖的高粱烧酒；也还有城里馆子特意来卖面的。假若你是城里人来这里卖面，他们因为想吃香酱油的缘故，都会来你馆子，那么，你生意便比其他铺子要更热闹了。

到城里时，我们所见到的东西，不过小摊子上每样有一点罢了！这里可就大不相同。单单是卖鸡蛋的地方，一排一排地摆列着，满箩满筐的装着，你数过去，总是几十担。辣子呢，都是一屋一屋搁着。此外干了的黄色草烟，用为染坊染布的五倍子和栎木皮，还未榨出油来的桐茶子，米场白闪白闪了的米，屠桌上大只大只失了脑袋刮得净白的肥猪，大腿红腻腻还在跳动的牛肉……都多得怕人。

不大宽的河下，满泊着载人载物的灰色黄色小艇，一排排挤挤挨挨的相互靠着也难于数清。

集中是没有甚么统系制度。虽然在先前开场时，总也有几个地方上的乡约伯伯，团总，守汛的把总老爷，口头立了一个规约卖物的照着生意大小缴纳千分之几——或至万分之几，但也有百分之几——的场捐，或经纪佣钱，棚捐，不过，假若你这生意并不大，又不需经纪人，则不需受场上的拘束，可以自由贸易了。

到这天，做经纪的真不容易！脚底下笼着他那双厚底高筒的老牛皮靴子（米场的），为这个爬斗；为那个倒箩筐。（牛羊场的）一面为这个那个拉拢生意，身上让卖主拉一把，又让买主拉一把；一面又要顾全到别的地方因争持时闹出岔子的调排，委实不是好玩的事啊！大概他们声音都略略嚷得有点嘶哑，虽然时时为别人扯到馆子里去润喉。不过，他今天的收入，也就很可以酬他的劳苦了。

....

因为阴雨，又因为做生意的人各都是在另一个村子里住家，有些还得在散场后走到二三十里路的别个乡村去；有些专靠漂场①生意讨吃的还待赶到明天那个场上的生意，所以散场很早。

不到晚炊起时，场上大坪坝似乎又觉得宽大空阔起来了！……再过些时候，除了屠桌下几只大狗在啃嚼残余因分配不平均在那里不顾命的奋斗外，便只有由河下送来的几声清脆篙声了。

归去的人们，也间或有骑着家中打筛的雌马，马项颈下挂着一串小铜铃叮叮当当跑着的，但这是少数；大多数还是赖着两只脚在泥浆里翻来翻去。他们总笑嘻嘻的担着箩筐或背一个大竹背笼，满装上青菜，萝卜，牛肺，牛肝，牛肉，盐，豆腐，猪肠子一类东西。手上提的小竹筒不消说是酒与油。有的拿草绳套着小猪小羊的颈项牵起忙跑；有的肩膊上挂了一个毛蓝布绣有白四季花或"福"字"万"字的褡裢，赶着他新买的牛（褡裢内当然已空）；有的却

---

① 漂场：赶集，湘西俗称赶场。漂场，即赶完一个市集，第二天又赶邻近的又一个市集，如此连续不断。

是口袋满装着钱心中满装着欢喜，——这之间各样人都有。

我们还有机会可以见到许多令人妒羡，赞美，惊奇，又美丽，又娟媚，又天真的青年老奶(苗小姐)和阿妤(苗妇人)。

1925年3月20日于窄而霉小斋作

（原载1925年11月11日《晨报副刊》）

街

有个小小的城镇，有一条寂寞的长街。

那里往下许多人家，却没有一个成年的男子。因为那里出了一个土匪，所有男人便都被人带到一个很远很远的地方去，永远不再回来了。他们是五个十个用绳子编成一连，背后一个人用白木梃子敲打他们的腿，赶到别处去作军队上搬运军火的伕子的。他们为了"国家"应当忘了"妻子"。

大清早，各个人家从梦里醒转来了。各个人家开了门，各个人家的门里，皆飞出一群鸡，跑出一些小猪，随后男女小孩子出来站在门限上撒尿，或蹲到门前撒尿，随后便是一个妇人，提了小小的木桶，到街市尽头去提水。有狗的人家，狗皆跟着主人身前身后摇着尾巴，也时时刻刻照规矩在人家墙基上抬起一只腿撒尿，又赶忙追到主人前面去。这长街早上并不寂寞。

当白日照到这长街时，这一条街静静的像在午睡，甚么地方柳树桐树上有新蝉单纯而又倦人的声音，许多小小的屋里，湿而发霉的土地上，头发干枯脸儿瘦弱的孩子们，皆蹲在土地上或伏在母亲身边睡着了。作母亲的全按照一个地方的风气，当街坐下，织男子们束腰用的板带过日子。用小小的木制手机，固定在房角一柱上，伸出憔悴的手来，敏捷地把手中犬骨线板压着手机的一端，退着粗粗的棉线，一面用一个棕叶刷子为孩子们拂着蚊蚋，带子成了，便用剪子修理那些边沿，等候每五天来一次的行贩，照行贩所定的价钱，把已成的带子收去。

许多人家门对着门，白日里，日头的影子正正的照到街心不动时，街上半天还无一个人过身。每一个低低的屋檐下人家里的妇人，各低下头来赶着自己的工作，做倦了，抬起头来，用疲倦忧愁的眼睛，张望到对街的一个铺子，或见到一条悬挂到屋檐下的带样，换了新的一条，便仿佛奇异的神气，轻轻的叹着气，用犬骨板击打自己的下颔，因为她一定想起一些事情，记忆到由另一个大城里来的收货人的买卖了。她一定还想到另外一些事情。

有时这些妇人把工作停顿下来，遥遥的谈着一切。最小的孩子饿哭了，就拉开衣的前襟，抓出枯瘪的乳头，塞到那些小小的口里去。她们谈着手边的工作，谈着带子的价钱和棉纱的价钱，谈到麦子和盐，谈到鸡的发瘟，猪的发瘟。

街上也常常有穿了红绸子大裤过身的女人，脸上抹胭脂擦粉，小小的髻子，光光的头发，都说明这是一个新娘子。到这时，小孩子便大声喊着看新娘子，大家完全把工作放下，站在门前望着，望到看不见这新娘子的背影时才重重的换了一次呼吸，回到自己的工作凳子上去。

街上有时有一只狗追一只鸡，便可以看见到一个妇人持了一长长的竹子打狗的事情，使所有的孩子们都觉得好笑。长街在日里也仍然不寂寞。

街上有时甚么人来信了；许多妇人皆争着跑出去，看看是甚么人从甚么地方寄来的。她们将听那些识字的人，念信内说到的一切。小孩子们同狗，也常常凑热闹，追随到那个人的家里去，那个人家便不同了。但信中有时却说到一个人死了的这类事，于是主人便哭了。于是一切不相干的人，围聚在门前，过一会，又即刻走散了。这妇人，伏在堂屋里哭泣，另外一些妇人便代为照料孩子，买豆腐，买酒，买纸钱，于是不久大家都知道那家男人已死掉了。

街上到黄昏时节，常常有妇人手中拿了小小的筐箩，放了一些米，一个蛋，低低地喊出了一个人的名字，慢慢的从街这端走到另一端去。这是为不让小孩子夜哭发热，使他在家中安静的一种方法，这方法，同时也就娱乐到一切坐到门边的小孩子。长街上这时节也不寂寞的。

黄昏里，街上各处飞着小小的蝙蝠。望到天上的云，同归巢还家的老鸦，背了小孩子们到门前站定了的女人们，一面摇动背上的孩子，一面总轻轻的唱着忧郁凄凉的歌，娱悦到心上的寂寞。

"爸爸晚上回来了，回来了，因为老鸦一到晚上也回来了！"

远处山上全紫了，土城擂鼓起更了，低低的屋里，有小小油灯的光，为画出屋中的一切轮廓，听到筷子的声音，听到碗盏磕碰的声音……但忽然间小孩子又哇的哭了。

爸爸没有回来。有些爸爸早已不在这世界上了，但并没有信来。有些临死时还忘不了家中的一切，便托了便人带了信回来。得到信息哭了一整夜的妇人，到晚上便把纸钱放在门前焚烧。红红的火光照到街上下人家的屋檐，照到各个人家的大门。见到这火光的孩子们，也照例十分欢喜。长街这时节也并不寂寞的。

阴雨天的夜里，天上漆黑，街头无一个街灯，狼在土城外山嘴上嗥着，用鼻子贴近地面，如一个人的哭泣，地面仿佛浮动在这奇怪的声音里。甚么人家的孩子在梦里醒来，吓哭了，母亲便说："莫哭，狼来了，谁哭谁就被狼吃掉。"

卧在土城高处木棚里老而残废的人，打着梆子。这里的人不须明白一个夜里有多少更次，且不必明白半夜里醒来是甚么时候。那梆子声音，只是告给长街上人家，狼已爬进土城到长街，要他们小心一点门户。

一到阴雨的夜里,这长街更不寂寞,因为狼的争斗,使全街热闹了许多。冬天若夜里落了雪,则早早的起身的人,开了门,便可看到狼的脚迹,同糍粑一样印在雪里。

1931 年 5 月 10 日作

(原载 1931 年《文艺月刊》第 2 卷第 7 期)

致张兆和[①]·夜泊鸭窠围

十六日下午六点五十分

我小船停了,停到鸭窠围。早时候写信提到的"小阜平冈"应当名为"洞庭溪"。鸭窠围是个深潭,两山翠色逼人,恰如我写到翠翠的家乡。吊脚楼尤其使人惊讶,高矗两岸,真是奇迹。两山深翠,唯吊脚楼屋瓦为白色,河中长潭则湾泊木筏廿来个,颜色浅黄。地方有小羊叫,有妇女锐声喊"二老","小牛子",且听到远处有鞭炮声,与小锣声。到这样地方,使人太感动了。四丫头若见到一次,一生也忘不了。你若见到一次,你饭也不想吃了。

我这时已吃过了晚饭,点了两支蜡烛给你写报告。我吃了太多的鱼肉。还不停泊时,我们买鱼,九角钱买了一尾重六斤十两的鱼,还是顶小的!样子同飞艇一样,煮了四分之一,我又吃四分之一的四分之一,已吃得饱饱的了。我生平还不曾吃过那么新鲜那么嫩的鱼,我并且第一次把鱼吃个饱。味道比鲗鱼还美,比豆腐还嫩,古怪的东西!我似乎吃得太多了点,还不知道怎么办。

可惜天气太冷了,船停泊时我总无法上岸去看看。我欢喜那些在半天上的楼房。这里木料不值钱,水涨落时距离又太大,故楼房无不离岸卅丈以上,从河边望去,使人神往之至。我还听到了唱小曲声音,我估计得出,那些声音同灯光所在处,不是木筏上的篙头在取乐,就是有副爷们船主在喝酒。妇人手上必定还戴得有镀金戒

[①] 1934年1月作者重返湘西,沿途写给张兆和一组信,后编为《湘行书简》,本书选收其中的两封。

指。多动人的画图！提到这些时我是很忧郁的，因为我认识他们的哀乐，看他们也依然在那里把每个日子打发下去，我不知道怎么样总有点忧郁。正同读一篇描写西伯利亚方面农人的作品一样，看到那些文章，使人引起无言的哀戚。我如今不止看到这些人生活的表面，还用过去一分经验接触这种人的灵魂。真是可哀的事！我想我写到这些人生活的作品，还应当更多一些！我这次旅行，所得的很不少。从这次旅行上，我一定还可以写出很多动人的文章！

三三，木筏上火光真不可不看。这里河面已不很宽，加之两面山岸很高（比崂山高得远），夜又静了，说话皆可听到。羊还在叫。我不知怎么的，心这时特别柔和。我悲伤得很。远处狗又在叫了，且有人说"再来，过了年再来！"一定是在送客，一定是那些吊脚楼人家送水手下河。

风大得很，我手脚皆冷透了，我的心却很暖和。但我不明白为什么原因，心里总柔软得很。我要傍近你，方不至于难过。我仿佛还是十多年前的我，孤孤单单，一身以外别无长物，搭坐一只装载军服的船只上行，对于自己前途毫无把握，我希望的只是一个四元一月的录事职务，但别人不让我有这种机会。我想看点书，身边无一本书。想上岸，又无一个钱。到了岸必须上岸去玩玩时，就只好穿了别人的军服，空手上岸去，看看街上一切，欣赏一下那些小街上的片糖，以及一个铜元一大堆的花生。灯光下坐着扯得眉毛极细的妇人。回船时，就糊糊涂涂在岸边烂泥里乱走，且沿了别人的船边"阳桥"渡过自己船上去，两脚全是泥，刚一落舱还不及脱鞋，就被船主大喊："伙计副爷们，脱鞋呀。"到了船上后，无事可做，夜又太长，水手们爱玩牌的，皆蹲坐在舱板上小油灯下玩牌，便也镶拢去看他们。这就是我，这就是我！三三，一个人一生最美丽的日子，十五岁到廿岁，便恰好全是在那么情形中过去了，你想想看，是怎么活下来的！万想不到的是，今天我又居然到这条河里，这样小船上，来回想温习一切的过去！更想不到的是我今天却在这样小船上，想着远远的一个温和美丽的脸儿，且这个黑脸的人儿，在另一处又如何悬念着我！我的命运真太可玩味了。

我问过了划船的，若顺风，明天我们可以到辰州了。我希望顺风。船若到得早，我就当晚在辰州把应做的事做完，后天就可以再坐船上行。我还得到辰州问问，是不是云六已下了辰。若他在辰州，我上行也方便多了。

现在已八点半了，各处还可听到人说话，这河中好像热闹得很。我还听到远远的有鼓声，也许是人还愿。风很猛，船中也冰冷的。但一个人心中倘若有个爱人，心中暖得很，全身就冻得结冰也不碍事的！这风吹得厉害，明天恐要大雪。羊还在叫，我觉得希奇，好好的一听，原来对河也有一只羊叫着，它们是相互应和叫着的。我还听到唱曲子的声音，一个年纪极轻的女子喉咙，使我感动得很。我极力想去听明白那个曲子，却始终听不明白。我懂许多曲子。想起这些人的哀乐，我有点忧郁。因这曲子我还记起了我独自到锦州，住在一个旅馆中的情形，在那旅馆中我听到一个女人唱大鼓书，给赶骡车的客人过夜，唱了半夜。我一个人便躺在一个大炕上听窗外唱曲子的声音，同别人笑语声。这也是二哥！那时节你大概在暨南读书，每天早上还得起床来做晨操！命运真使人惘然。爱我，因为只有你使我能够快乐！

二哥

我想睡了。希望你也睡得好。十六下八点五十

致张兆和·泸溪黄昏

十九下午七时

我似乎说过泸溪的坏话,泸溪自己却将为三三说句好话了。这黄昏,真是动人的黄昏!我的小船停泊处,是离城还有一里三分之一地方,这城恰当日落处,故这时城墙同城楼明明朗朗的轮廓,为夕阳落处的黄天衬出。满河是橹歌浮着!沿岸全是人说话的声音,黄昏里人皆只剩下一个影子,船只也只剩个影子,长堤岸上只见一堆一堆人影子移动,炒菜落锅的声音与小孩哭声杂然并陈,城中忽然当的一声小锣,唉,好一个圣境!

我明天这时,必已早抵浦市了的。我还得在小船上睡那么一夜,廿一则在小客店过夜,如《月下小景》一书中所写的小旅店,廿二就在家中过夜了……

明天就到廿了,日子说快也快,说慢又慢。我今天同昨天在路上已看到许多白塔,许多就河边石上捶衣的妇人,而且还看到河边悬崖洞中的房屋,以及架空的碾子。三三,我已到了"柏子"的小河,而且快要走到"翠翠"的家乡了!日中太阳既好,景致又复柔和不少,我念你的心也由热情而变成温柔的爱。我心中尽喊着你,有上万句话,有无数的字眼儿,一大堆微笑,一大堆吻,皆为你而储蓄在心上!我到家中见到一切人时,我一定因为想念着你,问答之间将有些痴话使人不能了解。也许别人问我:"你在北京好!"我会说:"我三三脸黑黑的,所以北京也很好!"不是这么说也还会有别的话可说,总而言之则免不了授人一点点开玩笑的机会。母亲年老了，这老人家看到我有那么一个乖而温柔的三三，同时若让这老人家知道我们如何要好，她还会更高兴的。我在辰州时，云六说："妈还说'晓得从文怎么样就会选到一个屋里人？同他一样的既不成，同他两样的，更不好。'可是如今可来了，好了，原来也还有既不同样也不异样的人！"家中人看到我们很好，他们的快乐是你想不出的。他们皆很爱你，你却还不曾见过他们！

　　三三，昨天晚上同今晚上星子新月皆很美，在船上看天空尤可观，我不管冻到甚么样子，还是看了许久星子。你若今夜或每夜皆看到天上那颗大星子，我们就可以从这一粒星子的微光上，仿佛更近了一些。因为每夜这一粒星子，必有一时同你眼睛一样，被我瞅着不旁瞬的。三三，在你那方面，这星子也将成为我的眼睛的！

你的二哥

十九下九时

边城·题记

　　对于农人与兵士，怀了不可言说的温爱，这点感情在我一切作品中，随处都可以看出。我从不隐讳这点感情。我生长于作品中所写到的那类小乡城，我的祖父，父亲，以及兄弟，全列身军籍；死去的莫不在职务上死去，不死的也必然的将在职务上终其一生。就我所接触的世界一面，来叙述他们的爱憎与哀乐，即或这枝笔如何笨拙，或尚不至于离题太远。因为他们是正直的，诚实的，生活有些方面极其伟大，有些方面又极其平凡，性情有些方面极其美丽，有些方面又极其琐碎，——我动手写他们时，为了使其更有人性，更近人情，自然便老老实实的写下去。但因此一来，这作品或者便不免成为一种无益之业了。因为它对于在都市中生长教育的读书人说来，似乎相去太远了。他们的需要应当是另外一种作品，我知道的。

　　照目前风气说来，文学理论家，批评家，及大多数读者，对于这种作品是极容易引起不愉快的感情的。前者表示"不落伍"，告给人中国不需要这类作品，后者"太担心落伍"，目前也不愿意读这类作品。这自然是真事。"落伍"是什么？一个有点理性的人，也许就永远无法明白，但多数人谁不害怕"落伍"？我有句话想说："我这本书不是为这种多数人而写的。"大凡念了三五本关于文学理论文学批评问题的洋装书籍，或同时还念过一大堆古典与近代世界名作的人，他们生活的经验，却常常不许可他们在"博学"之外，还知道一点点中国另外一个地方另外一种事情。因此这个作品即或与当前某种文学理论相符合，批评家便加以各种赞美，这种批评其实仍然不免成为作者的侮辱。他们既并不想明白这个民族真正的爱憎与哀乐，便无法说明这个作品的得失，——这本书不是为他们而写的。至于文艺爱好者呢，或是大学生，或是中学生，分布于国内人口较密的都市中，常常很诚实天真的把一部分极可宝贵的时间，来阅读国内新近出版的文学书籍。他们为一些理论家，批评家，聪明出版家，以及习惯于说谎造谣的文坛消息家，同力协作造成一种习气所控制，所支配，他们的生活，同时又实在与这个作品所提到的世界相去太远了。——他们不需要这种作品，这本书也就并不希望得到他们。理论家有各国出版物中的文学理论可以参证，不愁无话可说；批评家有他们欠了点儿小恩小怨的作家与作品，够他们去毁誉一世。大多数的读者，不问趣味如何，信仰如何，皆有作品可读。正因为关心读者大众，不是便有许多人，据说为读者大众，永远如陀螺在那里转变吗？这本书的出版，即或并不为领导多数的理论家与批评家所弃，被领导的多数读者又并不完全放弃它，但本书作者，却早已存心把这个"多数"放弃了。

  我这本书只预备给一些"本身已离开了学校，或始终就无从接近学校，还认识些中国文字，置身于文学理论，文学批评，以及说谎造谣消息所达不到的那种职务上，在那个社会里生活，而且极关心全个民族在空间与时间下所有的好处与坏处"的人去看。他们真知道当前农村是什么，想知道过去农村有什么，他们必也愿意从这本书上同时还知道点世界一小角隅的农村与军人。我所写到的世界，即或在他们全然是一个陌生的世界，然而他们的宽容，他们向一本书去求取安慰与知识的热忱，却一定使他们能够把这本书很从容读下去的。我并不即此而止，还预备给他们一种对照的机会，将在另外一个作品里,来提到二十年来的内战,使一些首当其冲的农民,性格灵魂被大力所压,失去了原来的朴质,勤俭,和平,正直的型范以后,成了一个什么样子的新东西。他们受横征暴敛以及鸦片烟的毒害,变成了如何穷困与懒惰!我将把这个民族为历史所带走向一个不可知的命运中前进时,一些小人物在变动中的忧患,与由于营养不足所产生的"活下去"以及"怎样活下去"的观念和欲望,来作朴素的叙述。我的读者应是有理性,而这点理性便基于对中国现社会变动有所关心,认识这个民族的过去伟大处与目前堕落处,各在那里很寂寞的从事于民族复兴大业的人。这作品或者只能给他们一点怀古的幽情,或者只能给他们一次苦笑,或者又将给他们一个噩梦,但同时说不定,也许尚能给他们一种勇气同信心!

二十三年四月二十四日记

(原载1934年4月25日天津《大公报·文艺副刊》第61期)

我的写作与水的关系

在我一个自传里,我曾经提到过水给我的种种印象。檐溜,小小的河流,汪洋万顷的大海,莫不对于我有过极大的帮助,我学会用小小脑子去思索一切,全亏得是水,我对于宇宙认识得深一点,也亏得是水。

"孤独一点,在你缺少一切的时节,你就会发现原来还有个你自己。"这是一句真话。我有我自己的生活与思想,可以说是皆从孤独得来的。我的教育,也是从孤独中得来的。然而这点孤独,与水不能分开。

年纪六岁七岁时节,私塾在我看来实在是个最无意思的地方。我不能忍受那个逼窄的天地,无论如何总得想出方法到学校以外的日光下去生活。大六月里与一些同街比邻的坏小子,把书篮用草标各作下了一个记号,搁在本街上地堂的木偶身背后,就洒着手与他们到城外去,攒入高可及身的禾林里,捕捉禾穗上的蚱蜢,虽肩背为烈日所烤炙,也毫不在意。耳朵中只听到各处蚱蜢振翅的声音,全个心思只顾去追逐那种绿色黄色跳跃伶便的小生物,到后看看所得来的东西已尽够一顿午餐了,方到河滩边去洗濯,拾些干草枯枝,用野火来烧烤蚱蜢,把这些东西当饭吃。直到这些小生物完全吃尽后,大家于是脱光了身子,用大石压着衣裤,各自从悬崖高处向河水中跃去。就这样泡在河水里,一直到晚方回家去,挨一顿不可避免的痛打。有时正在绿油油禾田中活动,有时正泡在水里,六月里照例的行雨来了,大的雨点夹着吓人的霹雳同时来到,各人匆匆忙忙逃到路坎旁废碾坊下或大树下去躲避,雨落得久一点,一时不能停止,我必一面望着河面的水泡,或树枝上反光的叶片,想起许多事情。……所捉的鱼逃了,所有的衣湿了,河面溜走的水蛇,钉固在大腿上的蚂蟥,碾坊里的母黄狗,挂在转动不已大水车上的起花人肠子,因为雨,制止了我身体的活动,心中便把一切看见的经过的皆记忆温习起来了。

也是同样的逃学,有时阴雨天气,不能向河边走去,我便上山或到庙里去,在庙前庙后树林或竹林里,爬上了这一株,到上面玩玩后,又溜下来爬另外一株。若所爬的是竹子,必在上面摇荡一会,爬的是树木,便看看上面有无鸟巢或啄木鸟孵卵的孔穴。雨落大了,再不能作这种游戏时,就坐在楠木树下或庙门前石阶上看雨。既还不是回家的时候,一面看雨一面自然就需要温习那些过去的经验,这个日子方能发遣开去。雨落得越长,人也就越寂寞。在这时节想到一切好处也必想到一切坏处。那么大的雨,回家去说不定还得全身弄湿,不由得有点害怕起来,不敢再想了。我于是走到庙廊下去为作丝线的人牵丝,为制棕绳的人摇绳车。这些地方每天照例有这种工人作工,而且这种工人照例又还是我很熟习的人。也就因为这种雨,无从掩饰我的劣行,回到家中时,我便更容易被罚跪在仓屋中。在那间空洞寂寞的仓屋里,听着外面檐溜滴沥声,我的想象力却更有了一种很好训练的机会。我得用回想与幻想补充我所缺少的饮食,安慰我所得到的痛苦。我因恐怖得去想一些不使我再恐怖的生活,我因孤寂又得去想一些热闹事情方不至于过分孤寂。

到十五岁以后，我的生活同一条辰河[①]无从离开，我在那条河流边住下的日子约五年。这一大堆日子中我差不多无日不与河水发生关系。走长路皆得住宿到桥边与渡头，值得回忆的哀乐人事常是湿的。至少我还有十分之一的时间，是在那条河水正流与支流各样船只上消磨的。从汤汤流水上，我明白了多少人事，学会了多少知识，见过了多少世界！我的想象是在这条河水上扩大的。我把过去生活加以温习，或对未来生活有何安排时，必依赖这一条河水。这条河水有多少次差一点儿把我攫去，又幸亏他的流动，帮助我作着那种横海扬帆的远梦，方使我能够依然好好的在人世中过着日子！

再过五年，我手中的一枝笔，居然已能够尽我自由运用了，我虽离开了那条河流，我所写的故事，却多数是水边的故事。故事中我所最满意的文章，常用船上水上作为背影，我故事中人物的性格，全为我在水边船上所见到的人物性格。我文字中一点忧郁气分，便因为被过去十五年前南方的阴雨天气影响而来，我文字风格，假若还有些值得注意处，那只因为我记得水上人的言语太多了。

再过五年后，我的住处已由干燥的北京移到一个明朗华丽的海边。海既那么宽泛无涯无际，我对人生远景凝眸的机会便较多了些。海边既那么寂寞，他培养了我的孤独心情。海放大了我的感情与希望，且放大了我的人格。

（原载《文学》一周年纪念特辑，1934年7月上海生活书店以《我与文学》为书名初版）

[①] 辰河，即沅水。

习作选集代序

先生，真亏你们的耐心和宽容，许我在这十年中一本书接一本书印出来。花费金钱是小事，花费你们许多宝贵的时间，我心里真难受，我们未必全有机会见面或通信，但我知道你我相互之间无形中早已有了一种友谊流通。我尊重这种友谊。不过我虽然写了许多东西，我猜想你们从这儿得不到什么好处。你们目前所需要的或者我竟完全没有。过去一时有个书评家称呼我为"空虚的作家"，实代表了你们一部分人的意见。那称呼很有见识。活在这个大时代里，个人实在太渺小了。我知道的并不比任何人多。对于广泛人生的种种，能用笔写到的只是很窄很小一部分。我表示的人生态度，你们从另外一个立场上看来觉得不对，那也是很自然的。倘若我作品不合你们的趣味，事不足奇，原因是我的写作还只算是给我自己终生工作一种初步的试验。你们欢喜什么，了解什么，切盼什么，我一时尚注意不到。我虽明白人应在人群中生存，吸收一切人的气息，必贴近人生，方能扩大他的心灵同人格。我很明白！至于临到执笔写作那一刻，可不同了。我除了用文字捕捉感觉与事象以外，俨然与外界绝缘，不相粘附。我以为应当如此，必需如此。一切作品都需要个性，都必需浸透作者人格和感情，想达到这个目的，写作时要独断，要彻底地独断！（文学在这时代虽不免被当作商品之一种，便是商品，也有精粗，且即在同一物品上，制作者还可匠心独运，不落窠臼，社会上流行的风格，流行的款式，尽可置之不问。）先生，不瞒你，我就在这样态度下写作了十年。十年不是一个短短的时间，你只看看同时代多少人的反复"转变"和"没落"就可明白。我总以为这个工作比较一切事业还艰辛，需要日子从各方面去试验，作品失败了，不足丧气，不妨重来一次；成功了，也许近于凑巧，不妨再换个方式看看。不特读者如何不能引起我的注意，便是任何一种批评和意见，目前似乎也都不需要。如果这件事你们把它叫作"傲慢"，就那么称呼下去好了，我不想分辨。我只觉得我至少还应当保留这种孤立态度十年，方能够把那个充满了我也更贴近人生的作品和你们对面。目前我的工作还刚好开始，若不中途倒下，我能走的路还很远。

这世界上或有想在沙基或水面上建造崇楼杰阁的人，那可不是我。我只想造希腊小庙。选山地作基础，用坚硬石头堆砌它。精致，结实，匀称，形体虽小而不纤巧，是我理想的建筑。这神庙供奉的是"人性"。作成了，你们也许嫌它式样太旧了，形体太小了，不妨事。我已说过，那原本不是特别为你们中某某人作的。它或许目前不值得注意，将来更无希望引人注意；或许比你们寿命长一点，受得住风雨寒暑，受得住冷落，幸而存在，后来人还须要它。这我全不管。我不过要那么作，存心那么作罢了。在作品上我使用"习作"字样，不图掩饰作品的失败，得到读者的宽容，只在说明我取材下笔不拘常例的理由。

先生，关于写作我还想另外说几句话。我和你虽然共同住在一个都市里，有时居然还有机会同在一节火车上旅行，一张桌子上吃饭，可是说真话，你我原是两路人。提到这一点你不用误会，不必难受，我并没有看轻你的意思。你不妨想象为人比我高超一等，好书读得比较多，人生知识比较丰富，道德品性比较齐全，——总而言之一切请便。只是我们应当分开。有一段很长很长的时期，你我过的日子太不相同了。你我的生活，习惯，思想，都太不相同了。我实在是个乡下人，说乡下人我毫无骄傲，也不在自贬，乡下人照例有根深蒂固永远是乡巴佬的性情，爱憎和哀乐自有它独特的式样，与城市中人截然不同！他保守，顽固，爱土地，也不缺少机警却不甚懂诡诈。他对一切事照例十分认真，似乎太认真了，这认真处某一时就不免成为"傻头傻脑"。这乡下人又因为从小飘江湖，各处奔跑，挨饿，受寒，身体发育受了障碍，另外却发育了想象，而且储蓄了一点点人生经验。即或这个人已经来到大都市中，同你们做学生的——我敢说你们大多数是青年学生——生活在一处，过了十来年日子。也各以因缘多少读了一点你们所读的书，某一时且居然到学校里去教书。也每天照例阅读报纸，对时事发生愤慨，对汉奸感觉切齿。也常常同朋友争论，题目不外乎中国民族的出路，外交联俄亲日的得失，以至于某一本书的好坏，某一个作品的好坏。也有时伤风，必需吃三五片发汗药，躺一两天，机会凑巧等到对于一个女子发生爱情时，也还得昏脑昏头的恋爱，抛下日常正当事务不作，无日无夜写那种永远写不完同时也永远写不妥的信，而且结果就结了婚。自然的，表面生活我们已经差不多完全一样了。可是试提出一两个抽象的名词说说，即如"道德"或"爱情"吧，分别就见出来了。我既仿佛命里注定要拿一枝笔弄饭吃，这枝笔又侧重在写小说，写小说又不可免得在故事里对于"道德"，"爱情"，以及"人生"这类名词有所表示，这件事就显然划分了你我的界限。请你试从我的作品里找出两个短篇对照看看，从《柏子》同《八骏图》看看，就可明白对于道德的态度，城市与乡村的好恶，知识分子与抹布阶级的爱憎，一个乡下人之所以为乡下人，如何显明具体反映在作品里。这不过是一个小小例子罢了，你细心，应当发现比我说到的更多。有许多事情可以说是我的弱点，但你也应当知道我这个弱点。

我这种乡下人的气质倘若得到你的承认，你就会明白我的作品目前与多数读者对面时如何失败的理由了，即或有一两个作品给你们留下点好印象，那仍然不能不说是失败。我作品能够在市场上流行，实际上近于买椟还珠，你们能欣赏我故事的清新，照例那作品背后蕴藏的热情却忽略了，你们能欣赏我文字的朴实，照例那作品背后隐伏的悲痛也忽略了。原因简单，你们是城市中人。城市中人生活太匆忙，太杂乱，耳朵眼睛接触声音光色过分疲劳，加之多睡眠不足，营养不足，虽俨然事事神经异常尖锐敏感，其实除了色欲意识以外，别的感觉官能都有点麻木不仁。这并非你们的过失，只是你们的不幸，造成你们不幸的是这一个现代社会。就文学欣赏而言，却又有过多的理论家和批评家，弄得你们头目晕眩。两年前，我常见有人在报章杂志上写论文和杂感，针对着"民族文学"问题"农民"文学问题，而有所讨论。讨论不完，补充辱骂。我当时想：这些人既然知识都丰富异常，引经据典头头是道，立场又各不相同，一时必不会有如何结论。即或有了结论，派谁来证实，谁又能证实？我这乡下人正闲着，不妨试来写一个小说看看吧。因此《边城》问了世。这作品原本近于一个小房子的设计，用少料，占地少，希望它既经济而又不缺少空气和阳光。我要表现的本是一种"人生的形式"，一种"优美，健康，自然，而又不悖乎人性的人生形式"。我主意不在领导读者去桃源旅行，却想借重桃源上行七百里路酉水流域一个小城小市中几个愚夫俗子，被一件人事牵连在一处时，各人应有的一分哀乐，为人类"爱"字作一度恰如其分的说明。文字少，故事又简单，批评它也方便，只看它表现得对不对，合理不合理；若处置题材表现人物一切都无问题，那么，这种世界虽消灭了，自然还能够生存在我那故事中。这种世界即或根本没有，也无碍于故事的真实。这作品从一般读者印象上找答案，我知道没有人把它看成载道作品，也没有人觉得还是民族文学，也没有人认为是农民文学。我本来就只求效果，不问名义；效果得到，我的事就完了。不过这本书一到了批评家手中，就有了花样。一个说"这是过去的世界，不是我们的世界，我们不要"。一个却说"这作品没有思想，我们不要"。很凑巧，恰好这两个批评家一个属于民族文学派，一个属于对立那一派。这些批评我一点儿也不吃惊。虽说不要，然而究竟来了，烧不掉的，也批评不倒的。原来他们要的他们自己也没有，我写出的又不是他们预定的形式，真无办法，我别无意见可说，只觉得中国倘若没有这些说教者，先生，你接近我这个作品，也许可以得到一点东西，不拘是什么；或一点忧愁，一点快乐，一点烦恼和惆怅，多少总得到一点点。你倘若毫无成见，还可慢慢的接触作品中人物的情绪，也接触到作者的情绪，那不会使你堕落的！只是可惜你们大多数即不被批评家把眼睛蒙住，另一时却早被理论家把兴味凝固了。你们多知道要作品有"思想"，有"血"，有"泪"；且要求一个作品具体表现这些东西到故事发展上，人物言语上，甚至于一本书的封面上，目录上。你们要的事多容易办！可是我不能给你们这个。我存心放弃你们，在那书的序言上就写得清清楚楚。我的作品没有这样也没有那样。你们所要的"思想"，我本人就完全不懂你说的是什么意义。

　　提到这点，我感觉异常孤独。乡下人太少了。倘若多有两个乡下人，我们这个"文坛"会热闹一点吧。目前中国虽也有血管里流着农民的血的作者，为了"成功"，却多数在体会你们的兴味，阿诹你们的情趣,博取你们的注意。自愿作乡下人的实在太少了。

虽然如此,我还预备继续我这个工作,且永远不放下我一点狂妄的想象,以为在另外一时,你们少数的少数,会越过那条间隔城乡的深沟,从一个乡下人的作品中,发现一种燃烧的感情,对于人类智慧与美丽永远的倾心,康健诚实的赞颂,以及对愚蠢自私极端憎恶的感情。这种感情且居然能刺激你们,引起你们对人生向上的憧憬,对当前一切的怀疑。先生,这打算在目前近于一个乡下人的打算,是不是。然而到另外一时,我相信有这种事。

先生,时间太快,想起来令人惆怅。我的第一个十年的工作已快要结束了,现在从一堆习作里,选了这样二十个短篇,附入几个性质不同的作品,编成这个集子,算是我这个乡下人来到都市中十年一点纪念。这样一本厚厚的书能够和你们见面,需要出版者的勇气,同时还有几个人,特别值得记忆,我也想向你们提提:徐志摩先生,胡适之先生,林宰平先生,郁达夫先生,陈通伯先生,杨今甫先生,这十年来没有他们对我种种的帮助和鼓励,这集子里的作品不会产生,不会存在。尤其是徐志摩先生,没有他,我这时节也许照《自传》上说的那两条路选了较方便的一条,不过北平市区里作巡警,就卧在什么人家的屋檐下瘪了,僵了,而且早已腐烂了。你们看完了这本书,如果能够从这些作品里得到一点力量,或一点喜悦,把书掩上时,盼望对那不幸早死的诗人表示敬意和感谢,从他的那儿我接了一个火,你得到的温暖原是他的。如果觉得完全失望了,不妨把我放在"作家"以外,给我一个机会,到另外一时,再来注意我的工作。十年日子在人事上不是个很短的时期,从人类历史说来却太短了。我们从事的工作,原来也可以看得很轻易,以为是制造饽饽食物必需现作现卖的,也可以看得比较严重,以为是种树造林必需相当时间的。我希望我的工作，在历史上能负一点儿责任，尽时间来陶冶，给它证明什么应消灭，什么宜存在。

(原载 1936 年 1 月 1 日《国闻周报》第 13 卷第 1 期)

云南看云

　　云南因云而得名。可是外省人到了云南一年半载后，一定会和本地人差不多，对于云南的云，除却只能从它变化上得到一点晴雨知识，就再也不会单纯的来欣赏它的美丽了。看过卢锡麟先生的摄影后，必有许多人方俨然重新觉醒，明白自己是生在云南，或住在云南。云南特点之一，就是天上的云变化得出奇。尤其是傍晚时候，云的颜色，云的形状，云的风度，实在动人。

　　战争给许多人一种有关生活的教育，走了许多路，过了许多桥，睡了许多床，此外还必然吃了许多想象不到的小苦头。然而真正具有教育意义的，说不定倒是明白许多地方各有各的天气，天气不同还多少影响到一点人事。云有云的地方性：中国北部的云厚重，人也同样那么厚重。南部的云活泼，人也同样那么活泼。海边的云幻异，渤海和南海云又各不相同，正如两处海边的人性情不同。河南的云一片黄，抓一把下来似乎就可以作窝窝头，云粗中有细，人亦粗中有细。湖湘的云一片灰，长年挂在天空一片灰，无性格可言，然而橘子辣子就在这种地方大量产生，在这种天气下成熟，却给湖南人增加了生命的发展性和进取精神。四川的云与湖南云虽相似而不尽相同，巫峡峨眉夹天耸立，高峰把云分割又加浓，云似乎有了生命，人也有了生命。

　　论色彩丰富，青岛海面的云应当首屈一指。有时五色相煊，千变万化，天空如展开一张图案新奇的锦毯。有时素净纯洁，天空只见一片绿玉，别无它物。看来令人起轻快感，温柔感，音乐感，情欲感。一年中有大半年天空完全是一幅神奇的图画，有青春的嘘息，煽起人狂想和梦想。海市蜃楼即在这种天空显现。海市蜃楼虽并不常在人眼底，却永远在人心中。秦皇汉武的事业，同样结束在一个长生不死青春常在的美梦里，不是毫无道理的。云南的云给人印象大不相同，它的特点是素朴，影响到人性情也应当挚厚而单纯。

云南的云似乎是用西藏高山的冰雪，和南海长年的热风，两种原料经过一番神奇的手续完成的。色调出奇的单纯，唯其单纯反而见出伟大。尤以天时晴明的黄昏前后，光景异常动人。完全是水墨画，笔调超脱而大胆。天上一角有时黑得如一片漆，它的颜色虽然异样黑，给人感觉竟十分轻。在任何地方"乌云蔽天"照例是个沉重可怕的象征，唯有云南傍晚的黑云，越黑反而越不碍事，且表示第二天天气必然顶好。几年前中国古物运到伦敦展览时，有一个赵松雪作的卷子，名《秋江叠嶂》，净白如玉的澄心堂纸上用浓墨重重涂抹，淡墨粗粗扫拂，给人印象却十分美秀；云南的云也恰恰如此，看来只觉得黑而秀。

可是我们若在黄昏前后，到城郊外一个小丘上去，或坐船在滇池中，看到这种云彩时，低下头来一定会轻轻的叹一口气。具体一点将发生"大好河山"感想，抽象一点将发生"逝者如斯"感想。心中一定觉得有些痛苦，为一片悬在天空中的沉静黑云痛苦。因为这东西给了我们一种无言之教，比目前政论家的文章，宣传家的讲演，杂感家的讽刺文，都高明得多深刻得多，同时还美丽得多。觉得痛苦原因或许也就在此。那么好看的云，孕育了在这一片天底下讨生活的人，究竟是些什么？是一种精深博大的人生理想？还是一种单纯美丽的诗的感情？若把它与地面所见、所闻、所有两相对照,实在使人不能不感觉痛苦!

在这美丽天空下,人事方面,我们每天所能看到的,除了空洞的论文,不通的演讲,小巧的杂感,此外似乎到处就只碰到"法币"。商人和银行办事人直接为法币而忙。最可悲的现象,实无过于大学校的商学院,每到注册上课时,照例人数必最多。这些人其所以习经济、习会计,都可说对于生命毫无高尚理想可言,目的只在毕业后入银行作事。"熙熙攘攘,皆为利往,挤挤挨挨,皆为利来,利之所在,群集若蛆。"社会研究所的专家,机会一来即向银行跑。习图书馆的,弄考古的,学外国文学的,因为亲戚、朋友、同乡……种种机会,又都挤进银行或相近金融机关作办事员。大部分优秀脑子,都给真正的法币和抽象的法币弄得昏昏的,失去了应有的灵敏与弹性,以及对于"生命"较高的认识。其余无知识的脑子,成天打算些什么,也就可想而知了。云南的云即或再美丽一点,对于多数人还似乎毫无意义可言的。

近两个月来本市在连续的警报中,城中二十万市民,无一不早早的就跑到郊外去,向天空把一个颈脖昂酸,无一人不看到过几片天空飘动的浮云,仰望结果,不过增加了许多人对于财富得失的忧心罢了。"我的越币下落了","我的汽油上涨了","我的事业这一年发了五十万财","我从公家赚了八万三",这还是就仅有十几个熟人中说说的。此外说不定还有三五个教授之流,终日除玩牌外无其他娱乐,会想到前一晚上玩麻雀牌输赢事情,聊以解嘲似的自言自语,"我输牌不输理。"这种博学多闻教授先生,当然永远是不输理的,在警报解除以后,还不妨跑到老同学住处去,再玩个八圈,证明一下输的究竟是什么。一个人若乐意在地下爬，以为是活下来最好的姿势，他人劝说不妨试站起来走，或更盼望他挺起脊梁来做个人，当然是不会有什么结果的。

就在这么一个社会一种情形中，卢先生却来展览他在云南的照相，告给我们云南法币以外还有些什么。即以天空的云彩言，色彩单纯的云有多健美，多飘逸，多温柔，多崇高！观众人数多，批评好，正说明只要有人会看云，就从云影中取得一种诗的感兴和热情，还可望将这种尊贵有传染性的感情，转给另外一种人。换言之，就是云南的云即或不能直接教育人，还可望由一个艺术家的心与手，间接来教育人。卢先生照相的兴趣，似乎就在介绍这种美丽感印给多数人，所以作品中对于云物的题材，处理得特别好。每一幅云都有一种不同的性情，流动的美。不纤巧，不做作，不过分修饰，一任自然，心手相印，表现得素朴而亲切。作品成功是必然的。可是得到"赞美"不是艺术家最终的目的，应当还有一点更深的意义。我意思是如果一种可怕的庸俗实际主义，正在这个社会各组织各阶层间普遍流行，腐蚀我们多数人做人的良心，做人的理想。且在同时把许多人都有形无形市侩化。社会中优秀分子一部分，所梦想，所希望，也都只是糊口混日子了事，毫无一种较高的情感，更缺少用这情感去追求一个美丽而伟大的道德原则的勇气时，我们这个民族应当怎么办？若大学生读书目的，不是站在柜台边作行员，就是坐在公事房作办事员，脑子都不用，都不想，只要有一碗饭吃就算有了出路。甚至于作政论的，作讲演的，写不高明讽刺文的，习理工的，玩玩文学充文化人的，办党的，信教的，……出路也都是只顾眼前。大众眼前固然都有了出路，这个国家的明天，是不是还有希望可言？我们如真能够像卢先生那么静观默会天空的云彩，云物的美丽，也许会慢慢的陶冶我们，启发我们，改造我们，使我们习惯于向远景凝眸，不敢堕落，不甘心堕落。我以为这才像是一个艺术家最后的目的。正因为这个民族是在求发展，求生存，战争了已经三年。战争虽败北，不气馁，虽死亡万千人民，牺牲无数财富，亦仍然能坚持抗战，就为的是这战争背后还有个庄严伟大的理想，使我们对于忧患之来，在任何情形下都能忍受。我们其所以能忍受，不特是我们要发展，要生存，还要为后来者设想，使他们活在这片土地上，更好一点，更像人一点！我们责任那么严重而且又那么困难，所以不特多数知识分子必然要有一个较坚朴的人生观，拉之向上，推之向前，就是作生意的，也少不了需要那么一分知识，方能够把企业的发展与国家的发展，放在同一目标上，分道并进，异途同归。

举一个浅近的例来说说：我们的眼光注意到"出路""赚钱"以外，若还能够估量到在滇越铁路的另一端，正有多少鬼蜮成性阴险狡诈的木屐儿，圆睁两只鼠眼，安排种种巧计阴谋，在武力与武器无作用地点，预备把劣货倾销到昆明来，且把推销劣货的责任，要派给昆明市的大小商家时，就知道学习注意远处，实在是目前一件如何重要的事情！照相必选择地点，取准角度，方可望有较好成就。做人何尝不是一样。明分际，识大体，"有所不为"，敌人虽花样再多，劣货在有经验商家的眼中，总依然看得出。取舍之间是极容易的。若只图发财，见利忘义，"无所不为"，日本货变成国货，改头换面，不过是翻手间事！劣货推销仅仅是若干有形事件中之一种。此外各层知识阶级中不争气处，所作所为，实有更甚于此者。

所以我觉得卢先生的摄影,不只是给人看看,还应当引人深思。

1940 年昆明

(原载 1940 年 4 月 12 日《大公报》)

潜　渊

一

　　黄昏极美丽悦人。光景清寂，极静，独坐小蒲团上，望窗口微明，欧战从一日起始，至今天为止，已三十天。此三十天中波兰即已灭亡。一国家养兵至一百万，一月中即告灭亡，何况一人心中所信所守，能有几许力量，抗抵某种势力侵入？一九三九之九月，实一值得记忆的月份。人类用双手一头脑创造出一个惊心动魄文明世界，然此文明不旋踵立即由人手毁去。人之十指，所成所毁，亦已多矣。

九月××

二

　　读《人与技术》、《红百合》二书各数章。小楼上阳光甚美，心中茫然，如一战败武士，受伤后独卧荒草间，武器与武力已全失。午后秋阳照铜甲上炙热。手边有小小甲虫爬行，耳畔闻远处尚有落荒战马狂奔，不觉眼湿。心中实充满作战雄心，又似觉一切已成过去，生命中仅残余一种幻念，一种陈迹的温习。

　　心若翻腾，渴想海边，及海边可能见到的一切。沙滩上为浪潮漂白的一些螺蚌残壳，泥路上一朵小小蓝花，天末一片白帆，一片紫。

房中静极。面对窗上三角形夕阳黄光,如有所悟,亦如有所感。

十月××

三

晴。六时即起。甚愿得在温暖阳光下沉思,使肩背与心同在朝阳炙晒中感到灼热。灼热中回复清凉,生命从疲乏得到新生。久病新瘥一般新生。所思者或为阳光下生长一种造物(*精巧而完美,秀与壮并之造物*),并非阳光本身。或非造物,仅仅造物所遗留之一种光与影,形与线。

人有为这种光影形线而感兴激动的,世人必称之为"痴汉"。因大多数人都"不痴",知从"实在"上讨生活,或从"意义""名分"上讨生活。捕蚊捉虱,玩牌下棋,在小小得失上注意关心,引起哀乐,即可度过一生。生活安适,即已满足。活到末了,倒下完毕。多数人所需要的是"生活",并非对于"生命"具有何种特殊理解,故亦不必追寻生命如何使用,方觉更有意思。因此若有一人,超越习惯的心与眼,对于美特具敏感,自然即被称为痴汉。此痴汉行为,若与多数人庸俗利害观念相冲突,且成为罪犯,为恶徒,为叛逆。换言之,即一切不吉名词无一不可加诸其身,对此符号,消极意思为"沾惹不得",积极企图为"与众弃之"。然一切文学美术以及人类思想组织上巨大成就,常惟痴汉有分,与多数无涉,事情显明而易见。

十月××

四

金钱对"生活"虽好像是必需的,对"生命"似不必需。生命所需,惟对于现世之光影疯狂而已。因生命本身,从阳光雨露而来,即如火焰,有热有光。

我如有意挫折此奔放生命,故从一切造形小物事上发生嗜好,即不能挫折它,亦可望陶冶它,羁縻它,转变它。不知者以为留心细物,所志甚小。见闻不广,无多大价值物事,亦如宝贝,加以重视,未免可笑。这些人所谓价值,自然不离金钱,意即商业价值。

美固无所不在,凡属造形,如用泛神情感去接近,即无不可以见出其精巧处和完整处。生命之最大意义,能用于对自然或人工巧妙完美而倾心,人之所同。惟宗教与金钱,或归纳,或消灭。因此令多数人生活下来都庸俗呆笨,了无趣味。某种人情感或被世务所阉割,淡漠如一僵尸,或欲扮道学,充绅士,作君子,深深惧怕被任何一种美所袭击,支撑不住,必致误事。又或受佛教"不净观"影响,默会《诃欲经》本意,以爱与欲不可分,惶恐逃避,惟恐不及。像这些人,对于"美",对于一切美物、美行、美事、美观念,无不漠然处之,竟若毫无反应。

不过试从文学史或美术史(*以至于人类史*)上加以清查,却可得一结论,即伟人巨匠,千载宗师,无一不对于美特具敏锐感触,或取调和态度,融汇之以成为一种思想,如经典制作者对于经典文学符号排比的准确与关心。或听其撼动,如艺术家之与美对面时从不逃避某种光影形线所感印之痛苦，以及因此产生佚智失理之疯狂行为。举凡所谓活下来"四平八稳"人物，生存时自己无所谓，死去后他人对之亦无所谓。但有一点应当明白，即"社会"一物，是由这种人支持的。

十月××

五

　　饭后倦极。至翠湖土堤上一走。木叶微脱，红花萎悴，水清而草乱。猪耳莲尚开淡紫花，静贴水面。阳光照及大地，随阳光所及，举目临眺，但觉房屋人树，及一池清水，无不如相互之间，大有关系。然个人生命，转若甚感单独，无所皈依，亦无附丽。上天下地，粘滞不住。过去生命可追寻处，并非一堆杂著，只是随身记事小册三五本，名为记事，事无可记，即记下亦无可观。惟生命形式，或可于字句间求索得到一二，足供温习。生命随日月交替，而有新陈代谢现象，有变化，有移易。生命者，只前进，不后退，能迈进，难静止。到必需"温习过去"，则目前情形可想而知。沉默甚久，生悲悯心。
　　我目前俨然因一切官能都十分疲劳，心智神经失去灵明与弹性，只想休息。或如有所规避，即逃脱彼噬心嚼知之"抽象"。由无数造物空间时间综合而成之一种美的抽象。然生命与抽象固不可分，真欲逃避，惟有死亡。是的，我的休息，便是多数人说的死。

十月××

六

在阳光下追思过去，俨然整个生命俱在两种以及无数种力量中支撑抗拒，消磨净尽，所得惟一种知识，即由人之双手所完成之无数泥土陶瓷形象，与由上帝双手搏泥所完成之无数造物灵魂有所会心而已。令人痛苦也就在此。人若欲贴近土地，呼吸空气，感受幸福，则不必有如此一分知识。多数人或具有一种浓厚动物本性，如猪如狗，或虽如猪如狗，惟感情被种种名词所阉割，皆可望从日常生活中感到完美与幸福。譬如说"爱"，这些人爱之基础或完全建筑在一种"情欲"事实上，或纯粹建筑在一种"道德"名分上，异途同归，皆可得到安定与快乐。若将它建筑在一抽象的"美"上，结果自然到处见出缺陷和不幸。因美与"神"近，即与"人"远。生命具神性，生活在人间，两相对峙，纠纷随来。情感可轻翥高飞，翱翔天外，肉体实呆滞沉重，不离泥土。

××说："×××年前死得其所，是其时。"即"人"对"神"的意见，亦即神性必败一个象征。××实死得其时，因为救了一个"人"，一个贴近地面的人。但××若不死，未尝不可以使另外若干人增加其神性。

有些人梦想生翅膀一双，以为若生翅翼，必可轻举，向日飞去。事实上即背上生出翅膀，亦不宜高飞。如×××。有些人从不梦想。惟时时从地面踊跃升腾，作飞起势，飞起计。虽腾空不过三尺，旋即堕地。依然永不断念，信心特坚。如×××。前者是艺术家，后者是革命家。但一个文学作家，似乎必需兼有两种性格。

十月××
十月十六日摘抄

（原载报刊不详，收 1941 年 8 月上海文化生活出版社初版《烛虚》）

水 云

——我怎么创造故事，故事怎么创造我

  青岛的五月，是个希奇古怪的时节，从二月起的交换季候风忽然一息后，阳光热力到了地面，天气即刻暖和起来。树林深处，有了啄木鸟的踪迹和黄莺的鸣声。公园中梅花、桃花、玉兰、郁李、棣棠、海棠和樱花，正像约好了日子，都一齐开放了花朵。到处都聚集了些游人，穿起初上身的称身春服，携带酒食和糖果，坐在花木下边草地上赏花取乐。就中有些从南北大都市来看樱花作短期旅行的，从外表上一望也可明白。这些人为表示当前被自然解放后的从容和快乐，多仰卧在草地上，用手枕着头，被天上云影压枝繁花弄得发迷。口中还轻轻吹着唿哨，学林中鸣禽唤春，女人多站在草地上为孩子们照相，孩子们却在花树间各处乱跑。

  就在这种阳春烟景中，我偶然看到一个人的一首小诗，大意说："地上一切花果都从阳光取得生命的芳馥，人在自然秩序中，也只是一种生物，还待从阳光中取得营养和教育。"因此常常欢喜孤独伶俜的，带了几个硬绿苹果，带了两本书，向阳光较多无人注意的海边走去。照习惯我实对准日出方向，沿海岸往东走。夸父追日我却迎赶日头，不担心半道会渴死。走过了浴场，走过了炮台，走过了那个建筑在海湾石堆上俄国什么公爵的大房子，……一直到太平角凸出海中那个黛色大石堆上，方不再向前进。这个地方前面已是一片碧绿大海，远远可看见水灵山岛的灰色圆影，和海上船只驶过时在浅紫色天末留下那一缕淡烟。我身背后是一片马尾松林，好像一个一个翠绿扫帚，扫拂天云。矮矮的疏疏的马尾松下，到处有一丛丛淡蓝色和黄白间杂野花在任意开放。花丛间常常可看到一对对小而伶俐麻褐色野兔，神气天真烂漫，在那里追逐游戏。这地方还无一座房子，游人稀少，本来应分算是这些小小生物的特别区，所以与陌生人互相发现时，必不免抱有三分好奇，眼珠子骨碌碌的对人望望。望了好一会儿，似乎从神情间看出了一点危险，或猜想到"人"是什么，方憬然惊悟，猛回头在草树间奔窜。逃走时恰恰如一个毛团弹子一样迅速，也如一个弹子那么忽然触着树身而转折，更换个方向继续奔窜。这聪敏活泼生物，终于在绿色马尾松和杂花间消失了。我于是好像有点抱歉，来估想它受惊以后跑回窠中的情形，它们照例是用埋在地下的引水陶筒作家的，因为里面四通八达，合乎传说上的三窟意义。进去以后，必挤得紧紧的，为求安全准备第二次逃奔，因为有时很可能是被一匹狗追逐，狗尚徘徊在水道口。过一会儿心定了点，小心谨慎从水道口露出那两个毛茸茸的小耳朵和光头来，听听远近风声，从经验明白天下太平后，方重新到草树间来游戏。

　　我坐的地方八尺以外，便是一道陡峻的悬崖，向下直插入深海中，若想自杀，只要稍稍用力向前一跃，就可坠崖而下，掉进海水里喂鱼吃。海水有时平静不波，如一片光滑的玻璃。有时可看到两三丈高的大浪头，戴着皱折的白帽子，直向岩石下扑撞，结果这浪头却变成一片银白色的水沫，一阵带咸味的雾雨。我一面让和暖阳光烘炙肩背手足，取得生命所需要的热和力，一面却用面前这片大海教育我，淘深我的生命。时间长，次数多，天与树与海的形色气味，便静静的溶解到了我绝对单独的灵魂里。我虽寂寞却并不悲伤。因为从默会遐想中,感觉到生命智慧和力量。心脏跳跃节奏中,即俨然有形式完美韵律清新的诗歌,和调子柔软而充满青春纪念的音乐。

"名誉、金钱或爱情,甚么都没有,这不算甚么。我有一颗能为一切现世光影而跳跃的心,就很够了。这颗心不仅能够梦想一切,而且可以完全实现它。一切花草既都能从阳光下得到生机,各自于阳春烟景中芳菲一时,我的生命上的花朵,也待发展,待开放,必然有惊人的美丽与芳香。"

我仰卧时那么打量,一起身,另外一种回答就起自心中深处。这正是想象碰着边际时所引起的一种回音。回音中见出一点世故,一点冷嘲,一种受社会挫折蹂躏过的记号。

"一个人心情骄傲,性格孤僻,未必就能够作战士!应当时时刻刻记住,得谨慎小心,你到的原是个深海边。身体纵不至于掉进海里去,一颗心若掉到梦想的幻异境界中去,也相当危险,挣扎出时并不容易!"

这点世故对于当时的我并不需要,因此我重新躺下去,俨若表示业已心甘情愿受我选定的生活选定的人所征服。我等待这种征服。

"为甚么要挣扎?倘若那正是我要到的去处,用不着使力挣扎的。我一定放弃任何抵抗愿望,一直向下沉。不管它是带咸味的海水,还是带苦味的人生,我要沉到底为止。这才像是生活,是生命。我需要的就是绝对的皈依,从皈依中见到神。我是个乡下人,走到任何一处照例都带了一把尺,一把秤,和普通社会总是不合。一切来到我命运中的事事物物,我有我自己的尺寸和分量,来证实生命的价值和意义。我用不着你们名叫'社会'为制定的那个东西，我讨厌一般标准。尤其是什么思想家为扭曲人性而定下的乡愿蠢事。这种思想算是什么？不过是少年时男女欲望受压抑，中年时权势欲望受打击，老年时体力活动受限制，因之用这个来弥补自己并向人间复仇的人病态的表示罢了。这种人从来就是不健康的，哪能够希望有个健康人生观。"

"好，你不妨试试看，能不能使用你自己那个尺和秤，去量量你和人的关系。"

"你难道不相信吗？"

"你应当自己有自信，不用担心别人不相信。一个人常常因为对自己缺少自信，才要从别人相信中得到证明。政治上纠纠纷纷，以及在这种纠纷中的牺牲，使百万人在面前流血，流血的意义就为的是可增加某种人自己那点自信。在普通人事关系上，且有人自信不过，又无从用牺牲他人得到证明，所以一失了恋就自杀的。这种人做了一件其蠢无以复加的行为，还以为是追求生命最高的意义，而且得到了它。"

"我只为的是如你所谓灵魂上的骄傲，也要始终保留着那点自信！"

"那自然极好，因为凡真有自信的人，不问他的自信是从官能健康或观念顽固而来，都可望能够赢得他人的承认。不过你得注意，风不常向一定方向吹。我们生活中到处是'偶然'，生命中还有比理性更具势力的'情感'。一个人的一生可说即由偶然和情感乘除而来。你虽不迷信命运，新的偶然和情感，可将形成你明天的命运，决定你后天的命运。"

"我自信我能得到我所要的，也能拒绝我不要的。"

"这只限于选购牙刷一类小事情。另外一件小事情，就会发现

在故宫午门(五十年代)

一九五九年与夫人张兆和、长子龙朱、次子虎雏、侄女朝慧合影

势不可能。至于在人事上，你不能有意得到那个偶然的凑巧，也无从拒绝那个附于情感上的弱点。"

辩论到这点时，仿佛自尊心起始受了点损害，躺着向天的那个我，沉默了。坐着望海的那个我，因此也沉默了。

试看看面前的大海，海水明蓝而静寂，温厚而蕴藉。虽明知中途必有若干海岛，可供候鸟迁移时栖息，且一直向前，终可到达一个绿芜无限的彼岸。但一个缺少航海经验的人，是无从用想象去证实的。这也正与一个人的生命相似。再试抬头看看天空云影，并温习另外一时同样天空的云影，我便俨若有会于心。因为海上的云彩实在丰富异常。有时五色相渲，千变万化，天空如张开一张锦毯。有时又素净纯洁，天空但见一片绿玉，别无它物。这地方一年中有大半年天空中竟完全是一幅神奇的图画，有青春的嘘息，触起人狂想和梦想，看来令人起轻快感、温柔感、音乐感、情欲感。海市蜃楼就在这种天空中显现，它虽不常在人眼底，却永远在人心中。秦皇汉武的事业，同样结束在一个长生不死青春常驻的梦境里，不是毫无道理的。然而这应当是偶然和情感乘除，此外还有点别的什么？

我不羡慕神仙，因为我是个凡人。我还不曾受过任何女人关心，也不曾怎么关心过别的女人。我在移动云影下，做了些年轻人所能做的梦。我明白我这颗心在情分取予得失上，受得住人的冷淡糟蹋，也载得起来忘我狂欢。我试重新询问我自己。

"什么人能在我生命中如一条虹，一粒星子，在记忆中永远忘不了？应当有那么一个人。"

"怎么这样谦虚得小气？这种人虽行将就要陆续来到你的生命中，各自保有一点势力。这些人名字都叫做'偶然'。名字有点俗气,但你并不讨厌它。因为它比虹和星还无固定性,还无再现性。它过身,留下一点什么在这个世界上一个人的心上;它消失,当真就消失了。除了留在心上那个痕迹,说不定从此就永远消失了。这消失也不会使人悲观,为的是它曾经活在你心上过,并且到处是偶然。"

"我是不是也能够在另外一个生命中保留一种势力?"

"这应当看你的情感。"

"难道我和人对于自己,都不能照一种预定计划去作一点……"

"唉,得了。什么计划?你意思是不是说那个理性可以为你决定一件事情,而这事情又恰恰是上帝从不曾交把任何一个人的?你试想想看:能不能决定三点钟以后,从海边回到你那个住处去,半路上会有些什么事情等待你?这些事影响到一年两年后的生活,可能有多大?若这一点你失败了,那其他的事情,显然就超过你智力和能力以外更远了。这种测验对于你也不是件坏事情,因为可让你明白偶然和感情将来在你生命中的种种,说不定还可以增加你一点忧患来临的容忍力——也就是新的道家思想,在某一点某一事上,你得有点信天委命的达观,你才能泰然坦然继续活下去。"

我于是靠在一株马尾松旁边,一面采摘那些杂色不知名野花,一面试去想象,下午回去半路上可能发生的一切事情。

到下午四点钟左右,我预备回家了。在惠泉浴场潮水退落后的海滩泥地上,看见一把被海水漂成白色的小螺蚌,在散乱的地面返着珍珠光泽。从螺蚌形色,可推测得这是一个细心的人的成绩。我猜想这也许是个随同家中人到海滩上来游玩的女孩子,用两只小而美丽的手，精心细意把它从沙砾中选出，玩过一阵以后，手中有了一点湿汗，怪不受用，又还舍不得抛弃。恰好见家中人在前面休息处从藤提篮中取出苹果，得到个理由要把手弄干净一点，就将它塞在保姆手里，不再关心这个东西了。保姆把这些螺蚌残骸捏在大手里一会儿，又为另外一个原因，把它随意丢在这里了。因为湿地上留下一列极长的足印，就中有个是小女孩留下的，我为追踪这个足印，方发现了它。这足印到此为止，随后即斜斜的向可供休息的一个大石边走去，步法已较宽，可知是跑去的。并且石头上还有些苹果香蕉皮屑。我于是把那些美丽螺蚌一一捡到手中，因为这些过去生命，保留了一些别的生命的美丽天真愿望活在我的想象中。

再走过去一点，我又追踪另外两个脚迹走去，从大小上可看出这是一对年轻伴侣留下的。到一个最适宜于看海上风帆的地点，两个脚迹稍深了点，乱了点，似乎曾经停留了一会儿。从男人手杖尖端划在沙上的几条无意义的曲线，和一些三角形与圆圈，和一小个装胶卷的小黄纸盒，可推测得出这对年轻伴侣，说不定到了这里，恰好看见海上一片三角形白帆驶过，因为欣赏景致停顿了一会儿，还照了个相。照相的很可能是女人，手杖在沙上画的曲线和其他，就代表男子闲坐与一点厌烦。在这个地方照相，又可知是一对外来游人，照规矩，本地人是不会在这个地方照相的。

再走过去一点，到海滩滩头时，我碰到一个敲拾牡垂手而得的蛎的穷女孩，竹篮中装了一些牡蛎和一把黄花。

于是我回到了住处。上楼梯时照样轧轧的响，从这响声中就可知并无什么意外事发生。从一个同事半开房门中，可看到墙壁上一张有香烟广告美人画。另外一个同事窗台上，依然有个鱼肝油空瓶。一切都照样。尤其是楼下厨房中大师傅，在调羹和味时那些碗盏碰撞声音，以及那点从楼口上溢的扑鼻香味，更增加凡事照常的感觉。我不免对于在海边那个宿命论与不可知论的我，觉得有点相信不过。

其时尚未黄昏，住处小院子十分清寂，远在三里外的海上细语啮岸声音，也听得很清楚。院子内花坛中一大丛珍珠梅，脆弱枝条上繁花如雪。我独自在院中划有方格的水泥道上来回散步，一面走一面思索些抽象问题。恰恰如歌德传记中说他二十多岁时在一个钟楼上看村景心情，身边手边除了本诗集什么都没有，可是世界上一切都俨然为他而存在。用一颗心去为一切光色声音气味而跳跃，比用两条强壮手臂对于一个女人所能作的还更多。可是多多少少有一点儿难受，好像在有所等待，可不知要来的是什么。

远远的忽然听到女人笑语声，抬头看看，就发现短墙外拉斜下去的山路旁，那个加拿大白杨林边，正有个年事轻轻的女人，穿着件式样称身的黄绸袍子，走过草坪去追赶一个女伴。另外一处却有个"上海人"模样穿旅行装的二号胖子，携带两个孩子在招呼她们。我心想，怕是什么银行经理一类人来看樱花吧。这些人照例住"第一宾馆"的头等房间，上馆子时必叫"甲鲫鱼"，还要到炮台边去照几个相，一切行为都反应他钱袋的饱满，和兴趣的庸俗。女的很可能因为从"上海"来的，衣服都很时髦，可是脑子都空空洞洞，除了从电影上追求女角的头发式样，算是生命中至高的悦乐，此外竟毫无所知。

过不久，同住的几个专家陆续从学校回来了，于是照例开饭。甲乙丙丁戊己庚辛坐满了一桌子，再加上一位陌生女客，一个受过北平高等学校教育上海高等时髦教育的女人。照表面看，这个女人可说是完美无疵，大学教授理想的太太。照言谈看，这个女人并且对于文学艺术竟像是无不当行。不凑巧平时吃保肾丸的教授乙，饭后拿了个手卷人物画来欣赏时，这个漂亮女客却特别对画上的人物数目感兴趣。这一来，我就明白女客精神上还是大观园拿花荷包的人物了。

到了晚上，我想起"偶然"和"情感"两个名词，不免重新有点不平。好像一个对生命有计划对理性有信心的我，被另一个宿命论不可知论的我战败了。虽然败还不服输，所以总得想方法来证实一下。当时唯一可证实我是能够有理想照理想活下去的事，即使用手上一支笔写点什么。先是为一个远在千里外女孩子写了些信，预备把白天海滩上无意中得到的螺蚌附在信里寄去。因为叙述这些螺蚌的来源，我不免将海上光景描绘一番。这种信写成后使我不免有点难过起来，心俨然沉到一种绝望的泥潭里了，为自救自解计，才另外来写个故事。我以为由我自己把命运安排得十分美丽，若不可能，安排一个小小故事，应当不太困难。我想试试看能不能在空中建造一个式样新奇的楼阁。我无中生有，就日中所见，重新拼合写下去，我应当承认，在写到故事一小部分时，情感即已抬了头。我一直写到天明，还不曾离开桌边，且经过二十三个钟头，只吃过三个硬苹果。写到一半时，我方在前面加个题目：《八骏图》。第五天后，故事居然写成功了。第二十七天后，故事便在上海一个刊物上发表了。刊物从上海寄过青岛时，同住几个专家都觉得被我讥讽了一下，都以为自己即故事上甲乙丙丁。完全不想到我写它的用意，只是在组织一个梦境。至于用来表现"人"在各种限制下所见出的性心理错综情感，我从中抽出式样不同的几种人，用言语、行为、联想、比喻以及其他方式来描写它。这些人照样活一世，并不以为难受，到被别人如此艺术的处理时，看来反而难受，在我当时竟觉得大不可解。这故事虽得来些不必要麻烦，且影响到我后来放弃教学的理想，可是一般读者却因故事和题目巧合，表现方法相当新，处理情感相当美，留下个较好印象。且以为一定真有那么一回事，因此按照上海风气，为我故事来作索引，就中男男女女都有名有姓。这种索引自然是不可信的，尤其是说到的女人，近于猜谜。这种猜谜既无关大旨，所以我只用微笑和沉默作为答复。

夏天来了，大家都向海边跑，我却留在山上。有一天，独自在学校旁一列梧桐树下散步，见太阳光从梧桐大叶空隙间滤过，光影印在地面上，纵横交错。俨若有所契，有所悟，只觉得生命和一切都交互溶解在光影中。这时节，我又照例成为两种对立的人格。

我稍稍有点自骄，有点兴奋："什么是偶然和情感？我要做的事，就可以做。世界上不可能用任何人力材料建筑的宫殿和城堡，原可以用文字作成功的。有人用文字写人类行为的历史，我要写我自己的心和梦的历史。我试验过了，还要从另外一方面作试验。"

那个回音依然是冷冷的："这不是最好的例，若用前事作例，倒恰好证明前次说的偶然和情感实决定你这个作品的形式和内容。你偶然遇到几件琐碎事情，在情感兴奋中粘合贯串了这些事情，末了就写成了那么一个故事。你再写写看，就知道你单是'要写'，并不成功了。文字虽能建筑宫殿和城堡，可是那个图样却是另外一时的偶然和情感决定的。"

"这是一种诡辩。时间将为证明，我要作什么，必能作什么。"

"别说你'能'作什么，你不知道，就是你'要'作什么，难道还不是由偶然和情感乘除来决定？人应当有自信，但不许超越那个限度。"

"情感难道不属于我？不由我控制？"

"它属于你，可并不如由知识堆积而来的理性，能供你使唤。只能说你属于它，它又属于生理上的'性'，性又属于人事机缘上的那个偶然。它能使你生命如有光辉，就是它恰恰如一个星体为阳光照及时。你能不能知道阳光在地面上产生了多少生命，具有多少不同形式？你能不能知道有多少生命名字叫作女人，在什么情形下就使你生命放光，情感发炎？你能不能估计有什么在阳光下生长中的生命，到某一时原来恰恰就在支配你，成就你？这一切你全不知道！"

…………

这似乎太空虚了点，正像一个人在抽象中游泳，这样游来游去自然是不会到那个理想或事实边际的。如果是海水，还可推测得出本身浮沉和位置。如今只是抽象，一切都超越感觉以上，因此我不免有点恐怖起来。我赶忙离开了树下日影，向人群集中处走去，到了熙来攘往的大街上。这一来，两个我照例都消失了。只见陌生人林林总总，在为一切事而忙。商店和银行，饭馆和理发馆，到处有人进出。人与人关系变得复杂到不可思议，然而又异常单纯的一律受"钞票"所控制。到处有人在得失上爱憎，在得失上笑骂，在得失上作种种表示。离开了大街，转到市政府和教堂时，就可使人想到这是历史上种种得失竞争的象征，或用文字制作经典，或用木石造作虽庞大却极不雅观的建筑物，共同支撑一部分前人的意见，而照例更支撑了多数后人的衣禄。……不知如何一来，一切人事在我眼前都变成了漫画，既虚伪，又俗气，而且反复继续的下去，不知到何时为止。但觉人生百年长勤，所得于物虽不少，所得于己实不多。

我俨然就休息到这种对人事的感慨上，虽累而不十分疲倦。我在那新教堂石阶上面对大海坐了许久。

回来时，我想除去那些漫画印象，和不必要的人事感慨，就重新使用这支笔，来把佛经中小故事放大翻新，注入我生命中属于情绪散步的种种纤细感觉和荒唐想象。我认为人生为追求抽象原则，应超越功利得失和贫富等级，去处理生命与生活。我认为人生至少还容许用将来重新安排一次。就那么试来重作安排，因此又写成一本《月下小景》。

两年后，《八骏图》和《月下小景》结束了我的教书生活，也结束了我海边孤寂中的那种情绪生活。两年前偶然写成的一个小说，损害了他人的尊严，使我无从和甲乙丙丁专家同在一处继续共事下去。偶然拾起的一些螺蚌，连同一个短信，寄到另外一处时，却装饰了另外一个人的青春生命，我的幻想已证实了一部分，原来我和一个素朴而沉默的女孩子，相互间在生命中都保留一种势力，无从去掉了，我到了北平。

有一天，我走入北平城一个人家的阔大华贵客厅里，猩红丝绒垂地的窗帘，猩红丝绒四丈见方的地毯，把我愣住了。我就在一套猩红丝绒旧式大沙发中间，选了靠近屋角一张沙发坐下来，观看对面高大墙壁上的巨幅字画。莫友芝斗大的分隶屏条，赵㧑叔斗大的红桃立轴，这一切竟像是特意为配合客厅而准备，并且还像是特意为压迫客人而准备。一切都那么壮大，我于是似乎缩得很小。来到这地方是替一个亲戚带个小礼物，应当面把礼物交给女主人的。等了一会儿，女主人不曾出来，从客厅一角却出来了个"偶然"。问问才知道是这人家的家庭教师，和青岛托带礼物的亲戚也相熟，和我好些朋友都相熟。虽不曾见过我，可是却读过我作的许多故事。

因为那女主人出了门,等等方能回来,所以用电话要她和我谈谈。我们谈到青岛的四季,两年前她还到过青岛看樱花,以为樱花和别的花都不如北平的花好,倒是那个海有意思。女主人回来时,正是我们谈到海边一切,和那个本来俨然海边主人的麻兔时。我们又谈了些别的事方告辞。"偶然"给我一个幽雅而脆弱的印象,一张白白的小脸,一堆黑而光柔的头发,一点陌生羞怯的笑。当发后的压发翠花跌落到地毯上,躬身下去寻找时,我仿佛看到一条素色的虹霓。虹霓失去了彩色,究竟还有什么,我并不知道。"偶然"给我保留一种印象,我给了"偶然"一本书,书上第一篇故事,原可说就是两年前为抵抗"偶然"而写成的。

一个月以后,我又在另外一个素朴而美丽的小客厅中,见到了"偶然"。她说一点钟前还看过我写的那个故事,一面说一面微笑。且把头略偏,眼中带点羞怯之光,想有所探询,可不便启齿。

仿佛有斑鸠唤雨声音从远处传来。小庭园玉兰正盛开。我们说了些闲话,到后"偶然"方问我:"你写的可是真事情?"

我说,"什么叫作真?我倒不大明白真和不真在文学上的区别,也不能分辨它在情感上的区别,文学艺术只有美和不美。精卫衔石,杜鹃啼血,情真事不真,并不妨事。你觉得对不对?"

"我看你写的小说,觉得很美,当真很美,但是,事情真不真——可未必真!"

这种怀疑似乎已超过了文学作品的欣赏,所要理解的是作者的人生态度。

我稍稍停了一会儿,"不管是故事还是人生,一切都应当美一些!丑的东西虽不全是罪恶,可是总不能令人愉快。我们活到这个现代社会中,被官僚、政客、银行老板、理发匠和成衣师傅,共同弄得到处是丑陋，可是人应当还有个较理想的标准，也能够达到那个标准，至少容许在文学艺术上创造那标准。因为不管别的如何，美应当是善的一种形式。"

正像是这几句空话说中了"偶然"另外某种嗜好，"偶然"轻轻的叹了一口气。"美的有时也令人不愉快！譬如说，一个人刚好订婚，又凑巧……"

我说，"呵！我知道了。你看了我写的故事一定难过起来了。不要难受，美丽总使人忧愁，可是还受用。那是我在海上受水云教育产生的幻影，并非实有其事！"

"偶然"于是笑了。因为心被个故事已浸柔软，忽然明白这为古人担忧弱点已给客人发现，自然觉得不大好意思。因此不再说什么，把一双白手拉拉衣角，裹紧了膝头。那天穿的衣服，恰好是件绿地小黄花绸子夹衫，衣角袖口缘了一点紫。也许自己想起这种事，只是不经意的和我那故事巧合，也许又以为客人并不认为这是不经意，且认为是成心。所以在应付间不免用较多微笑作为礼貌的装饰，与不安情绪的盖覆。结果另外又给了我一种印象。我呢，我知道，上次那本小书给人甘美的忧愁已够多了。

离开那个素朴小客厅时，我似乎遗失了一点什么东西。在开满了马缨花和洋槐的长安街大路上，试搜寻每个衣袋，不曾发现失去的是什么。后来转入中南海公园，在柳堤上绕了一个大圈子，见到水中的云影，方骤然觉悟失去的只是三年前独自在青岛大海边向虚空凝眸，作种种辩论时那一点孩子气主张。这点自信若不是掉落到一堆时间后边，就是前不久掉在那个小客厅中了。

我坐在一株老柳树下休息，想起"偶然"穿的那件夹衫，颜色花朵如何与我故事上景物巧合。当这点秘密被我发现时，"偶然"所表示的那种轻微不安，是种什么分量。我想起我向"偶然"说的话，这些话，在"偶然"生命中，可能发生的那点意义，又是种什么分量。心似乎有点跳得不大正常。"美丽总使人忧愁，然而还受用。"

一个小小金甲虫落在我的手背上，捉住了它看看时，只见六只小脚全缩敛到带金属光泽的甲壳下面。从这小虫生命完整处，见出自然之巧和生命形式的多方。手轻轻一扬，金甲虫即振翅飞起，消失在广阔的湖面莲叶间了。我同样保留了一点印象在记忆里，原来我的心尚空阔得很，为的是过去曾经装过各式各样的梦，把梦腾挪开时，还装得上许多事事物物。然而我想这个泛神倾向若用之与自然对面，很可给我对现世光色有更多理解机会；若用之于和人事对面，或不免即成为我一种弱点，尤其是在当前的情形下，决不能容许弱点抬头。

因此我有意从"偶然"给我的印象中，搜寻出一些属于生活习惯上的缺点，用作保护我性情上的弱点。

>……生活在一种不易想象的社会中，日子过得充满脂粉气。这种脂粉气既成为生活一部分，积久也就会成为生命中不可少的一部分。一切不外乎装饰，只重在增加对人的效果，毫无自发的较深较远的理想。性情上的温雅，和文学爱好，也可说是足为装饰之一种。脂粉气邻于庸俗，知识也不免邻于虚伪。一切不外乎时髦，然而时髦得多浅多俗气！……

我于是觉得安全了。倘若没有别的时间下偶然发生的事情，我应当说实在是十分安全的。因为我所体会到的"偶然"生活性情上的缺点，一直都还保护到我，任何情形下尚有作用。不过保护得我更周到的，也许还是另外一种事实，即一种幸福的婚姻，或幸福婚姻的幻影，我正准备去接受它，证实它。这也可说是种偶然，为的是由于两年前在海上拾来那点螺蚌，无意中寄到南方时所得的结果。然而关于这件事，我却认为是意志和理性作成的。恰恰如我一切用笔写成的故事，内容虽近于传奇，由我个人看来，却产生于一种计划中。

时间流过去了，带来了梅花、丁香、芍药和玉兰，一切北方色香悦人的花朵，在冰冻渐渐融解风光中逐次开放。另外一种温柔的幻影已成为实际生活。一个小小院落中，一株槐树和一株枣树，遮蔽了半个院子。从细碎树叶间筛下细碎的日影，铺在砖地，映照在素净纸窗间，给我对于生命或生活一种新的经验和启示。一切似乎都安排对了。我心想：

"我要的，已经得到了。名誉或认可，友谊和爱情，全部到了我的身边。我从社会和别人证实了存在的意义。可是不成，我似乎还有另外一种幻想，即从个人工作上证实个人希望所能达到的传奇。我准备创造一点纯粹的诗，与生活不相粘附的诗。情感上积压下来的一点东西，家庭生活并不能完全中和它消耗它，我需要一点传奇，一种出于不巧的痛苦经验，一分从我'过去'负责所必然发生的悲剧。换言之，即完美爱情生活并不能调整我的生命，还要用一种温柔的笔调来写爱情，写那种和我目前生活完全相反，然而与我过去情感又十分相近的牧歌，方可望使生命得到平衡。"

因此每天大清早，就在院落中一个红木八条腿小小方桌上，放下一叠白纸，一面让细碎阳光洒在纸上，一面将我某种受压抑的梦写在纸上。故事上的人物，一面从一年前在青岛崂山北九水旁见到的一个乡村女子，取得生活的必然，一面就用身边新妇作范本，取得性格上的素朴式样。一切充满了善，然而到处是不凑巧。既然是不凑巧，因之素朴的善终难免产生悲剧。故事中充满五月中的斜风细雨，以及那点六月中夏雨欲来时闷人的热，和闷热中的寂寞。这一切其所以能转移到纸上，倒可说全是从两年来海上阳光得来的能力。这一来，我的过去痛苦的挣扎，受压抑无可安排的乡下人对于爱情的憧憬，在这个不幸故事上，才得到了排泄与弥补。

一面写一面总仿佛有个生活上陌生、情感上相当熟习的声音在召唤我：

"你这是在逃避一种命定。其实一切努力全是枉然。你的一支笔虽能把你带向'过去'不过是用故事抒情作诗罢了。真正在等待你的却是'未来'。你敢不敢向更深处想一想，笔下如此温柔的原因？你敢不敢仔仔细细认识一下你自己，是不是个能够在小小得失悲欢上满足的人？"

"我用不着作这种分析和研究。我目前的生活很幸福，这就够了。"

"你以为你很幸福，为的是你尊重过去，当前是照你过去理性或计划安排成功的。但你何尝真正能够在自足中得到幸福？或用他人缺点保护，或用自己的幸福幻影保护，二而一，都可作为你害怕'偶然'浸入生命中时所能发生的变故。因为'偶然'能破坏你幸福的幻影。你怕事实，所以自觉宜于用笔捕捉抽象。"

"我怕事实？"

"是的，你害怕明天的事实。或者说你厌恶一切事实，因之极力想法贴近过去，有时并且不能不贴近那个抽象的过去，使它成为你稳定生命的碇石。"

我好像被说中了，无从继续申辩。我希望从别的事情上找寻我那点业已失去的自信，或支持自信的观念。没有得到，却得到许多容易破碎的古陶旧瓷。由于耐心和爱好换来的经验，使我从一些盘盘碗碗形体和花纹上，认识了这些艺术品的性格和美术上特点，都恰恰为一个中年人自各样人事关系上所得的经验一般。久而久之，对于清代瓷器中的盘碗，我几几乎用手指去摸抚它的底足边缘，就可判断作品的相对年代了。然而这一切却只能增加我耳边另外一种声音的调讽。

"你打量用这些容易破碎的东西稳定平衡你奔放的生命，到头还是毫无结果的。这消磨不了你三十年积压的幻想。你只有一件事情可作，即从一种更直接有效的方式上，发现你自己，也发现人。甚么地方有些年轻温柔的心在等待你，收容你的幻想，这个你明明白白。为的是你怕事，你于是名字叫作好人。声音既来自近处，又像来自远方，却十分明白的存在，不易消失。"

试去搜寻从我生活上经过的人事时，才发现这个那个"偶然"都好像在鼓舞我控制我支配我。因此重新在所有"偶然"给我的印象上，找出每个"偶然"的缺点，保护到我自己的弱点。只因为这些声音就似乎从各方面传来。且从不同时间不同地点传来。

我的新书《边城》出了版，这本小书在读者间得到些赞美，在朋友间还得到些极难得的鼓励。可是没有一个人知道我是在什么情绪下写成这个作品，也不大明白我写它的意义。即以极细心朋友刘西渭先生批评说来，就完全得不到我如何用这个故事填补我过去生命中一点哀乐的原因。唯其如此，这个作品在我抽象感觉上，我却得到一种近乎严厉讥刺的责备。

"这是一个胆小而知足且善逃避现实者最大的成就。将热情注入故事中，使他人得到满足，自己得到安全，并从一种友谊的回声中证实生命的意义。可是生命真正意义是什么？是节制还是奔放？是矜持还是疯狂？是一个故事还是一种事实？"

"这不是我要回答的问题，他人也不能引诱我答复。"

不过这件事在我生命中究竟已经成为一个问题。庭院中枣子成熟时，眼看到缀系在细枝间被太阳晒得透红的小小果实，心中不免有一丝儿对时序的悲伤。一切生命都有个秋天，来到我身边却是那个"秋天的感觉"。这种感觉可以使一个浪子缩手皈心，也可以使一个君子胡涂堕落，为的是衰落预感刺激了他，或恼怒了他。

天气渐冷，我已不能再在院中阳光下写什么，且似乎也并无什么故事可写。心手两闲的结果，使我起始坠入故事里乡下女孩子那种纷乱情感中。我需要什么？不大明白，又正像不敢去思索明白。总之情感在生命中已抬了头。这比我真正去接近某个偶然时还觉得害怕。因为它虽不至于损害人，事实上却必然会破坏我——我的工作理想和一点自信心，都必然将因此而毁去。最不妥当处是我还有些预定的计划，这类事与我"性情"虽不甚相合，对我"生活"却近于必需。情感若抬了头，一群"偶然"听其自由浸入我生命中，就什么都完事了。当时若能写个长篇小说，照《边城题记》中所说来写崩溃了的乡村一切，来消耗它，归纳它，也许此后可以去掉许多困难。但这种题目和我当时心境都不相合。我只重新逃避到字帖赏玩中去。我想把写字当成一束草，一片破碎的船板，俨然用它为我下沉时有所准备。我要和生命中一种无固定性的势力继续挣扎，尽可能去努力转移自己到一种无碍于人我的生活方式上去。

不过我虽能将生命逃避到艺术中，可无从离开那个环境。环境中到处是年轻生命，到处是"偶然"。也许有些是相互逃避到某种问题中，有些又相互逃避到礼貌中，更有些说不定还近于"挹彼注此"的……因之各人都可得到一种安全感或安全事实。可是这对于我，自然是不大相宜的。我的需要在压抑中，更容易见出它的不自然处。岁暮年末时，因"偶然"中之某一个，重新有机会给了我一点更离奇印象。依然那么脆弱而羞怯，用少量言语多量微笑或沉默来装饰我们的晤面。其时白日的阳光虽极稀薄，寒风冻结了空气，可是房中炉火照例极其温暖，火炉边柔和灯光中，是能生长一切的，尤其是那个名为"感情"或"爱情"的东西。可是为防止附于这个名辞的纠纷性和是非性，我们却把它叫作"友谊"。总之，"偶然"之一和我之友谊越来越不同了。一年余以来努力的趋避，在十分钟内即证明等于精力白费。"偶然"的缺点依旧尚留在我印象中，而且更加确定，然而却不能保护我什么了。其他"偶然"的长处，也不能保护我什么了。

我于是逐渐进入到一个激烈战争中，即理性和情感的取舍。但事极显明，就中那个理性的我终于败北了。当我第一次给了"偶然"一种败北以后的说明时，一定使"偶然"惊喜交集，且不知如何来应付这种新的问题。因为这件事若出于另一"偶然"，则准备已久，恐不过是"我早知如此"轻轻的回答，接着也不过是由此必然而来的一些给和予。然而这事情却临到一个无经验无准备的"偶然"手中，在她的年龄和生活上，是都无从处理这个难题，更毫无准备应付这种问题的技术。因此当她感觉到我的命运是在她手中时，不免茫然失措。

我呢，俨然是在用人教育我。我知道这恰是我生命的两面，用

一九六一年在江西

一九七二年春于北京

之于编排故事，见出被压抑热情的美丽处，用之于处理人事，即不免见出性情上的弱点，不特苦恼自己也苦恼人。我真业已放弃了一切可由常识来应付的种种，一任自己沉陷到一种情感漩涡里去。十年后温习到这种"过去"时，我恰恰如在读一本属于病理学的书籍，这本书名应当题作：《情感发炎及其治疗》，作者是一个疯子同时又是一个诗人。书中毫无故事，唯有近乎抽象的印象拼合。到客厅中红梅与白梅全已谢落时，"偶然"的微笑已成为苦笑。因为明白这事得有个终结，就装作为了友谊的完美，和个人理想的实证，带着一点悲伤，一种出于勉强的充满痛苦的笑，好像说，"我得到的已够多了"，就到别一地方去了。走时的神气，和事前心情上的纷乱，竟与她在某一时写的一个故事完全相同。不同处只是所要去的方向而已。

我于是重新得到了稳定，且得到用笔的机会。可是我不再写什么传奇故事了，因为生活本身即为一种动人的传奇。我读过一大堆书，再无什么故事比我情感上的哀乐得失经验更离奇动人。我读过许多故事，好些故事到末后，都结束到"死亡"和一个"走"字上，我却估想这不是我这个故事的结局。

第二个"偶然"因为在我生命中用另外一种形式存在，我读了另外一本书。这本书正如出于一个极端谨慎的作者，中间从无一个不端重的句子，从无一段使他人读来受刺激的描写，而且从无离奇的变故与纠纷，然而且真是一种传奇。为的是在这故事背后，保留了一切故事所必需的回目，书中每一章每一节都是对话，与前一个故事微笑继续沉默完全相反。故事中无休止的对话与独白，却为的是沉默即会将故事组织完全破坏而起，从独白中更可见出"偶然"生命取予的形式。因为预防，相互都明白，一沉默即将思索，一思索即将究寻名词,一究寻名词即可能将"友谊"和"爱情"分别其意义。这一来,情形即发生变化,不窘人将不免自窘。因此这故事就由对话起始,由独白结束。书中人物俨然是在一种战争中维持了十年友谊。形式上都得了胜利,事实上也可说都完全败北。因为装饰过去的生命,本容许有一点妩媚和爱娇,以及少许有节制的疯狂,故事中却用对话独白代替了。

第三个"偶然"浸入我生命中时,初初即给我一点启示,是上海成衣匠和理发匠等等在一个年轻肉体上所表现的优美技巧。我觉得这种技巧只会给第二等人增加一点风情上的效果,对于"偶然"实不必要。因此我在沉默中为除去了这些人为的技巧,看出自然所给予一个年轻肉体完美处和精细处。最奇异的是这里并没有情欲,竟可说毫无情欲,只有艺术。我所处的地位完全是一个艺术鉴赏家的地位。我理会的只是一种生命的形式,以及一种自然道德的形式。没有冲突,超越得失,我从一个人的肉体认识了神与美,且即此为止,我并不曾用其他方式破坏这种神与美的印象。正可说是一本完全图画的传奇,就中无一个文字。唯其如此,这个传奇也庄严到使我不能用文字来叙述。唯一可重现人我这种崇高美丽情感应当是音乐。但是一个轻微的叹息,一种目光的凝注,一点混合爱与怨的退避,或感谢与崇拜的轻微接近,一种象征道德极致的素朴,一种表示惊讶的呆,音乐到此亦不免完全失去了意义。这人传奇是……

我在用人教育我,俨然陆续读了些不同体裁的传奇。这点机会,大多数却又是我先前所写的一堆故事为证明,我是诚实而细心,奇特的且能辨别人生理解人心,更知道庄严和粗俗的细微分量界限,不至于错用或滥用,因此能翻阅这些奇书。

不过度量这一切,自然用的是我从乡下随身带来的尺和秤量。若由一般社会所习惯的权衡来度量我的弱点和我的坦白,则我存在的意义存在的价值早已失去了。因为我也许在"偶然"中翻阅了些不应道及的篇章。

然而正因为弱点和坦白共同在性格或人格上表现,如此单纯而明朗,使我在婚姻上见出了奇迹。在连续而来的挫折中,作主妇的始终能保留那个幸福的幻影,而且还从其他方式上去证实。这种事由别人看来为不可解,恰恰如我为这个问题写的一个短篇所描写到的情形:"当两人在熟人面前被人称为'佳偶'时,就用微笑表示'也像冤家'的意思;又或在熟人神气间被目为'冤家'时,仍用微笑表示'实是佳偶'的意思",由自己说来,也极自然。只因为理解到"长处"和"弱点"原是生命使用方式上的不同,情形必然就会如此。一切基于理解。我是个云雀,经常向碧空飞得很高很远,到一定程度,终于还是直向下坠,归还旧窠。

再过了四年,战争把世界地图和人类历史全改变了过来,同时从极小处,也重造了的人与人的关系,以及这个人在那个人心上的位置。

一个聪明善谈的女孩子,年纪大了点时,自然都乐意得到一个朋友的信托,更乐意从一个朋友得到一点有分际的、混合忧郁和热忱所表示的轻微疯狂,用作当前剩余青春的点缀,以及明日青春消逝温习的凭证。如果过去一时,若不保留一些美好印象,印象的重叠,使人在取予上自然都不能不变更一种方式,见出在某些事情上的宽容为必然,在某种事情上的禁忌为不必要。无形中都放弃了过去一时的那点警惕心和防卫心。因此虹和星都若在望中,我俨然可以任意去伸手摘取。可是我所注意摘取的应当说却是自己生命追求抽象原则的一种形式。我只希望如何来保留这种热忱到文字中。对于爱情或友谊本身,已不至于如何惊心动魄来接近它了。我懂得"人"多了一些,懂得自己也多了些。在"偶然"之一过去所以自处的"安全"方式上,我发现了节制的美丽。在另外一个"偶然"目前所以自见的"忘我"方式上,我又发现了忠诚的美丽。在第三个"偶然"所希望于未来"谨慎"方式上,我还发现了谦退中包含勇气与明智的美丽……生命取舍的多方,因之使我不免有点"老去方知读书少"的自觉。我还需要学习。从更多陌生的书以及少数熟习的人,学习点"人生"。

因此一来,"我"就重新又成为一个毫无意义的字言,因为很快即完全消失到一个"偶然"的颦笑中和这类颦笑取舍中了。

失去了"我"后却认识了"神",以及神的庄严。墙壁上一方黄色阳光,庭院里一点花草,蓝天中一粒星子,人人都有机会见到的事事物物,多用平常感情去接近它。对于我,却因为和"偶然"某一时的生命同时嵌入我记忆中,印象中,它们的光辉和色泽,就都若有了神性,成为一种神迹了。不仅这些与"偶然"同时浸入我生命中的东西,含有一种神性,即对于一切自然景物,到我单独默会它们本身的存在和宇宙微妙关系时,也无一不感觉到生命的庄严。一种由生物的美与爱有所启示,在沉静中生长的宗教情绪,无可归纳,我因之一部分生命,竟完全消失在对于一切自然的皈依中。这种简单的情感,很可能是一切生物在生命和谐时所同具的,且必然是比较高级生物所不能少的。然而人若保有这种情感时,却产生了伟大的宗教,或一切形式精美而情感深致的艺术品。对于我呢,我什么也不写,亦不说。我的一切官能都似乎在一种崭新教育中,经验了些极纤细微妙的感觉。

我用这种"从深处认识"的情感来写故事,因之产生了《长河》。《长河》的被扣留无从出版,可不是偶然了。因为从普通要求说来,对战事描写,是不必要如此向深处掘发的。

我住在一个乡下,因为某种工作,得常常离开了一切人,单独从个宽约七里的田坪通过。若跟随引水道曲折走去,可见到长年活鲜鲜的潺湲流水中,有无数小鱼小虫,临流追逐,悠然自得,各有其生命之理。平流处多生长了一簇簇野生慈姑,三箭形叶片虽比田中生长的较小,开的小白花却很有生气,花朵如水仙,白瓣黄蕊,成一小串,从中心挺起。路旁尚有一丛丛刺蓟科野草,开放翠蓝色小花,比毋忘我草形体尚清雅脱俗,使人眼目明爽,如对无云碧穹。花谢后却结成无数小小刺球果子,便于借重野兽和家犬携带到另一处繁殖。若从其他几条较小路上走去,蚕豆和麦田中,照例到处生长浅紫色樱草,花朵细碎而妩媚,还带上许多白粉。采摘来时不过半小时即枯萎,正因为生命如此美丽脆弱,更令人感觉生物中求生存与繁殖的神性。在那两面铺满彩色绚丽花朵细小的田塍上,且随时可看到成对的羽毛黑白分明异常清洁的鹡鸰,见人时微带惊诧,一面飞起一面摇颤着小小长尾,在豆麦田中一起一伏,似乎充满了生命的悦乐。还有那个顶戴大绒冠的戴胜鸟,披负一身杂毛,一对小眼睛骨碌碌的对人痴看,直到来人近身时,方微带匆促展翅飞去。本地秧田照习惯不作他用。除三月时育秧,此外长年都浸在一片浅水里。另外几方小田种上慈姑莲藕的,也常是一片水。不问晴雨这种田中照例有三两只缩肩秃尾白鹭鸶,清癯而寂寞,在泥沼中有所等待,有所寻觅。又有种鸥形水鸟,在田中走动时,肩背毛羽全是一片美丽桃灰色,光滑而带丝网光泽,有时数百成群在空中翻飞游戏，因翅翼下各有一片白，便如一阵光明的星点，在蓝穹下动荡。小村子有一道流水穿过，水面人家土墙边，都用带刺木香花作篱笆，带雨含露成簇成串的小白花，常低垂到人头上，得一面撩拨方能通过。树下小河沟中，常有小孩子捉鳅拾蚌，或精赤身子相互浇水取乐。村子中老妇人坐在满是土蜂窠的向阳土墙边取暖，屋角隅可听到有人用大石杵缓缓的捣米声，景物人事相对照，恰成一希奇动人景象。过小村落后又是一片平田，菜花开时，眼中一片黄，鼻底一片香。土路不十分宽，驮麦粉的小马，和驮烧酒的小马，与迎面来人擦身而过时，赶马押运货物的，却远远的在马后喊"让马"，从不在马前牵马让人。因此行人必照规矩下到田塍上去，等待马走过时再上路。菜花一片黄的平田中，还可见到整齐成行的细枝胡麻，竟像是完全为装饰用，一行一行栽在中间。在瘦小与脆弱的本端，开放一朵朵翠蓝色小花，花头略略向下低垂，张着小嘴如铃兰样子，风姿娟秀而明媚，在阳光下如同向小蜂小虫微笑，"来，吻我，这里有蜜！……"

眼目所及都若有神迹在乎其间，且从这一切都可发现有"偶然"的友谊的笑语和爱情芬芳。

这在另一方面说来，人事上自然也就生长了些看不见的轻微的妒嫉，无端的忧虑，有意的间隔，和那种无边无际累人而又闷人的白日梦。尤其是一点眼泪，来自爱怨交缚的一方，一点传说来自得失未明的一方，就在这种人与人，"偶然"与"偶然"的取舍分际上，我似乎重新接受了一种人生教育。矢来有向或矢来无向，我却一例听之直中所欲中心上某点，不逃避，不掩护。我处在一种极端矛盾情形中，然而到用自己那个衡量来测验时，却感觉生命实复杂而庄严。尤其是从一个偶然的眩目景象中离开，走到平静自然下见到一切时,生命的庄严或有时竟完全如一个极虔诚的教士。谁也想象不到我生命是在一种什么形式下燃烧。即以这个那个"偶然"而言,所知道的似乎就只是一些片断,不完全的一体。

我写了无数篇章,叙述我的感觉或印象,结果却不曾留下。正因为各种试验,都证明它无从用文字保存。或只合保存在生命中,且即同一回事,在人我生命中,意义上完全不同。

我那点只用自己尺寸度量人事得失的方式,不可免要反应到对"偶然"的缺点辨别上。这种细微感觉在普通人我关系上决体会不到,在比较特殊的一种情形上,便自然会发生变化。正恰恰如甲状腺在水中的情形,分量即或极端稀少,依然可以测出。在这个问题上,我明白我泛神的思想,即曾经损害到这个或那个"偶然"的幽微感觉,是种什么情形。我明知语言行为都无补于事实,便用沉默应付了一些困难,尤其是应付轻微的妒嫉,以及伴同那个人类弱点而来的一点埋怨,一点责难,一点不必要的设计。我全当作"自然"。我自觉已尽了一个朋友所能尽的力,来在友谊上用最纤细感觉接受纤细反应。而且在诚实外还那么谨慎小心,从不曾将"乡下人"的方式,派给一个城中朋友,一切有分际的限制,即所以保护到情感上的安全。然而问题也许就正在此。"你口口声声说是一个乡下人,却从不用乡下人的坦白来说明友谊,却装作绅士。然而在另外一方面,你可能又会完全如一个乡下人。"我就用沉默将这种询问所应有的回声,逼回到"偶然"耳中去。于是"偶然"走了。

其次是正在把生活上的缺点从习惯中扩大的"偶然",当这种缺点反应到我感觉上时:她一面即意识到在过去一时某些稍稍过分行为中失去了些骄傲,无从收回,一面即经验到必须从另外一种信托上，方能取回那点自尊心，或更换一个生活方式，方可望产生一点自信心。正因为热情是一种教育，既能使人疯狂胡涂，也能使人明彻深思。热情使我对于"偶然"感到惊讶，无物不"神"，却使"偶然"明白自己只是一个"人"，乐意从人的生活上实现个人的理想与个人的梦。到"偶然"思索及一个人的应得种种名分与事实时，当然有了痛苦。因为发觉自己所得到虽近于生命中极纯粹的诗，然而个人所期待所需要的还只是一种具体生活。纯粹的诗虽能作一个女人青春的装饰，华美而又有光辉，然而并不能够稳定生命，满足生命。再经过一些时间的澄滤，便得到如下的结论："若想在他人生命中保有'神'的势力，即得牺牲自己一切'人'的理想。若希望证实'人'的理想，即必须放弃当前唯'神'方能得到的一切。热情能给人兴奋，也给人一种无可形容的疲倦。尤其是在'纯粹的诗'和'活鲜鲜的人'愿望取舍上，更加累人。""偶然"就如数年前一样，用着无可奈何的微笑，掩盖到心中受伤处，离开了我。临走时一句话不说，我却从她沉默中，听到一种申诉：

"我想去想来，我终究是个人，并非神，所以我走了。若以为这是我一点私心，这种猜测也不算错误。因为我还有我做一个人的希望。并且我明白离开你后，在你生命中保有的印象。那么下去，不说别的，即这种印象在习惯上逐渐毁灭，对于我也受不了。若不走，留到这里算是什么？在时间交替中我能得到些什么？我不能尽用诗歌生存下去，恰恰如你说的不能用好空气和好风景活下去一样。我是个并不十分聪明的女人，这也许正是使我把一首抒情诗当作散文去读的真正原因。我的行为并不求你原谅，因为给予的和得到的已够多，不须用一些泛泛言词来自解了。说真话，这一走，对于你也不十分坏！有个幸福的家庭，有一个——应当说有许多的'偶然'，都在你过去生活中保留一些印象。你得到所能得到的，也给予所能给予的。尤其是在给予一切后，你反而更丰富更充实的存在。"

于是"偶然"留下一排插在发上的玉簪花，摇摇头，轻轻的开了门，当真就走去了。其时天落了点微雨，雨后有彩虹在天际。

我并不如一般故事上所说的身心崩毁，反而变得非常沉静。因为失去了"偶然"，我即得回了理性。我向虹起处方向走去，到了一个小小山头上。过一会儿，残虹消失到虚无里去了，只剩余一片在变化中的云影。那条素色的虹霓，若干年来在我心上的形式，重新明明朗朗在我眼前现出。我不由得不为"人"的弱点和对于这种弱点挣扎的努力，感到一点痛苦。

"'偶然'，你们全走了，很好。或为了你们的自觉，或为了你们的弱点，又或不过是为了生活上的习惯，既以为一走即可得到一种解放，一些新生的机缘，且可从另外人事上收回一点过去一时在我面前快乐行为中损失的尊严和骄傲，尤其是生命的平衡感和安全感的获得，在你认为必需时，不拘用什么方式走出我生命以外，我觉得都是必然的。可是时间带走了一切，也带走了生命中最光辉的青春，和附于青春而存在的羞怯的笑，优雅的礼貌，微带矜持的应付，极敏感的情分取予，以及那个肉体方面的完整形式、华美色泽和无比芳香。消失的即完全消失到不可知的'过去'里了。然而却有一个朋友能在印象中保留它，能在文字中重现它，……你如想寻觅失去的生命，是只有从这两方面得到，此外别无方法。你也许以为失去了我，即可望得到'明天'，但不知真正失去了我时，失去了'昨天'，活下来对于你是种多大的损失！"

水 云

自从"偶然"离开了我后,云南就只有云可看了。黄昏薄暮时节,天上照例有一抹黑云,那种黑而秀的光景,不免使我想起过去海上的白帆和草地上的黄花,想起种种虹影和淡白星光,想起灯光下的沉默继续沉默,想起墙壁上慢慢的移动那一方斜阳,想起瓦沟中的绿苔和细雨微风中轻轻摇头的狗尾草,……想起一堆希望和一点疯狂,终于如何又变成一片蓝色的火焰,一撮白灰。这一切如何教育我,认识生命最离奇的遇合,与最高的意义。

当前在云影中恰恰如过去在海岸边,我获得了我的单独。那个失去了十年的理性,回到我身边来了。

"你这个对政治无信仰对生命极关心的乡下人,来到城市中用人教育我,所得经验已经差不多了。你比十年前稳定得多也进步得多了。正好准备你的事业,即用一支笔来好好的保留最后一个浪漫派在二十世纪生命取予的形式,也结束了这个时代这种情感发炎的症候。你知道你的长处,即如何好好的善用长处。成功或胜利在等待你,嘲笑和失败也在等待你;但这两件事对于你都无多大关系。你只要想到你要处理的也是一种历史,属于受时代带走行将消灭的一种人我关系的历史,你就不至于迟疑了。"

"成功与幸福,不是仙人的目的,就是俗人的期望,这与我全不相干。真正等待我的只有死亡。在死亡来临以前,我也许还可以作点小事,即保留这些'偶然'浸入一个乡下人生命中所具有的情感冲突与和谐程序。我还得在'神'之解体的时代,重新给神作一种赞颂,在充满古典庄严与雅致的诗歌失去光辉和意义时,来谨谨慎慎写最后一首抒情诗。我的妄想在生活中就见得与社会隔阂,在写作上自然更容易与社会需要脱节。不过我还年轻，世故虽能给我安全和幸福，一时还似乎不必来到我身边。我已承认你十年前的意见，即将一切交给'偶然'和'情感'为得计。我好像还要受另外一种'偶然'所控制。接近她时，我能从她的微笑和皱眉中发现'神'，离开她时，又能从一切自然形式色泽中发现她。这也许正因为如你所说，我是个对一切无信仰的人，却只信仰'生命'。这应当是我一生的弱点，但想想附于这个弱点下的坦白与诚实，以及对于人性细微感觉理解的深致，我知道，你是第一个就首先对于我这个弱点加以宽容了。我还需要回到海边去，回到'过去'那个海边。至于别人呢，我知道她需要的倒应当是一个'抽象'的海边。两个海边景物的明丽处相差不多，不同处其一或是一颗孤独的心的归宿处，其一却是热情与梦结合而为一使'偶然'由'神'变'人'的家。……"

"唉，我的浮士德，你说得很美，或许也说得很对。你还年轻，至少当你被这种黯黄黄灯光所诱惑时，就显得相当年轻。我还相信这个广大的世界，尚有许多形体、颜色、声音、气味，都可以刺激你过分灵敏的官觉，使你变得真正十分年轻。不过这是不中用的。因为时代过去了。在过去时代能激你发狂引你入梦的生物，都在时间漂流中消失了匀称与丰腴，典雅与清芬。能教育你的正是从过去时代培植成功的典型。时间在成毁一切，都行将消灭了。代替而来的将是无计划无选择随同海上时髦和社会需要繁殖的一种简单范本。在这个新的时代进展中，你行将是个不必要的人物了。在这个时代中，你的心即或还强健而坚韧，也只合为'过去'而跳跃，不宜于用在当前景象上了。你需要休息休息了，因为在这个问题上徘徊实在太累。你还有许多事情可作，纵不乐成也得守常。有些责任，即与他人或人类幸福相关的责任。

你读过那本题名《情感发炎及其治疗》的奇书,还值得写成这样一本书。且不说别的,即你这种文字的格式,这种处理感觉和思想的方法,也行将成为过去,和当前体例不合了!"

"是不是说我老了?"

没有得到任何回答。

天气冷了些,桌前清油灯加了个灯头,两个灯头燃起两朵青色小小火焰,好像还不够亮。灯光总是不大稳定,正如一张发抖的嘴唇,代替过去生命吻在桌前一张白纸上。十年前写《边城》时,从槐树和枣树枝叶间滤过的阳光如何照在白纸上,恍惚如在目前。灯光照及油瓶、茶杯、银表、书脊,和桌面遗留的一小滴油时,曲度相当处都微微反着一点黄光。我心上也依稀反着一点光影,照着过去,又像是为过去所照彻。小房中显得宽阔,光影不及处全是一片黑暗。

我应当在这一张白纸上写点什么?一个月来因为写"人",作品已第三回被扣,证明我对于人事的寻思,文字体例显然当真已与时代不大相合。因此试向"时间"追究,就见到那个过去。然而有些事,已多少有点不同了。

"时间带走了一切,天上的虹或人间的梦,或失去了颜色,或改变了式样。即或你还自以为有许多事尚好好保留在心上,可是,那个时间在你不大注意时,却把你的心变硬了,变钝了,变得连你自己也不大认识自己了。时间在改造一切,星宿的运行,昆虫的触角,你和人,同样都在时间下失去了固有位置和形体。尤其是美,不能在风光中静止。人生可悯。"

"温习过去,变硬了的心也会柔软的!到处地方都有个秋风吹上人心的时候,有个灯光不大明亮的时候,有个想向'过去'伸手,若有所攀援,希望因此得到一点助力,似乎方能够生活得下去的时候。"

"这就更加可悯!因为印象的温习,会追究到生活之为物,不过是一种连续的负心。凡事无不说明忘掉比记住好。'过去'分量若太重,心子是载不住它的。忘不掉也得勉强。这也正是一种战争!败火且是必然的结论。"

是的,这的确也是一种战争。我始终对面前那两个小小青色火焰望着。灯头不知何时开了花,"在火焰中开放的花,油尽灯熄时,才会谢落的。"

"你比拟得好。可是人不能在美丽比喻中生活下去。热情本身并不是象征,它燃烧了自己生命时,即可能燃烧别人的生命。到这种情形下,只有一件事情可作,即听它燃烧,从相互燃烧中有更新生命产生(或为一个孩子,或为一个作品)。那个更新生命方是象征热情。人若思索到这一点,为这一点而痛苦,痛苦在超过忍受能力时,自然就会用手去剔剔你所谓要在油尽灯熄时方谢落的灯花。那么一来,灯花就被剔落了。多少人即如此战胜了自己的弱点,虽若在撤退中救出了自己,也正可见出爱情上的勇气和决心。因为不是件容易事,虽损失够多,作成功后还将感谢上帝赐给他的那点勇气和决心。"

"不过,也许在另外一时,还应当感谢上帝给了另外一个人的弱点,即您灯光引带他向过去的弱点。因为在这种弱点上,生命即重新得到了意义。"

"既然自己承认是弱点,你自己到某一时也会把灯花剔落的。"

我当真就把灯花剔落了。重新添了两个灯头,灯光立刻亮了许多。我要试试看能否有四朵灯花在深夜中同时开放。

一切都沉默了，只远处有风吹树枝，声音轻而柔。

油慢慢的燃尽时，我手足都如结了冰，还没有离开桌边。灯光虽渐渐变弱，还可以照我走向过去，并辨识路上所有和所遭遇的一切。情感似乎重新抬了头，我当真变得好像很年轻，不过我知道，这只是那个过去发炎的反应，不久就会平复的。

屋角风声渐大时，我担心院中那株在小阳春十月中开放的杏花，会被冷风冻坏。"我关心的是一株杏花还是几个人？是几个在过去生命中发生影响的人，还是另外更多数未来的生存方式？"等待回答，没有回答。

作于 1943 年

（原载 1943 年 1 月《文学创作》第 1 卷第 4、5 期）

绿 魇

一 绿

　　我躺在一个小小山地上，四围是草木蒙茸枝叶交错的绿荫，强烈阳光从枝叶间滤过，洒在我头上和身前一片带白色的枯草间。松树和柏树作成一朵朵墨绿色，在十丈远近河堤边排成长长的行列。同一方向距离稍近些，枝柯疏朗的柿子树，正挂着无数玩具一样明黄照眼的果实。在左边，更远一些公路上，和较近人家屋后，尤加利树高摇摇的树身，向天直矗，狭长叶片杨条鱼一般在微风中泛闪银光。近身园地中那些石榴树，每丛相去丈许各自在阳光下立定，叶子细碎绿中还夹杂些鲜黄，阳光照及各处都若纯粹透明。仙人掌的堆积物，在园坎边一直向前延展，若不受小河限制，俨然即可延展到天际。肥大叶片绿得异常哑静，对于阳光竟若特有情感，吸收极多，生命力因之亦异常饱满。最动人的还是身后高地那一片待收获的高粱，枝叶在阳光雨露中已由青泛黄，各顶着一丛丛紫色颗粒，在微风中特有一种萧瑟感，同时从成熟状态中也可看出这一年来人的劳力与希望结合的庄严。从松柏树的行列罅隙间，还可看到远处浅淡的绿原，和那些刚由闪光锄头翻过的赭色田亩相互交错，以及镶在这个背景中的村落，村落尽头那一线银色湖光。在我手脚可及处，却可从银白光泽的狗尾草细长枯秆和黄茸茸杂草间，发现各式各样绿得等级完全不同的小草。

　　我努力想来捕捉这个绿芜照眼的光景，和在这个清洁明朗空气相衬,从平田间传来的锄地声,从村落中传来的舂米声,从山坡下一角传来的连枷扑击声,从空气中传来的虫鸟搏翅声,以及由于这些声音共同形成的一种特殊静境,手中一支笔,竟若丝毫无可为力。只觉得这一片绿色、一组声音、一点无可形容的气味综合所作成的境界,使我视听诸官觉沉浸到这个境界中后,已转成单纯到不可思议。企图用充满历史霉斑的文字来写它时,竟是完全的徒劳。

地方对于我虽并不完全陌生,可是这个时节耳目所接触,却是个比梦境更荒唐的实在。

强烈的午后阳光,在云上、在树上、在草上、在每个山头黑石和黄土上,在一枚爬着的飞动的虫蚁触角和小脚上,在我手足颈肩上,都恰像一双温暖的大手,到处给以同样充满温情的抚摩。但想到这只手却是从亿万里外向所有生命伸来的时候,想象便若消失在天地边际,使我觉得生命在阳光下,已完全失去了旧有意义了。

其时松树顶梢有白云驰逐,正若自然无目的的游戏。阳光返照中,天上云影聚拢复散开,那些大小不等云彩的阴影,便若匆匆忙忙的如奔如赴从那些刚过割期不久的远近田地上一一掠过,引起我一点新的注意。我方从那些灰白色残余禾株间,发现了些银绿色点子。原来十天半月前,庄稼人趁收割时嵌在禾株间的每一粒蚕豆种子,在润湿泥土与暖和阳光中,已普遍从薄而韧的壳层里,解放了生命,茁起了小小芽梗,有些下种较早的,且已变成绿芜一片。小溪上这里那里到处有白色蜉蝣蚊蠓,在阳光下旋成一个柱子,队形忽上忽下,表示对于暂短生命的悦乐。阳光下还有些红黑对照色彩鲜明的瓢虫,各自从枯草间找寻可攀援的白草,本意俨若就只是玩玩,到了尽头时,便常常从草端从容堕下,毫不在意,使人对于这个小小生命所具有的完整性,感到无限惊奇。忽然间,有个细腰大头黑蚂蚁,爬上了我的手背,仿佛有所搜索,随后便停顿在中指关节间,偏着个头,缓慢舞动两个小小触须,好像带点怀疑神气,向阳光提出询问:

"这是个什么东西?有什么用处?"

我于是试在这个纸上,开始写出我的回答:

"古怪东西名叫手爪,和这个动物的生存发展大有关系。最先它和猴子不同处,就是这东西除攀树走路以外,偶然发现了些别的用途。其次是服从那个名叫脑子的妄想,试作种种活动,把石头敲成武器,用木头磨擦生火,因此这类动物中慢慢的就有了文化和文明,以及代表文化文明的一切事事物物。这一处动物和那一处动物,既生存在气候不同物产不同迷信不同环境中,脑子的妄想以及由于妄想所产生的一切,发展当然就不大一致,到两方面失去平衡时,因此就有了战争。战争的意义,简单一点说来,便是这类动物的手爪,暂时各自返回原始的用途,用它来撕碎身边真实或假想的仇敌,并用若干年来手爪和脑子相结合产生的精巧工具,在一种多少有点疯狂恐怖情绪中,毁灭那个妄想与勤劳的堆积物,以及一部分年轻生命。必须重新得到平衡后,这个手爪方有机会重新转用到有意义的方面去。那就是说生命的本来,除战争外有助于人类高尚情操的种种发展。战争的好处,凡是这类动物都异常清楚,我向你可说的也许是另外一件事,是因动物所住区域和皮肤色泽产生的成见,与各种历史上的荒谬迷信,可能会因之而消失,代替来的虽无从完全合理,总希望可能比较合理。正因为战争像是永远去不掉的一种活动,所以这些动物中具妄想天赋也常常被阿谀势力号称'哲人'的,还有对于你们中群的组织,加以特别赞美,认为这个动物的明日,会从你们组织中取法,来作一切法规和社会设计的。

关于这一点你也许不会相信。可是凡是属于这个动物的问题,照例有许多事,他们自己也就不会相信!他们的心和手结合为一形成的知识,已能够驾驭物质,征服自然,用来测量在太空中飞转星球的重量和速度,好像都十分有把握,可始终就不大能够处理名为'情感'的这个名词,以及属于这个名词所产生的种种悲剧。大至于人类大规模的屠杀,小至于个人家庭纠纠纷纷,一切'哲人'和这个问题碰头时,理性的光辉都不免失去,乐意转而将它交给'伟人'或'宿命'来处理。这也就是这个动物无可奈何处。到现在为止,我们还缺少一种哲人,有勇气敢将这个问题放到脑子中向深处追究。也有人无章次的梦想,对伟人宿命所能成就的事功怀疑,可惜使用的工具却已太旧,因之名为'诗人',同时还有个更相宜的名称,就是'疯子'。"

那只蚂蚁似乎并未完全相信我的种种胡说,重新在我手指间慢慢爬行,忽若有所悟,又若深怕触犯忌讳,急匆匆的向枯草间奔去,即刻消失了。它的行为使我想起十多年前一个同船上路的大学生,当我把脑子想到的一小部分事情向他道及时,他那种带着谨慎怕事惶恐逃走的神情,正若向我表示:"一个人思索太荒谬不近人情。我是个规矩公民,要的是份可靠工作,有了它我可以养家活口。我的理想只是无事时玩玩牌,说点笑话,买个储蓄奖券。这世界一切都是假的,相信不得,尤其关于人类向上书呆子的理想。我只见到这种理想和那份理想冲突时的纠纷混乱,把我做公民的信仰动摇,把我找出路的计划妨碍。我在大学读过四年书,所得的好结论,就是绝对不做书呆子,也不受任何好书本影响!"快二十年了,这个公民微带嘶哑充满自信的声音,还在我耳际萦回。这个朋友和许多知分定的知识阶级一样,这时节说不定已作了委员、厅长

从干校归来的沈从文与黄永玉一家合影

一九七五年春节，与黄永玉在北京罐儿胡同中央美院宿舍

或主任。在世界上也活得好像很尊严,很幸福。一双灰色斑鸠从头上飞过,消失到我身后斜坡上那片高粱林中去了,我于是继续写下去,试来询问我自己:

"我这个手爪,这时节有些什么用处?将来还能够作些什么?是顺水浮船,放乎江潭?是醣糟啜醨,拖拖混混?是打拱作揖,找寻出路?是卜课占卦,遣有涯生?"

自然是无结论可得。一片绿色早把我征服了。我的心这个时节就毫无用处,没有取予,缺少爱憎,失去应有的意义。在阳光变化中,我竟有点怀疑,我比其他绿色生物,究竟是否还有什么不同处。很显明,即有点分别,也不会比那生着桃灰色翅膀,颈臂上围条花带子的斑鸠,与树木区别还来得大。我仿佛触着了生命的本体。在阳光下包围于我身边的绿色,也正可用来象征人生,虽同一是个绿色,却有各种层次。绿与绿的重叠,分量比例略微不同时,便产生各种差异。这片绿色既在阳光下不断流动,因此恰如一个伟大乐曲的章节,在时间交替下进行,比乐律更精微处,是它所产生的效果,并不引起人对于生命的痛苦与悦乐,也不表现出人生的绝望和希望。它有的只是一种境界,在这个境界中,似乎人与自然完全趋于谐和,在谐和中又若还具有一分突出自然的明悟。必须稍次一个等级,才能和音乐所扇起的情绪相邻,再次一个等级,才能和诗歌所传递的感觉相邻。然而这个层次的降落原只是一种比拟,因为阳光转斜时,空气已更加温柔,那片绿原中渐渐染上一层薄薄灰雾,远处山头有由绿色变成黄色的,也有由淡紫色变成深蓝色的。正若一个人从壮年移渡到中年,由中年复转成老年,先是鬓毛微斑,随即满头如雪,生命虽日趋衰老,一时可不曾见出齿牙摇落的日暮景象。其时生命中杂念与妄想,为岁月漂洗而去尽,一种清净纯粹之气，却形于眉宇神情间。人到这个状况下时，自然比诗歌和音乐更见得素朴而完整。

我需要一点欲念，因为欲念若与那个社会限制发生冲突，将使我因此而痛苦。我需要一点狂妄，因为若扩大它的作用，即可使我从这个现实光景中感到孤单。不拘痛苦或孤单，都可将我重新带进这个乱糟糟的人间，让固执的爱与热烈的恨，抽象或具体的交替来折磨我这颗心，于是我会从这个绿色次第与变化中，发现象征生命所表现的种种意志。如何形成一个小小花蕊，创造出一根刺，以及那个凭借草木在微风中摇荡飞扬旅行的银白色茸茸毛种子，成熟时自然轻轻爆裂弹出种子的豆荚，这里那里还无不可发现一切有生为生存与繁殖所具有的不同德性。这种种德性，又无不本源于一种坚强而韧性的试验，在长时期挫折与选择中方能形成。我将大声叫嚷："这不成！这不成！我们人类的意志是个什么形式？在长期试验中有了些什么变化和进展？它存在，究竟何处？它消失，究竟为什么而消失？一个民族或一种阶级，它的逐渐堕落，是不是纯由宿命，一到某种情形下即无可挽救？会不会只是偶然事实，还可能用一种观念一种态度将它重造？我们是不是还需要些人，将这个民族的自尊心和自信心，用一些新的抽象原则，重建起来？对于自然美的热烈赞颂，对传统世故的极端轻蔑，是否即可从更年轻一代见出新的希望？"

不知为什么，我的眼睛却被这个离奇而危险的想象弄得迷蒙潮润了。

我的心，从这个绿荫四合所作成的奇迹中，和斑鸠一样，向绿荫边际飞去，消失在黄昏来临以前一片灰白雾气中，不见了。

……一切生命无不出自绿色，无不取给于绿色，最终亦无不被绿色所困惑。头上一片光明的蔚蓝，若无助于解脱时，试从黑处去搜寻，或者还会有些不同的景象；一点淡绿色的磷光，照及范围极小的区域，一点单纯的人性，在得失哀乐间形成奇异的式样。由于它的复杂或单纯，将证明生命于绿色以外，依然能存在，能发展。

二　黑

同样是强烈阳光中，长大院坪里正晒了一堆堆黑色的高粱，几只白母鸡在旁边啄食。一切寂静，院子一端草垛后的侧屋中，有木工的斧斤削砍声，和低沉人语声，更增加这个乡村大宅的静境。

当我第一次用"城里人"身份，进到这个乡户人家广阔庭院中，站在高粱堆垛间，为迎面长廊承尘梁柱间的繁复眩目金漆彩绘呆住时，引路的马伕，便在院中用他那个为烟草所毁发沙带哑的嗓子嚷叫起来：

"二奶奶，二奶奶，有人来看你房子！"

那几只白母鸡起始带点惊惶神气，奔窜到长廊上去。二奶奶于是从大院左侧断续斧斤声中厢屋走了出来。六十岁左右，一身的穿戴，一切都是三十年前老辈式样，额间玄青缎勒正中镶上一片绿玉，耳边两个玉镶大金环，阔边的袖口和衣襟，脸上手上象征勤劳的色泽和粗线条皱纹，端正的鼻梁，微带忧郁的温和眼神，以及从相貌中即可发现一颗厚道单纯的心，我心想：

"房子好，环境好，更难得的也许还是这个主人，一个本世纪行将消失，前一世纪的正直农民范本。"

我稍微有点担心，即这房子未必有希望来由我处分。可是一分钟后，我就明白这点忧虑为不必要了。

于是照一般习惯,我开始随同这个肩背微偻的老太太,各处慢慢走去。从那个充满繁复雕饰涂金绘彩的长廊,走进靠右的院落。在门廊间小小停顿时,我不由得不带着诚实赞美口气说:"老太太,你这房子真好!木材多整齐,工夫多讲究!"

正像这种赞美是必然的,二奶奶便带着客气的微笑,指点第一间空房给我看,一面说:"不好,不好,好哪样!城里好房子多呐多!"

于是我们在雕花槁扇间,在镂空贴金拼嵌福寿字样的过道窗口下,在厅子里,在楼梯边,在一切分量沉重式样古拙朱漆灿然的家具旁,在连接两院低如船厅的长方形客厅中,在宽阔楼梯上,在后楼套房小小窗口那一缕阳光前,在供神木座一堆黝黑放光的铜像左右,到处都停顿了一会儿。这其间,或是二奶奶听我对于这个房子所作的颂扬,或是我听二奶奶对于这个房子种种说明。最后终于从靠右一个院落走出,回到前面大院子中,在那个六方边沿满是浮雕戏文故事的青石水缸旁站定,一面看木工拼合寿材,一面讨论房子问题。

"先生看可好?好就搬来住!楼上、楼下,你要的我就打扫出来。那边院子归我作主,这边归三房,都好商量。可要带朋友来看看?"

"老太太,房子太好了。不用再带我那些朋友看也成。我们这时节就说好。后楼连佛堂算六间,前楼三间,楼下长厅子算两间。全都归我。今天二十五号,下月初我们一定会搬来。老太太你可不能反悔,又另外答应别人。"

"好啰,好啰,就是那么说,只管来好了。我们不是城里那些租房子的。乡下人心直口直,说一是一,你放心就是。"

走出了这个人家大门，预备上马回到小县城里去看看时，已不见原来那匹马和马伕，门前路坎边，有个乡下公务员模样的中年人，正把一匹小小枣骝马系在那一株高大仙人掌树干上。当真的，一匹马系在一丈五六高的仙人掌树干上。那树上还正开放一簇簇酒杯大黄花！景象自然也是我这个城里人少见的。转过河堤前时，才看到马和马伕共同在那道小河边饮水。

这房子第一回给我的印象，竟简直像做个荒唐的梦。那个寂静的院落，那青石作成的雕花大水缸，那些充满东方人幻想将巧思织在对称图案上的金漆槅扇，那些大小笨重的家具，尤其是后楼那几间小套房，房间小小的，窗口小小的，下午三点左右一缕阳光斜斜从窗口流进，由暗朱色桌面逼回，徘徊在那些或黑或灰庞大的瓶罂间，所形成的那种特别空气，那种希有情调，说陌生可并不吓怕，虽不吓怕可依然不易习惯，真使人不大相信是一个房间，这房间且宜于普通人住下！可是事实上，再过三五天，这些房间便将有大部分归我随意处分，我和几个朋友，就会用这些房间来作家了！

在马上时，我就试把这些房间一一分配给朋友：作画的宜在楼下那个长厅中，虽比较低矮，可相当宽阔光亮。弄音乐的宜住后楼，虽然光线不足，有的是僻静，人我两不相妨，至于那个特殊情调，对于习音乐的也许还更相宜。前楼那几间单纯光亮房子，自然就归给我了。因为由窗口望出去，远山近树的绿色，对于我的工作当有帮助；早晚由窗口射进来的阳光，对于孩子们健康实实需要。正当我猜想到房东生活时，那个肩背微伛的马伕，像明白我的来意，便插口说：

"先生，可看中那房子？这是我们县里顶好一所大房子。不多不少，一共作了十二年，椽子柱子亏老爹上山一根一根找来！你试留心看看,那些窗格子雕的菜蔬瓜果,蛤蟆和兔子,样子全不同,是一个木匠主事,用他的斧头凿子作成功的!还有那些大门和门闩,扣门锁门定打的大铁老鸹拌,那些承柱子的雕花石鼓,那些搬不出房门的大木床,哪一样不是我们县里第一!往年老当家的在世时,看过房子的人翘起大拇指说:'老爹,呈贡县唯有你这栋房子顶顶好!'老爹就笑起来说:'好哪样!你说的好。'其实老爹累了十二年,造成这栋大房子,最快乐的事,就是人说这句话,他有空儿回答这句话。相貌活像个土地公公,见人就笑。修路搭桥,一生做了多少好事!在老房子住时,看坎上有匹白马,长得好膘头,看了八年,才把地买来。动工一挖,原来是四水缸白银元宝。先生你算算值多少!可是老爹为人脾气怪,房子好了不让小伙子住,说免得耗折福分。房子造好后好些房间都空着,老爹就又在那个房子里找木匠做寿木,自己监工,四个木匠整整做了一年,前后油漆了几十次,阴宅好后,他自己也就死了。新二房大爹接手当家,爱热闹要大家迁进来住,谁知年轻小伙子各另有想头,读书的,做事的,有了新媳妇的,都乐意在省上租房子住。到老的讨了个小太太后,和二奶奶合不来,老的自己也就搬回老屋,不再在新房子里住。所以如今就只二奶奶守房子。好大栋房子,拿来收庄稼当仓屋用!省上有人来看房子时,二奶奶高高兴兴带人楼上楼下打圈子,听人说房子好时,一定和那老爹一样,会说'好哪样'。二奶奶人好心好,今年快近七十了。大爹嘎,别的学不到,只把过世老爹没有的古怪脾气接过了手,家里人大小全都合不来。这几天听说二奶奶正请了可乐村的木匠作寿材,两副大四合寿木,要好几千中央票子!老夫老妇在生合不来,死后可还得埋在一个坑里去。……家里如今已不大成。老当家在时,一共有十二个号口,十二个大管事来来去去都坐软兜轿子，不肯骑马。老爹过去后减成三个号口。民国十二年，土匪看中了这房子，来住了几天，挑去了两担首饰银器，十几担现银元宝，十几担烟土。省里队伍来清乡，打走土匪后，说是这房子窝藏过土匪，又把剩下的东东西西扫括搬走。这一来一往，家里也就差不多了，如今想发旺，恐怕要看小的一代去了。……先生，你可当真要预备来疏散？房子清爽好住，不会有鬼的！"

从饶舌的马伕口里，无意中得到了许多关于这个房子的历史传说，恰恰补足了我所要知道的一切。

我觉得什么都好，最难得的还是和这个房子有密切关系的老主人，完全贴近土地的素朴的心，素朴的人生观。不提别的，单说将近半个世纪生存于这个单纯背景中所有的哀乐式样，就简直是一个宝藏，一本值得用三百五十页篇幅来写出的动人故事！我心想，这个房子，因为一种新的变动，会有个新的未来，房东主人在这个未来中，将是一个最动人的角色。

一个月后，我看过的一些房间，就已如我所估想的住下了人，此外在其他房间中，也住了些别的人。大房子忽然热闹了起来。四五个灶房都升了火，廊下到处牵上了晒衣裳的绳子，在强烈阳光下，各式各样衣物被单如彩色旗帜飘动。小孩子已发现了几个花钵中的蓓蕾，二奶奶也发现了小孩子在悄悄的掐折花朵，人类机心似乎亦已起始在二奶奶衰老生命和几个天真无邪孩子间，有了些微影响。后楼几个房间和那两个佛堂，更完全景象一新，一种稀有的清洁，一种年轻女人代表青春欢乐的空气。佛堂既作了客厅，且作了工作室，因此壁上的大小乐器，以及这些乐器转入手中时伴同年轻歌喉所作成的细碎嘈杂，自然无一不使屋主人感到新的变化。

过不久，这个后楼佛堂的客厅中，就有了大学教授和大学生，成为谦虚而随事服务的客人。起始陪同年轻女孩子作饭后散步，带了点心食物上后山去野餐，还常常到三里外长松林间去玩赏白鹭群。故事发展虽慢，结束得却突然。有一回，一个女孩赞美白鹭，本意以为这些俊美生物与田野景致相映成趣。一个习社会学的大学教授，却充满男性的勇敢，向女孩子表示，若有支猎枪，就可把松树顶上这些白鹭一只一只打下来。这一来白鹭并未打下，倒把结婚希望打落，于是留下个笑话，仿佛失恋似的走了。大学生呢，读《红楼梦》十分熟习，欢喜背诵点旧诗，可惜几个女孩却不大欣赏这种多情才调。二奶奶依然每天早晚洗过手后，就到佛堂前来敬香，点燃香，作个揖，在北斗七星灯盏中加些清油，笑笑的走开了。遇到女孩子们在玩乐器时，间或也用手试摸摸那些能发不同音响的筝笛琵琶，好像对于一个陌生孩子的慈爱。也坐下来喝杯茶，听听这些古怪乐器在灵巧手指间发出的新奇声音。这一切虽十分新奇，对于她内部的生命，却并无丝毫影响，对于她日常生活，也无何等影响。

随后楼下年轻画家，也留下些传说于几个年轻女孩子口中，独自往滇西大雪山下工作去了。住处便换了一对艺术家夫妇，和一个有天才称誉的小女孩子。壁上悬挂了些中画和西画，床前供奉了观音和耶稣，房中常有檀香山洋琵琶弹出的热情歌曲，间或还夹杂点充满中国情调新式家庭的小小拌嘴，正因为这两种生活交互替换，所以二奶奶即或从窗边走过，也决不能想象得出这一家有些什么问题发生。去了一个女仆，又换来一个女仆，这之间自然不可免还有了些小事情，影响到一家人的意识形态。先生为人极谦虚有礼，太太为人极爱美好客，想不到两种好处放在一处反多周章。小女孩在这种家庭空气中，性情发展得也就不大正常，应当知道的不知道，不知道的偏知道。且不明白如何一来，当家的大爹，忽然又起了回家兴趣，回来时就坐在厅子中，一面随地吐痰，一面打鸡骂狗。以为这个家原是他的产业，不许放鸡到处屙屎，妨碍卫生。艺术家夫妇恰好就养了几只鸡，这些扁毛畜生可不大能体会大爹脾气，也不大讲究卫生，因之主客之间不免冲突起来。于是有一个时节，这个院子便可听到很热烈的辩论争吵声。大爹一面吵骂不许鸡随便屙屎，一面依然把黄痰向天井各处远远唾去，那些鸡就不分彼此的来竞争啄食。后楼客厅中，间或又来了个全国闻名的客人，为人有道德，能文章，写的作品，温暖美好的文字，装饰的情感，无不可放在第一流作家中间。更难得的是未结婚前，决不在文章中或生活上涉及恋爱问题，结了婚后推己及人，却极乐意在婚姻上成人之美。家中有个极好的柔软床铺，常常借给新婚夫妇使用。这个知名客人来了又走了，二奶奶还给人介绍认识过。这些目前或俗或雅或美或不美的事件，对她可毫无影响。依然每早上打扫打扫院子，推推磨石，扛个小小鸦嘴锄下田，晚饭时便坐在屋侧檐下石臼边，听乡下人说说本地米粮时事新闻。

随后是军队来了，楼下大厅正房作了团长的办公室和寝室，房中装了电话，门前有了卫兵，全房子都被兵士打扫得干干净净。屋前林子里且停了近百辆灰绿色军用机器脚踏车，村子里屋角墙边，到处有装甲炮车搁下。这些部队不久且即开拔进了缅甸，再不久，就有了失利消息传来，且知道那几个高级长官，大都死亡了。住在这个房子里的华侨中学的中学生，因随军入缅，也有好些死亡了。住在楼下某个人家，带了三个孩子返广西，半路上翻车，两个孩子摔死的消息也来了。二奶奶虽照例分享了同住人得到这些不幸消息时一点惊异与惋惜，且为此变化谈起这个那个，提出些近于琐事的回忆，可是还依然在原来平静中送走每一个日子。

美术家夫妇走后，楼下厅子换了个商人，在滇缅公路上往返发了点小财。每个月得吃几千块纸烟的太太，业已生育了四个孩子，到生育第五个时，因失血过多，便在医院死去了。住在隔院一个卸任县长，家中四岁大女孩，又因积食死去。住在外院侧屋一个卖陶器的，不甘寂寞，在公路上行凶抢劫，业已经捉去处决。三份死亡影响到这个大院子：商人想要赶快续婚，带了一群孤雏搬走了。卸任县长事母极孝，恐老太太思念殇女成病，也迁走了。卖陶器的剩下的寡妇幼儿，在一种无从设想的情形下，抛弃了那几担破破烂烂的瓶罐，忽然也离开了。于是房子又换了一批新的寄居者，一个后方勤务部的办事处，和一些家属。过不到一月，办事处即迁走，留下那些家眷不动。几乎像是演戏一样，这些家眷中，就听到了有新作孤儿寡妇的。原来保山局势紧张时，有些守仓库的匆促中毁去汽油不少，一到追究责任时，黠诈的见机逃亡，忠厚的就不免受军事处分。这些孤儿寡妇过不久自然又走了，向不可知一个地方过日子去了。

习音乐的一群年轻孩子，随同机关迁过四川去了。

后来又迁来一群监修飞机场的工程师，几位太太，一群孩子，一种新的空气亦随之而来。卖陶器的住处换了一家卖糖的，用修飞机场工人作对象，从外县赶来做生意。到由于人类妄想与智慧结合所产生的那些飞机发动机怒吼声，二十三十日夜在这个房子上空响着时，卖糖的却已发了一笔小财，回转家乡买田开杂货铺去了。年前霍乱的流行，一个村子一个村子的乡民，老少死亡相继。山上成熟的桃李，听他在树上地上腐烂，也不许在县中出卖。一个从四川开来的补充团，碰巧恰到这个地方，在极凄惨情形中死去了一大半，多浅葬在公路两旁，翘起的瘦脚露出土外，常常不免将行路人绊倒。一些人的生命，虽若受一种来自时代的大力所转动，无从自主。然而这大院子中，却又迁来一个寄居者，一个从爱情得失中产生灵感的诗人，住在那个善于唱歌吹笛的聪敏女孩子原来所住的小房中，想从窗口间一雾微光，或书本中一点偶然留下的花朵微香，以及一个消失在时间后业已多日的微笑影子，返回过去，稳定目前，创造未来。或在绝对孤寂中，用少量精美文字，来排比个人梦的形式与联想的微妙发展。每到小溪边去散步时，必携同我那个五岁大的孩子，用竹箬叶折成小船，装载上一朵野花，一个泛白的螺蚌，一点美丽的希望，并加上出于那个小孩子口中的痴而黠的祝福，让小船顺流而去。虽眼看去不多远，就会被一个树枝绊着，为急流冲翻，或在水流转折所激起的漩涡中消失，诗人却必然眼睛湿蒙蒙的，心中以为这个五寸长的船儿，终会有一天流到两千里外那个女孩子身边。而且那些憔悴的花朵，那点诚实的希望，以及出自孩子口中的天真祝福，会为那个女孩子含笑接受。有时正当落日衔山，天上云影红红紫紫如焚如烧，落日一方的群山黯淡成一片墨蓝，东面远处群山，在落照中光影陆离仪态万千时，这个诗人却充满象征意味，独自去屋后经过风化的一个山冈上，眺望天上云彩的变幻，和两面山色的倏忽。或偶然从山凹石罅间有所发现，必扳着那些摇摇欲坠的石块，努力去攀折那个野生带刺花卉，摘回来交给朋友，好像说："你看，我还是把它弄回来了，多险！"情绪中不自觉的充满成功的满足。诗人所住的小房间，既是那个善于吹笛唱歌女孩子住过的，到一切象征意味的爱情，依然填不满生命的空虚，也耗不尽受抑制的充沛热情时，因之抱一宏愿将用个三十万言小说，来表现自己，扩大自己。两年来，这个作品居然完成了大部分。有人问及作品如何发表时，诗人便带着不自然的微笑，十分慎重的说："这不忙发表，需要她先看过，许可发表时再想办法。"决不想到作品的发表与否，对于那个女孩子是不能成为如何重要问题的。就因为他还完全不明白他所爱慕的女孩子，几年来正如何生存在另外一个风雨飘摇事实巨浪中。怨爱交缚之际，生命的新生复消失，人我间情感与负气作成的无可奈何环境，所受的压力更如何沉重。这种种不仅为诗人梦想所不及，她自己也还不及料，一切变故都若完全在一种离奇宿命中，对于她加以种种试验。这个试验到最近，且更加离奇，使之对于生命的存在与发展，幸或不幸，都若不是个人能有所取舍。为希望从这个梦魇似的人生中逃出，得到稍稍休息，过不久或且居然又会回到这个梦魇初起处的旧居来。然而这方面，人虽若有机会回到这个唱歌吹笛的小楼上来，另一方面，诗人的小小箬叶船儿，却把他的欢欣的梦，和孤独的忧愁，载向想象所及的一方，一直向前，终于消失在过去时间里。淡了，远了，即或可以从星光虹影中回来，也早把方向迷失了。新的现实还可能有多少新的哀乐，当事者或旁观者对之都全无所知。当有人告给二奶奶，说三年前在后楼住的最活泼的一位小姐，要回到这个房子来住住时，二奶奶快乐异常的说，"那很好。住久了，和自己家里人一样，大家相安。×小姐人好心好，住在这里我们都欢喜她！"正若一个管理码头的，听说某一只船儿从海外归来神气一样自然，全不曾想到这只美丽小船三年来在海上连天巨浪中挣扎，是种什么经验。为得来这个经验，又如何弄得帆碎橹折，如今的小小休息，还是行将准备向另外一个更不可知的陌生航线驶去！

……日月运行，毫无休息，生命流转，似异实同。唯人生另有其庄严处，即因贤愚不等，取舍异趣，入渊升天，半由习染，半出偶然；所以兰桂未必齐芳，萧艾转易敷荣。动者常动，便若下坡转丸，无从自休。多得多患，多思多虑，有时无从用"劳我以生"自解，便觉"得天独全"可羡。静者常静，虽不为人生琐细所激发，无失亦无得，然而"其生若浮，其死则休"，虽近生命本来，单调又终若不可忍受。因之人生转趋复杂，彼此相慕，彼此相妒，彼此相争，彼此相学，相差相左，随事而生。凡此一切，智者得之，则生知识，仁者得之，则生悲悯，愚而好自用者得之，必又另有所成就。不信宿命的，固可从生命变易可惊异处，增加一分得失哀乐，正若对于明日犹可望凭知识或理性，将这个世界近于传奇部分去掉，人生便日趋于合理。信仰宿命的，又一反此种人能胜天的见解，正若认为"思索"非人性本来，倦人而且恼人，明日事不若付之偶然，生命亦比较从容自在。不信一切唯将生命贴近土地，与自然相邻，亦如自然一部分的，生命单纯庄严处，有时竟不可仿佛。至于相信一切的，到末了却将俨若得到一切，唯必然失去了用为认识一切的那个自己。

三　灰

在一堆具体的事实和无数抽象的法则上，我不免有点茫然自失，有点疲倦，有点不知如何是好。打量重新用我的手和想象，攀援住一种现象，即或属于过去业已消逝的，属于过去即未真实存在的……必须得到它方能稳定自己。

我似乎适从一个辽远的长途归来，带着一点混和在疲倦中的淡淡悲伤，站在这个绿荫四合的草地上，向淡绿与浓赭相交错成的原野，原野尽头那个淡黄色村落，伸出手去。

"给我一点点好的音乐,萧邦或莫札克,只要给我一点点,就已够了。我要休息在这个乐曲作成的情境中,不过一会儿,再让它带回到人间来,到都市或村落,钻入官吏颟顸贪得的灵魂里,中年知识阶级倦于思索怯于怀疑的灵魂里,年轻男女青春热情被腐败势力虚伪观念所阉割后的灵魂里,来寻觅,来探索,来从这个那个剪取可望重新生长好种芽,即或他是有毒的,更能增加组织上的糜烂,可能使一种善良的本性发展有妨碍的,我依然要得到它,设法好好使用它。"

当我发现我所能得到的,只是一种思索继续思索,以及将这个无尽长链环绕自己,束缚自己时,我不能不回到二奶奶给我寄居五年那个家里了。这个房子去我当前所在地,真正的距离,原来还不到两百步远近。

大院中犹如五年前第一回看房子光景,晒了一地黑色高粱,二奶奶和另外三个女工,正站成一排,用木连枷击打地面高粱,且从均匀节奏中缓缓的移动脚步,让连枷各处可打到。三个女工都头裹白帕,使得我记起五年前那几只从容自在啄食高粱的白母鸡。年轻女工中有一位好像十分面善,可想不起这个乡下妇人会引起我注意的原因,直到听二奶奶叫那女工说:

"小菊,小菊,你看看饭去,你让沈先生来试试,会不会打。"

我才知道这是小菊,我一面拿起握手处还温暖的连枷,一面想起小菊的问题,竟始终不能合拍,使得二奶奶和女工都笑将起来,真应了先前一时向蚂蚁表示的意见,这个手爪的用处,已离开自然对于五个指头的设计甚远,完全不中用了。可是令我分心的,还是那个身材瘦小说话声哑的农家妇人小菊。原来去年当收成时,小菊正在发疯。她的妈是个寡妇,住在离城十里的一个村子中,小小房子被一把天火烧了。事后除从灰里找出几把烧得失形的农具和镰刀,已一无所有。于是趁收割季带了两个女孩子,到龙街子来找工作。大女孩七岁,小女孩两岁,向二奶奶说好借住在大院子装谷壳的侧屋中,有什么吃什么,无工可作母女就去田里收拾残穗和土豆,一面用它充饥,一面且储蓄起来,预备过冬。小菊是大女儿,已出嫁过三年。丈夫出去当兵打仗,三年不来信,那人家想把她再嫁给一个人,收回一笔财礼。小菊并不识字,只因为想起两句故事上的话语,"好马不配双鞍,烈女不嫁二夫",为这个做人的抽象原则所困住,怕丢脸,不愿意再嫁,待赶回家去和她妈商量,才知道房子已烧去,许久又才找到二奶奶家里来。一看两个妹妹都嚼生高粱当饭吃,帮人无人要,因此就疯了。疯后整天大唱大嚷各处走去,乡下小孩子摘下仙人掌追着她打闹,她倒像十分快乐。过一阵,生命力和积压在心中的委屈耗去了后,人安静些,晚上就坐在二奶奶大门前,向人说自己的故事。到了夜里才偷悄悄进到二奶奶家装糠壳的屋子里睡睡。这事有一天无意中被另一房东骨都嘴嫂子发现了,就说:"嗐,嗐,这还了得!疯子要放火烧房子,什么人敢保险!"半夜里把小菊赶了出去,听她在空地里过夜。并说:"疯子冷冷就会好。"房子既是几房合有的,二奶奶不能自作主张,却只好悄悄的送些东西给小菊的妈。过了冬天,这一家人扛了两口袋杂粮,携儿带女走到不知何处去了。大家对于小菊也就渐渐忘记了。

我回到房中时,才知道小菊原来已在一个地方做工,这回是特意来看看二奶奶,还带了些栗子送礼。因为母女去年在这里时,我们常送她饭吃,也送我们一些栗子,表示谢意。真应了平常一句俗语:"礼轻仁义重。"

到我家来吃晚饭的一个青年朋友，正和孩子们充满兴趣用小刀小锯作小木车，重新引起我对于自己这双手感到使用方式的怀疑。吃过饭后，朋友说起他的织袜厂最近所遭遇的困难，因原料缺少，无从和出纱方面接头，得不到救济，不能不停工。完全停工会影响到一百三十多个乡下妇人的生计，因此又勉强让部分工作继续下去。照袜厂发展说来，三千块钱作起，四年来已扩大到一百多万。这个小小事业且供给了一百多乡村妇女一种工作机会，每月可得到千元左右收入。照这个朋友计划说来，不仅已让这些乡下女人无用的手变为有用，且希望那个无用的心变为有用，因此一天到处为这个事业奔走，晚上还亲自来教这些女工认字读书。凡所触及的问题，都若无可如何，换取原料既无从直接着手，教育这些乡村女子，想她们慢慢的，在能好好的用她们的手以后还能好好的用她们的心，更将是个如何麻烦无望的课题！然而朋友对于工作的信心和热诚，竟若毫无困难不可克服。而且那种精力饱满对事乐观的态度，使我隐约看出另一代的希望，将可望如何重建起来，一颗素朴简单的心，如二奶奶本来所具有的；如何加以改造，即可成为一颗同样素朴简单的心，如这个朋友当前所表现的。当这个改造底幻想无章次的从我脑中掠过时，朋友走了，赶回厂中教那些女工夜课去了。

孩子们平时晚间欢喜我说一切荒唐故事，故事中一个年轻正直的好人，如何从星光接来一个火，又如何被另外一种不义的贪欲所作成的风吹熄，使得这个正直的人想把正直的心送给他的爱人时，竟迷路失足跌到脏水池淹死。这类故事就常常把孩子们光光的眼睛挤出同情的热泪。今夜里却把那年轻朋友和他们共同作成的木车子，玩得非常专心，既不想听故事，也不愿上床睡觉。我不仅发现了孩子们的将来,也仿佛看出了这个国家的将来。传奇故事在年轻生命中已行将失去意义,代替而来的必然是完全实际的事业,这种实际不仅能缚住他们的幻想,还可能引起他们分外的神往倾心!

大院子里连枷声,还在继续拍打地面。月光薄薄的,淡云微月中一切犹如江南四月光景。我离开了家中人,出了大门,走向白天到的那个地方去找寻一样东西。我想明白那个蚂蚁是否还在草间奔走。我当真那么想,因为只要在草地上有一匹蚂蚁被我发现,就会从这个小小生物活动上,追究起另外一个题目。不仅蚂蚁不曾发现,即白日里那片奇异绿色,在美丽而温柔的月光下也完全失去了。目光所及到处是一片珠母色银灰。这个灰色且把远近土地的界限,和草木色泽的等级,全失去了意义。只从远处闪烁摇曳微光中,知道那个处所有村落。站了一会儿,我不免恐怖起来,因为这个灰色正像一个人生命的形式。一个人使用他的手有所写作时,从文字中所表现的形式。"这个人是谁?是死去的还是生存的?是你还是我?"从远处缓慢舂米声中,听出相似口气的质问。我应当试作回答可不知如何回答,因之一直向家中逃去。

二奶奶见个黑影子猛然窜进大门时,停下了她的工作。

"疯子,可是你?"

我说,"是我!"

二奶奶笑了,"沈先生,是你!我还以为是小菊,正经事不作,来吓人。"

从二奶奶话语中,我好像方重新发现那个在绿色黑色和灰色中失去了的我。

上楼见主妇时,问我到什么地方去了那么久。

"你是说刚才,还是说从白天起始?我从外边回来,二奶奶以为我是小菊疯子，说我一天正经事不作，只吓人。知道是我，她笑了，大家都笑了。她倒并没有说错。你看，我一天作了些什么正经事，和小菊有什么不同。不过我从不吓人，只欢喜吓吓我自己罢了。"

主妇完全不明白我所说的意义，只是莞尔而笑。然而这个笑又像平时是了解与宽容，亲切和同情的象征，这时对我却成为一种排斥的力量，陷我到完全孤立无助情境中。在我面前的是一颗稀有素朴善良的心。十年来从我性情上的必然，所加于她的各种挫折，任何情形下，还都不曾将她那个出自内心代表真诚的微笑夺去。生命的健全与完整，不仅表现于对人性情对事责任感上，且同时表现于体力精力饱满与兴趣活泼上。岁月加于她的限制，竟若毫无作用。家事孩子们的麻烦，反而更激起她的温柔母性的扩大。温习到她这些得天独厚长处时，我竟真像是有点不平，所以又说：

"我需要一点音乐，来洗洗我这个脑子，也休息休息它。普通人用脚走路，我用的是脑子。我觉得很累。音乐不仅能恢复我的精力，还可缚住我的幻想，比家庭中的你和孩子重要！"这还是我今天第一回真正把音乐对于我的意义说出口，末后一句话且故意加重一些语气。

主妇依然微笑，意思正像说，"这个怎么能激起我的妒嫉？别人用美丽辞藻征服读者和听众，你照例先用这个征服自己，为想象弄得自己十分软弱，或过分倔强。全不必要！你比两个孩子的心实在还幼稚，因为你说出了从星光中取火的故事，便自己去试验它。说不定还自觉如故事中人一样，在得到了火以后，又陷溺到另一个想象的泥泞中，无从挣扎，终于死了。在习惯方式中吓你自己，为故事中悲剧而感动万分！不仅扮作想象中的君子，还扮作想象成的

一九八〇年与美国学者、沈从文研究者金介甫交谈

在社科院宿舍(1980年)

恶棍。结果什么都不成，当然会觉得很累！这种观念飞跃纵不是天生的毛病，从整个发展看也几乎近于天生的。弱点同时也就是长处。这时节你觉得吓怕，更多时候很显然你是少不了它的！"

我如一个离奇星云被一个新数学家从什么第几度空间公式所捉住一样，简直完全输给主妇了。

从她的微笑中，从当前孩子们浓厚游戏心情所作成的家庭温暖空气中，我于是逐渐由一组抽象观念变成一个具体的人。"音乐对于我的效果，或者正是不让我的心在生活上凝固，却容许在一组声音上，保留我被捉住以前的自由！"我不敢继续想下去，因为我想象已近乎一个疯子所有。我也笑了。两种笑融解于灯光下时，我的梦已醒了。我作了个新黄粱梦。

1944 年，昆明写

（原载 1944 年 1 月《当代文艺》第 1 卷第 2 期）

白 魇

为了工作，我需要清静与单独，因此长住在乡下，不知不觉就过了五年。

乡下居住日子一久，和社会场面似都隔绝了，一家人便在极端简单生活中，送走连续而来的每个日子。简单生活中可似乎还另外有种并不十分简单的人事关系存在，即从一切书本中，接近两千年来人类为求发展争生存种种哀乐得失。他们的理想与愿望，如何受事情束缚挫折，再从束缚挫折中突出转而成为有生命的文字，这个艰苦困难过程，也仿佛可以接触。其次就是从通信上，还可和另外环境背景中的熟人谈谈过去，和陌生朋友谈谈未来。当前的生活，一与过去未来连接时，生命便若重新获得一种意义。再其次即从少数过往客人中，见出这些本性善良欲望贴近地面可爱人物的灵魂，被生活压力所及，影响到义利取舍时是个什么样子，同样对于人性若有会于心。

这时节，我面前桌上正放了一堆待复的信件，和几包刚从邮局取回的书籍。信件中提到的，总不外战争所带来的亲友死亡消息，或初入社会年轻朋友与现实生活迎面时，对于社会所感到的灰心绝望，以及人近中年，从诚实工作上接受寂寞报酬，一面忍受这种寂寞，一面总不免有点郁郁不平。从这通信上，我俨然便看到当前社会一个断面，明白这个民族在如何痛苦中，接受时代所加于他们身上的严酷试验，社会动力既决定于情感与意志，新的信仰且如何在逐渐生长中。倒下去的生命已无可补救，我得从复信中给活下的他们一点点光明希望,也从复信中认识认识自己。

二十六岁小表弟黄育照,任新六军一八九师通信连连长,在华容为掩护部属抢渡,救了他人救不了自己,阵亡了。同时阵亡的还有个表弟聂清,为写文章讨经验,随同部队转战各处已六年。

"……人既死了,为做人责任和理想而死,活下的徒然悲痛,实在无多意义。既然是战争,就不免有死亡!死去的万千年轻人,谁不对国家前途或个人事业,有种光明希望和美丽的梦?可是在接受分定上,希望和梦总不可能不在同样情况中破灭。或死于敌人无情炮火,或死于国家组织上的脆弱,二而一,同样完事。这个国家,因为前一辈的不振作,自私而贪得,愚昧而残忍,使我们这一代为历史担负那么一个沉重担子,活时如此卑屈而痛苦,死时如此胡涂而悲惨。更年轻一辈,可有权利向我们要求,活得应当像个人样子!我们努力来让他们活得比较公正合理些,幸福尊贵些,不是不可能的!"

一个朋友离开了学校将近五年,想重新回学校来,被传说中的昆明生活愣住了。因此回信告他一点情况。

"……这是一个古怪地方,天时地利人和条件具备,然而乡村本来的素朴单纯,与城市习气作成的贪污复杂,却产生一个强烈鲜明对照,使人痛苦。湖山如此美丽,人事上却常贫富悬殊到不可想象程度。小小山城中,到处是钞票在膨胀,在活动,大多数人的做人兴趣,即维持在这个钞票数量争夺过程中。钞票来越多,因之一切责任上的尊严,与做人良心的标尺,都若被压扁扭曲,慢慢失去应有的完整。正当公务员过日子都不大容易对付,普通绅商宴客,却时常有熊掌、鱼翅、鹿筋、象鼻子点缀席面。奇特现象中最不可解处,即社会习气且培养到这个民族堕落现象的扩大。大家都好像明白战时战后决定这个民族百年荣枯命运的，主要的还是学识，教育部照例将会考优秀学生保送来这里升学。有钱人子弟想入这个学校肄业，恐考试不中，且有乐意出几万元代价找替考人的。可是公私各方面，就似乎从不曾想到这些教书十年二十年的书呆子，过的是种什么紧张日子。本地小学教员照米价折算工薪，水涨船高。大学校长收入在四千左右，大学教授收入在三千法币上盘旋，完全近于玩戏法的，要一条蛇从一根绳子上爬过。战争如果是个广义形容词，大多数同事，就可说是在和这种风气习惯而战争！情形虽已够艰苦，实际并不气馁！日光多，自由多，在日光之下能自由思索，培养对于当前社会制度怀疑和否定的种子，这是支持我们情绪唯一的撑柱，也是重造这个民族品德的一点转机！"

…………

这种信照例是写不完的，乡下虽清静无从长远清静，客人来了，主妇温和诚朴的微笑，在任何情形中从未失去。微笑中不仅表示对于生活的乐观，且可给客人发现一种纯挚同情，对人对事无邪机心的同情。使得间或从家庭中小小拌嘴过来的女客人，更容易当成一个知己，以倾吐腹心为快。这一来，我的工作自然停顿了。

凑巧来的是胖胖的×太太，善于用演戏时兴奋情感说话，叙述琐事能委曲尽致，表现自己有时又若故意居于不利地位，增加一点比本人年岁略小二十岁的爱娇。女孩儿家喉咙响，声音分外大，一上楼时就嚷：

"××先生，我又来了。一来总见你坐在桌子边，工作好忙！我们谈话一定吵闹了你，是不是？我坐坐就走！真不好意思，一来就妨碍你。你可想要出去做文章？太阳好，晒晒太阳也有好处，有人说，晒晒太阳灵感会来，让我晒太阳，就只会出油出汗！"

我不免稍微有点受窘，忙用笑话自救："若想找灵感，依我想，最好倒是听你们谈谈天，一定有许多动人故事可听！"

"××先生，你说笑话。你在文章中可别骂我，千万别把我写到你那大作中！他们说我是座活动广播电台，长短波都有，其实——唉，我不过是……"

我赶忙补充，"一个心直口快的好人罢了。你若不疑心我是骂人，我常觉得你实在有天才，真正的天才，观察事情极仔细，描画人物兴趣又特别好。"

"这不是骂我是什么！"

我心想，不成不成，这不是议会和讲堂，决非口舌奋斗可以找出结论。因此忽略了一个做主人的应有礼貌，在主妇微笑示意中，离开了家，离开了客人，来到半月前发现"绿魇"的枯草地上了。

我重新得到了清静与单独。

我面前是个小小四方朱红茶几，茶几上有个好像必需写点什么的本子。强烈阳光照在我身上和手上，照在草地上和那个小小的本子上。阳光下空气十分暖和，间或吹来一阵微风，空气中便可感觉到一点从滇池送来冰凉的水气和一点枯草香气。四围景象和半月前已大不相同：小坡上那一片发黑垂头的高粱，大约早带到人家屋檐下，象征财富之一部分去了。待翻耕的土地上，有几只呆呆的戴胜鸟已失去春天的活泼，正在寻觅虫蚁吃食。那个石榴树园，小小蜡黄色透明叶片，早已完全落尽，只剩下一簇簇银白色带刺细枝，点缀在长满萝卜秧子一片新绿中。河堤前那个连接滇池大田原，极目绿芜照眼，再分辨不出被犁头划过的纵横赭色条纹。河堤上那些成行列的松柏，也若在三五回严霜中，失去了固有的俊美，见出一点萧瑟。在暖和明朗阳光下结队旋飞的蜉蝣，更早已不知死到何处去了。

　　我于是从面前这一片枯草地上试来仔细搜寻，看看是不是还可发现那些绿色斑驳金光灿烂的小小甲虫，依然能在阳光下保留本来的从容闲适，带着自得其乐的轻快神情，于草梗间无目的的漫游，并充满游戏心情，从弯垂草梗尖端突然下堕？结果完全失望。一片泛白的枯草间，即那个半月前爬上我手背若有所询问的小小黑蚂蚁，也不知归宿到何处去了。

　　阳光依旧如一只温暖的大手，从亿千万里外向一切生命伸来，除却我和面前土地接受这种同情时还感到一点反应，其余生命都若在"大块息我以死"态度中，各在人类思索边际以外结束休息了。枯草间有着放光细劲枝梗带着长穗的狗尾草类植物，种子散尽后，尚依旧在微风中轻轻摇头，在阳光下表示生命虽已完结，责任犹未完结神气。

　　天还是那么蓝，深沉而安静，有灰白的云彩从树林尽头慢慢涌起，如有所企图的填去了那个明蓝的苍穹一角。随即又被一种不可知的力量所抑制，在无可奈何情形下，转而成为无目的的驰逐。驰逐复驰逐，终于又重新消失在蓝与灰相融合作成的珠母色天际。

　　大院子同住的人，只有逃避空袭方来到这个空地上。我要逃避的，却是地面上一种永远带点突如其来的袭击。我虽是个写故事的人，照例不会拒绝一切与人性有关的见闻。可是从性情可爱的客人方面所表现的故事，居多都像太真实了一点，待要把它写到纸上时，反而近于虚幻想象了。

　　另一时，正当我们和朋友商量到一个严重问题时，一位爱美而热忱，长于用本人生活抒情的×太太，突然侵入我的记忆中。

　　"××先生（向另外一位陌生客人说），你多大年纪了？我从四川回来，人都说我老了，不像从前那么一切合标准了（抚抚丰腴的脸颊）。我真老了。我要和我老周离婚，让他去和年轻的女人恋爱，我不管。我喝咖啡多了睡不好觉，我失眠（用银匙子搅和咖啡）。这墙壁上的字真好，写得多软和，真是龙飞凤舞（用手胡乱画那些不大容易认识的草字）。人老了真无意思。我要走了。明早又还得进城，……真气人。"周太太话一说完，当真就走了。只留下一个飓风已过的气氛在一群朋友间，虽并不见毁屋拔木，可把人弄得胡胡涂涂。这种人为的飓风去后许久，主客之间还不免带点剩余惊悸，都猜想：也许明天当真会有什么重大变故要发生了，离婚，服毒，……结果还亏主妇用微笑打破了这种沉闷。

"周太太为人心直口快，有什么说什么。只因为太爱好，凡事不能尽如人意，琐屑家务更多烦心，所以总欢喜向朋友说到家庭问题。其实刚才说起的事，不仅你们不明白，过会儿她自己也就忘记了。我猜想，明天进城一定是去吃酒，不是离婚的！"大家才觉得这事原可以笑笑，把空气改变过来。

温习到这个骤然而来的可爱风暴时，我的心便若已失去了原有的谧静。

我因此想起许多事情，如彼或如此，都若在人生中十分真实，且各有它存在的道理，巴尔扎克或契诃夫，笔下都不会轻轻放过。可是这些事在我脑子中，却只作成一种混乱印象，像是用一份失去了时效的颜色，胡乱涂成的漫画，这漫画尽管异常逼真，但实在不大美观。这是个什么？我们做人的兴趣或理想，难道都必然得奠基于这种人事猥琐粗俗现象上，且分享活在这种事实中的小小人物悲欢得失，方能称为活人？一面想起这个眼前身边无剪裁的人生，一面想起另外一些人所抱的崇高理想，以及理想在事实中遭遇的限制,挫折,毁灭,不免痛苦起来。我还得逃避,逃避到一种音乐中,方可突出这个无章次人事印象的困惑。

我耳边有发动机在空中搏击空气的声响。这不是一种简单音乐。单纯调子中,实包含有千年来诗人的热情幻想,与现代技术的准确冷静,再加上战争残忍情感相糅合的复杂矛盾。这点诗人美丽的情绪,与一堆数学上的公式,三五十种新的合金以及一点儿现代战争所争持的民族尊严感,方共同作成这个现象。这个古怪拼合物,目前原在一万公尺以上高空中自由活动,寻觅另外一处飞来的同样古怪拼合物,一到发现时,三分钟内的接触,其中之一就必然变成一团火焰向下飘堕。这世界各处美丽天空下,每一分钟内就差不多都有那种火焰一朵朵往下堕。我就还有好些小朋友,在那个高空中,预备使敌人从火焰中下堕,或自己挟带着火焰下堕。

当高空飞机发现敌机以前,我因为这个发现,我的心,便好像被一粒子弹击中,从虚空倏然堕下,重新陷溺到一个更复杂人事景象中,完全失去方向了。

忽然耳边发动机声音重浊起来,抬起头时,便可从明亮蓝空间,看见一个银白放光点子慢慢的变成了个小小银白十字架。再过不久,我坐的地方,面前朱红茶几,茶几上那个用来写点什么的小本子,有一片飞机翅膀作成的阴影掠过,阳光消失了。面前那个种有油菜的田圃,也暂时失去了原有的嫩绿。待阳光重新照临到纸上时,在那上面我写了两个字,"白魇"。

1944年昆明写,1947年北京改

黑 魇

昆明市空袭威胁，因同盟国飞机数量逐渐增多后，空战由防御转为进攻，城中空袭俨然成为过去一种噩梦，大家已不甚在意。两年前被炸被焚的瓦砾堆上，大多数有壮大美观的建筑矗起。疏散乡下的市民，于是陆续离开了静寂的乡村，重新变作"城里人"。当进城风气影响到我住的滇池边那个小乡村时，家中会诅咒猫儿打喷嚏的张嫂，正受了梁山伯恋爱故事刺激，情绪不大稳定，就借故说：

"太太，大家都搬进城里住去了，我们怎么不搬？城里电灯方便，自来水方便，先生上课方便，小弟读书方便。还有你，太太，要教书更方便！我看你一天来回五龙埠跑十几里路，心都疼了。"

主妇不作声，只笑笑。这种建议自然不会成为事实，因为我们实在还无作城里人资格。真正需要方便的是张嫂。

过了两个月，张嫂变更了个谈话方式。

"太太，我想进城去看看我大姑妈，一个全头全尾的好人，心真好！总不说谎，除非万不得已，不赌咒！

"五年不见面，托人带了信来，想得我害病！我陪她去住住，两个月就回来，我舍不得太太和小弟，一定会回来的！你借我一个月薪水，我发誓……小弟真好！"

平时既只对于梁山伯婚事关心，从不提起过这位大姑妈。不过叙述到另外一个女佣人进城后，如何嫁了个穿黑洋服的"上海人"，直充满羡慕神气。我们如看什么象征派新诗一样，有了个长长的注解，好坏虽不大懂，内容已全然明白。昆明穿洋服的文明人可真多，我们不好意思不让她试试机会，自然一切同意。于是不多久，张嫂就换上那件灰线呢短袖旗袍，半高跟旧皮鞋，带上那个生锈的洋金手表，脸上敷了好些白粉，打扮得香喷喷的，兴奋而快乐，骑马进城看她的抽象姑妈去了。

我依然在乡下不动。若房东好意无变化，即住到战争结束亦未可知。温和阳光与清爽空气，对于孩子们健康既有好处，寄居了将近×年，两个相连接的雕花绘彩大院落，院落中的人事新陈代谢，也使我觉得在乡村中住下来，比城里还有意义。户外看长脚蜘蛛于仙人掌篱笆间往来结网，捕捉蝇蛾，辛苦经营，不惮烦劳，还装饰那个彩色斑驳的身体，吸引异性，可见出简单生命求生的庄严与巧慧。回到住处时，看看几个乡下妇人，在石臼边为唱本故事上的姻缘不偶，从眼眶中浸出诚实热泪，又如何用发誓诅愿方式，解脱自己小小过失，并随时说点谎话，增加他人对于一己信托与尊重，更可悟出人类生命取予形式的多方。我事实上也在学习一切，不过和别人所学的大不相同罢了。

在腹大头小的一群官商合作争夺钞票局面中，物价既越来越高，学校一点收入，照例不敷日用。我还不大考虑到"兼职兼差"问题，主妇也不会和乡下人打交道作"聚草屯粮"计划。为节约计，用人走后大小杂务都自己动手。磨刀扛物是我二十年老本行，作来自然方便容易。烧饭洗衣就归主妇，这类工作通常还与校课衔接。遇挑水拾树叶，既动员全家人丁，九岁大的龙龙，六岁大的虎虎，一律参加。来去传递，竞争奔赴，一面工作一面也就训练孩子，使他们从合作服务中得到劳动愉快和做人尊严。干的湿的有什么吃什么，没有时包谷红薯也当饭吃，有时尽量，有时又听小的饱吃，大人稍稍节制。孩子们欢笑歌呼，于家庭中带来无限生机与活力。主妇的身心既健康而朴素，接受生活应付生活俱见出无比的勇气和耐心，尤其是共同对于生命有个新态度，日子过下去虽困难，即便过三五年似乎也担当得住。一般人要生活，从普通比较见优劣，或多有件新衣和双鞋子，照例即可感到幸福。日子稍微窘迫，或发现有些方面不如人，设法从社交方式弥补，依然还不大济事时，因之许多高尚脑子，到某一时自不免又会悄悄的作些不大高尚的打算。许多人的聪明智巧，倒常常表现成为可笑行为。环境中的种种见闻，恰作成我们另外一种教育，既不重视也并不轻视。正好让我们明白，同样是人生，可相当复杂，具体的猥琐与抽象的庄严，它的分歧虽极明显，实同源于求生，各自想从生活中证实存在意义。生命受物欲控制，或随理想发展，只因取舍有异，结果自不相同。

我凑巧拣了那么一个古怪职业，照近二十年社会习惯称为"作家"。工作对社会国家也若有些微作用，社会国家对本人可并无多大作用。虽早已名为"职业"，然无从靠它"生活"。情形最古怪处，便是这个工作虽不与生活发生关系，却缚住了我的生命，且将终其一生，无从改弦易辙。另一方面必然迫得我超越通常个人爱憎，充满兴趣鼓足勇气去明白"人"，理解"事"，分析人事中那个常与变，偶然与凑巧，相左或相仇，将种种情形所产生的哀乐得失式样，用它来教育我，折磨我，营养我，方能继续工作。

千载前的高士，常抱着个单纯信念，因天下事不屑为而避世，或弹琴赋诗，或披裘负薪，隐居山林，自得其乐。虽说不以得失荣利婴心，却依然保留一种愿望，即天下有道，由高士转而为朝士的愿望。作当前的候补高士，可完全活在一个不同心情状态中。生活简单而平凡，在家事中尽手足勤劳之力打点小杂，义务尽过后，就带了些纸和书籍，到有和风与阳光的草地上，来温习温习人事，并思索思索人生。先从天光云影草木荣枯中，有所会心。随即由大好河山的丰腴与美好，和人事上无章次处两相对照，慢慢的从这个不剪裁的人生中，发现了"堕落"二字真正的意义。又慢慢的从一切书本上，看出那个堕落因子，又慢慢从各阶层间，看出那个堕落传染浸润现象。尤其是读书人倦于思索，怯于怀疑，苟安于现状的种种，加上一点为贤内助谋出路的打算，如何即对武力和权势形成一种阿谀不自重风气。这种失去自己可能为民族带来一种什么形式的奴役，仿佛十分清楚。我于是渐渐失去原来与自然对面时应得的谧静。我想呼喊，可不知向谁呼喊。

"这不成！这不成！人虽是个动物，希望活得幸福，但是人究竟和别的动物不同，还需要活得尊贵！如果当前少数人的幸福，原来完全奠基于一种不义的习惯，这个习惯的继续，不仅使多数人活得卑屈而痛苦，死得胡涂而悲惨，还有更可怕的，是这个现实将使下一代堕落的更加堕落，困难的越发困难，我们怎么办？如果真正的多数幸福，实决定于一个民族劳动与知识的结合，就应当从极合理方式中将它的成果重作分配。在这个情形下，民族中一切优秀分子，方可得到更多自由发展的机会。在争取这种幸福过程时，我们希望人先要活得尊贵些！我们当前便需要一种'清洁运动'，必将现在政治的特殊包庇性，和现代文化的驵侩气，以及三五无出息的知识分子所提倡的变相鬼神迷信，于年轻生命中所形成的势力、依赖、狡猾、自私诸倾向，完全洗刷干净，恢复了二十岁左右头脑应有的纯正与清朗，认识出这个世界，并在人类驾驭钢铁征服自然才智竞争中，接受这个民族一种新的命运。我们得一切重新起始，重新想，重新作，重新爱和恨，重新信仰和怀疑。……"

我似乎为自己所提出的荒谬问题愣住了。试左右回顾，身边只有一片明朗阳光，飘浮于泛白枯草上。更远一点，在阳光下各种层次的绿色，正若向我包围越来越近。虽然一切生命无不取给于绿色，这里却不见一个人。一个有勇气将社会人生如一副牌摊散在面前，一一重新捡起试来排列一下的人。

到我重新来检讨影响到这个民族正常发展的一切抽象原则，以及目前还在运用它作工具的思想家或统治者，被它所囚缚的知识分子和普通群众时，顷刻间便俨若陷溺到一个无边无际的海洋里，把方向完全迷失了。只到处看出用各式各样材料作成装载"理想"的船舶，数千年来永远于同一方式中，被一种卑鄙自私形成的力量所摧毁，剩下些破帆碎桨在海面漂浮。到处见出同样取生命于阳光，繁殖大海洋中的简单绿色荇藻，正唯其异常单纯，随浪起伏动荡，适应现实，便得到生命悦乐。还有那个寄生息于荇藻中的小鱼小虾，亦无不成群结伴，悠然自得，各适其性。海洋较深处，便有一群群种类不同的鲨鱼，皮韧而滑，能顺波浪，狡狠敏捷，锐齿如锯，于同类异类中有所争逐，十分猛烈。还有一只只黑色鲸鱼，张大嘴时万千细小蛤蚧和乌贼海星，即随同巨口张合作成的潮流，消失于那个深渊无底洞口。庞大如山的鱼身，转折之际本来已极感困难，躯体各部门，尚可看见万千有吸盘的大小鱼类，用它们吸盘紧紧贴住，随同升沉于洪波巨浪中。这一切生物在海面所产生的漩涡与波涛，加上世界上另外一隅寒流温暖所作成变化，卷没了我的小小身子，复把我从白浪顶上抛起。试伸手有所攀援时，方明白那些破碎板片，正如同经典中的抽象原则，已腐朽到全不适用。但见远处仿佛有十来个衣冠人物，正在那里收拾海面残余，扎成一个简陋筏子。仔细看看，原来载的是一群两千年前未坑尽腐儒，只因为活得寂寞无聊，所以用儒家名分，附会谶纬星象征兆，预备作一个遥远跋涉，去找寻矿产熔铸九鼎。内中似乎还有不少十分面善的熟人。这个筏子向我慢慢漂来，又慢慢远去，终于消失到烟波浩淼中不见了。

试由海面向上望，忽然发现蓝穹中一把细碎星子，闪烁着细碎光明。从冷静星光中，我看出一种永恒，一点力量，一点意志。诗人或哲人为这个启示，反映于纯洁心灵中即成为一切崇高理想。过去诗人受牵引迷惑，对远景凝眸过久，失去条理如何即成为疯狂，得到平衡如何即成为法则；简单法则与多数人心会合时如何产生宗教，由迷惑，疯狂，到个人平衡过程中，又如何产生艺术。一切真实伟大艺术，都无不可见出这个发展过程和终结目的。然而这目的，说起来，和随地可见蚊蚋集团的翁翁营营要求的效果终点，距离未免相去太远了。

微风掠过面前的绿原，似乎有一阵新的波浪从我身边推过。我攀住了一样东西，于是浮起来了。我攀住的是这个民族在忧患中受试验时一切活人素朴的心；年轻男女入社会以前对于人生的坦白与热诚，未恋爱以前对于爱情的腼腆与纯粹，还有那个在城市，在乡村，在一切边陬僻壤，埋没无闻卑贱简单工作中，低下头来的正直公民，小学教师或农民，从习惯中受侮辱，受挫折，受牺牲的广泛沉默。沉默中所保有的民族善良品性，如何适宜培养爱和恨的种子。

强烈照眼阳光下，蚕豆小麦作成的新绿，已掩盖远近赭色田亩。面对这个广大的绿原，一端衔接于泛银光的滇池，一端却逐渐消失于蓝与灰融合而成的珠母色天际，我仿佛看到一些种子，从我手中撒去，用另外一种方式，在另外一时同样一片蓝天下形成的繁荣。

有个脆弱而充满快乐情感的声音，在高大仙人掌丛后锐声呼唤：

"爸爸，爸爸，快回来，不要走得太远，大家提水去！"我知道，我的心确实走得太远，应当回家了。我似乎也快迷路了。

原来那个六岁大的虎虎，已从学校归来，准备为家事服务了。

孩子们取水的溪沟边，另外一时，每当烧晚饭前后，必有个善于弹琴唱歌聪明活泼的女子，带了他到那个松柏成行的长堤上去散步，看滇池上空一带如焚如烧的晚云，和镶嵌于明净天空中梳子形淡白新月，共同笑乐。这个亲戚走后，过不久又来了一个生活孤独性情纯厚的诗人朋友，依然每天带了他到那里去散步。脚印践踏脚印，取同一方向来回。朋友为娱乐自己并娱乐孩子，常把绿竹叶片折成的小船，装上一点红白野花，一点玛瑙石子，以及一点单纯忧郁隐晦的希望，和孩子对于这个行为的痴愿与祝福，乘流而去。小船去不多远，必为溪中洑流或岸旁下垂树枝作成的漩涡搅翻。在诗人和孩子心中，却同样以为终有一天会直达彼岸。生命愿望凡从星光虹影中取决方向的，正若随同一去不复返的时间，渐去渐远，纵想从星光虹影中寻觅归路，已不可能。在另一方面，朋友走了，有所寻觅的远远走去，可是过不久，孩子们或许又可以和那个远行归来的姨姨，共同到溪边提水了。玩味及这种人事，倏忽相差相左无可奈何光景时，不由得人不轻轻的叹一口气。

晚饭时，从主妇口中才知道家中半天内已来过好些客人。甲先生叙述一阵贤明太太们用变相高利贷"投资"的故事，尽了广播义务，就走了。乙太太叙述一阵家庭小纠纷问题，为自己丈夫作个不美观画相也走了。丙小姐和丁博士又报告……

主妇笑着说:"他们让我知道许多事情,可无一个人知道我们今天卖了一升麦子一家四人才能过年。"

我说:"我们就活到那么一个世界中,也是教育,也是战争!"

"我倒觉得人各有好处,从性情上看来,这些朋友都各有各的好处。……"

"这个话从你口中说出时,很可以增加他们一点自尊心,若果从我笔下写出,可就会以为是讽刺了。许多人平常过日子的方法,一生的打算,以至于从自己口中说出的话语,都若十分自然毫不以为不美不合式。且会觉得在你面前如此表现,还可见出友谊的信托和那点本性上的坦白天真。可是一到由另一人照实写下来,就不可免成为不美观的讽刺画了。我容易得罪人在此。这也就是我这支笔常常避开当前社会,去写传奇故事原因。一切场面上的庄严,从深处看将隐饰部分略作对照,必然都成为漫画。我并不乐意作个漫画家!实在说来,对于一切人的行为和动机,我比你更多同情。我从不想到过用某一种道德标准去度量一般人,因为我明白人太不相同。不幸的是它和我的工作关系又太密切,所以间或提及这个差别时,终不免有点痛苦,企图中和这点痛苦,反而因之会使这些可爱灵魂痛苦。我总以为做人和写文章一样,包含不断的修正,可以从学习得到进步。尤其是读书人,从一切好书取法,慢慢的会转好。事实上可不大容易。真如×说的'蝗虫集团从海外飞来,还是蝗虫'。如果是虎豹呢,即或只剩一牙一爪,也可见出这种山中猛兽的特有精力和雄强气魄!不幸的是现代文化便培养了许多蝗虫。在都市高级知识分子中,特别容易发现蝗虫,贪得而自私,有个华美外表,比蝗虫更多一种自足的高贵。"

在书房

一九八二年与张兆和在吉首码头

主妇一遇到涉及人的问题时,照例只是微笑。从微笑中依稀可见出"察渊鱼者不祥"一句格言的反光,或如另一时论起的,"我即觉得他人和我理想不同,从不说;你一说,就糟了。在自以为深刻的,可不想在人家容易成苛刻,为的是人总是人,是异于兽和神之间的东西,他们从我沉默中,比由你文章中可以领会更多的同情。每个人既都有不同的弱点,同情却覆盖了那个不愉快!"

我想起先前一时在田野中感觉到的广大沉默,因此又说:"沉默也是一种难得品德,从许多方面可以看得出来。因为它在同情之外,还包含容忍,保留否定。可是这种品德是无望于某些人的。说真话,有些人不能沉默的表现上,我倒时常可以发现一种爱娇,即稍微混合一点儿做作亦无关系。因为大都本源于求好,求好心太切,又缺少自信自知,有时就不免适得其反。许多人在求好行为上摔跤,你亲眼看到,不作声,就称为忠厚;我看到,充满善意想用手扶一扶,反而不成!虎虎摔跤也不欢喜人扶的!因为这伤害了他的做人自尊心。"

主妇说:"你知道那么多,这不难得到的品德自己却得不到。你即不扶也成,可是事实上你有时却说我恐怕伤你自尊心,虽然你并不十分自尊,人家怎么不难受!"孩子们见提到本质问题,龙龙插嘴说:"妈妈,奇怪,我昨天作了个梦,梦到张嫂已和一个人结婚,还请我们吃酒。新郎好像是个洋人。她是不是和×伯母一样,都欢喜洋人?"

小虎虎说:"可是洋人说她身体长得好看,用尺量过?洋人要哄张嫂,一定也去作官。×伯母答应借巴老伯大床结婚,借不借给张嫂?"

小龙的好奇心转到报纸上,"报上说大嘴笑匠到昆明来了,是个什么人？是不是在联大演讲逗人发笑的林语堂？"

虎虎还想有所自见，"我也作了个怪梦，梦见四姨坐只大船从溪里回来，划船的是个顶熟的人。船比小河大。诗人舅舅在堤上，拍拍手，口说好好，就走开了。我正在提水，水桶上那个米老鼠也看见。当真的。"

虎虎的作风是打趣争强，使龙龙急了起来，"唉咦，小弟，你又乱说。你就只会捣乱，青天白日也睁了双大眼睛作梦，不分真假自己相信！"

"一切愿望都神圣庄严，一切梦想都可能会实现。"我想起许多事情。好像面前有一副涂满各种彩色的七巧板，排定了个式子，方的叫什么，长的象征什么，都已十分熟悉。忽然被孩子们四只小手一搅，所有板片虽照样存在，部位秩序可给这种恶作剧完全弄乱了。原来情形只有板片自己知道，可是板片却无从说明。

小虎虎果然正睁起一双大眼睛，向虚空看得很远，海上复杂和星空壮丽，既影响我一生，也会影响他将来命运，为这双美丽眼睛，我不免有点忧愁。因此为他说了个佛经上驹那罗王子的故事。

"……那王子一双极好看的眼睛，瞎了又亮了。就和你眼睛一样，黑亮亮的，看什么都清清楚楚，白天看日头不眨眼，夜间在这种灯光下还看得见屋顶上小疟蚊。为的是做人正直而有信仰，始终相信善。他的爸爸就把那个紫金钵盂，拿到全国各处去。全国各地年轻美丽的女孩子，听说王子瞎了眼睛，为同情他受的委屈，都流了眼泪。接了大半钵这种清洁眼泪，带回来一洗，那双眼睛就依旧亮光光的了！"

主妇笑着不作声，清明目光中仿佛流注一种温柔回答："从前故事上说，王子眼睛被恶人弄瞎后，要用美貌女孩子的纯洁眼泪来洗,才可重见光明。现在的人呢,要从勇敢正直的眼光中得救。"

我因此补充说:"小弟,一个人从美丽温柔眼光中,也能得救!譬如说……"

孩子的心被故事完全征服了,张大着眼睛,对他母亲十分温驯的望着:

"妈妈,你眼睛也亮得很,比我的还亮!"

1943年12月末一天,云南呈贡

忆 北 平

民国十三年三月,我在北京城一个小公寓中住下。有一天,公寓中伙计来上开水时,忽然闷沉沉的告我说:"孙中山先生死了,您听放炮!"说过后,见我发呆,或许以为是我对于他臂膊上那片黑纱怀疑,便轻轻的说:"这是我早预备好的。我是会里的人,去年冬天加入,住在东边院子八号房的张先生知道!"他加入的是工会还是帮会,我没有问明白,但知道当时许多会都和革命有关联,而共同在孙先生领导中。我想起的都是北方一般民众对于革命领袖孙先生的前后不同印象。直到孙先生北上为止,北方无知识的小市民,原先都叫孙先生作"大炮",语气中实充满帝国臣民对革命元首的不庄不敬,缺少认识。到他为促成全国统一,带病北行,病倒于协和医院,如今死了,一个公寓的普通茶房,也居然为他戴孝。这不同情形,对于我真是一种奇特的启示!并且过不久,我便看到几十万市民和学生,以及来自国内各省,国外各华侨所在处,所有国民代表,共同在孙先生棺木前后巡礼致敬那个肃穆景象了。移灵到西山碧云寺时,从数十万送丧群众沉默行列中,我且看出了孙先生的死和生,对于国家过去是种什么意义,对于国家未来又还将要发生什么意义。我心想:"孙先生怎么能死?他并不死!"过两年不多,到国民革命军北伐时,就证实了我的预感。凡革命军所到处,知识分子和工农群众,即无不热烈欢迎帮助,使军阀的私兵望风披靡,不战自溃。革命军既得顺利推进,不多久,于是北京城的市民,就有机会见到着布军服的白崇禧将军,在公园茶座上站起演说，向群众解释北伐目的和意义了。

民国二十六年七月，卢沟桥事变发生，北平故都陷落前夕，城郊远近炮声还十分激烈。我住在北平后门外国祥胡同。约下午四点左右，上街去探问战事消息，到鼓楼附近时，恰值城外黄寺弹药库爆炸，轰然巨响，一股黄烟直上天空，数千尺烟柱中还夹杂有一堆堆紫黑火焰。街上齐集数千人，都惊吓得不知所措。因为这个堆积物是要向下掉的，若有一小部分向城里坠落，即必然将作成巨大的损害。其时宋哲元部下兵士约一连人，全是十六七岁的小伙子。正满头满身血污泥土，踉跄退入城内，群众于是全忘了本身危险，呐一声喊，即一齐向前迎接上去。最动人的还是那一群从景山来的男女中学生，带了大饼茶水预备去劳军，也冲入队伍中，到大家混合一处时，都无话可说，每人眼中却充满了热泪。一个美国老太太，满头白发如银，也插身其间，万分激情的大声说："年青人，你们好，你们都好！"说时也不觉热泪盈眶。第二天，城外炮声全息了，人人都觉得希奇。我依然出门探消息，只觉得街上冷清清的。一切为巷战作准备的沙包和其他障碍物，不知夜里何时都已撤去，守工事的武装兵士也不知何处去了。走了半条街，只发现一顶旧军帽搁在路旁。将近鼓楼时，见街口电灯柱下，有个徒手老警官颠起脚在那里撕毁昨天学生贴的劳军用红绿标语。迨走近他身边，似乎已看出我的用意，嘴角抽缩了好一会，方轻轻的说出声来："先生，快回家去，不要再上街。我们打了败仗，免得轰炸平民，军队全退出北京城了。"皱纹重叠的眼角，含着两滴清泪。恰如为了职务上的尊严，勉强忍耐住，整整腰间皮带，大踏步走开了。从那群年青士兵和男女学生市民群眼角，从一个友邦的老太太眼角，从那位老警佐眼角，正反映出困住北平大城中一百廿万中国人，如何在沉默痛苦中接受这个新的日子，接受此后继续而来的每个日子。然而也可以看出，我们还并未真正打败仗。更使我想起，孙先生虽死而未死，不仅活在他初期对于革命的冒险活动上，也活在他后期对于党的重造时兼容并包识见气度上。国民革命受挫折了十余年，真正的转机直接得力于党的重造与建军，间接却得力于五四运动知识分子的把社会重造引为己任。北伐成功虽在孙先生死后，实则近于身前，因为那点革命家的真挚热情，和政治家的宽宏气度，是当时即已普遍注入党的组织中，和军民信仰中。而知识分子的社会改造与男女解放运动，又异途同归，大有助于革命的。

从民十七到二十二，这一段历史，凡生活于此时代的知识分子，总不会忘记一个惨痛教训，即国内各处自相残杀，把整个国家陷入于一种无可奈何纠纷中。但问题由何而起，因何而扩大？身当其事的容或各有解释，各有所借口。然而老百姓以及足以代表老百姓愿望感想对国事无私心的知识分子，却明白将国家财富和年青人生命作政治资本，牺牲于无终结内战中，任何庄严借口都不成，总之内战得告休息。从二十二年到二十六年，好几回行将引起的大消耗大冲突，终因舆论呼喊警告，得以免除。近三十年国内政治也就以这几年算得稍上轨道，社会建设以这几年稍有头绪。可是内战虽能幸免，外来压力实无从避免，对日战事终于爆发了。

打了八九年的仗，把这个国家民族的弱点和长处全打出来了。弱点是什么，大家都明明白白，自不用提。至于长处呢？也许就是"忍受"。不问在朝，在野，在后方，在前线，在办公室，在学校，在一切工作事业上，大家共通长处就是忍受，而忍受那个负有历史积习的弱点所作成的种种痛苦和不公正，倒下的即不声不响倒下，从此得到了休息，活着的总还以为从忍受中能得救。但每个人神经张力终有个限度，到大多数人由战事遭遇挫折忍受到战事胜利以后，实在忍受不下去时，自会要挣扎，有所表示，寻求转机。这也就是社会上许多人数十年沉默，当前却来大声疾呼国家需要如彼如此的原因。也就是有些人俨若特别苛刻，想把当前一切问题重新检讨的由来。民族品德在胜利中既已见出堕落，社会某种现实又已成为不可隐讳的事实，大家倒为"明日"感到惶恐忧惧，照本身所触及的问题，来坦白有所表示时，当然就会涉及一些人的责任，且对负责方面能力感到怀疑。平时朝野情绪既十分隔阂，负责方面不曾注意疏理，这时且以为触犯尊严，转若有意为其他势力张目，这一来，自不免即形成一种对立。为一切既得权势的保护，与既得权势的失坠，负责方面孤立感即不免扩大加深，所有问题便自然日趋于僵化，解决无望，国力在这个对立情势中日益尖锐，国际地位自然也在这个情况中日益低落，叫嚷"凡事重新再来"的亦必更惶遽忧惧，主张的更激切。负责者到此时也就转入一个严重试验阶段，若只从眼前少数个人成败得失看，心有所不甘，武力与武器大规模或小规模使用，自然都有其作用。若知从远处深处看，可就得承认要理性，要想方设法使理性完全抬头，从武力武器以外求各种合理解决，这个国家的明日方好办！不仅负责方面要理性，在野各方面，凡对于国家人民稍具爱与不忍之心，想把团体或个人能力和一腔热忱加上去，堆上去，黏上去，有所表示时，也需要理性，凡一举一动都得谨慎！中山先生的伟大气度和抱负，在此时实值得许多人重新认识，重新研讨！

个人从二十六年八月离开北平，到今年七月离开昆明起始作重回北平计，差一个月即已整整九年。一面看到北平的陷落，也一面看到昆明近一年来种种。最近从报上所报道昆明已发生的不幸，觉得实正象征国家明日更大的不幸。回溯过去，于是那个伙计，那群青年兵士和学生，那个外籍老妇人，那个老警佐，眼睛中所寄托的情感，愿望，便恍忽如在目前。孙先生难道当真就死了吗？为了中国，他应当还活着，他的意见，他的理想，还必需在一切有清明头脑与做人良心的中国人心中好好活着。中国要得救，这一点十分重要。倘若这种意见在国人已成为老生常谈，决不能有何反应时，我还希望刚刚上任的司徒雷登大使先生能好好记住。司徒先生过去个人是中国人的朋友，现在且是美国和中国友谊的代表。在他三十年努力经营的燕京大学规模风气上，已建树了中美永久的友谊，但如何保持它，扩大它，将完全在最近三个月工作表现上。司徒先生今年已七十过一，据闻学校职务本来即拟退休，今当此大暑天气，不仅不能休息，还冒暑往返南京和牯岭，为中国当前和明日而奔走，可知耶稣孔子之"爱"与"不忍"，已深中于心。明白中国青年和美国青年一样，决不宜从任何内战方式中再作广大牺牲。但事极显明，目前实已到一个严重关头，即中国战争的毒瘤，随时会恶化，会爆裂，若不即早设法，中国大规模战争既无从避免，美国明日也就决不能避免不重新卷入战争！司徒先生若体念及人类死亡流血之愚蠢可悯，以及残酷可怕，一定会承认除认识耶稣孔子外，还必需注意到中山先生的理想，与中国国运荣枯及世界安定，实如何不可分！

（原载于1946年8月4日上海《大公报》）

怀昆明

因为战争，寄寓云南不知不觉就过了九年。初到昆明时，事有凑巧，住处即在五省联帅唐蓂赓①住宅对面，湖南军人蔡松坡先生住过的一所小房子中。斑驳陆离的墙砖上，有宣统二年建造字样。老式的一楼一底，楼梯已霉腐不堪，走动时便轧轧作声，如打量向每个登楼者有所陈诉。大大的砖拱曲尺形长廊，早已倾斜，房东刘先生便因陋就简，在拱廊下加上几个砖柱。院子是个小小土坪，点缀有三人联手方能合抱的尤加利树两株，二十丈高摇摇树身，细小叶片在微风中绿浪翻银，使人想起树下默不言功的将军冯异，和不忍剪伐的召伯甘棠②。瓦檐梁柱和树枝高处，长日可看见松鼠三三五五追逐游戏，院中闲静萧条亦可想象。这房屋的简陋情况，和路东那座美轮美奂以花木亭园著名西南各省的唐公馆，恰作成一奇异的对比。倘有人注意到这个对比，温习过去历史时，真不免感慨系之！原来这两所房子和推翻帝制都有关系。战事发生不久，唐公馆即已成为老米的领事馆，我住的一所，自然更少有人知道注意了。

"护国"已成一个历史名辞，"反对帝制"努力也被时间冲淡，年青人须从教科书解释，方能明白这些名词所包含的意义了。可是我住昆明九年，不拘走到什么地方去，碰到的是厅长委员还是赶马

---

① 唐蓂赓，即唐继尧。1911年任云南新军管带，同年在云南参加起义，被推为云南军政府军政部次长，1913年继蔡锷为都督。1915年蔡锷通电护国讨袁，任护国军第三军总司令。

② 召伯甘棠，周时召伯巡行南方，曾在甘棠树下休息，人们相诫不要伤害这树，以示怀念。后借此称颂官吏有德政博得人民好感者。

老汉，寒暄请教时，从对面那一位语言神气间，却总看得出一点相同意思，"喔，你家湖南，湖南人够朋友!"这种包含信托、尊重以及一点儿爱好的表示，是极容易令人感觉到的。表示中正反映本地人对松坡先生"够朋友"的好印象。松坡先生虽死去了三十年，国人也快把他忘掉了，他的素朴风度宽和伟大人格，还好好留在云南。寄寓云南的湖南军人极多，对这种事不知作何感想。至于我呢，实异常受刺激。明白个人取予和桑梓毁誉影响永远不可分。在民族性比较上，湖南人多长于各自为战，而不易粘附团结，然而个人成就终究有种超乎个人的影响牵连存在，且通过长长的岁月，还好好存在。松坡先生在云南的建树，是值得吾人怀念，更值得军人取法的。

湖南人够朋友，当然不只松坡先生。谈革命，首先还应数及老战士黄克强先生。"湖南人够朋友"这句话，就是三十五年以前孙中山先生对克强先生说的。凡熟习中国革命史的人，都必然明白革命初期所遭遇的挫折。克服种种困难，把帝制推翻，湖南人对革命的忠诚，热忱，勇敢，负责，始终其事，实大有关系。而这点够朋友处，最先即见于中山先生和黄克强先生的友谊上，其次复见于唐蓂赓先生和松坡先生的关系上，再其次还见于北伐时代年青军人行为上，直到八年抗战，卫国守土，更得到充分表现机会。记得民二十以前，在上海见蒋百里先生时，因为谈起湖南的兵，他就说了个关于兵的故事。他说，德国有个文化史学者，讨论民族精神时，曾把日本人加以分析，认为强韧坚实足与中国的湖广人相比，热忱明朗还不如。日本想侵略中国，必需特别谨慎小心。中国军事防线，南北两方面都极脆弱，加压力即容易摧毁。但近于天然的心理防线，头一道是山东河南的忠厚朴质，不易克服，次一道是湖南广东的热情僵持,更难处理。这个形容实伤害了日本人的骄傲自大心,便为文驳问那德国学者,何所见而云然?那德国人极有风趣,只引了两句历史上的成语作为答复,"楚虽三户,亡秦必楚。"意以为凡想用秦始皇兼并方式造成的局势,就终必有一天会被打倒推翻。三户武力何能亡秦?居然能亡秦,那点郁郁不平有所否定的气概,是重要原因!百里先生后来还写了一本书,借用了那个德国学者口气,向多数中国人说,中国若与日本作战,一时失利是必然的。不怕败,只要不受引诱投降议和,拖下去日本就必倒。百里先生虽然抗战第二年即不幸过世,他的深刻信心和明确见解,以及所称引的先知预言,却已经给证实。日本的侵略行为,在中国遭遇的最大阻碍,从长沙、常德、衡阳、宝庆的争夺战已得到极好教训。日本在中国境内的败北,是从湘省西南雪峰山起始的。日本在印缅军事的失利,敌手恰好又大多是湖南军人。提起这件事,固能增加每个湖南军人的光荣,但这光荣的代价也就不轻细!因为虽骄傲实谨慎的日本军人,一定记忆住那个警告,忧虑大东亚独霸的好梦,会在热情僵持的湖南人面前撞碎,在湖南境内战事进行时,惨酷激烈就少见。八年苦战的结果,实包含了万千忠于国土的湖南军民生命牺牲,以及百十城市的全部毁灭。尽管如此牺牲,湖南人应当还有这点自信,即只要有土地,有人民,稍稍给以时间,便可望从一堆瓦砾上建设起更新更大的城市。可是人的损失,事实上已差不多了。不仅身当其冲的多已完事,即幸而免的老弱残余,留在断垣残瓦荒田枯井边活受罪,待普遍的灾荒一来临,还不免在无望无助情形下陆续为死亡收拾个罄净!灾情的严重一面是无耕具,少壮丁,另一面却是军粮的征实预借还继续进行。直到灾情已极端严重时,方稍稍引起负责方面的注意,得到一点点救济,稍稍喘一口气。可是国库大过赈济百倍的经常担负,却是把一些待退役转业的军官收容下来,尽这些有功于国的军人,在应遣散不即遣散,待转业又从不认真为其准备转业情况中等待下去。等待什么? 还不是等个机会,来把美国剩余军火,重新装备,在国内各地砰砰彭彭那个"战争"! (这种收容军官机构,据一个同乡军官说,全国约二十个,人数在十二万以上,其中至少有三分之一就是湖南人。总队长大队长且有三分之二是湖南人。)试分析一下活在这个中国谷仓边人民普遍死亡的远因近果,以及国内当前可忧虑局势的发展,我们就会明白湖南人自傲的"无湘不成军"一句话,实含有多少悲剧性! 对国家,湖南人总算够朋友了。可是国家负责方面,对于这片土地上人民的当前的未来,是不是还有点责任待尽? 因为赈济湘灾,政府方面既不大关心,湖南人还得自救。在云南一发动募捐,数日即已过两万万,且超过了全国募捐总记录。对湖南,云南人也总算够朋友了。可是寄寓云南的湖南人,是不是还需要从各方面努点力,好把松坡先生三十年前所建立于当地的良好友谊,加以有效的扩大,莫使它在小小疏忽中,以及岁月交替中失坠?

国内局面既如此浑沌,正若随时随地均可恶化。在这个情况下,许多情绪郁结待找出路的人物,或因头脑单纯,或因好事喜弄,自不免禁不住要作作英雄打天下的糊涂梦,只要有东西在手,大打小打无不乐意从事。然稍稍认识国家人民破碎糜烂已到何等状况下的,对于武力与武器的使用,便明白不问大小,不能不万分谨慎小心! 云南人性情坦白直爽,和湖南人有相似处。至于重友情,好学问,而谦虚从善以图适应时代,一般说来且比湖南人为强。

社会睿智明达之士,眼光远大,见事深刻,对国家民主特具热忱幻念者,更不乏人。自从日前闻李惨案发生后,大姚李一平先生,即电云南省参议会同乡说:"此事发生于滇,近于吾滇之耻。务必将其事追究水落石出,以慰死者,以明是非。"目前在云南负军事责任的为湖南人,负昆明地方治安责任的亦湖南人,如何使这件事水落石出,彻底清楚,驻滇的湖南高级军官,实在其责任和义务待尽。若事不明白,或如"一二·一"学生惨案,马马虎虎过去,也近于湖南人羞耻,云南人多的是钱,当事者还不曾想到如何设法把唐公馆买来,好好保护,作为云南人对民主憧憬与认识的象征。至于松坡先生所住的小小房子,湖南同乡实在也值得集资购来,妥慎保存,留为一湘贤记念,且可为湘滇两地人士为国事合作良好友谊的象征,每一高级湖南军官,初到云南时,如能在那小房子中住住,与当地贤豪长者相过从,就必然会为一种崇高情绪浸润,此后对国家,对地方,对个人,知道随时随处还有多少好事可做,还有多少好事待做,西南一隅明日传给国人的消息,也自然会化乖戾为祥和,只听说建设与进步,不至于依然是暴徒白昼杀人,或更大如苏北山西种种不幸!

八月九日

(原载 1946 年 8 月 13 日上海《大公报·文艺》)

北平的印象和感想

——油在水面，就失去了粘腻性质，转成一片虹彩，幻美悦目，不可仿佛。人的意象，亦复如是。有时平匀敷布于岁月时间上，或由于岁月时间所作成的幕景上，即成一片虹彩，具有七色，变易倏忽，可以感觉，不易揣摸。生命如泡沤，如露亦如电，惟其如此，转令人于生命一闪光处，发生庄严感应。悲悯之心，油然而生。

十月已临，秋季行将过去。迎接这个一切沉默但闻呼啸的严冬，多少人似乎尚毫无准备。从眼目所及说来，在南方有延长到三十天的满山红叶黄叶，满地露水和白霜。池水清澄、明亮，如小孩子眼睛。这些孩子上早学的，一面走一面哈出白气，两手玩水玩霜时不免冻得红红的，于是冬天真来了。在北方则大不相同。一星期狂风，木叶尽脱。只树枝剩余一二红点子，柿子和海棠果，依稀还留下点秋意。随即是负煤的脏骆驼，成串从四城涌进。（从天安门过身时，这些和平生物可能抬起头，用那双忧愁小眼睛望望新油漆过的高大门楼，容许发生一点感慨："你东方最大的一个帝国，四十年，什么全崩溃下来了。这就是只重应付现实缺少高尚理想的教训，也就是理想战胜事实的说明。而且适用于任何时代任何民族。后来者缺少历史知识，还舍不得这些木石堆积物，从新装饰，用它来点缀政治，这有何用？"也容许正在这时，忽然看到那个停于两个大石狮前面的一件东西，八个或十个轮子，结结实实。一个钢铁管子,斜斜伸出。一切虽用一片油布罩上,这生物可明白那是一种力量,另外一种事实,——美国出品坦克。到这时,感慨没有了。怕犯禁忌似的,步子一定快了一点,出月洞门转过南池子,它得上大图书馆卸煤!)还有那个供屠宰用的绵羊群,也挤挤挨挨向四城涌进。说不定在城洞前时,正值一辆六轮大汽车满载新征发的壮丁由城内驶出,这一进一出,恰证实古代哲人一生用千言万语也说不透澈的"圣人不仁"和"有生平等"。——于是冬天真来了。

就在这个时节,我回到了相去九年的北平。心情和二十五年前初到北京下车时相似而不同。我还保留二十岁青年初入百万市民大城的孤独心情在记忆中,还保留前一日南方的夏天光景在感觉中。这两种绝不相同的成分,为一个粮食杂货店中放出的收音机京戏给混合后,第一眼却发现北平的青柿和枣子已上市,共同搁在一辆手推货车上,推车叫卖的"老北京"已白了头。在南方时常听人作新八股腔论国事说:"此后南京是政治中心,上海是商业中心,北平是文化中心。"话说得虽动人,实并不可靠。政治中心照例拥有权势,商业中心照例拥有财富,这个我相信。然而权势和财富都可改作"美国",两个中心原来就和老米①不可分!至于文化中心,必拥有知识得人尊敬,拥有文物足以刺激后来者怀古感今而敢于寄托希望于未来。北平的知识分子的确算得比中国任何一个城市还丰富,不过北京城既那么高,每个人家的墙壁照例那么多而厚,知识可能流注交换,但可能出城?不免令人怀疑。历史的伟大在北平文物上,即使不曾保留全部,至少还保留一部分。可是试追究追究保留下来的用处,能不能激发一个中国年青人的生命热忱,或一种感

---

① 老米,即老美。凤凰土音,"美"读作"米"。

印、思索，引起他向过去和未来发生一点深刻的爱？由于爱，此后即活得更勇敢些，坚实些，也合理些？实在使人怀疑。若所保留下来的庄严伟大和美丽，既缺少对于活人教育的能力，只不过供星期天或平常日子游人赏玩，或军政要人宴客开会，游人之一部分，说不定还充满游猎兴趣，骑马牵狗到处奔窜，北平的文物即保留得再多，作用也就有限。给予多数人的知识，不过是让人知道前一代胡人统治的帝国，奴役人民二百年，用人民血汗劳力建筑有多大的花园，多大的庙宇宫殿，此外可谓毫无意义可言。一个美国游览团团员，具有调查统制中国兴趣的美国军官的眷属，格利佛老太太，阿丽司小姐，可以用它来平衡《马可孛罗游记》所引起她灵魂骚乱的情感（这情感中或许还包含她来中国偶然嫁一蒙古王子的愿望）。一个中国人，假如说，一个某种无知自大的中国人，不问马夫或将军，他也许只会觉得他占领征服了北京城，再也不会还想到他站到的脚下，还有历史。在一个惟有历史却无从让许多人明白历史的情形下，北平的文化价值，如何能使中国人对之表示应有的尊敬，北平有知识的人，教育人的人，实值得思索，值得重新思索；北平的价值和意义，似乎方有希望让少数学生稍稍知道！

北平入秋的阳光，事实上也就可教育人。从明朗阳光和澄蓝天空中，使我温习起住过十年的昆明景象。这时节的云南，风雨季大致已经成为过去，阳光同样如此温暖美好，然而继续下去，却是一切有生机的草木无形死去。我奇怪八年的沦陷，加上新的种种忌讳，居然还有成群的白鸽，敢在用蓝天作背景寒冷空气中自由飞翔。微风刷动路旁的树枝，卷起地面落叶，悉悉率率如对于我的疑问有所回答："凡是在这个大城上空绕绕大小圈子的自由，照例是不会受干涉的。这里原有充分的自由，犹如你们在地面，在教室或客厅中。""你这个话可是存心有点?""不,鲁迅早死了。讽刺和他同时死去了已多年。""我完全否认你这种态度。""可是你必然完全同意我说及的事实。"这个想象的对话很怪,我疑心有人窃听。试各处看看,没有一个"人"。街上到处走的是另外一种人。我起始发现满街每个人家屋檐下的一面国旗,提醒这是个节日,随便问铺子中人,才知悉和尊师重道有关,当天举行八年来第一回的祭孔大典,全国还将同日举行这个隆重典礼。我重新关心到苏州平江府那个大而荒凉的文庙,这一天,文庙两廊豢养的几十匹膘壮日本军马,是不是暂时会由那一排看马的病兵牵出,让守职二十年饿得瘦瘪瘪的苏中苏小那一群老教师,也好进孔庙行个礼;且不至于想到讲堂作马厩,而情感脆弱露出酸态?军马即可暂时牵出,正殿上那个无央数身分不明的蝙蝠,又如何处理?可有人乐意接收,乐意保管,更乐意此后即不再交出,马虎过去?万千蝙蝠既占据大成殿的全部,听其自然,又那能使师道尊严?中国孔庙廊庑用来养马的,一定不止平江府,曲阜那一座可能更不堪。这也正象征北平南京师道在仪式上虽被尊敬,其余还有多少地方的师道,却仍在军马与蝙蝠之中讨生活,其无从生活可想而知。

我起始在北平市大街上散步。想在散步处地面发现一二种小虫蚁,具有某种不同意志,表现到它本身奇怪造形上,斑驳色彩上,或飞鸣宿食性情上;但无满意结果。人倒很多,汽车,三轮车,洋车,自行车上面都有人。和上海最大不同,街路宽阔而清洁,车辆上的人都似乎不必担心相互撞碰。可是许多人一眼看去,样子都差不多,睡眠不足,营养不足。吃得胖胖的特种人物,包含伟人和羊肉馆掌柜,神气之间便有相通处。俨然已多少代都生活在一种无信心,无目的,无理想情形中,脸上各部官能因不曾好好运用,都显出一种疲倦或退化神情。另外一种即是油滑，市侩、乡愿、官僚、××、特有的装作憨厚混合谦虚的油滑。他也许正想起从某某猪太郎转手的某注产业的数目；他也许正计画如何用过去与某某龟太郎活动的方式又来参加什么文化活动，也许还得到某种新的特许……然而从深处看，这种人却又一例还有种做人的是非义利冲突，"羞耻"与"无所谓"冲突，而遮掩不住的凄苦表情。在这种人群中散步，我当然不免要胡思乱想。我们是不是还有方法，可以使这些人恢复正常人的反应，多有一点生存兴趣，能够正常的哭起来，笑起来？我们是不是还可望另一种人在北平市不再露面，为的是他明白羞耻二字的含义，自己再也不好意思露面？我们是不是对于那些更年青的一辈，从孩子时代起始，在教育中应加强一点什么成分，如营养中的维他命，使他们在生长中的生命，待发展的情绪，得到保护，方可望能抵抗某种抽象恶性疾病的传染？方可望于成年时能对于腐烂人类灵魂的事事物物，具有一点抵抗力？

　　我们似乎需要"人"来重新写作"神话"。这神话不仅综合过去人类的抒情幻想与梦，加以现世成分重新处理。应当是综合过去人类求生的经验，以及人类对于人的认识，为未来有所安排。有个明天威胁他，引诱他。也许教育这个坐在现实滚在现实里的多数，任何神话都已无济于事。然而还有那个在生长中的孩子群，以及从国内各地集中于这个大城的青年学生群，很显明的事，即得从宫殿、公园、学校中的图书馆或实验室以外，还要点东西，方不至于为这个大城中的历史暮气与其他新的有毒不良气息所中，失去一个中国人对人生向上应有的信心，要好好的活与能够更好的活的信心！在某种意义上说来，这个信心更恰当名称或叫作"野心"。即寄生于这一片黄土上年青的生命，对重造社会重造国家应有的野心。若事实上教书的，做官的，在一切社会机构中执事服务的，都吓怕幻想，吓怕理想，认为是不祥之物，决不许与现实生活发生关系时，北平的明日真正对人民的教育，恐还需寄托在一种新的文学运动上。文学运动将从一更新的观点起始，来着手，来展开。

想得太远，路不知不觉也走得远了些。一下子我几乎撞到一个拦路电网上。你们可能想得到，北平目前到处还需要一些无固定性的铁丝网，或火力网，点缀胜利一年以后的古城？

两个人起始摸我的身上，原来是检查。从后方昆明来的教师，似不必要受人作这种不愉快的按摩表示敬意！但是我不曾把我身分说明，因为这是个尊师重教的教师节，免得在我这个"复杂"头脑和另一位"统一"头脑中，都要发生混乱印象。

好在我头脑装的虽多，身上带的可极少，所以一会儿即通过了。回过头看看时，正有两个衣冠整齐的绅士下车，等待检查，样子谦和而恭顺。我知道，他两位十年中一定不曾离开北京，因为困辱了十年，已成习惯，容易适应。

北平的冬天快来了，许多人都担心御冬的燃料大有问题。北平缺少的十分严重的不仅是煤。煤只能暖和身体，无从暖和这大城中过百万人的疲乏僵硬的心！我们可想起零下三十度的一些地方，还有五十万人不怕寒冷在打仗？虽说这是北平城外很远地方发生的事，却是一件真实事情，发展下去可能有二十万壮丁的伤亡，千百万人民的流离转徙，比缺煤升火炉还严重得多！若我们住在北平城里的读书人，能把缺煤升大火炉的忧虑，转而体会到那零下卅度的地方战事之如何近于不必要，则据我私意，到十二月我们的课堂即再冷一些，年青学生也不会缺课，或因无火炉而感到埋怨。读书人纵无能力制止这一代战争的继续，至少还可以鼓励更年青一辈，对国家有一种新的看法，到他们处置这个国家一切时，决不会还需要用战争来调整冲突和矛盾！如果大家苦熬八年回到了北平，连这点兴趣也打不起，依然只认为这是将军、伟人、壮丁、排长们的事情，和我们全不相干，沉默也即是一种否认，很可能我们的儿女，就免不了有一天以此为荣，反而去参加热闹。张家口那方面，目前即有不少我们的子侄我们的学生。我们是鼓励他们作无望流血，还是希望他们从新作起？显然两者都不济事，时间太迟了。他们的弟妹又在长成，又在那里"受训"。为人父或教人子弟的，实不能不把这些事想得远一点，深一点，因为目前的事和明日的事决不可分。战事如果是属于知识以外某种不健康情感的迸发与排泄，即不免有传染性，有继续性。当前的国力浪费，即种因于近三十年北平城所拥有的知识的孤立，以及和另外任何一处所拥有的武力，各自存在，各自发展。熟习历史的，教人时既从不参证过历史上"知识"的意义、作用和可能，纵不能代替武力，也还可平衡武力。过去事不曾给我们以教训，而对未来知所防止。所以三五个壮士一天内用卡车装走了清华园一批物品，三个专家半年努力也即恢复不了旧观。五十万人在东北在西北的破坏，若尚不能引起我们的关心，北平的文物和知识，恐当真的就只能供第五颗原子弹作新武器毁旧文明能力的测验！住身北平教育人的似乎还需要一点教育，这教育即从一个无煤的严冬起始。

（原载 1946 年 9 月 22 日《经世日报·文艺》第 6 期，1946 年 10 月《上海文化》第 9 期）

在昆明的时候

新居移上了高处，名叫北门坡，从小晒台上可望见北门门楼上"望京楼"的匾额。上面常有武装同志向下望，过路人马多，可减去不少寂寞！住屋前面是个大敞坪，敞坪一角有什树一林。尤加利树瘦而长，翠色带银的絮子，在微风中荡摇，如一面一面丝绸旗帜，被某种力量裹成一束，想展开，无形中受着某种束缚，无从展开。一拍手，就常常可见圆头长尾的松鼠，在树枝间惊窜跳跃。这些小生物又如把本身当成一个球，抛来抛去，俨然在这种抛掷中，能够得到一种快乐，一种从行为中证实生命存在的快乐。且间或稍微休息一下，四处顾望，看看它这种行为能不能够引起其他生物的注意。或许会发现，原来一切生物都各有心事。那个在晒台上拍手的人，眼光已离开尤加利树，向天空凝眸了。天空一片明蓝，别无他物，这也就是生物中之一种"人"，多数人中一种人。对于生命存在的意义，他的想象或情感，正在不可见的一种树枝间攀援跳跃，同样略带一点惊惶，一点不安，在时间上转移，由彼到此，始终不息。

敞坪中妇人孩子虽多，对松鼠却似乎都看得十分平常，从不曾有谁将头抬起来看看。昆明地方到处是松鼠，许多人对于这小小生物的知识，不过是捉把来卖给"上海人"，值"中央票子"两毛钱到一块钱罢了。站在晒台上的那个人，就正是被本地人称为"上海人"，花用中央票子，来昆明租房子住家过日子的。住到这里来近于凑巧，因为凑巧反而不会令人觉得稀奇了。妇人多受雇于附近一个织袜厂，终日在敞坪中摇纺车纺棉纱。孩子们无所事事，便在敞坪中追逐吵闹，拾捡碎瓦小石子打狗玩。敞坪四面是路，时常有无家狗在树林中垃圾堆边寻东觅西，鼻子贴地各处闻嗅，一见孩子们蹲下，知道情形不妙，就极敏捷的向坪角一端逃跑。有时只露出一个头来，两眼很温和的对孩子们看着，意思像是要说："你玩你的，我玩我的，不成吗？"有时也成。那就是一个卖牛羊肉的，扛了方木架子，带着官秤，方形的斧头，雪亮的牛耳尖刀，来到敞坪中，搁下找寻主顾时。妇女们多放下工作，来到肉架边，讨价还钱。孩子们的兴趣转移了方向，几只野狗便公然到敞坪中来，先是坐在敞坪一角便于逃跑的地方，远远的看热闹，其次是在一种试探形式中，慢慢的走进人丛中里来，直到忘形挨近了肉架边，被那羊屠户见着，扬起长把手斧，大吼一声"畜生，走开！"方肯略略走开，站在人圈子外边，用一种非常诚恳非常热情的态度，欣赏肉架上的前腿、后腿，以及后腿末端一条带毛小羊尾巴，和搭在架旁那些花油，意思像是觉得不拘什么地方都很好，都无话可说。因此它不说话，它在等待，无望无助的等待。照例妇人们在集群中向羊屠户连嚷带笑，加上各种"神明在上报应分明"的誓语，这一个证明实在赔了本，那一个证明买了他家用的秤并不大，好好歹歹弄成了交易，过了秤，数了钱，得钱的走路，得肉的进屋里去，把肉挂在悬空钩子上，孩子们也随同进到屋里去时，这些狗方趁空走近，把鼻子贴在先前一会儿拦肉架的地面，闻嗅闻嗅，或得到点骨肉碎渣，一口咬住，就忙匆匆向敞坪空处跑去，或向尤加利树下跑去。树上正有松鼠剥果子吃，果子掉落地上。上海人走过来拾起嗅嗅，有"万金油"气味，微辛而芳馥。

早上六点钟，阳光在尤加利树高处枝叶间，敷上一层银灰光泽。空气寒冷而清爽。敞坪中很静,无一个人,无一只狗。几个竹制纺车瘦骨伶精的搁在一间小板屋旁边。站在晒台上望着这些简陋古老工具,感觉"生命"形式的多方,敞坪中虽空空的,却有些声音仿佛从敞坪中来,在他耳边响着。

"骨头太多了,不要这个腿上大骨头。"

"嫂子,没有骨头怎么走路?"

"曲蟮有不有骨头?"

"你吃曲蟮。"

"哎哟,菩萨。"

"菩萨是泥的木的,不是骨头做成的。"

"你仿佛骂佛,死后会入三十三层地狱,磨石碾你,大火烧你,饿鬼咬你。"

"活下来做屠户,杀羊杀猪,给你们善男信女吃,做赔本生意,死后我会坐在莲花上,只往上飞,飞到西天一个池塘里,洗个大澡,把一身罪过,一身羊臊洗得个干干净净!"

"西天是你们屠户去的?做梦!"

"好,我不去让你们去。我们都不去了,怕你们到那地方肉吃不成!你们都不吃肉,吃长斋,将来西天住不了,急坏了佛爷,还会骂我们做屠户的,不会做生意。一辈子做赔本生意,不光落得人的骂名,还落个佛的骂名。你不要我拿走。"

"你拿走好!肉臭了看你喂狗吃。"

"臭了我就喂狗吃,不很臭,我把人吃。红焖好了请人吃,还另加三碗烧酒,怕不有人叫我做伯伯舅舅干老子。许我每天念莲花经一千遍,等我死后坐朵方桌大金莲花到西天去!"

"送你到地狱里去,投胎变一只蛤蟆,日夜呱呱呱呱叫。"

"我不上西天，不入地狱，忠贤区区长告我说，姓曾的，你不用卖肉了吧，你住忠贤区第八保，昨天抽壮丁抽中了你，不用说什么，到湖南打仗去。你个子长，穿上军服排队走在最前头，多威武！我说好，什么时候要我去，我就去。我怕无常鬼，日本鬼子我不怕，派定了我，要我姓曾的去，我一定去。"

"××××××××××"

"我去打仗，保卫武汉三镇。我会打枪，我亲哥子是机关枪队长！他肩章上有三颗星，三道银边！我一去就要当班长，打个胜仗，我就升排长。打到北平去，赶一群绵羊回云南来做生意，真正做一趟赔本生意！"

接着便又是这个羊屠户和几个妇人各种赌咒的话语。坪中一切寂静。远处什么地方有军队，集合下操场的喇叭声音在润湿空气中振荡。静中有动，他心想：

"武汉已陷落三个月了。"

屋上首一个人家白粉墙刚刚刷好，第二天，就不知被谁某一个克尽厥职的公务员看上了，印上十二个方字。费很多想象把意思弄清楚了。只就中间一句话不大明白，"培养卫生。"这好像是多了两个字或错了两个字。这是小事。然而小事若弄得使人糊涂，不好办理，大处自然更难说了。

带着小小铜项铃的瘦马，驮着粪桶过去了。

一个猴子似的瘦脸嘴人物，从某人家小小黑门边探出头来，"娃娃，娃娃，"见景生情，接着他自言自语说道，"你哪里去了？吃屎去了？"娃娃年纪已经八岁，上了学校，可是学校因疏散下了乡，无学校可上，只好终日在敞坪里煤堆上玩。"煤是哪里来的？""从地下挖来的。""作什么用？""可以烧火。"娃娃知道的同一些专门家知道的相差并不很远。那个上海人心想:"你这孩子,将来若可以升学,无妨入矿冶系。因为你已经知道煤炭的出处和用途。好些人就因那么一点知识,被人称为专家,活得很有意义!"

娃娃的父亲,在儿子未来发展上,却老做梦,以为长大了应当作设治局长,督办——照本地规矩,当这些差事很容易发财,发了财,买对门某家那房子。上海人越来越多了,对房子,肯出大价钱。押租又多。放三分利,利上加利,三年一个转。想象因之而丰富异常。

做这种天真无邪的好梦的人恐怕正多着。这恰好是一个地方安定与繁荣的基础。

提起这个会令人觉得痛苦,是不是?不提也好。

因为你若爱上了一片蓝天,一片土地,和一群忠厚老实人,你一定将不由自主的嚷:"这不成!这不成!天不辜负你们这群人,你们不应当自弃,不应当!得好好的来想办法!你们应当得到的还要多,能够得到的还要多!"

于是必有人问:"先生,你这是什么意思?在骂谁?教训谁?想煽动谁?用意何居?"

问得你莫名其妙,不特对于他的意思不明白,便是你自己本来意思,也会弄糊涂的。话不接头,两无是处。你爱"人类",他怕"变动"。你"热心",他"多心"。

"美"字笔画并不多,可是似乎很不容易认识。"爱"字虽人人认识,可是真懂得他意义的人却很少。

1946 年 2 月

(原收入作家散文合集《在昆明的时候》)

一个传奇的本事

　　我情感流动而不凝固,一派清波给予我的影响实在不小。我幼小时较美丽的生活,大都不能和水分离。我受业的学校,可以说永远设在水边。我学会思索,认识美,理解人生,水对于我有极大关系。

(摘《自传》中一小节)

　　水和我的生命不可分,教育不可分,作品倾向不可分。这不仅是二十岁以前的事情。即到厌倦了水边城市流荡生活,改变计划,来到住有百万市民的北平,饱受生活的折磨,坚持抵制一切腐蚀,十分认真阅读那本抽象"大书"第二卷,告了个小小段落,转入几个大学教书时,前后二十年,十分凑巧,所有学校又都恰好接近水边。我的人格的发展,和工作的动力,依然还是和水不可分。从《楚辞》发生地一条沅水上下游各个大小码头,转到海潮来去的吴淞江口,黄浪浊流急奔而下直泻千里的武汉长江边,天云变幻碧波无际的青岛大海边,以及景物明朗民俗淳厚沙滩上布满小小螺蚌残骸的昆明滇池边。三十年来水永远是我的良师,是我的诤友,给我用笔以各种不同的启发。这分离奇教育并无什么神秘性,却不免富于传奇性。

　　水的德性为兼容并包,从不排斥拒绝不同方式浸入生命中的任何离奇不经事物!却也从不受它的玷污影响。水的性格似乎特别脆弱,且极容易就范。其实则柔弱中有强韧。如集中一点,即涓涓细流，滴水穿石，却无坚不摧。水教给我粘合卑微人生的平凡哀乐，并作横海扬帆的美梦，刺激我对于工作永远的渴望，以及超越普通个人功利得失、追求理想的热情洋溢。我一切作品的背景，都少不了水。我待完成的主要工作，将是十个水边城市平凡人民的爱恶哀乐。在这个变易多方取予复杂的人世社会中，宜让头脑灵敏身心健全的少壮，有机会驾着最新式飞机向天上飞，从高度和速度上打破纪录，成为《新时代画报》上的名人。且尽那些马上得天下还想马上治天下的英雄伟人，为了寄生细菌的巧佞和谎言繁殖迅速，不多久，都能由雕塑家设计，为安排骑在青铜镕铸的骏马上，和个斗鸡一样，在仿佛永远坚固磐石作基础的地面，给后人瞻仰。可是不多久，却将在同地震海啸相近而来的地覆天翻，只剩余一堆残迹，供人凭吊。也必然还有那些各式各样精通"世故哲学"的"命世奇才"，应运而生，在无帝王时代，始终还有作"帝王师"的机会，各有攸归，各得其所。我要的却只是能再好好工作二三十年，完成学习用笔过程后，还有机会得到写作上的真正自由，再认真些写写那些生死都和水分不开的平凡人平凡历史。这个分定对于我像是生存唯一的义务，无从拒绝。因为这种平凡的土壤，却孕育了我发展了我的生命，体会经验到一点不平凡的人生。

我有一课水上教育受得极离奇，是二十七年前在常德府那半年流荡。这个城市地图上看，即可知接连洞庭，贯串黔川，扼住湘西的咽喉，是一个在经济上、军事上都不可忽略的城市。城市的位置似乎浸在水中或水下，因为每年有好几个月城四面都是一片大水包围。水线有时且比城中民房还高。保护到十万居民不至于成为鱼鳖，全靠上游四十里几道坚固的长堤，和一个高及数丈的砖砌大城。常德沿河有四个城门，计西门、上南门、中南门、下南门。城门外有一条延长数里的长街，上边一点是年有百十万担"湖莲"的加工转口站。此外卖牛肉狗肉、开染坊糖坊和收桐油、朱砂、水银、白蜡、火漆、五倍子的大小庄号，生产出售水上人所不可少的竹木圆器及大小船只上所必需的席棚、竹缆、钢钻头、大小铁锚杂物店铺，在这条河街上都占有一定的地位，各有不同的处所。最动人的是那些等待主顾、各用特制木架支撑，上盖罩棚，身长五七丈的大木桅，和仓库堆店堆积如山的作船帆用的厚白帆布，联想到它们在"扬扬万斛船，影若扬白虹"三桅五舱大船上应用时的壮观景象和伟大作用，不觉更令人神往倾心。

这条河街某一段是什么样子，有什么东西，发出什么不同气味，到如今我始终还记得清清楚楚。这个城市在经济上和军事上都有其重要意义，因此抗日战争末两年，最激烈的一役，即中外报刊记载所谓"中国谷仓争夺战"的一役中，十万户人家终于在所预料情形下，完全毁于炮火中。沅水流域竹木原料虽特别富裕，复兴重建也必然比中国任何一地容易。不过那个原来的水上美丽古典城市，有历史性市容，有历史性人事，就已早于烈烈火焰中消失，后来者除了从我过去作的简单叙述，还能得到个大略印象，此外再也无从寻觅了。有形的和无形的都一律毁掉了。然而有些东西，却似乎还值得用少量文字或在多数人情感中保留下来，对于明日社会重造工作上，有其长远的意义。

常德既是延长千里一条沅水和十来条支流十多个县份百数十万人民生产竹、木、油、漆、棉、麻、烟草、药材原料的集中站，及东南沿海鱿鱼、海带、淮盐及一切轻工业品货物向上转移的总码头，船只向上可达川东、黔东，向下毗连洞庭、长江，地方人事自然也就相当复杂。城门口照例有军事机关和税收机关各种堂皇布告，同时也有当地党部无效果的政治宣传品，和广东、上海药房出卖壮阳补虚伪药，及"活神仙""王铁嘴"一类看相算命骗人的各种广告，各自占据城墙一部分。这几乎也是全国同类城市景象。大街上多的是和商品转销有关的接洽事务的大小老板伙计忙匆匆的来去，更多的是经营最古职业的人物，这些人水面船上虽各有一定住处，在街上依然随地可以碰到。责任大，工作忙，性质杂，人数多，真正在维持这个水边城市的繁荣，支配一切活动的，还是水上那几千只大小船只和那几万驾船人。其中"麻阳佬"占比例特重。这些人如何使用他们各不相同各有个性的水上工具，按照不同的行规不同的禁忌挣扎生活并生儿育女，我虽说不十分清楚，却有一定常识。所以，抗战初期，写了个关于湘西问题的小书时，《常德的船》那一章，内中主要部分，便是介绍占据一条延长千里沅水的麻阳船只和驾船人的种种，在那一章小文结尾说：

> 常德本身也类乎一只旱船，……常德县沿沅水上行九十里，即到千五百年前武陵渔人迷路问津的桃源。……那里河上游一点，有个省立女子第二师范学校。五四运动影响到湖南时，谈男女解放，自由平等，剪发恋爱，最先提出要求并争取实现它的，就是这个学校一群女学生。

这只旱船上不仅装了社会上几个知名人士，我还忘了提及几个虽不平凡终于从平凡中结束了一生的女学生。这里有和瞿××恋爱，因肺病死去的川东王小姐。有和施××同居后来和张××同居的芷江杨小姐，还有×××××。一群单纯热情的女孩子，离开学校离开家庭后，大都暂时寄居到这个学校里，作为一个临时跳板，预备整顿行装，坚强翅膀，好向广大社会飞去。书虽读得不怎么多，却为《新青年》一类刊物扇起了青春的狂热，带了点点钱和满脑子进步社会理想和个人生活幻想，打量向北京、上海跑去，接受她们各自不同的命运。这些女孩子和现代史的发展，曾有过密切的联系，而终于又一个个消失遗忘于时代发展变易中。就中有几位性情比较温和稳定，又不拟作升学准备的，便作了那个女学校的教员。当时年纪大的都还不过二十来岁，差不多都有个相同社会背景，出身于小资产阶级或小官僚地主家庭，照习惯，自幼即由家庭许字了人家，毕业回家第一件事即等待完婚。既和家庭革命，经济来源断绝，向京沪跑去的，难望有升大学机会，生活自然相当狼狈。一时只能在相互照顾中维持，走回头路却不甘心。犹幸社会风气正注重俭朴，人之师须为表率，作教员的衣着化装品不必费钱，所以每月收入虽不多，最高月薪不过三十六元，居然有人能把收入一半接济升学的亲友。教员中有一位年纪较长，性情温和而朴素、又特别富于艺术爱好，生长于凤凰县苗乡得胜营的杨小姐，在没有认识以前，就听说她的每月收入，还供给了两个妹妹读书费用。

　　至于那时的我呢，正和一个从常德师范毕业习音乐美术的表兄黄玉书，一同住在常德中南门里，每天各需三毛六分钱的小客栈中。说明白点，就是无业可就。表哥是随同我的大舅父从北京、天津见过大世面的，找工作无结果，回到常德等机会的。无事可作，失业赋闲，照当时称呼名为"打流"。那个"平安小客栈"，对我们可真不平安！每五天必须结一回账，照例是支吾拉扯过去。欠账越积越多，因此住宿房间也移来移去，由三面大窗的"官房"，迁到只有两片明瓦作天窗的贮物间。总之，尽管借故把我们一再调动，永不抗议。照栈规，彼此不破脸，主人就不能下逐客令。至于在饭桌边当店东冷言冷语讥诮时,只装作听不懂,也陪着笑笑,一切用个"磨"字应付。这一点,表哥可就是已达到"炉火纯青"地步。如此这般我们约莫支持了五个月。虽隔一二月,在天津我那大舅父方面照例必寄来二三十元接济,表哥的习惯爱好,却是留一部分去城中心"稻香村"买一二斤五香牛肉干作为储备,随时嚼嚼解馋,最多也只给店中二十元,因此永远还不清账。内掌柜是个猫儿脸中年妇女,年过半百还把发髻梳得油光光的,撇了一支翠玉搔头,衣襟钮扣上总还挂了一串"银三事",且把眉毛扯得细弯弯的,风流自赏,自得其乐,心地倒还忠厚爽直。不过有时禁不住会向五个长住客人发点牢骚,饭桌边"项庄舞剑"意有所指的说,"开销越来越大了。门面实在当不下,楼下铺子零卖烟酒点心赚的钱,全贴楼上了,日子偌得过?我们吃四方饭,还有人吃八方饭!"话说得尽锋利尖锐。说后,见五个常住客人都不声不响,只顾低头吃饭,就和那个养得白白胖胖、年纪已十六岁的寄生女儿干笑,寄女儿也只照例陪着笑笑。(这个女孩子经常借故上楼来,请大表兄剪鞋面花样,或围裙上部花样,悄悄留下一包寸金糖或芙蓉酥,帮了我们不少的忙。表兄却笑她一身白得像白糖发糕,虽不拒绝芙蓉酥,可决不要发糕。)我们也依旧装不懂内老板话中含意,只管捡豆芽菜汤里的肉片吃。可是却知道用过饭后还有一手,得准备招架对策。不多久,老厨师果然就带了本油腻腻蓝布面账本上楼来相访,十分客气要借点钱买油盐。表兄作成老江湖满不在乎的神气,任意翻了一下我们名下的欠数,即把账本推开,鼻子嗡嗡的:"我以为欠了十万八千,这几个钱算甚么?内老板四海豪杰人,还这样小气,笑话。——老弟,你想想看,这岂不是大笑话!我昨天发的那个催款急电,你亲眼看见,不是迟早三五天就会有款来了吗？"连哄带吹把老厨师送走后，这个一生不走时运的美术家，却向我嘘了口气说："老弟，风声不大好，这地方可不比巴黎！我听熟人说，巴黎的艺术家，不管做甚么都不碍事。有些人欠了二十年的房饭账，到后来索性作了房东的丈夫或女婿，日子过得满好。我们在这里想攀亲戚倒有机会，只是我不大欢喜冒险吃发糕，正如我不欢喜从军一样。我们真是英雄秦琼落了难，黄骠马也卖不成！"于是学成家乡老秀才拈卦吟诗哼着，"风雪满天下，知心能几人？"

我心想，怎么办？表兄常逗我说笑话，北京戏院里梅兰芳出场前，上千盏电灯一熄，楼上下包厢里，到处是金刚钻耳环手镯闪光，且经常有阔人掉金刚钻首饰。上海坐马车，马车上也常有洋婆子、贵妇人遗下贵重钱包，运气好的一碰到就成大富翁。即或真有其事，远水哪能救近火？还是想法对付目前，来一个"脚踏西瓜皮"溜了吧。至于向甚么地方溜，当时倒有个方便去处。坐每天两班小火轮上九十里的桃源县找贺龙。因为有个同乡向英生，和贺龙是把兄弟，夫妻从日本留学回来，为人思想学问都相当新，做事非"知事"、"道尹"不干，同乡人都以为"狂"，其实人并不狂。曾作过一任知县，却缺少处理行政能力，只想改革，不到一年，却把个实缺被自己的不现实理想革掉了。三教九流都有来往，长住在城中春申君墓旁一个大旅馆里，总像还吃得开，可不明白钱从何来。这人十分热忱写了个信介绍我们去见贺龙。一去即谈好，表示欢迎，表兄作十三元一月的参议，我作九元一月的差遣，还说"码头小，容不下大船，只要不嫌弃，留下暂时总可以吃吃大锅饭"。可是这时正巧我们因同乡关系，偶然认识了那个杨小姐，两人于是把"溜"字水旁删去，依然"留"下来了。桃源的差事也不再加考虑。

表兄既和她是学师范美术系的同道,平时性情洒脱到能一事不作,整天自我陶醉的唱歌。长得也够漂亮,特别是一双乌亮大眼睛,十分魅人。还擅长用通草片粘贴花鸟草虫,作得栩栩如生,在本县同行称第一流人材。这一来,过不多久,当然彼此就成了一片火,找到了热情寄托处。

自从认识了这位杨小姐后,一去那里必然坐在学校礼堂旁大风琴边,一面弹琴,一面谈天。我照例乐意站在校门前欣赏人来人往的市景,并为二人观观风。学校大门位置在大街转角处,两边可以看得相当远,到校长蒋老太太来学校时,经我远远望到,就进去通知一声,里面琴声必然忽高起来。老太太到了学校却照例十分温和笑笑的说:"你们弹琴弹得真不错!"表示对于客人有含蓄的礼貌。客人却不免红红脸。因为"弹琴"和"谈情"字音相同,老太太语意指甚么虽不分明,两人却体会较深刻得多。

每每回到客栈时,表哥便向我连丢了十来个揖,要我代笔写封信,他却从从容容躺在床上哼各种曲子,或闭目养神,温习他先前一时的印象。信写好念给他听听,随后必把大拇指翘起来摇着,表示感谢和赞许。

"老弟,妙,妙!措辞得体,合适,有分寸,不卑不亢。真可以上报!"

事实上呢,我们当时只有两种机会上报,即抢人或自杀。但是这两件事都和我们兴趣理想不合,当然不曾采用。至于这种信,要茶房送,有时茶房借故事忙,还得我代为传书递简。那女教员有几次还和我讨论到表哥的文才,我只好支吾过去,回客栈谈起这件可笑故事,表兄却一面大笑一面肯定的说,"老弟,你看,我不是说可以上报吗?"我们又支持约两个月,前后可能写了三十多次来回信，住处则已从有天窗的小房间迁到茅房隔壁一个特别小间里。人若气量窄，情感脆弱，对于生活前途感到完全绝望，上吊可真方便。我实在忍受不住，有一天，就终于抛下这个表兄，随同一个头戴水獭皮帽子（沅水流域有名土娼都认识那顶帽子）的同乡，坐在一只装运军服的"水上漂"，向沅水上游保靖漂去了。

　　三年后，我在北京知道一件新事情，即两个小学教员已结了婚，回转家乡同在县立第一小学服务。这种结合由女方家长看来，必然不会怎么满意。因为表哥祖父黄河清，虽是个贡生，看守文庙作"教谕"，在文庙旁家中有一栋自用房产，屋旁还有株三人合抱的大椿木树，著有《古椿书屋诗稿》，为人虽在本城受人尊敬，可是却十分清贫。至于表哥所学，照当时家乡人印象，作用地位和"飘乡手艺人"或"戏子"相差并不多。一个小学教师，不仅收入微薄，也无甚么发展前途。比地方传统带兵的营连长或参谋副官，就大大不如。不过两人生活虽不怎么宽舒，情感可极好。因此，孩子便陆续来了，自然增加了生计上的麻烦。好在小县城收入虽少，花费也不大，又还有些作上中级军官或县长局长的亲友，拉拉扯扯，日子总还过得下去。而且肯定精神情绪都还好。

　　再过几年，又偶然得家乡来信说，大孩子已离开了家乡，到福建厦门集美一个堂叔处去读书。从小即可看出，父母爱好艺术的长处，对于孩子显然已有了影响。但本地人性情上另外一种倔强自恃，以及潇洒超脱不甚顾及生活的弱点，也似乎被同时接收下来了。所以在叔父身边读书，初中不到二年，因为那个艺术型发展，不声不响就离开了亲戚，去阅读那本"大书"，从此就在广大社会中消失了。计算岁月，年龄已到十三四岁，照家乡子弟飘江湖奔门路老习惯，已并不算早。教育人家子弟的既教育不起自己子弟，所

一九八二年与张兆和在张家界金鞭溪

与夫人张兆和在一起(1982年)

以对于这个失踪的消息，大致也就不甚在意。

一九三七年抗战后十二月间，我由武昌上云南路过长沙时，偶然在一个本乡师部留守处大门前，又见到那表兄。面容憔悴蜡渣黄，穿了件旧灰布军装，倚在门前看街景。一见到我即认识，十分亲热的把我带进了办公室。问问才知道因为脾气与年轻同事合不来，被挤出校门，失了业。不得已改了业，在师部做一名中尉办事员，办理散兵伤兵收容联络事务。太太还在沅陵酉水边乌宿附近一个村子里教小学。大儿子既已失踪，音信不通。二儿子十三岁，也从了军，跟人作护兵，自食其力。还有老三、老五、老六，全在母亲身边混日子。事业不如意，人又上了点年纪，常害点胃病，性情自然越来越加拘迂。过去豪爽洒脱处早完全失去，只是浓眉下那双大而黑亮有神的眼睛，还依然如旧。也仍然欢喜唱唱歌。邀他去长沙著名的李合盛吃了一顿生炒牛肚子，才知道已不喝酒。问他还吸烟不吸烟，就说，"不戒自戒，早已不再用它。"可是我发现他手指黄黄的，知道有烟吸还是随时可以开戒。他原欢喜吸烟，且很懂烟品好坏。第二次再去看他，带了别的同乡送我的两大木盒吕宋雪茄烟去送他。他见到时，憔悴焦黄脸上露出少有的欢喜和惊讶，只是摇头，口中低低的连说："老弟，老弟，太破费你了，太破费你了。不久前，我看到有人送老师长这么两盒，美国大军官也吃不起！"

我想提起点旧事使他开开心，告他"还有人送了我一些甚么'三五字'、'大司令'，我无福享受，明天全送了你吧。我当年一心只想做个开糖坊的女婿，好成天有糖吃。你看，这点希望就始终不成功！"

"不成功！人家都说你为我们家乡争了个大面子，赤手空拳打天下，成了名作家。也打败了那个只会做官、找钱、对家乡青年毫不关心的熊凤凰。甚么凤凰？简直是只阉鸡，只会跪榻凳，吃太太洗脚水，我可不佩服！你看这个！"他随手把一份当天长沙报纸摊在桌上，手指着本市新闻栏一个记者对我写的访问记，"老弟，你当真上了报，人家对你说了不少好话，比得过甚么甚么大文豪！甚么高尔基、高尔鸭，通通不在话下！"

我说："大表哥，你不要相信这些逗笑的话。一定是做新闻记者的学生写的。因为我始终只是个在外面走码头的人物，底子薄，又无帮口，在学校里混也混不出个所以然的。不是抗战还回不了家乡，熟人听说我回来了，所以表示欢迎。我在外边只有点虚名，并没甚么真正成就。……我倒正想问问你，在常德时，我代劳写的那些信件，表嫂是不是还保留着？若改成个故事，送过上海去换二十盒大吕宋烟，还不困难！"

想起十多年前同在一处旧事，一切犹如目前，又恍同隔世。两人不免相对沉默了一会儿，后来复大笑一阵，把话转到这次战事的发展和家乡种种了。随后就陪我去医院中看看同乡受伤官兵。正见我弟弟刚出医院，召集二十来个行将出院的下级军官，在院前小花园和准备出院官兵谈话，彼此询问一下情形；并告给那些伤愈连长和营副，不久就要返回沅陵接收新兵，作为"荣誉师"重上前线。训话完毕，问我临时大学那边有多少熟人，可以用我名分约个日子，请吃顿饭，到时当来和大家谈谈前方情况（后来请了两桌客人，计有张奚若、金若霖、杨振声、梅贻琦、闻一多、朱自清、黄子坚、李宗侗、陈岱孙、叶企孙、梁思成、林徽因……诸先生。大家听到前线情况，都同样很满意）。邀大表兄也作陪客，他却不好意思，坚决拒绝参加。只和我在另一天同上天心阁看看湘江，坐在上边喝了两点钟茶，我们从此就离开了。

抗战到六年，我弟弟去印度受训，过昆明时，来呈贡乡下看看我，谈及家乡种种，才知道年纪从十六到四十岁的同乡亲友，大多数都在六年里各次战役中已消耗将尽。有个麻四哥和三表弟，在洞庭湖边都牺牲了。大表哥因不乐意在师部作事，已代为安排到沅水中游青浪滩前作了一个绞船站的站长，有四十元一月。老三跟在身边，自小就会泅水，胆子又大，这个著名恶滩经常有船翻沉，老三就在滩脚伏波宫前急流漩涡中浮沉，拾捞沉船中漂出无主的腊肉、火腿和其他食物，因此，父子经常倒吃得满好。可是一生长处既无从发挥，始终郁郁不欢，不久前，在一场小病中就过世了。

大孩子久无消息，只知道在江西战地文工团搞宣传。老二从了军。还预备把老五送到银匠铺去作学徒。至于大表嫂呢，依然在沅陵乌宿乡下村子里教小学，收入足够糊口。因为是唯一至亲，假期中，我大哥总派人接母子到沅陵"芸庐"家中度过假期，开学时，再派人送他们回学校。

照情形说来，这正是抗战以来，一个小地方，一个小家庭极平常的小故事。一个从中级师范学校毕业的女子，为了对国家对生活还有点理想，反抗家庭的包办婚姻，放弃了本分内物质上一切应有权利，在外县作个小教员，从偶然机会里，即和个性情还相投的穷教员结了婚，过了阵虽清苦还平静的共同生活。随即接受了"上帝"给分派的庄严任务：陆续生了一堆孩子，照环境分定，母亲的温良母性，虽得到了充分发展，作父亲的艺术禀赋，可从不曾得到好好的使用。只随同社会变化，接受环境中所能得到的那一份苦难。十年过去，孩子已生到第五个，教人子弟的照例无从使自己子弟受教育，每个孩子在成年以前，都得一一离开家庭，自求生存，或死或生，无从过问！战事随来，可怜一份小学教师职业，还被二十来岁的什么积极分子排挤掉。只好放弃了本业，换上套拖拖沓沓旧军装，"投笔从戎"作个后方留守处不足轻重的军佐。部队既一再整编，终于转到一个长年恶浪咆哮的绞船站里作了站长，不多久，便被一场小小疾病收拾了。亲人赶来，一面拭泪一面把死者殓入个赊借款项得来的小小白木棺木里，草草就地埋了。死者既已死去，生者于是依然照旧沉默寂寞生活下去。每月可能还得从正分微薄收入中扣出一点点钱填还亏空。在一个普通人不易设想的小乡村小学教师职务上，过着平凡而简单的日子，等待平凡的老去，平凡的死。一切都十分平凡，不过正因为它是千万乡村小学教师的共同命运，却不免使人感到一种奇异的庄严。

抗战到第八年，和平胜利骤然来临，睽违十年的亲友，都逐渐恢复了通信关系。我也和家中人由云南昆明一个乡村中，依旧归还到旧日的北平，收拾破烂，重理旧业。忽然有个十多年不通音问的朋友，寄了本新出的诗集。诗集中用黑绿二色套印了些木刻插图，充满了一种天真稚气与热情大胆的混合，给我崭新的印象。不仅见出作者头脑里的智慧和热情，还可发现这两者结合时如何形成一种诗的抒情。对于诗若缺少深致理解，是不易作出这种明确反映的。一经打听，才知道作者所受教育程度还不及初中二，而年龄也还不过二十来岁。完全是在八年战火中长大的。更有料想不到的巧事，即这个青年艺术家，原来便正是那一死一生黯然无闻的两个美术教员的长子。十三四岁即离开了所有亲人，到陌生而广大世界上流荡，无可避免的穷困，疾病，挫折，逃亡，在种种卑微工作上短时期的稳定，继以长时间的失业，如蓬如萍的转徙飘荡，到景德镇烧过瓷器，又在另一处学过做棺材的学徒……却从不易想象学习过程中，奇迹般终于成了个技术优秀特有个性的木刻工作者。为了这个新的发现，使我对于国家，民族，以及属于个人极庄严的苦难命运，感到深深痛苦。我真用得着法国人小说中常说的一句话，"这就是人生"。当我温习到有关于这两个美术教员一生种种，和我身预其事的种种，所引起的回忆，不免感觉到对于"命运偶然"的惊奇！

作者至今还不曾和我见过面，只从通信中约略知道他近十年一点过去，以及最近正当成千上万"接收大员"在上海大发国难财之余，他如何也来到了上海，却和他几个同道陷于同样穷困绝望中，想工作，并购买木刻板片的费用也无处筹措。境况虽然如此，却对于工作还依然充满自信和狂热，对未来有深刻憧憬。摊在我眼面前的四十幅木刻，无论大小，都可见出一种独特性格，美丽中还有个深度。为几个世界上名师巨匠作的肖像木刻，和为几个现代作家诗人作的小幅插图，都可见出作者精力弥满，设计构图特别用心，还依稀可见出父母潇洒善良的禀赋，与作者生活经验的沉重粗豪和精细同时并存而不相犯相混，两者还共同形成一种幽默的典雅。提到这一点时，作品性格鲜明的一面，事实上还有比个人禀赋更重要的因素，即所生长的地方性，实值得一提。因为这不仅是两个穷教员的儿子，生长地还是从二百年设治以来，即完全在变态发展中一片土地，一种社会的特别组织的衍生物。

作者出身苗乡，原由"镇打营"和"箄子坪"合成一个"镇箄城"。后来因镇压苗人造反，设立了个兼带兵勇的辰沅永靖兵备道，又一个专管军事的"镇守使"，才升级成"凤凰厅"，后改"凤凰县"。家乡既是个屯兵地方，住在那个小小石头城中的人，大半是当时的戍卒屯丁，小部分是封建社会放逐贬谪的罪犯所组成

（黄家人生时姓"黄"，死后必改姓"张"，听老辈说，就是这个原因）。因此二百年前居民即有世代服兵役的习惯，习军事的机会。中国兵制中的"绿营"组织，在近代学人印象中，早已成了历史名词了然，而抗战八年，我们生长那个小地方，对于兵役补充，尤其是下级官佐的补充，总像不成问题，就还得力于这个旧社会残余制度的便利。最初为镇压苗族造反而设治，因此到咸、同之际，曾国藩组织的湘军，"筸军"就占了一定数目，选择的对象必"五短身材、琵琶腿"，才善于挨饿耐寒、爬山越岭跑长路。内中也包括部分苗族兵丁。但苗官则限制到"守备"为止。江南大营包围太平军的天京时，筸军中有一群卖柴卖草亡命之徒，曾参预过冲锋陷阵爬城之役，内中有四五人后来都因军功作了"提督军门"，且先后转成"云贵总督"。就中有个田兴恕，因教案被充军新疆，随后又跟左宗棠戴罪立功，格外著名。到辛亥革命攻占雨花台后，首先随大军入南京的一个军官，就是"爬城世家"田兴恕的小儿子田应诏。这个军官由日本士官学校毕了业，和蔡锷同期，我曾听过在蔡锷身边作参谋长的同乡朱湘溪先生说，因为田有大少爷脾气，人不中用，在外面混吃不开，所以才让他回转家乡，作第一任湘西镇守使。年纪还不到三十岁，却留了一小撮日本仁丹式胡子，所以本地人通叫他"田三胡子"，尊重中带点开玩笑意思。这位边疆大吏，受了点日本维新变法的影响，当时手下大约还有四千绿营兵士，无意整军经武，出于好事喜弄的大少爷本来脾气，却在练军大教场河对岸，傍水倚山建立了座新式公园，纪念他的母亲。经常和一群高等幕僚，在那里饮酒赋诗。又还在本县城里办了个中级美术学校，因此后来本地很出了几个湘西知名的画家。此外还办了个煤矿，办了个瓷器厂，在城中办了个洋广杂货的公司，不多久就先后赔本停业。这种种正可说明一点，即"浪漫情绪"在这个"爬城世家"头脑中，作成一种诗的抒情、有趣的发展（我和永玉，都可说或多或少受了点影响而长成的）。

三十年来国家动乱，既照例以内战为主要动力，荡来荡去形成了大小军阀的新陈代谢。这小地方却因僻处一隅，得天独厚，又不值得争夺，因之形成一个极离奇的存在。在湘西十八县中，日本士官生、保定军官团、云南讲武堂，及较后的黄埔军官学校，前后都有大批学生，比其他县分占人数最多。到抗战前夕为止，县城不到六千户人家，人口还不及二万，和附近四乡却保有了约二千中下级军官，和经过军训四五个师的潜在实力。由于这么一种离奇传统，一切年轻人的出路，都不免寄托在军官上。一切聪明才智及优秀禀赋，也都一例归纳吸收于这个虽庞大实简单的组织中，并陆续消耗于组织中。而这个组织于国内省内，却又若完全孤立或游离，无所属亦无所归。"护法"、"靖国"等等大规模军事战役，都出兵参加过，派兵下常、桃，抵长沙，可是战事一过就又退还原驻防地。接田手的陈渠珍，头脑较新，野心却并不大，事实上心理上还是"孤立割据自保"占上风。北伐以前，孙中山先生曾特派个代表送了个"第一师长"的委任状来，这位统领大人十分客气，请了一回客，送了两千元路费，那个委任状却压在我垫被下经年毫无作用。这自然就有了问题，即对内为进步滞塞，不能配合实力作其他任何改进设计，对外则保持一贯孤立状态。他本人倒自律甚严而好学，新旧书都读得有一定水平，却并不鼓励部下也读书。因此军官日多而读书人日少，必然无从应付时变。对外则多误会，多忌讳，越来越增加和各方面实力组织关系隔绝。本身实力越大，在经济上也只是越增加困难。战争来了，悲剧随来。淞沪之战展开，有个新编一二八师，属于第四路指挥刘建绪调度节制，原本被哄迫出去驻浙江奉化，后改宣城，战事一起，就奉命调守嘉善唯一那道国防线，即当时所谓"中国兴登堡防线"（早就传说花了过百万元按照德国顾问意见完成的）。当时报载，战事过于激烈，守军来不及和参谋部联络人员接头，打开那些钢骨水泥的门，即加入战斗。还以为事不可信。后来方知道属于我家乡那师接防的部队，开入国防线后，除了从唯一留下车站的县长手中得到一大串编号的钥匙，什么图形也没有。临到天明就会有敌机来轰炸。为敌人先头探索部队发现已发生接触时，一个少年团长方从一道小河边发现工事的位置，一面用一营人向前作突击反攻，一面方来得及顺小河搜索把上锈的铁门次第打开，准备死守。本意固守三天，却守了足足五天。全师大部官兵都牺牲于敌人优势日夜不断炮火中，下级干部几乎全体完事，团营长正副半死半伤，提了那串钥匙去开工事铁门的，原来就是我的弟弟，而死去的全是那小小县城中和我一同长大的年轻人。

随后是南昌保卫战，经补充的另一个"荣誉师"上前，守三角地的当冲处，自然不久又完事。随后是反攻宜昌，洞庭西岸荆沙争夺，洞庭南岸的据点争夺，以及长沙会战，每次硬役必得参加，每役参加又照例是除了国家意识还有个地方荣誉面子问题在内，双倍的勇气使得下级军官全部成仁，中级半死半伤，而上级受伤旅团长，一出医院就再回来补充调度，从预备师接受新兵。都明白这个消耗担负，对地方明日的困难，却从种种复杂情绪中继续补充下去。总以为"这是和日本打仗，不管如何得打下去！"迟迟不动，番号一经取消，家乡此后就再无存在可能。因此，国内任何部队都感到补充困难时，这方面却好像全无问题，到时总能充补足额，稍加训练就可重上前线，打出一定水平。就这样，一直到一九四五年底。小城市在湘西各县中，比沅水流域任何一处物价都贱。表面上可说交通不当冲要，得免影响，事实上却是消费越来越少，余下一城孤儿寡妇，哪还能想到囤积居奇发国难财？每一家都分摊了战事带来的不幸，因为每一家都有子弟作下级军官，牺牲数目更吓人。我们实在不能想象一个城市把成年丁壮全部抽去，每家陆续带来一分死亡给三千少妇万人父母时，形成的是一种什么空气！但这是战争！有过二百年当兵习惯的人民，战争是什么，必然比任何人都更清楚明白，而这些人的家属子女，也必然更习惯于接受这个不幸！战争完结后，总还能留下三五十个小学教员，到子弟长大能入小学时，不会无学校可进啊！

和平来了，胜利来了，但战争的灾难可并未结束。拼补凑集居然还有一个甲种师部队，由一个从小兵作文书，转军佐，升参谋，入陆大，完全自学挣扎出来的×姓军官率领，驻防胶济线上。原以为国家和平来临，人民苦难已过，不久改编退役，正好过北方完成一个新的志愿，即好好的来读几年书。且可能有机会和我合作，写一本小小地方历史。纪念一下这个小山城成千上万壮丁十年中如何为保卫国家安全陆续牺牲的情形，将比转入国防研究院工作还重要，还有意义。正可说明一种旧时代的灭亡而新命运的开始，虽然是种极悲惨艰难的开始。因为除少数的家庭，还保有些成年男丁，大部分却得由孤儿寡妇来自作挣扎！不意内战终不可避免，星期前胶东一役，不到一星期，这个新编师却在极其暧昧情形下就全部覆没。师长随之阵亡。统率者和一群干部，正是家乡人八年抗战犹未死尽的最后残余。从私人消息，方明白实由于早已"厌倦"这个大规模集团的自残自渎，因此厌战解体。专门家谈军略，谈军势，若明白这些青年人生命深处的苦闷，还如何正在作普遍广泛传染，尽管有各种习惯制度和小集团利害拘束到他们的行为，而加上那个美式装备，但哪敌得过出自生命深处的另外一种潜力，和某种做人良心觉醒否定战争所具有的优势？一面是十分厌倦，一面还得接受现实，就在这么一个情绪状态下，我家乡中那些朋友亲戚，和他们的理想，三五天中便完事了。这一来，真是"连根拔去"，"筸军"再也不会成为一个活的名词，成为湖南人谈军事政治的一忌了。而个人想从这个野性有活力的烈火焚灼残余孤株接接枝，使它在另外一种机会下作欣欣向荣的发展，开花结果的企图，自然也随之而摧毁无余。

得到这个消息时，我想起我生长那个小小山城两世纪以来的种种过去。因武力武器在手而如何形成一种自足自恃情绪，情绪扩张，头脑即如何逐渐失去应有作用，因此给人的苦难和本身的苦难。想起整个国家近三十年来的苦难，也无不由此而起。在社会变迁中，我那家乡和其他地方青年的生和死，因这生死交替于每一片土地上流的无辜的血，这血泪更如何增加了明日进步举足的困难。我想起这个社会背景发展中对年轻一代所形成的情绪、愿望和动力，既缺少真正伟大思想家的引导与归纳，许多人活力充沛而常常不知如何有效发挥，结果便终不免依然一个个消耗结束于近乎周期性悲剧宿命中。任何社会重造品性重铸的努力设计，对目前情势言，甚至于对今后半世纪言，都若无益白费。而近于宿命的悲剧，却从万千挣扎求生善良本意中，作成整个民族情感凝固大规模的集团消耗，或变相自杀。直到走至尽头，才可望得到一种真正新的开始。

我也想到由于一种偶然机会，少数游离于这个共同趋势以外，恶性循环以外，由此产生的各种形式的衍化物。我和这一位年纪轻轻的木刻艺术家，恰可代表一个小地方的另一种情形：相同处是处理生命的方式，和地方积习已完全游离，而出于地方性的热情和幻念，却正犹十分旺盛，因之结合成种种少安定性的发展。但是我依然不免受另外一种地方性的局限束缚，和阴晴不定的"时代"风气俨若格格不入。即因此，将不免如其他乡人似异实同的命运，或迟或早必僵仆于另外一种战场上，接受同一悲剧性结局。至于这个更新的年轻的衍化物，从他的通信上，和作品自刻像一个小幅上，仿佛也即可看到一种命定的趋势，由强执、自信、有意的阻隔及永远的天真，共同作成一种无可避免悲剧性的将来。至于生活上的败北，犹其小焉者。

最后一点涉及作者已近于无稽预言，因此对作者也留下一点希望。倘若所谓"悲剧"实由于性情一事的两用，在此为"个性鲜明"而在彼则为"格格不入"时，那就好好的发展长处，而不必求熟习"世故哲学"，事事周到或八面玲珑来取得什么"成功"，不妨勇敢生活下去。毫无顾虑的来接受挫折，不用作得失考虑，也不必作无效果的自救。这是一个真正有良心的艺术家，有见解的思想家，和一个有勇气的战士共同的必由之路。若悲剧只小半由于本来的气质，大半实出于后起的习惯，尤其是在十年游荡中养成的生活上不良习惯时，想要保存衍化物的战斗性，持久存在与广泛发展，一种更新的坚韧素朴人生观的培育，实值得特别注意。

这种人生观的基础，应当建筑在对生命能作完全有效的控制，战胜自己被物欲征服的弱点，从克制中取得一个完全独立的人格，以及创造表现的绝对自主性起始。由此出发，从优良传统去作广泛的学习，再将传统长处加以综合，融会贯通，由于虔诚和谦虚的试探，十年二十年持久不懈，慢慢得到进展，在这种基础上，必会得到更大的成就。正因为工作真正贴近土地人民，只承认为人类多数而"工作"，不为某一种某一时的"工具"，存在于现代政治所培养的窄狭病态自私残忍习惯空气中，或反而容易遭受来自各方面的强力压迫与有意忽视，欲得一稍微有自主性的顺利工作环境，也并不容易。但这不妨事！倘若目的明确，信心坚固，真有成就，即在另外一时，将无疑依然会成为一个时代的重要标志！如所谓"弱点"，不过是像我那种"乡下佬"的顽固拘迂作成的困难，以作者的开扩外向性的为人，必然不会得到我的悲剧性的重演。

在人类文化史的进步意义上，一个真正的伟人巨匠，所有努力挣扎的方式，照例和流俗的趣味及所悬望的目标，总不易完全一致。一个伟大艺术家或思想家的手和心，既比现实政治家更深刻并无偏见和成见的接触世界，因此它的产生和存在，有时若与某种随时变动的思潮要求，表面或相异，或游离，都极其自然。它的伟大的存在，即于政治、宗教以外，极有可能更易形成一种人类思想感情进步意义和相对永久性。虽然两者真正的伟大处，基本上也同样需要"正直"和"诚实"，而艺术更需要"无私"，比过去宗教现代政治更无私！必对人生有种深刻的悲悯，无所不至的爱！而对工作又不缺少持久狂热和虔敬，方能够忘我与无私！宗教和政治都要求人类公平与和平，两者所用方式，却带来过封建性无数战争，尤以两者新的混合所形成的偏执情绪和强大武力，这种战争的完全结束更无可望。过去艺术必须宗教和政治的实力扶育，方能和人民对面，因之当前欲挣扎于政治点缀性外，亦若不可能。然而明日的艺术，却必将带来一个更新的庄严课题，将宗教政治充满封建意识形成的"强迫""统制""专横""阴狠"种种不健全情绪，加以完全的净化廓清，而成为一种更强有力光明健康人生观的基础。

这也就是一种"战争",有个完全不同的含义。唯有真的勇士,敢于从使人民无辜流血以外,不断有所寻觅探索,不断积累经验和发现,来培养爱与合作种子使之生根发芽,企图实现在人与人间建设一种崭新的关系,谋取人类真正和平与公正的艺术工作者,方能担当这个艰巨重任,方敢担当这个艰巨重任。这种战争不是犹待起始,事实上随同历史发展,已进行了许多年。试看看世界上一切科学家沉默工作的建设成就和其他方式所形成的破坏状况,加以比较,就可知于中国建立一种更新的文化观和人生观,一个青年艺术家可能作的永久性工作,将从何努力着手。

这只是一个传奇的起始,不是结束。然而下一章,将不是我用文字来这么写下去,却应当是一群生气勃勃具有做真正主人翁责任感少壮木刻家和其他艺术工作者,对于这种人民苦难的现实,能作各种忠实的反映,而对于造成这种种苦难,最重要的是那些妄图倚仗外来武力,存心和人民为敌,使人民流血而发展成大规模无休止的内战,(又终于应合了老子所说的"自恃者威,自胜者绝"的规律。)加以"耻辱"与"病态"的标志,用百集木刻,百集画册,来结束这个既残忍又愚蠢的时代,并刻绘出全国人民由于一种新的觉醒,去合力同功向知识进取,各种切实有用的专门知识,都各自得到合理的尊重,各有充分发展的机会,人人以驾驭钢铁征服自然为目标,促进现实一种更新时代的牧歌。"这是可能的吗?""不,这是必然的!"

(原载 1947 年 3 月 23 日天津《大公报·星期文艺》第 24 期。1979 年 7 月重校)

附记：

　　这个小文，是抗战八年后，我回到北京不多久，初次向读者介绍黄永玉木刻而写成的。内中提及他作品的文字并不多，大部分谈的却是作品以外事情——永玉本人也并不明白的本地历史和家中情况。从表面看来，只像"借题发挥"一种杂乱无章的零星回忆，事实上却等于我那小小地方近两个世纪以来形成的历史发展和悲剧结局，加以概括性的纪录。凡事都若偶然的凑巧，结果却又若宿命的必然。如非家乡劫后残余的中年人，是不大会理解到这个小文对于家乡的意义。家乡现实是：受历史性的束缚，使得以若干万计的有用青年，几几乎全部毁灭于无可奈何的战争形成的趋势中，而知识分子的灾难，比湘西任何一县都来得严重。写它时，心中实充满了不易表达的深刻悲痛！因为我明白，在我离开家乡去到北京阅读那本"大书"时，只不过是一个成年顽童，任何方面见不出什么才智过人。只缘于正面接受了"五四"余波的影响，才能极力挣扎而出，走自己选择的道路。大多数比我优秀得多的同乡，或以责任所在，离不开教师职务，或认为冰山可恃，乐意在那个小小的孤立军事集团中磨混，到头来形势一有变化，几几乎全部在十多年中，无例外都完结于这种新的发展变化中。

　　这个小文，和较前一时写的《湘行散记》及《湘西》二书，前后相距约十年，叙述方法和处理事件各不相同。前者写背景和人事，后者谈地方问题，本文却范围更小，作纵的叙述。可是基本上是相通的。正由于深深觉得故乡土地人民的可爱，而统治阶层的保守无能、固步自封，在相互对照下，明日举步的困难，可以意想得到。因此把唯一转机希望，曾经寄托到年轻一代的觉醒上。影响显明是十分微弱的。因为当时许多家乡读者，除了五六人受到启发，冲出那个环境，转到北方作穷学生，抗战时辗转到了延安，一般读者相差不多，只能从我作品中留下些"有趣"印象，看不出我反复提到的"寄希望于未来"的严肃意义。本文却以本地历史变化为经，永玉父母个人一生及一家灾难情形为纬，交织而成一个篇章。用的彩线不过三五种，由于反复错综联续，却形成土家族方格锦纹的效果。整幅看来，不免有点令人眼目迷乱，不易明确把握它的主题寓意何在。但是一个不为"概念""公式"所限制的读者，把视界放宽些些，或许将依然可以看出一点个人对于家乡"黍离之思"！

在本文末尾，我曾对于我个人工作作了点预言，也可说"一切不出所料"。由于性格上的局限性所束缚，虽能严格律己，坚持工作，可极端缺少对世事的灵活变通性。于社会变动中，既不知所以自处，工作当然配合不上新的要求，于是一切工作报废完事于俄顷。这也十分平常自然。还记得在解放前付印的选集《长河》引言中，我就曾经说过："横在我们面前许多事情，都不免使人痛苦，可是却不必悲观。社会在剧烈变化中前进，骤然而来的风雨，说不定会把许多人的素朴理想，卷扫摧残，弄得无踪无迹。然而一个人对于人类前途的热忱，和工作的虔敬态度，是应当永远存在，且必然能给后来者以极大鼓舞的！……"我的作品，早在五三年间，就由印行我选集的开明书店正式通知，说是"各书已过时，凡是已印、未印各书稿及纸型，全部均代为焚毁。"随后是香港方面转载台湾一道明白法令，更进一步，法令中指除一切已印未印作品，全部焚毁外，还包括永远禁止再发表任何作品。这倒是历史上少有奇闻。说"作品已过时"，由国内以发财为主要目的商人说出，若意思其实指的是"得即早让路，免得成为绊脚石"，倒还近情合理，我得承认现实。至于台湾的禁令，则不免令人起幽默感。拥有无比强大武力，说想从内战上见个高低的一伙，料不到终究依然被人民力量打得个一败涂地。还不承认是由于政治上极端腐败必然的结果，打败仗的责任，仿佛是几个作家写了点小说的原因。出现这种禁令，采取这种办法，是绝顶聪敏，还是装作糊涂，外人可不易明白，他们自己应当心中有数！可是这种禁令的执行，在我看来，未免把我抬得太高了。

　　至于三十多年前对永玉的预言，从近三十年工作和生活发展看来，一切当然近于过虑。由于为人既聪敏能干，性情又开扩明朗，对事事物物反应十分敏捷。在社会剧烈变动中，虽照例难免挫折重重，在重重挫折中，却对于他的工作，始终能充满信心，顽强坚持，克服了来自内外各种不易设想的困难，从工作上取得不断新的突破，显明进展。生命正当成熟期，生命力之旺盛，反映到每一幅作品中，给人以十分鲜明印象。吸收力既强，消化力又好，若善用其所长，而又能对于精力加以适当制约，不消耗于无多意义的世俗酬酢中，必将更进一步，为国家作出更多方面的贡献，实在意料中。进而对世界艺术丰富以新内容，也将是迟早间事。

　　　　　　　　　　1979年10月14日，于北京新窄而霉小斋

抽象的抒情

照我思索，能理解"我"。
照我思索，可认识"人"。

生命在发展中，变化是常态，矛盾是常态，毁灭是常态。生命本身不能凝固，凝固即近于死亡或真正死亡。惟转化为文字，为形象，为音符，为节奏，可望将生命某一种形式，某一种状态，凝固下来，形成生命另外一种存在和延续，通过长长的时间，通过遥遥的空间，让另外一时另一地生存的人，彼此生命流注，无有阻隔。文学艺术的可贵在此。文学艺术的形成，本身也可说即充满了一种生命延长扩大的愿望。至少人类数千年来，这种挣扎方式已经成为一种习惯，得到认可。凡是人类对于生命青春的颂歌，向上的理想，追求生活完美的努力，以及一切文化出于劳动的认识，种种意识形态，通过各种材料、各种形式，产生创造的东东西西，都在社会发展（同时也是人类生命发展）过程中，得到认可、证实，甚至于得到鼓舞。因此，凡是有健康生命所在处，和求个体及群体生存一样，都必然有伟大文学艺术产生存在，反映生命的发展，变化，矛盾，以及无可奈何的毁灭（对这种成熟良好生命毁灭的不屈、感慨或分析）。文学艺术本身也因之不断的在发展，变化，矛盾和毁灭。但是也必然有人的想象以内或想象以外的新生，也即是艺术家生命愿望最基本的希望，或下意识的追求。而且这个影响，并不是特殊的，也是常态的。其中当然也会包括一种迷信成分，或近于迷信习惯，使后者受到它的约束。正犹如近代科学家还相信宗教，一面是星际航行已接近事实，一面世界上还有人深信上帝造物，近代智慧和原始愚昧，彼此共存于一体中，各不相犯，矛盾统一，契合无间。因此两千年前文学艺术形成的种种观念，或部分、或全部在支配我们的个人的哀乐爱恶情感，事不足奇。约束限制或鼓舞刺激到某一民族的发展，也是常有的。正因为这样，也必然会产生否认反抗这个势力的一种努力，或从文学艺术形式上作种种挣扎，或从其他方面强力制约，要求文学艺术为之服务。前者最明显处即现代腐朽资产阶级的无目的无一定界限的文学艺术。其中又大有分别，文学多重在对于传统道德观念或文字结构的反叛。艺术则重在形式结构和给人影响的习惯有所破坏。特别是艺术最为突出。也变态，也常态。从传统言，是变态。从反映社会复杂性和其他物质新形态而言，是常态。不过尽管这样，我们还是有如下事实，可以证明生命流转如水的可爱处，即在百丈高楼一切现代化的某一间小小房子里，还有人读荷马或庄子，得到极大的快乐，极多的启发，甚至于不易设想的影响。又或者从古埃及一个小小雕刻品印象，取得他——假定他是一个现代大建筑家——所需要的新的建筑装饰的灵感。他有意寻觅或无心发现，我们不必计较，受影响得启发却是事实。由此即可证明艺术不朽，艺术永生。有一条件值得记住，必须是有其可以不朽和永生的某种成就。自然这里也有种种的偶然，并不是什么一切好的都可以不朽和永生。事实上倒是有更多的无比伟大美好的东西，在无情时间中终于毁了。埋葬了，或被人遗忘了。只偶然有极小一部分，因种种偶然条件而保存下来，发生作用。不过不管是如何的稀少，却依旧能证明艺术不朽和永生。这里既不是特别重古轻今，以为古典艺术均属珠玉，也不是特别鼓励现代艺术完全脱离现实，以为当前没有观众，千百年后还必然会起巨大作用。只是说历史上有这么一种情形，有些文学艺术不朽的事实。甚至于不管留下的如何少，比如某一大雕刻家，一生中曾作过千百件当时辉煌全世的雕刻，留下的不过一个小小塑像的残余部分，却依旧可反映出这人生命的坚实、伟大和美好。无形中鼓舞了人克服一切困难挫折，完成他个人的生命。这是一件事。另一件是文学艺术既然能够对社会对人发生如此长远巨大影响，有意识把它拿来、争夺来，为新的社会观念服务。新的文学艺术，于是必然在新的社会——或政治目的制约要求中发展，且不断变化。必须完全肯定承认新的社会早晚不同的要求，才可望得到正常发展。这就是社会主义制度下对文学艺术的要求。事实上也是人类社会由原始到封建末期、资本主义烂熟期，任何一时代都这么要求的。不过不同处是更新的要求却十分鲜明，于是也不免严肃到不易习惯情形。政治目的虽明确不变，政治形势、手段却时时刻刻在变，文学艺术因之创作基本方法和完成手续，也和传统大有不同，甚至于可说完全不同。作者必须完全肯定承认，作品只不过是集体观念某一时某种适当反映，才能完成任务，才能毫不难受的在短短不同时间中有可能在政治反复中，接受两种或多种不同任务。艺术中千百年来的以个体为中心的追求完整、追求永恒的某种创造热情，某种创造基本动力，某种不大现实的狂妄理想（唯我为主的艺术家情感）被摧毁了。新的代替而来的是一种也极其尊大，也十分自卑的混合情绪，来产生政治目的及政治家兴趣能接受的作品。这里有困难是十分显明的。矛盾在本身中即存在，不易克服。有时甚至于一个大艺术家，一个大政治家，也无从为力。他要求人必须这么作，他自己却不能这么作，作来也并不能令自己满意。现实情形即道理他明白，他懂，他肯定承认，从实践出发的作品可写不出。在政治行为中，在生活上，在一般工作里，他完成了他所认识的或信仰的，在写作上，他有困难处。因此不外两种情形，他不写，他胡写。不写或少写倒居多数。胡写则也有人，不过较少。因为胡写也需要一种应变才能，作伪不来。这才能分两种来源：一是"无所谓"的随波逐流态度，一是真正的改造自我完成。截然分别开来不大容易。居多倒是混合情绪。总之，写出来了，不容易。伟大处在此。作品已无所谓真正伟大与否。适时即伟大。伟大意义在文学艺术作品中已有了根本改变。这倒极有利于促进新陈代谢。也不可免有些浪费。总之，这一件事是在进行中。一切向前了。一切真正在向前。更正确些或者应当说一切在正常发展。社会既有目的，六亿五千万人的努力既有目的，全世界还有更多的人既有一个新的共同目的，文学艺术为追求此目的、完成此目的而努力，是自然而且必要的。尽管还有许多人不大理解，难于适应，但是它的发展还无疑得承认是必然的，正常的。

　　问题不在这里。不在承认或否认。否认是无意义的，不可能的。否认情绪绝不能产生什么伟大作品。问题在承认以后，如何创造作品。这就不是现有理论能济事了。也不是什么单纯社会物质鼓舞刺激即可得到极大效果。想把它简化，以为只是个"思想改造"问题，也必然落空。即补充说出思想改造是个复杂长期的工作，还是简化了这个问题。不改造吧，斗争，还是会落空。因为许多有用力量反而从这个斗争中全浪费了。许多本来能作正常运转的机器，只要适当擦擦油，适当照料保管，善于使用，即可望好好继续生产的——停顿了。有的是不是个"情绪"问题？是情绪使用方法问题？这里如还容许一个有经验的作家来说明自己问题的可能时，他会说是"情绪"。也不完全是"情绪"。不过情绪这两个字含意应当是古典的,和目下习惯使用含意略有不同。一个真正唯物主义者,会懂得这一点。正如同一个现代科学家懂得稀有元素一样,明白它蕴蓄的力量,用不同方法,解放出那个力量,力量即出来为人类社会生活服务。不懂它,只希望元素自己解放或改造,或者责备他是"顽石不灵",都只能形成一种结果:消耗、浪费、脱节。有些"斗争"是由此而来的。结果只是加强消耗和浪费。必须从另一较高视野看出这个脱节情况,不经济、不现实、不宜于社会整个发展,反而有利于"敌人"时,才会变变。也即是古人说的"穷则通,通则变"。如何变?我们实需要视野更广阔一点的理论。需要更具体一些安排措施。真正的文学艺术丰收基础在这里。对于衰老了的生命,希望即或已不大。对于更多的新生少壮的生命,如何使之健康发育成长,还是值得研究。且不妨作种种不同试验。要客观一些。必须到明白把一切不同品种的果木长得一样高,结出果子一种味道,没有必要,也不可能,放弃了这种不客观不现实的打算。必须明白机器不同性能,才能发挥机器性能。必须更深刻一些明白生命,才可望更有效的使用生命。文学艺术创造的工艺过程,有它的一般性,能用社会强大力量控制,甚至于到另一时能用电子计算机产生(音乐可能最先出现)。也有它的特殊性,不适宜用同一方法,更不是"揠苗助长"方法所能完成。事实上社会生产发展比较健全时,也没有必要这样做。听其过分轻浮,固然会消极影响到社会生活的健康。可是过度严肃的要求,有时甚至于在字里行间要求一个政治家也作不到的谨慎严肃。尽管社会本身,还正由于政治约束失灵形成普遍堕落,即在艺术若干部门中,也还正在封建意识毒素中散发其恶臭,唯独在文学作品中却过分加重他的社会影响、教育责任,而忽略他的娱乐效果(特别是对于一个小说作家的这种要求)。过分加重他的道德观念责任,而忽略产生创造一个文学作品的必不可少的情感动力。因之每一个作者写他的作品时,首先想到的是政治效果,教育效果,道德效果。更重要有时还是某种少数特权人物或多数人"能懂爱听"的阿谀效果。他乐意这么做。他完了。他不乐意,也完了。前者他实在不容易写出有独创性独创艺术风格的作品,后者他写不下去,同样,他消失了,或把生命消失于一般化,或什么也写不出。他即或不是个懒人,还是作成一个懒人的结局。他即或敢想敢干,不可能想出什么干出什么。这不能怪客观环境,还应当怪他自己。因为话说回来,还是"思想"有问题,在创作方法上不易适应环境要求。即"能"写,他还是可说"不会"写。难得有用的生命,难得有用的社会条件,难得有用的机会,只能白白看着错过。这也就是有些人在另外一种工作上,表现得还不太坏,然而在他真正希望终身从事的业务上,他把生命浪费了。真可谓"辜负明时盛世"。然而他无可奈何。不怪外在环境,只怪自己,因为内外种种制约,他只有完事。他挣扎,却无济于事。他着急,除了自己无可奈何,不会影响任何一方面。他的存在太渺小了,一切必服从于一个大的存在,发展。凡有利于这一点的,即活得有意义些,无助于这一点的,虽存在,无多意义。他明白个人的渺小,还比较对头。他妄自尊大,如还妄想以为能用文字创造经典,又或以为即或不能创造当代经典,也还可以写出一点如过去人写过的,如像《史记》,三曹诗,陶、杜、白诗,苏东坡词,曹雪芹小说,实在更无根基。时代已不同。他又幸又不幸,是恰恰生在这个人类历史变动最大的时代,而又恰恰生在这一个点上,是个需要信仰单纯,行为一致的时代。

在某一时历史情况下,有个奇特现象:有权力的十分畏惧"不同于己"的思想。因为这种种不同于己的思想,都能影响到他的权力的继续占有,或用来得到权力的另一思想发展。有思想的却必须服从于一定权力之下,或妥协于权力,或甚至于放弃思想,才可望存在。如把一切本来属于情感,可用种种不同方式吸收转化的方法去尽,一例都归纳到政治意识上去,结果必然问题就相当麻烦,因为必不可免将人简化成为敌与友。有时候甚至于会发展到和我相熟即友,和我陌生即敌。这和社会事实是不符合的。人与人的关系简单化了,必然会形成一种不健康的隔阂,猜忌,消耗。事实上社会进步到一定程度,必然发展是分工。也就是分散思想到各种具体研究工作、生产工作以及有创造性的尖端发明和结构宏伟包容万象的文学艺术中去。只要求为国家总的方向服务,不勉强要求为形式上的或名词上的一律。让生命从各个方面充分吸收世界文化成就的营养,也能从新的创造上丰富世界文化成就的内容。让一切创造力得到正常的不同的发展和应用。让各种新的成就彼此促进和融和,形成国家更大的向前动力。让人和人之间相处的更合理。让人不再用个人权力或集体权力压迫其他不同情感观念反映方法。这是必然的。社会发展到一定进步时,会有这种情形产生的。但是目前可不是时候。什么时候?大致是政权完全稳定,社会生产又发展到多数人都觉得知识重于权力,追求知识比权力更迫切专注,支配整个国家,也是征服自然的知识,不再是支配人的权力时。我们会不会有这一天?应当有的。因为国家基本目的,就正是追求这种终极高尚理想的实现。有旧的一切意识形态的阻碍存在,权力才形成种种。主要阻碍是外在的。但是也还不可免有的来自本身。一种对人不全面的估计,一种对事不明确的估计,一种对"思想"影响二字不同角度的估计,一种对知识分子缺少□□的估计。十分用心,却难得其中。本来不太麻烦的问题,作来却成为麻烦。认为权力重要又总担心思想起作用。

事实上如把知识分子见于文字、形于语言的一部分表现,当作一种"抒情"看待,问题就简单多了。因为其实本质不过是一种抒情。特别是对生产对斗争知识并不多的知识分子,说什么写什么差不多都像是即景抒情,如为人既少权势野心,又少荣誉野心的"书呆子"式知识分子,这种抒情气氛,从生理学或心理学说来,也是一种自我调整,和梦呓差不多少,对外实起不了什么作用的。随同年纪不同,差不多在每一个阶段都必不可免有些压积情绪待排泄,待疏理。从国家来说,也可以注意利用,转移到某方面,因为尽管是情绪,也依旧可说是种物质力量。但是也可以不理,明白这是社会过渡期必然的产物,或明白这是一种最通常现象,也就过去了。因为说转化,工作也并不简单,特别是一种硬性的方式,性格较脆弱的只能形成一种消沉,对国家不经济。世故一些的则发展而成阿谀。阿谀之有害于个人,则如城北徐公故事,无益于人。阿谀之有害于国事,则更明显易见。古称"千人诺诺,不如一士谔谔"。诺诺者日有增,而谔谔者日有减,有些事不可免作不好,走不通。好的措施也有时变坏了。

一切事物形成有他的历史原因和物质背景,目前种种问题现象,也必然有个原因背景。这里包括半世纪的社会变动,上千万人的死亡,几亿人的生活方式和生活愿望的基本变化,而且还和整个世界的问题密切相关。从这里看,就会看出许多事情的"必然"。观念计划在支配一切,于是有时支配到不必要支配的方面,转而增加了些麻烦。控制益紧,不免生气转促。《淮南子》早即说过,恐怖使人心发狂,《内经》有忧能伤心记载,又曾子有"蓬生麻中,不扶自直,白沙在涅,与之俱黑"语。周初反商政,汉初重黄老,同是历史家所承认在发展生产方面努力,而且得到一定成果。时代已不同,人还不大变。……伟大文学艺术影响人,总是引起爱和崇敬感情,决不使人恐惧忧虑。古代文学艺术足以称为人类共同文化财富也在于此。事实上在旧戏里我们认为百花齐放的原因得到较多发现较好收成的问题,也可望从小说中得到,或者还更多得到积极效果,我们却不知为什么那么怕它。旧戏中充满封建迷信意识,极少有人担心他会中毒。旧小说也这样。但是却不免会要影响到一些人的新作品的内容和风格。近三十年的小说,却在青年读者中已十分陌生,甚至于在新的作家心目中也十分陌生。

过节和观灯

端午给我的特别印象

说起过节和观灯,每人都有份不同的经验。

中国是世界上一个大国,地面广、人口多、历史长,分布全国各民族语言文化风俗习惯又不一样,所以一年四季就有许多种节日,使用不同方式,分别在山上、水边、乡村、城镇举行。属于个人的且家家有份。这些节日影响到衣食住行各方面,丰富人民生活的内容,扩大历史文化的面貌,也加深了民族团结的感情。一般吃的如年糕、粽子、月饼、腊八粥,玩的如花炮、焰火、秋千、风筝、灯彩、陀螺、兔儿爷、胖阿福,穿戴的如虎头帽、猫猫鞋、作闹龙舟和百子观灯图的衣裙、坎肩、涎围和围裙……就无一不和节令密切相关。较古节日已延长了二三千年,后起的也有千把年历史,经史等古籍中曾提起它种种来历和举行的仪式。大多数节日常和农事生产相关,小部分则由名人故事或神话传说而来,因此有的虽具全国性,依旧会留下些区域特征。比如为纪念屈原的五月端阳,包粽子,悬蒲艾,戴石榴花,虽然已成全国习惯,但南方的龙舟竞渡,给青年、妇女及小孩子带来的兴奋和快乐,就决不是生长在北方平原的人所能想象的!

大江以南,凡是有河流可通船舶处,无论大城小市,端午必照例举行赛船。这些特制龙船多窄而长,有的且分五色,头尾高张,转动十分灵便。平时搁在岸上,节日来临前,才由二三十个特选少

一九八二年重返凤凰家乡，在八角楼前留影

一九八二年五月沈从文乘小船重游家乡的沱江。十年后，他的骨灰一部分撒入沱江。

壮青年，在鞭炮轰响、欢笑呼喊中送请下水。初五叫小端阳，十五叫大端阳，正式比赛或由初三到初五，或由初五到十五。沅水流域的渔家子弟，白天玩不尽兴，晚上犹继续进行，三更半夜后，住在河边的人从睡梦中醒来时，还可听到水面飘来蓬蓬当当的锣鼓声。近年来我的记忆力日益衰退，可是四十多年前在一条延长千里的沅水和五个支流一些大城小镇度过的端阳节，由于乡情风俗热烈活泼，将近半个世纪，种种景象在记忆中还明朗清楚，不褪色，不走样。

因此还可联想起许多用"闹龙舟"作题材的艺术品。较早出现的龙舟，似应数敦煌壁画，东王公坐在上面去会西王母，云游远方，象征"驾六龙以驭天"。画虽成于北朝人手，最先稿本或可早到汉代。其次是《洛神赋图卷》，也有个相似而不同的龙舟，仿佛"驾玉虬而偕逝"情形，作为曹植对洛神的眷恋悬想。虽历来当作晋代大画家顾恺之手笔，产生时代又可能较晚些。还有个长及数丈元明人传摹唐李昭道《阿房宫图卷》，也有几只装饰华美的龙凤舟，在一派清波中从容荡漾，和结构宏伟建筑群相呼应。只是这些龙舟有的近于在水云中游行的无轮车子，有的又和五月端阳少直接关系。由宋到清，比较著名的画还有张择端《金明争标图》，宋人《龙舟图》，元人王振鹏《龙舟竞渡图》，宋人《西湖竞渡图》，明人《龙舟竞渡图》，……画幅虽并不大，作得都相当生动美丽，反映出部分历史真实。故宫收藏清初十二月令画轴五月端阳龙舟图，且画得格外华美热闹。

此外明清工人用象牙、竹木和剔红雕填漆作的龙船，也有工艺精巧绝伦的。至于应用到生活服用方面，实无过西南各省民间挑花刺绣；被面、帐檐、门帘、枕帕、围裙、手巾、头巾和小孩子穿的坎肩、涎围、戴的花帽，经常都把"闹龙舟"作主题，加以各种不同艺术表现，作得异常精美出色。当地妇女制作这些刺绣时，照例必把个人节日欢乐的回忆，作新嫁娘作母亲对于家庭的幸福愿望，对于儿女的热爱关心，连同彩色丝线交织在图案中。闹龙舟的五彩版画，也特别受农村中和长年寄居在渔船上货船上的妇孺欢迎，能引起他们种种欢乐回忆和联想。

记忆中的云南跑马节

还有特具地方性的跑马节，是在云南昆明附近乡下跑马山下举行的。这种聚集了近百里内四乡群众的盛会，到时百货云集，百艺毕呈，对于外乡人更加开眼。不仅引人兴趣，也能长人见闻。来自四乡载运烧酒的马驮子，多把酒坛连驮架就地卸下，站在一旁招徕主顾，并且用小竹筒不住舀酒请人品尝。有些上点年纪的人，阅兵点将一般，到处走去，点点头又摇摇头，平时若酒量不大，绕场一周，也就不免给那喷鼻浓香酒味熏得摇摇晃晃有个三分醉意了。各种酸甜苦辣吃食摊子，也都富有云南地方特色，为外地所少见。妇女们高兴的事情，是城乡第一流银匠到时都带了各种新样首饰，选平敞地搭个小小布棚，展开全部场面，就地开业，煮、炸、搥、钻、吹、镀、嵌、接，显得十分热闹。卖土布鞋面枕帕的，卖花边阑干、五色丝线和胭脂水粉香胰子的，都是专为女主顾而准备。文具摊上经常还可发现木刻《百家姓》和其他老式启蒙读物。

大家主要兴趣自然在跑马，特别关心本村的胜败，和划龙船情形相差不多。我对于赛马兴趣并不大。云南马骨架多比较矮小，近于古人说的"果下马"，平时当坐骑，爬山越岭腰力还不坏，走夜路又不轻易失蹄。在平川地作小跑，钻子步走来匀称稳当，也显得满有精神。可是当时我实另有会心，只希望从那些装备不同的马背上，发现一点"秘密"。因为我对于工艺美术有点常识，漆器加工历史有许多问题还未得解决。读唐宋人笔记，多以为"犀皮漆"作法来自西南，系由马鞍鞯涂漆久经磨擦而成。"波罗漆"即犀皮中一种，"波罗"由樊绰《蛮书》得知即老虎别名，由此可知波罗漆得名便在南方。但是缺少从实物取证，承认或否认仍难肯定。我因久住昆明滇池边乡下，平时赶火车入城，即曾经从坐骑鞍鞯上发现有各种彩色重叠的花斑，证明《因话录》等记载不是全无道理。所谓秘密，就是想趁机会在那些来自四乡装备不同的马背上，再仔细些探索一下究竟。结果明白不仅有犀皮漆云斑，还有五色相杂牛毛纹，正是宋代"绮纹刷丝漆"的作法。至于宋明铁错银马镫，更是随处可见。云南本出铜漆，又有个工艺传统，马具制作沿袭较古制度，本来极平常自然。可是这些小发现，对我说来却意义深长，因为明白"由物证史"的方法，此后应用到研究物质文化史和工艺图案发展史，都可得到不少新发现。当时在人马群中挤来钻去，十分满意，真正应合了古人说的，"相马于牝牡骊黄之外"。但过不多久，更新的发现，就把我引诱过去，认为从马背上研究老问题，不免近于卖呆，远不如从活人中听听生命的颂歌为有意思了。

原来跑马节还有许多精彩的活动，在另外一个斜坡边，比较僻静长满小小马尾松林子和荆条丛生的地区，那里到处有一簇簇年轻男女在对歌，也可说是"情绪跑马"，热烈程度绝不下于马背翻腾。云南本是个诗歌的家乡，路南和迤西歌舞早著名全国。这一回却更加丰富了我的见闻。

这是种生面别开的场所，对调子的来自四方，各自蹲踞在松树林子和灌木丛沟凹处，彼此相去虽不多远，却互不见面。唱的多是情歌酬和，却有种种不同方式。或见景生情，即物起兴，用各种丰富譬喻，比赛机智才能。或用提问题方法，等待对方答解。或互嘲互赞，随事押韵，循环无端。也唱其他故事，贯穿古今，引经据典，当事人照例一本册，滚瓜熟，随口而出。在场的既多内行，开口即见高低，含糊不得。所以不是高手，也不敢轻易搭腔。那次听到一个年轻妇女一连唱败了三个对手，逼得对方哑口无言，于是轻轻的打了个吆喝，表示胜利结束，从荆条丛中站起身子，理理发，拍拍绣花围裙上的灰土，向大家笑笑，意思像是说，"你们看，我唱赢了"，显得轻松快乐，拉着同行女伴，走过江米酒担子边解口渴去了。

　　这种年轻女人在昆明附近村子中多得是。性情明朗活泼，劳动手脚勤快，生长得一张黑中透红枣子脸，满口白白的糯米牙，穿了身毛蓝布衣裤，腰间围个钉满小银片扣花葱绿布围裙，脚下穿双云南乡下特有的绣花透孔鞋，油光光辫发盘在头上。不仅唱歌十分在行，大年初一和同伴各个村子里去打秋千，用马皮作成三丈来长的秋千条，悬挂在高树上，蹬个十来下就可平梁，还悠游自在若无其事！

　　在昆明乡下，一年四季早晚，本来都可以听到各种美妙有情的歌声。由呈贡赶火车进城，向例得骑一匹老马，慢吞吞的走十里路。有时赶车不及还得原骑退回。这条路得通过些果树林、柞木林、竹子林和几个有大半年开满杂花的小山坡。马上一面欣赏土坎边的粉蓝色报春花，在轻和微风里不住点头，总令人疑心那个蓝色竟像是有意摹仿天空而成的。一面就听各种山鸟呼朋唤侣，和身边前后三三五五赶马女孩子唱的各种本地悦耳好听山歌。有时面前三五步路旁边，忽然出现个花茸茸的戴胜鸟，矗起头顶花冠，瞪着个油亮亮的眼睛，好像对于唱歌也发生了兴趣，征询我的意见，经赶马女孩子一喝，才扑着翅膀掠地飞去。这种鸟大白天照例十分沉默，可是每在晨光熹微中，却欢喜坐在人家屋脊上，"郭公郭公"反复叫个不停。最有意思的是云雀，时常从面前不远草丛中起飞，扶摇盘旋而上，一面不住唱歌，向碧蓝天空中钻去。仿佛要一直钻透蓝空。伏在草丛中的云雀群，却带点鼓励意思相互应和。直到穷目力看不见后，忽然又像个小流星一样，用极快速度下坠到草丛中，和其他同伴会合，于是另外几只云雀又接着起飞。赶马女孩子年纪多不过十四五岁，嗓子通常并没经过训练，有的还发哑带沙，可是在这种环境气氛里，出口自然，不论唱什么，都充满一种淳朴本色美。

大伙儿唱得最热闹的叫"金满斗会"，有一次由村子里人发起举行，到时候住处院子两楼和那道长长屋廊下，集合了乡村男女老幼百多人，六人围坐一桌，足足坐满了三十来张矮方桌，每桌各自轮流低声唱《十二月花》，和其他本地好听曲子。声音虽极其轻柔，合起来却如一片松涛，在微风荡动中舒卷张弛不定，有点龙吟凤哕意味。仅是这个唱法就极其有意思。唱和相续，一连三天才散场。来会的妇女占多数，和逢年过节差不多，一身收拾得清洁索利，头上手中到处是银光闪闪，使人不敢认识。我以一个客人身份挨桌看去，很多人都像面善，可叫不出名字。随后才想起这里是村子口摆小摊卖酸泡梨的，那里有城门边挑水洗衣的，此外打铁箍桶的工匠，小杂货商店的管事，乡村土医生和阉鸡匠，更多的自然是赶马女孩子和不同年龄的农民和四处飘乡赶集卖针线花样的老太婆，原来熟人真不少！集会表面说辟疫免灾，主要作用还是传歌。由老一代把记忆中充满智慧和热情的东西，全部传给下一辈。反复唱下去，到大家熟习为止。因此在场年老人格外兴奋活跃，经常每桌轮流走动。主要作用既然在照规矩传歌，不问唱什么都不犯忌讳。就中最当行出色是一个吹鼓手，年纪已过七十，牙齿早脱光了，却能十分热情整本整套的唱下去。除爱情故事，此外嘲烟鬼，骂财主，样样在行，真像是一个"歌库"（这种人在我们家乡则叫做歌师傅）。小时候常听老太婆口头语，"十年难逢金满斗"，意思是盛会难逢，参加后才知道原来如此。

同是唱歌，另外有种抒情气氛，而且背景也格外明朗美好，即跑马节跑马山下举行的那种会歌。

西南原是诗歌的家乡，我听到的不过是极小范围内一部分而已。解放后人民自己当家作主，生活日益美好，心情也必然格外欢畅，新一代歌手，都一定比三五十年前更加活泼和热情。唱歌选手兼劳动模范，不是五朵金花，应当是万朵金花!

灯节的灯

元宵节主要在观灯。观灯成为一种制度，比较正确的记载，实起始于唐初，发展于两宋，来源则出于汉代燃灯祀太乙。灯事迟早不一，有的由十四到十六，有的又由十五到十九。"灯市"得名并扩大作用，也是从宋代起始。论灯景壮丽，过去多以为无过唐宋。笔记小说记载，大都说宫廷中和贵族戚里灯彩奢侈华美的情况。

观灯有"灯市"，唐人笔记虽记载过，正式举行还是从北宋汴梁起始，南宋临安续有发展，明代则集中在北京东华门大街以东八面槽一带。从《东京梦华录》和其他记述，得知宋代灯市计五天，由十五到十九。事先必搭一座高大数丈的"鳌山灯棚",上面布置各种灯彩,燃灯数万盏。封建皇帝到这一天,照例坐了一顶敞轿,由几个得力太监抬着,倒退行进,名叫"鹁鸽旋",便于四面看人观灯。又或叫几个游人上前,打发一点酒食,旧戏中常用的"金杯赐酒"即由之而来。说的虽是"与民同乐",事实上不过是这个皇帝久闭深宫,十分寂寞无聊,大臣们出些巧主意,哄着他开心遣闷而已。宋人笔记同时还记下许多灯彩名目。"琉璃灯"可说是新品种,不仅在富贵人家出现,商店中也起始用它来招引主顾,光如满月。"万眼罗"则用红百纱罗拼凑而成。至于灯棚和各种灯球的式样,有《宋人观灯图》和《宋人百子闹元宵图》,还为我们留下些形象材料。由此得知,明清以来反映到画幅上如《金瓶梅》《宣和遗事》和《水浒传》插图中种种灯景,和其他工艺品——特别是保留到明清锦绣图案中,百十种极其精美好看旁缀珠玉流苏的多面球形灯,基本上大都还是宋代传下来的式样。另外画幅上许多种鱼、龙、鹤、凤、巧作灯、儿童竹马灯、在地下旋转不停的滚灯,也由宋代传来。宋代"琉璃灯"和"万眼罗",明代的"金鱼住水灯",和用千百蛋壳作成的巧作灯,用冰作成的冰灯,式样作法虽已难详悉,至于明代有代表性实用新品种,"明角灯"和"料丝灯",实物还有遗存的。历史博物馆又还有个明代宫中行乐图,画的是宫中过年情形,留下许多好看宫灯式样。上面还有个松柏枝扎成挂八仙庆寿的鳌山灯棚,及灯节中各种杂剧活动,焰火燃放情况,并且还有一个乐队,一个"百蛮进宝队",几个骑竹马灯演《三战吕布》戏文故事场面,画出好些明代北京民间灯节风俗面貌。货郎担推的小车,还和宋元人画的货郎图差不多,车上满挂各种小玩具和灯彩,货郎作一般小商人装束。照明人笔记说,这种种却是专为宫廷娱乐仿照市上风光预备的。

新的时代灯节已完全为人民所有，作灯器材也大不同过去，对于灯的要求又有了基本改变，节日即或依旧照时令举行，意义已大不相同了。

古代灯节不只是正月元宵，七月的中元，八月的中秋，也常有灯事。解放后，则五一劳动节和十一国庆节，全国各处都无不有盛会庆祝。天安门前广场和人民大会堂的节日灯景，应说是极尽人间壮观。不仅是历史上少见，更重要还是人民亲手创造，又真正同享共有这一切。

关于天安门节日的灯火，已经有了许多好文章好报导。另外我记得特别亲切的，却是前后四个月施工期间，广场中那一片辉煌灯火。因为首都所有机关工作同志和万千市民，都曾经热情兴奋在灯火下，和工人、农民、解放军一道，为这个有历史性的广场和两旁宏伟建筑出过一把力。

从个人经验来说，解放以后另外还有许多灯景，也这么具有历史意义，给我以深刻难忘印象。比如十三陵水库大坝落成前夕的灯，就是其中之一。

在修建这个水库时，我和作家协会几个同志前后曾到过四次：第一次是初步开工，指挥所还设在山脚一个小村子里。第二次已开始在挖底，指挥所移到了大坝前小孤山。第四次是落成前一星期，大家正分别住在工地附近帐篷中，气候热得出奇。每天早晚除分别拜访劳动模范，照例必去工地看看工程进展。前一天还眼见各处是大小不一的土石堆，各处是搬运土石的车辆和人流，空中到处牵满了电线，地面到处有水管纵横。堤坝下边长链条的运石子机、拌和水泥机，和堤上轧路机、起重机，轰轰隆隆的响成一片。大坝虽在不断增高,到处都似乎还乱乱的,不像十天半月能完工。这天晚上我和几个同志又去看看时,才大吃一惊,原来不过一天工夫,工地全部已变了样子。所有机器全都不见了,一切土石堆打扫得干干净净、平平整整像个公园一样。堤坝下空落落的,堤坝上也无一个人,整个环境静得出奇。天上星月嵌在宁静蓝空中,也像是大了近了许多。正当我们到达坝上时,忽然间大坝下广场里十二万盏五色电灯齐明,让我们仿佛突然进到一个童话仙境里一般。我们就浮在这个闪烁不定的星海上,直到半夜。这种神奇动人的灯景,实在不是任何另外一时其他灯景能够代替的。第二天晚上,正式举行庆祝落成典礼时,约有二十万工人、农民和解放军及三百来个专业文艺团体及其他民间文艺队伍参加,在灯光下进行联欢演出。我们先是在堤坝上看了许久,随后又到堤下人丛中各处挤去。灯光下种种动人景象,也是无从让别的灯景代替的。十多年来,国家基本建设在全国范围内进行,亿万人民在党领导下完成了数不清的水库、桥梁、工厂、学校、万千座高楼大厦,每次欢庆落成典礼时,都必然有同样热烈的庆祝大会在灯火烛天热闹光景下举行,身预其事的人,一定怀着和我们差不多的感情,留在记忆中的灯景,想忘记也忘记不了!

前年岁暮年末,我和作家协会几个同志,在革命圣地井冈山茨坪参观访问,正赶上青年干部下放参加山区建设四周年纪念日。这几百个年轻同志,都是四年前离开学校,响应党的号召、来自全国各地,上山建设新山区的新型知识分子,其中女性且占一半。此外还有井冈歌舞团全体,和来自瓷都景德镇的歌舞团全体。管理局朱局长,却生长在附近山村里,十多岁就参加了工农红军,跟随毛主席万里长征,现在又重新上山,领导青年建设新山区。八百多公尺高的茨坪，过去不到二十户人家，近来已有三十多座大小楼房。新落成的七层大厦，依山据胜，远望常在云雾中的井冈山顶峰，青碧明灭，变幻不测，近接群峰，如相互揖让。礼堂在革命博物馆附近，灯光下一个个年轻健康红润的脸孔，无不见出活泼中的坚韧，对于改变山区面貌，具有克服困难完成工作的信心。四年来这些青年和当地人民、解放军战士一道参加公路、水电站、及其他开荒生产建设取得的成就，和自我思想改造的成就，都十分显明。大会结束后，我们和歌舞团一群青年朋友回转招待所时，天已落了大雪，远近一片白濛濛。一面走一面想起红军刚上山来种种情形。在这种光景下，把国家过去、当前和未来贯串起来，一切景象给我的教育意义，真是格外深长。这种灯景也是我一生难忘的。

由于解放后有机会看到过这么一些背景各不相同壮丽庄严的灯景，从这些灯景中体会出国家在中国共产党的领导下，亿万人民真正当家作主后，通过有计划、有组织、有目的的长期劳动，如何在迅速改变整个国家的面貌。社会不断前进，而灯节灯景也越来越宏伟辉煌，并且赋以各种不同深刻意义。回过头来看看半世纪前另外一些小地方年节风俗，和规模极小的灯节灯景，就真像是回到一个极其古老的历史故事里去了。

我生长家乡是湘西边上一个居民不到一万户口的小县城，但是狮子龙灯焰火，半世纪前在湘西各县却极著名。逢年过节，各街坊多有自己的灯。由初一到十二叫"送灯"，只是全城敲锣打鼓各处玩去。白天多大锣大鼓在桥头上表演戏水，或在八九张方桌上盘旋上下。晚上则在灯火下玩蚌壳精，用细乐伴奏。十三到十五叫"烧灯"，主要比赛转到另一方面，看谁家焰火出众超群。我照例凭顽童资格，和百十个大小顽童，追随队伍城厢内外各处走去，和大伙在炮仗焰火中消磨。玩灯的不仅要气力,还得要勇敢,为表示英雄无畏,每当场坪中焰火上升时,白光直泻数丈,有的还大吼如雷,这些人却不管是"震天雷"还是"猛虎下山",照例得赤膊上阵,迎面奋勇而前。我们年纪小,还无资格参预这种剧烈活动,只能趁热闹在旁呐喊助威。有时告奋勇帮忙,许可拿个松明火炬或者背背鼓,已算是运气不坏。因为始终能跟随队伍走,马不离群。直到天快发白,大家都烧得个焦头烂额,精疲力尽。队伍中附随着老渔翁和蚌壳精的,蚌壳精向例多选十二三岁面目俊秀姣好男孩子充当,老渔翁白须白发也假得俨然,这时节都现了原形,狼狈可笑。乐队鼓笛也常有气无力板眼散乱的随意敲打着。有时为振作大伙精神,乐队中忽然又悠悠扬扬吹起"踹八板"来,狮子耳朵只那么摇动几下,老渔翁和蚌壳精即或得应着鼓笛节奏,当街随意兜两个圈子,不到终曲照例就瘫下来,惹得大家好笑!最后集中到个会馆前点验家伙散场时,正街上江西人开的南货店布店,福建人开的烟铺,已经放鞭炮烧开门纸迎财神,家住对河的年轻苗族女人,也挑着豆豉萝卜丝担子上街叫卖了。

有了这个玩灯烧灯经验底子,长大后读宋代咏灯节灯事的诗词,便觉得相当面熟,体会也比较深刻。例如吴文英作的《玉楼春》词上半阕:

茸茸狸帽遮梅额,金蝉罗剪胡衫窄,
乘肩争看小腰身,倦态强随闲鼓拍。

写的虽是八百年前元夜所见,一个小小乐舞队年轻女子,在夜半灯火阑珊兴尽归来时的情形,和半世纪前我的见闻竟相差不太多。因为那八百年虽经过元明清三个朝代，只是政体转移，社会变化却不太大。至于解放后虽不过十多年，社会却已起了根本变化，我那点儿时经验，事实上便完全成了历史陈迹，一种过去社会的风俗画。边远小地方年轻人，或者还能有些相似而不同经验，可以印证，生长于大都市见多识广的年轻人，倒反而已不大容易想象种种情形了。

1963 年 3 月，北京

（原载 1963 年《人民文学》第 4 期）